长篇历史小说

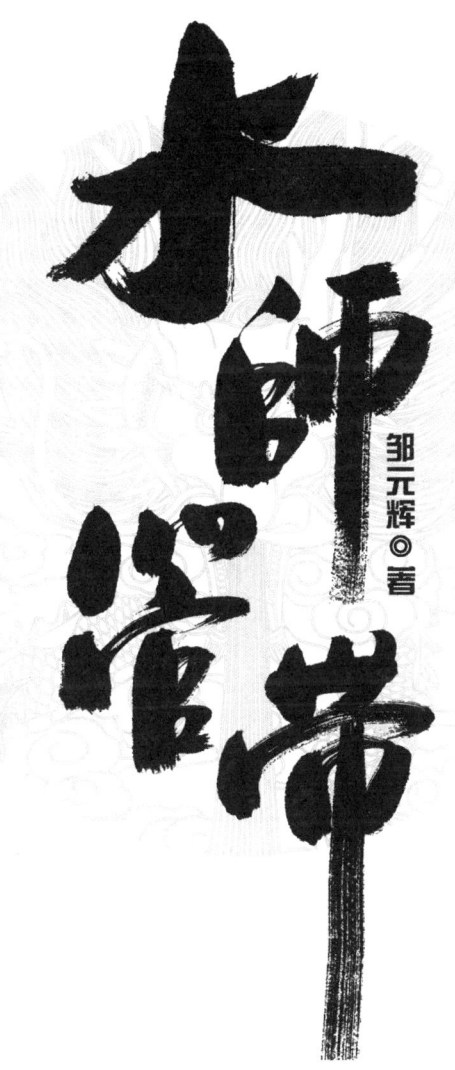

大师鉴宝

邹元辉 ◎ 著

宁波出版社

序
XU

这是一篇迟到的序。

曾经是鲁迅文学院高级研讨班学员的邹元辉，有股初生牛犊不怕虎的劲头，他志向大、目光远、有劲头，但立足本土，放眼全国，不好高骛远。他善于从镇海的历史中找寻创作的素材与主题，多年来勤勤恳恳，终于集腋成裘，渐渐地放射出了一些应有的光彩。这不，他的第三部作品就要出版了，请我写序，我很有些犹豫。

说实话，面对中国近代历史之波澜壮阔，我很难说自己有多少真正的理解，因为，我对历史的理解，基本上是建立在书本、电影、戏剧之上的。但有件事情触动了我，那源自一次随大流的外出参观。二十世纪九十年代，我到过一次镇江，在那破旧但不失巍峨的焦山古炮台上，听着当地人对鸦片战争期间清兵抵抗外敌的解说，听说其中的战士有许多是蒙古族的，出生于内蒙古的我这才感觉到鸦片战争以来的这段历史离自己是如此之近。

事实上，鸦片战争以来的中国近代史是深深地震动了全世界的。中国人民在这个大历史中，曾经付出了许多许多，并且为人类社会的前进提供了不少弥足珍贵的经验，为此，马克思、恩格斯都曾高度重视。比如，恩格斯在1857年撰写的《波斯和中国》一文中就对我国的这段历史表现出了极大兴趣，他说："中国的南方人在反对外国人的斗争中所表现的那种狂热本身，似乎表明他们已觉悟到旧中国遇到了极大的危险；过不了多少年，我们就会亲眼看到世界上最古老的帝国的垂死挣扎，看到整个亚洲新纪元的曙光。"是的，我国有着非常长的海岸线，海防历来关乎国家兴亡，恩格斯说的"中国的南方人在反对外国人的斗争中所表现的那种狂热"，应该对我们理解《水师管带》是极有指导意义的。

邹元辉的长篇历史小说《水师管带》透露出来的"整个亚洲新纪元的曙光"是很明显的。作品没有孤立地写发生于自己家乡的一段历史，而是试图以宏阔的视野、缜密的结构、细腻生动的笔触，全方位描绘十九世纪中期以后大清帝国广阔社会生活图景及走向衰落的必然趋势。通过作品，我们固然看到了战事的风起云涌，看到了勇士们的慷慨赴死，但也可以明显地看到，处于这幅社会图景核心的，还有一些极为斑斓错综的怪现状。一方面是国家内忧外患、风雨飘摇；另一方面是在如此困境之下，以慈禧、恭亲王等为代表的封建统治者却在进行着诡谲多变的内斗。同时，与之形成强烈对比的，是以左宗棠、沈葆桢、贝锦泉等为代表的爱国将士，他们有着热血沸腾、报效祖国的激荡情怀。特别鼓舞人心的是，作品通过跌宕起伏的故事，还原了制造中国第一艘战舰的波澜壮阔、荡气回肠的历程。当前，我们正处于走向海洋大国的时代背景下，如何强健海上力量，维护国家安全、保护人民利益、维护世界和平，是我们的一个紧迫课题，邹元辉把自己的历史题材小说与当前中国面向海洋的战略构想联系在一起，显现了他强烈的责任感与使命感。

在小说的开始，我们看到，祖国的疆域在没有外敌侵扰的时候，曾经是那样的迷人、安宁：位于浙东的镇海口天空湛蓝如画，一堆堆舒卷白云如烟飘逸,层层叠叠的江浪簇拥着涌向岸边,轻吻堤岸后悄然隐去,只留下一道长长的吻痕。只有挟裹着潮湿海腥味的季风掠过堤岸,逍遥自在地向城内荡去……哪想到,这平静里正潜藏着危机。作品着力以十九世纪末宁波市镇海贵驷憩桥人贝锦泉的成长为背景,选取中国人合力打击东海盗匪、护卫商船,奋发图强、白手起家制造第一艘中国战舰以御敌卫国为主线,将宏大叙事全景描写,与细腻生动的笔触结合起来,将历史人物和虚构人物结合起来,反映了宁波商人敢为天下先,自筹经费买轮船击盗御敌的历程。作品浓墨重彩地展现了左宗棠、沈葆桢、贝锦泉等将士,面对制器不备、装备窳劣、筹费不裕的窘境,毅然排除万难制造第一艘中国战舰的艰辛,凸显了将士的悲壮爱国情怀。

好的小说历来是要讲究宏大叙事与细节描写有机结合的,《水师管带》尽量避免简化后单薄又枯燥的历史教化语汇,而是开放创作思维,在把握"小""细""碎"的同时,打通了"大历史"和"小细节"之间的壁垒,使宏大叙事和细节的铺陈相得益彰,不但没有模糊历史群像的象征意义,反而让一个个历史人物形象呼之欲出,血肉丰满,让人物、故事和历史浑然融为一体,从而使遥远、抽象的历史渐渐有了人性的温度。读者在阅读作品的过程中,靠细节和人物行动的具体性获得认知、共鸣和情感体悟,使这一段段历史具有了更加真实的现场感。

《水师管带》用不同人物的命运抗争代替大事件的抽象,来重现历史的丰富,折射出风云变迁的历史曾有的难忘,完整地展现出中华儿女抵御外侮、精忠报国,并在爱国精神、英雄主义和人世常情的纠结中,把个人英雄主义与国家软弱、权贵荒谬这对矛盾交织在一起,在展现雄壮、阳刚与悲怆的场景中,引导读者体味历史的苍凉,唤起读者对民族命运和祖国前途的热切关注。事实上,这种努力完全可以与民族精神、国家共同意识的建构联系在一起看待。我们看历史就是在看自己的未来,我们看历史就是在吸

取力量,如果作品让我们对自己的国家与民族产生了强大的向心力和凝聚力,那作品就是成功的。以此衡量《水师管带》,应该说,邹元辉的努力是值得的、成功的。

是为序。

梁鸿鹰

2015年元月4日夜,北京德外

上 部
SHANGBU

第一章
DIYIZHANG

道光二十五年四月初二,挟裹着潮湿海腥味的季风掠过浙东镇海口江面,伴随着层层叠叠的江浪涌向岸边,给冷傲的堤岸留下一道长长的吻痕。

"借光,借光。"

几个渔民抬着用粗毛竹制成的"蟹浦船鼓"向"石道头"码头走来。有客商认出走在前面的正是宁波北号船主董沛,他那艘满载南洋上等木材的大船已在靠岸中,于是纷纷拱手祝贺:"董爷,恭喜恭喜。"

"同喜,同喜。"董沛拱手答谢,原本细眯着的眼睛此时弯成了两道缝。

一进码头,渔民旋即竖起"董"字大旗。只见鼓、唢呐及锣钹等准备就绪,领班手一扬:"开船!"

"好咧——"

六个腰上系鼓的渔民钻进"蟹浦船鼓",挎上连着船身的粗布带,随着一声浑厚粗犷的号子声,唢呐、锣钹同时响起,渔民们直起身,开始步调一致地敲打起鼓来。顿时,船随鼓声的节奏前后波摆,仿佛在波涛汹涌的海面上劈波斩浪奋勇前进。

鼓声一响,码头涌来不少看客。人群中四名手提竹篮的少年很显眼,身

穿打着各色补丁的灰短褂，腰系草绳。只听嘴角有颗黑痣的少年揉着瘪肚对身边的高个子少年嘟哝："贝哥，我好饿。"

贝哥叫贝锦泉，十四五岁模样，挺鼻阔嘴，古铜肤色，一根粗辫在脖上足足绕了两圈。望着不远处的地上放着的几篮糖馒头，他也情不自禁地咽了咽口水。

"想吃馒头？"身后的屠才友突然伸过脖子轻声问道。

贝锦泉转脸还没开口，屠才友鼻翼一抽，两道清涕像两条矫健的白龙，倏地窜进了鼻孔。只见屠才友喉结上下一滚，"咕咚"一声咽下后，贴过身子一脸坏意地追问："贝哥，要不先弄两个解解馋？"

仪式没结束，船主怎么可能散发馒头？贝锦泉局促不安地扫了四周一眼，悄声反问："行吗？"

屠才友挤了一下眉眼，轻拍胸脯打包票说："看我的。"

话音刚落，站在后面的沈仁发伸手一把按住屠才友的肩膀，双眉紧蹙，浓浓"川"字透出与年龄不相吻合的历练与老成。他压着嗓音提醒："这可不比地里偷瓜，处处是眼睛，别惹麻烦！"

屠才友歪着脑袋不屑地说："去，我什么时候惹过麻烦？"说完，转头在孙晓云耳边悄声嘀咕了几句。两人把竹篮托付给贝锦泉和沈仁发后，孙晓云先悄无声息地离开，屠才友则蹲下身子，从口袋摸出一根灰线，一头绑在脚腕上，一头绑在小石子上，然后捏着小石子径直向最近的那篮糖馒头走去。

背手站在"董"字旗下的董沛见有人上前，指着屠才友喝道："闪开，快闪开！"

屠才友却没知觉似的，神情恍惚地继续朝前走。董沛只好上前伸手阻拦，可还没等他发话，面前这个拖着鼻涕的冒失少年却开口问道："你是谁？"

董沛正准备呵斥，拖涕少年却抢口惊叫："啊，是土地爷，小的给您老磕头了。"说完，跪在冰硬的青石上连磕了三个响头。

原来这孩子有病，董沛摇头哑然一笑，刚转身打算叫人带他离开，可拖涕少年磕完头起身连连摇手:"土地爷,董老爷不给,小的断不敢要。"

"嗯?!我不给什么?董沛细细打量对方后,发现其不是在和自己说话。顺着那眼神,似乎自己左侧还有一人。

"土地爷,别,董老爷会责怪小的的。"

看拖涕少年疯疯癫癫的样子,董沛拍了一下对方脑门:"小子,在和谁说话?"

屠才友故作惊了一下,转眼盯着董沛瓮声瓮气地反问:"是土地爷呀,难道董老爷没看到?"

董沛有点摸不着头脑,明明边上无人,怎么会跟人对话?可又一想,难不成"蟹浦船鼓"真把土地爷给请来了?可为什么自己看不到、听不到呢?董沛转视了一圈,捏着下巴一脸狐疑地追问:"土地爷说什么?"

"土地爷让董老爷马上赏几个馒头给小的。"

"扑哧——"董沛忍不住笑出了声,举手佯装要打对方,"臭小子,胆敢在老爷面前耍小把戏,看我怎么收拾你。"

"等一下。"屠才友伸手一挡,随后扭头连连应道,"好的,好的。"

"好什么?"

屠才友一本正经地指着面前的篮子说:"土地爷让我转告董老爷,若您不赏小的,他就倒了这篮馒头。"

董沛这下真来气了,好好的大喜事怎么来个馋嘴捣乱?他重重地拍了一下屠才友后脑:"臭小子,再胡说小心老爷我割了你的烂舌头喂狗!"

屠才友没理会董沛,恭恭敬敬地朝边上一鞠:"土地爷,那小的先告退了。"趁董沛分神之机,屠才友手一松,脚尖一勾,小石子拖着长长的细绳穿过篮子把手,准确无误直抵早等候在对面的孙晓云脚下。孙晓云俯身神不知鬼不觉地捡起了石子。

这边怒气冲冲的董沛朝屠才友狠狠踢了一脚:"滚!"恨不得把这个扫帚星扔进江中,让他彻底从眼前消失。

屠才友踉跄了几步,抹了把鼻涕,径直向边上走去。对面孙晓云也悄无声息地牵紧细绳与屠才友同向行进。篮子被他们一拖,顿时倾翻在地,馒头撒了一地。

董沛不明事由,见篮子莫名其妙地倒地,想到拖涕少年刚才说的话,顿时觉得毛骨悚然,张臂失声叫道:"小哥,等等。"

屠才友暗自咧嘴一笑,转过身,佯装一脸茫然:"董老爷有事吩咐?"

董沛指着那几篮馒头,语无伦次地说道:"快,快听土地爷的,把馒头拿去,快,全给你。"

"啊?!都给我?"屠才友倒一点儿也不急,不慌不忙、假模假样地指着自己的鼻子明知故问。

董沛像是送瘟神,忙不迭地挥手:"给你,全给你,快拿走。"

"谢董爷!"屠才友本以为只能糊弄到几个馒头,没想到船主全给他了,意外的收获让他格外兴奋。为了能在小把戏被戳穿前逃离码头,屠才友急步朝提篮跑去,却不慎踩到绳上,一下子被绊倒在地。他顾不得疼痛,一把扯下脚腕上的细绳,招呼贝锦泉上来拿馒头。孙晓云也扔了绳头帮着把馒头装进提篮。围观人群见状也纷纷拥上前去哄抢,把正在表演的"蟹浦船鼓"逼到了边上,不得不中止表演。

等人群散去,大船已靠岸架好跳板。董沛赏过表演"蟹浦船鼓"的渔民后,正准备上船验货,管事递过一只空篮气咻咻地说:"董老爷,看来这几个浑小子还花了不少心思!"

董沛何等精明,定睛看到空篮提手处的细绳后,马上明白了刚才遭遇的缘由。正欲叫人去找这几个浑小子算账,可话还没出口,兀自笑出了声。董沛心想,自己好歹也在商海沉浮了二十年,没想到今天竟然会中了这几个小屁孩的圈套。还好今天被诓走的是馒头,若是船上的木料,那岂不逼自己跳江了?反正馒头也是准备发送路人的,没必要来气,倒是日后需得留意这几人,若干年后想必全是当帮手的好料。想到这里,董沛笑后自嘲道:"这帮穷小子如此周密算计,也费了不少心计。算了,放他们一马。"说完,手一挥,"上船。"

贝锦泉等人提着沉甸甸的篮子逃离码头后,迅速躲进一僻静小巷,四人蹲下身子后便迫不及待地抓起馒头大口吞咽。等肚子撑圆后,才心满意足地提上篮子,一路打打闹闹着向城内走去。入城门不久,就听到有人边喊边向县衙跑去:"不好了,蚱蜢艇来了,蚱蜢艇来了。"

街边一腌鱼老人闻声直起身,眼神呆滞地望了望四周,边捶驼着的背,边摇着头叹息,"唉——,不知哪个船主又要倒霉了。"

"啊?!布兴有又来镇海了?"

"县太爷会派兵拦截吗?"

"走,去看看!"

……

人群一边议论一边向县衙涌去。一时间,大街小巷像是刮起一阵大风,喧嚣着向县衙飘去。

望着篮中馒头,沈仁发由衷感叹:"董船主运气真好,若晚点,估计也要遭殃了。"

看着渐渐空荡的大街,屠才友愤愤不平:"真气人,我们前脚刚到县城,这帮狗海盗后脚也跟来了。"

"贝哥,怎么办?"孙晓云抹了一把鼻子上沁出的汗水,等贝锦泉拿主意。

"好不容易进城一趟,等等吧。"

屠才友的心早就随眼神跟着人群跑了,急不可耐地提议:"空等不如去看看热闹,一起去瞧瞧蚱蜢艇吧?"

贝锦泉也想去,可望了一眼篮子,挠着头皮犹豫不决:"那货和馒头怎么办?"

没想到孙晓云一屁股坐在地上,懒洋洋地挥了挥手,说:"算了,我吃饱就不想动,你们去吧。"

话音刚落,三个同伴齐声一呼,撒开腿就朝人群方向赶去。

此时,县城像一锅即将开锅的粥,县衙外更是挤满了人。贝锦泉刚到外圈站稳,一个戴青纱抓角儿方巾,身穿长衫,腰系布带的年轻人也围了过来,环视半圈,扭头请教身边一长衫老者:"敢问这位爷,布兴有为何方人士?"

老者转身打量眼前这位肩上搭着褡裢的年轻人,轻声反问:"爷是外来的?"

年轻人拱手答道:"噢,小人胡光墉,字雪岩,乃徽州绩溪人。现为永兴钱庄跑街,今天恰来镇海办事。"

"原来如此,怪不得胡爷不知布兴有这个强人。"老者轻点一下头,捏着颔下短须解释,"那布兴有乃广东潮州人,当年趁朝廷海防疏漏、武备松懈之机,结一帮亡命之徒驾面涂绿油的蚱蜢艇游弋巨洋,专门行劫商旅或沿海居民。今年多次入浙,扰我沿海居民……"

不等老者说完,县衙传来一阵嘈杂声,只见头戴乌纱、足蹬皂靴的黄知县在一群头戴尖帽的吏役簇拥下,疾步从里面走了出来。

门口两名手按腰刀的皂班成员抢前几步,挥臂驱散人群:"让开,让开。"

围观人群纷纷向两侧避让,胡雪岩被前面的人一挤,跟跄了几步。贝锦泉眼尖,发现那个年龄稍大的汉子是故意挤推眼前这个外地人的,以便年轻同伙伺机把手伸进褡裢内偷窃。看胡雪岩尚未察觉,情急之下,贝锦泉干脆跨前几步,横插在胡雪岩与小偷之间,硬生生地把小偷的手挡了回去。

俩小偷其实早就盯上这个搭着褡裢的外地人,现好不容易有这个下手的机会,怎可让面前这个穿着破烂的大小孩坏了事。年龄稍大的小偷恶狠狠地瞪了贝锦泉一眼,低声威胁:"小子,想干什么?!"

没想到贝锦泉不但没有被吓住,且毫无怯意地握紧双拳,偏头瞪眼反问:"你想干什么?"

俩小偷使了个眼色,一左一右夹了上来。沈仁发现势不妙,立马撸起袖子挺身上前。胡雪岩不明原因,扭头看身后这几人架势不对,也和别人一样,后退几步,让出一小片空地。

虽然小偷很想教训坏他们事的大小孩,但毕竟是在县衙外,两人多少有点心虚。就在他们犹豫之际,那年龄稍大的小偷突然"哇"的一声叫起来,手捂脖子四处张望。还没等他找到原因,一个激灵,左脸又被一块小石子击得生疼。这下他明白过来,看来自己刚才光顾着盯外地人肩上的褡裢,没想到这人群中还藏有高手。好汉不吃眼前亏,他赶紧双手捂头招呼同伙:"快走!"

贝锦泉和沈仁发松了口气,扭头看到屠才友正掂着手上的小石子,一脸得意地望着仓皇逃离的小偷,不由得相视一笑。

此时,黄知县已上轿坐稳,书办放下轿帘后,便催促轿夫起轿。壮班与快班手持各种兵器,护着官轿向江边跑去。知县这一走,看热闹的人群像是被牵着线的风筝,嬉闹着跟在后面,只有胡雪岩和老者仍站在原地没动。老者指着胡雪岩肩上的褡裢善意提醒:"胡爷,在外可要小心。"

"哦?"胡雪岩心一惊,不由自主地按住了褡裢口。

"若非刚才那两个小子出手,恐怕……"

经老者这一提点,胡雪岩幡然醒悟,他张口"呀——"了一声,扭头望去,此时,原本热闹的街头已空无一人。回想刚才的情景,胡雪岩似乎对两个小孩还有点印象。

老者问道:"胡爷不去瞧瞧热闹?"

"小的有事需马上返回宁波府。"胡雪岩说完反问,"您老不去看看?"

"哎——"老者长叹了一声,仰头望了望压得低低的浊云,摇了摇脑袋,"这些兵爷……"

胡雪岩身一缩,谨慎地探了四周一眼,抱拳打断对方:"小的先告辞,后会有期!"说完,也不等对方回话,大步流星地离开了县衙。

水师营地此时也热闹非凡,几名臂、腿扎着绑带的水勇正忙着杀鸡宰鹅。知县下轿后,不等水勇禀报,就疾步向管带营房跑去。还没到营房门口,只见一名套着绣有"寿"字对襟衫、脚蹬蛤蟆头厚底皂靴的中年男子,腆着大

肚子从里面迎了出来，一边拱手，一边大声招呼："哟，是黄太爷驾到，快里边请。"

黄知县跑得气喘吁吁，上气不接下气地说："戴大人，恕下官失礼。海匪又来了，请大人赶紧出海拦截。"

一听黄知县不是前来祝寿，而是报匪警，戴管带大为失望："怪不得老子一早右眼皮直跳，原来是这事儿。"

看戴管带只是嘴上骂骂咧咧，身子宛如扎了根的树木纹丝不动。急性子的黄知县又催促："戴大人，快，晚了渔船和商船又将遭劫。"

戴管带皮笑肉不笑地望了对方一眼，心想，海盗只是打劫渔船和商船，又不是叛军攻城略地，你堂堂一个县太爷有啥好慌的？难不成被劫的是你爷不成？看着猴急样的黄知县，戴管带不急不躁地从袖中掏出鼻烟壶，拔开塞子凑到鼻下吸了两下，等打了一个响嚏后，才悠悠地说出想法："想必黄太爷也清楚，如今水师战船难制这帮海匪，不如让炮台轰他几炮，打到算是运气。"

运气？打仗、剿匪难道靠运气？那朝廷养你们干嘛？看来只有搬出朝廷才能唬住这个昏官。想到这里，黄知县强压胸中怒火，拉下脸提醒："巡缉乃水师官兵职责，望大人速率所部出海，护商、渔船泊于海。如若罔恤民患，朝廷定将怪罪渎职。"

黄知县的这几句话多少唬住了戴管带，作为五品官员的他可以把眼前这个小芝麻官不放在眼里，但不能不把朝廷当回事。自雍正帝起，为了管制各级官员，允许任何一级地方官员直接用奏折向皇帝密报机密。如果黄知县真的向上参奏水师罔恤民患，那够他喝一壶的了。想到这里，戴管带恶狠狠地往地上啐了一口："呸！爷的寿辰也让这帮强人给搅黄了。"虽然心里很窝火，可也只好无奈地转身，抱着几丝怨气命令身边的水勇，"叫弟兄们带上兵器出海缉盗。"

黄知县知道懒得出海作战的戴管带明骂海匪，暗是冲自己，他立即缓下脸色俯身拱手："祝戴大人出征一帆风顺，马到成功。本县在岸边恭候戴大人,当为大人凯旋补贺寿辰。"

戴管带不耐烦地挥了一下手,没搭一句话,气鼓鼓地回营房更衣。

待战船出海,洋面上四艘涂着绿色的蚱蜢艇早将一艘商船洗劫一空。当舷头标着"谧兴"的清军战船渐渐驶来时,布兴有毫无怯意。这几年,率弟兄们与水师官兵交手少说也有三四十次,从来没有失过手,且次次打得清军抱头鼠窜。到后来,水师官兵干脆见了他们就回避,以免发生冲突。今天既然他们斗胆敢来见他,那就和弟兄们好好玩上一把,提提士气。想到这里,布兴有命蚱蜢艇待在原地,随后一边喝酒,一边病快快地靠在船舷,把玩着崭新的墨西哥"鹰洋"。

也不知过了多久,望风的小海匪过来报告:"布爷,水师离我们不足二里了!"

"嗯。"布兴有有气无力地应了一声,扭头睥了一下洋面,伸手拍了拍脸皮拉得紧紧的小海匪,把手中两枚"鹰洋"往他身上一扔:"赏你了。"随后身子一挺,抄起一把火枪,像换了个人似的,雄赳赳地往船头一立,举枪高声喊道,"弟兄们,围住这只王八,吃了他!"

"好嘞。"海盗们应声后,争先恐后划着各自的蚱蜢艇向水师战船包抄过去。布兴有威风凛凛地持枪屹立船头,一点不像抛戈弃甲的海盗,倒像个出征疆场准备痛歼敌人的大将军。看对方战船已进入自己的射程,布兴有潇洒地吹了个口哨,手一挥:"打!"

蚱蜢艇上的海盗早已按捺不住,纷纷瞄准水师战船开起了枪。

在戴管带听来,这骤然响起的密集枪声就像是战场上的鸣金,他慌忙俯身低头,同时,迅速下达命令:"停止前进!"

水勇协领生怕听错,缩着脖子追问:"大人,不追了?"

戴管带狠狠踹了对方一脚,骂道:"你是蠢还是没长耳朵?没听到枪声吗?现在不是我们要追,而是海盗迎上来想和我们干一仗!"说到这,戴管带拍了拍驾驶舱的木板,"这船能出海吗?能吓这帮强盗就吓,吓不住爷也没有办法,总不至于去送命!"戴管带蓦然想起早上一直跳动的眼皮,越发觉得今天出海不是好征兆,暗自提醒自己事事谨慎,切不可冒风险。

"大人,那我们现在怎么办?"

戴管带没理会水勇协领,下令身后的水勇把总:"放箭!"

"嗻!"水勇把总应声探头目测,最近那艘蚱蜢艇起码也有一里,就算吕布再世,这箭也不可能给对方造成威胁。不过水勇把总可不想违抗军令,心想,就权当是场出海游戏,早点结束了回营喝管带的生辰酒席,不能让寿礼钱白贡了,多少得吃点回来。于是他立即传令:"放箭!"众水勇心知肚明,躲藏在角落拉弓放箭,毫无目标地乱射一通。

布兴有见状哈哈大笑,解开身上的布扣,奋力一指:"弟兄们,让'金宝昌'给这些缩头乌龟来个厉害的,叫他们今后见了爷不敢再纠缠。"

"金宝昌"上的海盗兴奋得嗷嗷直叫,填装火药后,抢着点燃了引绳。只听"轰——"的一声震耳欲聋的巨响,炮弹落在水师战船左舷处江面,虽然没有击中战船,但掀起的水柱使战船左右摇晃了好几下。

看蚱蜢艇火光一闪,戴管带暗暗叫苦,还不等他做出反应,船体一晃,险些让他摔倒在地。一脸狼狈的他双手紧紧攥着门框,失声叫道:"撤,快撤!"

这回水勇协领没有再问,心急火燎地下令水勇立刻倒划船桨。看着开始逃离的清军战船,海盗们举起兵器,或吹口哨,或尖叫,就像一只只看着对手垂头丧气落荒而逃后骄傲打鸣的公鸡。欢庆一番后,布兴有扬扬得意地率满载着抢来财物的蚱蜢艇离开了镇海口。

看战船一无所获灰溜溜地驶回岸边,黄知县心底涌起一团怒火,蹙眉愤然感叹:"江南新复,民生凋敝,粤地海匪却结党成群,跨省劫掠,扰我县民,水师官兵本应合力捕治,净绝根株,可……唉——"长吁一声后,神情黯然地钻进官轿,直接回了县衙。

被劫商船渐渐驶入内江,主杆上的"永安"旗号越发清晰。虽然船还没靠岸,可船上的哭声已传至码头,听得船主和船员家属心惊肉跳。每当眼尖的家属看到船上的家人，立马破涕为笑。顿时，小小的码头夹杂着哭声、叫喊声、惊笑声，现场混乱不堪。

当船员抬着一具用白布盖着脸、身上血迹斑斑的遗体刚走下跳板，一妇女猛地拨开人群，撕心裂肺地号叫着扑了上去。紧随其后的一豆蔻年华的女孩捂着嘴，手提裙摆也跟跄着冲了过去。

有船员走到船主面前，哭丧着脸报告："刘爷，货物全被海匪抢走了。"

虽早知结果，但船主听了还是心如刀绞，指着草席上那具遗体，问："陈老大出事了？"

船员悲恸欲绝："陈老大不肯停船，海匪上船就把他给杀了，还挖了他双眼，说来世也让他无法出海。"

"简直是无法无天！"刘爷低声咆哮，可细辨之下，夹杂着更多的是无奈与酸楚。

众人簇拥着刘爷向船老大的遗体走去，有人揭开白布，遗体脸上两个森森的空洞让人不寒而栗。不少挤在前面的胆小者吓得脖子一缩，赶紧退入人后。胆大的喷上几声，摇摇头，转身也退了出去。

看热闹的人群渐渐散去，沈仁发拉了拉贝锦泉："贝哥，走吧，别让狗蛋等急了。"

"嗯。"贝锦泉满腹惆怅地应了一声。三人转身向南边的熏桥走去，没走多远，见前面有一猪圈，贝锦泉眼珠一转，停下了脚步问同伴："水师是不是太窝囊了？"

沈仁发对贝锦泉突然冒出的问题有点诧异，只能顺着话题愤然抱怨："就是，一群可恨的窝囊废，百姓面前耀武扬威，海盗面前抱头鼠窜。"

屠才友像是被点了火星的油桶，怒不可遏地骂道："空吃兵饷，真想把这些王八蛋扔进大海喂鳖。"

贝锦泉伸手搂过两人，压低嗓音问："听说今天是管带爷寿辰，想不想送他份'寿礼'？"

看贝锦泉一脸坏笑且胸有成竹的样子,沈仁发和屠才友眼一亮,异口同声应道:"干!"屠才友旋即催问:"贝哥,怎么个送法?"

贝锦泉刚把想法说完,沈仁发和屠才友都拍手称好。于是,三人从猪圈掏了几团臭烘烘的猪粪,用干土裹成一个个猪粪球垒在木片上。准备停当后,三人折身向水师营房走去。

上岸的水师官兵并没有因被海盗击退而羞愧,此时,营房一片喜庆,上下忙碌,像正准备庆祝凯旋。隔着栅栏,贝锦泉远远看见戴管带套着绣有"寿"字的对襟衫,在众人簇拥下,背手腆肚进了一间房。

值哨水勇发现两个少年追打着靠营房越来越近,抄起枪杆恶言警告:"臭小子,滚远点,再过来老子捅死你们!"可两人似乎没听到水勇的警告,越打越凶,最后干脆在营房门前搂抱成一团,你抓我辫子,我掐你脸,打得鼻眼都快错位了。值哨水勇这下来了兴致,抱着枪杆拢着双手当起了教练:"打,用脚狠踹……对,再踹……踹裤裆。你用劲踹……"

就在值哨水勇全神贯注之际,屠才友从另一头悄无声息地靠近栅栏,把一颗颗猪粪球踢进装有已宰杀洗净的鸡鸭鱼的盆中。看尚有几颗猪粪球,屠才友一不做,二不休,干脆利落地全踢进两个大水缸。干完后,屠才友蹲身抓了一把土,边搓手,边悄悄向后撤去。

"打"得难解难分的贝锦泉和沈仁发听到屠才友的哨声后,同时松开了手。就在值哨水勇发愣之际,两人同时手一伸:"军爷,赏点吃的吧。"

值哨水勇恍然大悟,原来两小子是打假架,害得自己白起劲。他懊恼地挥手呵斥:"滚,想要把戏到大街上去!"

沈仁发故作可怜地靠近值哨水勇:"军爷,赏……"

话还没说完,值哨水勇抬腿踢了沈仁发一脚,一边抖着红缨枪,一边瞪着并不大的眼珠子威胁:"快滚,不然老子赏你一枪!"

贝锦泉和沈仁发佯装害怕地立马抱着脑袋就逃,身后传来值哨水勇得意的笑声。

第二章
DIERZHANG

　　傍晚,四人急匆匆地往贵驷憩桥赶去,刚过村口小桥,贝二泉三步并两步迎了上来:"大哥,有人找你,爹让你快回家。"

　　贝锦泉心一惊,难道水师官兵找上门了?若真如此,决不能回家,要赶紧逃离此地。打定主意后,他冷静地问二弟:"谁?来了几个人?"

　　"就一人,我没进去,不知道是谁。"

　　贝锦泉心想,若"送寿礼"败露,官府断不可能只来一人。但刚宽下心又一想,会不会官府来人分散在四家守候?于是指了指身后同伴追问贝二泉:"他们家可有客人?"

　　"没有。"贝二泉莫名其妙,难道自家有客人,别人家也要有客来访?看大哥还没动身,就推了一把,催促:"爹要你快点。"

　　贝锦泉放下心来,把篮子往贝二泉手中一塞,撒腿就往家跑。

　　快到家时远远看见三弟贝珊泉、四弟贝四泉正围着一个上穿青色窄袖长衫,脚踩布靴的中年汉子,津津有味地听他说事,父亲贝元畦举着烟管陪坐在边上。

　　"敏修?"刚进门,那个长衫男子抬眼就叫起了贝锦泉的字。

"大哥。"三弟和四弟闻声扭头与贝锦泉打了个招呼。

毕竟心虚,贝锦泉警觉地望了望面前这个面色黝黑,胸前垂着一条令人羡慕的油光发亮大松辫的男子,感觉有点面熟,于是试探着询问:"爷是……?"

顾氏放下手上的针线活,上前轻拍儿子的宽实后背,明是责怪暗为提醒:"怎么连桂叔也给忘了?"

三弟贝珊泉也仰着脸补充:"大哥,我们识字就是桂叔教的呀。"

贝锦泉这才想起来,暗责心慌得连桂叔都没认出。桂叔以前就住在他们家隔壁,曾读过三年私塾,因父亲早亡,家境骤然衰落,常为炊米而忧。生性厚道的贝家虽不富裕,却常施援手救济这对孤儿寡母。桂叔无以为报,趁农闲教贝元畦的几个儿子认字,甚至还替贝锦泉兄弟几人取了字。七年前,桂叔收殓安葬暴病身亡的母亲后,孤身一人外出。乡里曾传桂叔现跟洋人在轮船上做事,非常风光,赚着大把大把的银子。现看来传言虽有点夸大,但从其回乡穿戴也可看出生活舒适。贝锦泉赶紧跪地磕头:"桂叔,侄儿给您老磕头谢罪了。"

桂叔放下碗乐呵呵地说道:"好,看来桂叔我没有白疼你。"

贝元畦用烟杆指了指贝锦泉:"是该多磕几个响头,若无桂叔相助,阿大只能一辈子窝在乡里讨食。"

"大哥一家救济小弟多年,小弟一直以无以为报为愧。"说到这里,桂叔认真强调,"不过敏修能干多久小弟可不能保证。"

贝元畦闷头长吸了口旱烟,似乎在下一个决心。等吐完烟,他才说道:"地薄嘴多,这年头出去闯才有盼头,你这是给孩子一条生路啊。"

贝锦泉的心怦然一动,难道自己要跟桂叔上外轮做事?虽急着想知结果,可又不好意思追问打听,只好竖着耳朵聆听,唯恐漏下好消息。果然不出所料,贝元畦扭过头对贝锦泉说:"阿大,好好再给桂叔磕几个头,明天桂叔就要带你出去干活。"

贝锦泉这下再也熬不住,顾不得礼节立即追问:"爹,桂叔带我去哪里?"

"先磕响头!没规矩!"看贝元畦脸色一沉要呵斥,顾氏故作恼怒抢先拍了一下儿子后脑。机灵的贝锦泉旋即再次跪下规规矩矩磕起了响头。

"呵呵,够了,够了。快起来,快起来。"桂叔弯腰拉了一把贝锦泉。

待贝锦泉起身垂手侍立一旁,贝元畦的脸色终于缓了下来。虽喜悦溢在眉梢,但语气仍在故意数落儿子:"阿大,桂叔那边有洋轮需一名帮工,这等好事桂叔第一个想到的就是你,匆匆坐船赶来接你,可你居然还认不得桂叔了。"

贝锦泉狂喜不已,真有点不敢相信自己的耳朵,按捺住惊喜,朝着桂叔恭恭敬敬地弯腰施礼:"多谢桂叔。"

没想到桂叔却收起笑容板起脸来问贝锦泉:"先别谢,桂叔问你,在葡萄牙国的船上干活非常苦,你吃得起苦吗?"

贝锦泉心头一紧,怕答不好失去外出机会,忐忑表态:"桂叔,侄儿从小就是苦过来的人,决不会丢您老的脸。"

桂叔朝贝锦泉的肩膀用力拍了两下:"好!就这样说定了,明天一早我带敏修走。"

"爹,我也要跟着桂叔去。"

"爹,让我也去轮船干活吧。"

贝珊泉和贝四泉羡慕不已,吵嚷着也要跟去。不等贝元畦呵斥两个小儿子,桂叔已笑眯眯地劝慰:"你们现在还小,等像你们大哥一样高,桂叔也带你们上洋轮。"

一脸天真的贝珊泉好奇地问:"桂叔,洋轮手划重不重?"

"不用手划,而且特别快。"

顾氏好生惊讶:"葡萄国真够厉害的,我们靠海还没有这样的大船,他们种葡萄的就能造这等好船。"

"扑哧——"桂叔刚端起碗喝水,被顾氏这一说笑弯了腰,一口水大半被他侧脸喷在了地上,贝锦泉赶紧上前轻拍桂叔背。喘笑几声后,桂叔调侃道,"老嫂子可真会说笑,若葡萄牙是种葡萄的国家,那马来西亚不就是放马的国家,布隆迪是织布的国家了?"

顾氏红着脸自嘲:"人老耳聋了,光听有葡萄,没听清还有牙,让桂叔见笑了。"说到这里,顾氏叹了一声,"唉,是要让孩子们出去闯闯,不能像我一样睁眼瞎。"

桂叔心生敬意,来前还担心顾氏会有养儿在身防老的俗念,没想到她有这样的眼光,于是顺着顾氏的话调侃:"有葡萄没牙那怎么吃呀?"

在场的人都笑了。

晚上,挤在一张大木板上的三个弟弟早已沉睡,可贝锦泉却一点儿睡意也没有,刚侧了个身,油灯下缝衣的顾氏过来,替儿子掖了一下被子,轻声说道:"快睡吧。"

贝锦泉睁开眼:"妈,你也早点睡吧。"

"妈给你衣服再缝严实些,以后在外只能靠你自己了。"

母亲的声音听起来有点哽咽,贝锦泉赶紧闭上了眼。刚合上眼,感觉脸上滴了滴水珠,贝锦泉微启眼皮,只见母亲正抬手反抹眼角,心一酸,复又合上眼假装睡了过去。

顾氏刚回到油灯下拿起针线,贝元畦推门走了进来:"糕粉打好了。"

顾氏没停下手中的活:"天明我就蒸上,孩儿他爹,你也睡吧。"

"嗯。"贝元畦应了一声,脱鞋上了靠南的床,头刚落枕,就响起了鼾声。

贝锦泉偷偷抬眼望去,橘红色的烛光在灰墙上摇曳不定,四周一片静谧,母亲穿针引线的剪影贴在土墙上,恍恍惚惚,似梦非梦。

"嘶——"一声短促的急吸声引得贝锦泉转头看去,原来母亲扎了手。只见她吮了吮手指,在身上擦了几下,若无其事地继续在忽明忽暗的油灯下缝着衣。贝锦泉觉得胸口涌起一股暖流,却让心头有些发酸。蓦然,贝锦泉觉得脸上又有了水迹,只是这次不是一滴,而是两道,两道滚滚涌动的热泪,他赶紧转回头合上眼。不知不觉中,贝锦泉再也扛不过倦意,终于沉睡了过去。

第二天一早,得知贝家老大要跟桂叔去洋轮做工,羡慕的、妒忌的、伤感的,当然也有不屑的邻居们赶来贝家看热闹。

沈仁发、屠才友和孙晓云恋恋不舍地围住贝锦泉,屠才友一脸仗义地说:"贝哥,如果有人欺侮就来找我们。"

沈仁发推了一把屠才友,一脸鄙夷道:"行了吧,洋轮不是随便谁都能上去的。"

本有点伤感的贝锦泉一下子乐了,是呀,洋轮怎么能随便让人上去?这句无意的话让他感觉自己是个幸运儿,这份幸运使自己变得不同寻常,并彻底改变了原先的生活轨迹。此时他不想让同伴们有争执,于是抢过话说:"放心,我会照顾好自己,不用担心。"

"贝哥,有好消息早告诉我们。"沈仁发的语调有点低沉。

看桂叔示意要走,贝锦泉佯装爽朗无事地拍了拍仨同伴的肩膀:"回去吧,我得走了。"

"贝哥,有机会把我们也带出去,我们永远在一起。"孙晓云话音刚落,几个人的眼圈都红了。

"一定。"

当贝锦泉跟着桂叔向家人及乡人挥手告别时,内心不但没有一丝徘徊、恐惧或担忧,反而有一种按捺不住的欢愉、兴奋。虽然没有机会念书,但贝锦泉相信,自己今天的幸运相当于读书人高中进士。

到码头,桂叔找到专跑宁波到上海的木壳船,交过铜板,拉着贝锦泉就踏上了跳板。此时,大舱已有许多人,地上铺着一张张草席。桂叔选了两个紧挨的空席对他说:"坐下,不要乱跑。"说完,放下包袱独自向外走去。

"嗯。"贝锦泉应声后,也把包袱往草席上一放,利索地脱掉布鞋坐了下来。浓眉下乌黑的眼珠滴溜溜乱转,悄无声息地打探陌生的世界。

也不知过了多久,贝锦泉感觉身子猛然晃了一下。船开了!第一次离开陆地驶向神往已久的汪洋大海，贝锦泉是既兴奋又紧张，竖起耳朵，闭眼聆听拍打木船的涛声，涛声熟悉又陌生。是的，以前在海边也常听这样的声音，可今天大为不同，因为声音和身体有了互动。每次耳际传来涛声，船都会随之起伏，似在腾空飞行。贝锦泉暗自揣摩，或许天神腾云驾雾就是这样的感觉。他很想上甲板看看船在大海中航行的模样，但按捺住了好奇与激动。既然桂叔叮嘱自己不要乱跑，那就是板塌船沉，也要守在原地。守信是做人之本。

也不知过了多久，桂叔回到贝锦泉身边，开始给他讲述轮船知识。贝锦泉如饥似渴地听着、记着，生怕漏记了会耽误今后的活计，让桂叔和父母丢脸。

当船靠上上海码头时，已是第三天早上。下船上岸，贝锦泉顿时感觉身处另一个世界。沿码头望去，停靠着密密麻麻、各式各样的船只。岸上，一幢幢陌生的楼房，一条条生疏的街道，一张张新奇的脸面，甚至连空气和阳光也是那样的奇特。紧张和不安顿时盖过兴奋与好奇，贝锦泉手攥包袱，贴身跟在桂叔后面。周边不时有奇装异服的洋人擦肩而过，突然迎面走来一个露着半个胸脯的洋女人，粉嫩脖颈下深深的乳沟及白花花的胸脯"刺"得贝锦泉脸红耳燥。他偷眼一瞧，竟然好多人驻足直盯着露胸的洋女人，而看者与被看者好像都无丝毫羞愧之意。

"走，跟上！"桂叔似乎感觉贝锦泉慢了脚步，于是边走边扭过头提醒。

贝锦泉不敢再分神，赶紧把视线转到桂叔的青色长衫上。没走多远，桂叔指了指前面泊在岸边的一艘轮船："到了。"

太好了！若不是桂叔在，贝锦泉真想扔了手中的包袱蹦起来。眼前这条船他从来没见过，船舷两侧悬挂着巨大的水车盘子，船中高矗着粗粗的圆筒，就像家乡两张大饼夹裹着一根超长、超粗的油条。

和岸边的船员打过招呼后，桂叔带着贝锦泉上甲板径直来到一位正在点货的洋人面前。

"嗨！约翰船长，我把人带来了。"

听到桂叔的热情招呼声，船长转过脸来，贝锦泉抬眼吓了一跳。只见凹脸的约翰船长满脸密密匝匝的胡子，与头发几乎连成了一片，两道浓眉下嵌着一双凹陷的眼睛，尚未开言就霸气外露。船长漫不经心接过桂叔递来的双手，轻握了一下。

"敏修，快，见过船长。"

贝锦泉赶紧屈膝请安："船长好！"

"嗯！"约翰船长高耸的鼻子喷出一声沉闷的声音，翡翠绿的眼睛带着挑剔上上下下扫了贝锦泉几眼，然后食指向上勾弹几下。等贝锦泉走到眼前，约翰船长伸出强壮有力的毛茸茸手臂，掰开贝锦泉的上下颌，低头瞅了一眼。贝锦泉感觉一股浓烈的膻味直冲鼻子，不禁悄然屏住了呼吸。约翰船长接着把手移到贝锦泉的肩膀上，顿时，一阵麻痛从肩膀直钻贝锦泉胸口，但他暗咬牙关硬生生挺在原地一动不动，甚至连眉头都没皱一下。

约翰船长松开手，从那堆密匝毛发中，冒出一句生硬的中国话："可以。"

"嘘——"贝锦泉隐约听到桂叔轻吁了口气，似乎心头一块石头落了地。他暗下决心，珍惜机会，跟着桂叔好好干，不给他丢脸。

"约翰船长，那我走了。"

"嗯。"约翰船长傲慢地应了一声，又埋头点起了货。

桂叔朝约翰船长背影鞠了一躬，转身叮咛贝锦泉："敏修，跟着船长好好干，不要偷懒，手脚一定要勤快。"

贝锦泉越听越糊涂，刚才桂叔说要走，现在又让自己跟着船长干？难道桂叔要把自己的这份活让给我？虽心中有许多的疑问，可除了不停点头应诺，贝锦泉真不知当着船长的面如何开口问桂叔。

"那我就放心了。"桂叔摸了摸贝锦泉的脑袋，然后转身就走。

"桂叔，你去哪里？"站在原地的贝锦泉再也熬不住，伸直了脖子追问。

桂叔扭过身，边走边说："我的船还在前面码头，我得赶紧过去。"

"啊?!原来自己和桂叔不在同一条船上做工,贝锦泉扔下包袱,跪倒在地,一边磕头一边说:"桂叔,我一定会好好干的!"

"敏修,保重!"桂叔招招手,转身下了船。

起身后,贝锦泉望着桂叔渐离的背影,心中的紧张与不安早已隐退。这几年的生活磨砺,让贝锦泉懂得了一个道理,天下虽大,但不可能有光吃饭不干活的美差。他暗暗提醒自己,做个顶天立地的汉子,不怕孤独,更不怕苦难。

"密——"

约翰船长的吆喝声打断了贝锦泉的思绪,刚扭头,只见一个身穿短褂的中国船员哈腰缩脖地踮着脚跑了过来:"船长爷,您老有何吩咐?"

贝锦泉偷眼打量这个叫密的船员,中等个子,身子单薄,皮肤黝黑,双颊凹陷,尖脸上似乎用剔骨刀也刮不出二两肉来。本就褶子多,现加上殷勤讨好的模样,弄得满脸尽是一道道沟壑,几乎不用化装就能登台演丑角。船长似乎已习惯密的模样,指了指贝锦泉,简单得像是分配一件商品:"新来的,跟杨干。"

"嗻。"密应声哈腰后,朝贝锦泉招手示意跟他走。贝锦泉赶紧向船长鞠了一躬,拎上包袱跟着密向船舱走去。

刚绕过甲板,密瞥了一眼贝锦泉手中的包袱,脸一拉,腰板一挺,顿时与在船长面前的献媚神情截然不同。只听他冷冷地问:"哪来的?"

密的变脸让贝锦泉颇为惊讶,感觉对方脸上一道道符号变成了一支支暗箭,仿佛随时就要放箭伤人。他暗暗提醒自己,小心伺候好这个人,千万别得罪他。贝锦泉刻意堆出一副笑脸,亲热地答道:"师父,我是宁波府的,叫贝锦泉,字敏修。"

"有没有在船上干过活?"密的语气又硬又冷,似乎不是询问,而是用话在砸人。

"师父,我第一次出门,没干过,还请师父多关照。"

"少嘴甜!"

贝锦泉心一紧,慌不迭地应道:"是,是。"然后闭紧嘴巴不再多说一句。

两人一前一后来到船舱前,密推开木门,指了指靠外一床的上铺:"你就睡这里。把东西放下跟我走。"

"哎。"贝锦泉应声后打量了一眼船舱,舱内两边各放四张上下铺,八个床位。进门左边是一排小柜,右边摆了一个木架,一层一只铜盆。贝锦泉真想雀跃而起蹦到床上,可想到身后跟着始终没给好脸色的密,他克制住情绪,把包袱往床上一搁,跟着密就出了舱门。

刚到锅炉房门口,贝锦泉就感觉丝丝暖意从黑黑的小房贴面涌来。探头一看,里面坐了个反套短褂、体格结实的洋人,黑漆漆的脸,黑漆漆的手,就像是家乡泥涂上的跳鱼。贝锦泉正奇怪这个洋人怎么也留长辫、抽水烟,只听走在前面的密招呼道:"老杨头,来新人了。"

埋头抽烟的"黑洋人"闻声放下手中水烟壶,转身搁起右脚,翻着眼皮骂骂咧咧地抱怨:"操,再不来人,爷就要累死了。"

此时,瞳孔已适应房内光线,贝锦泉这才看清,眼前根本不是什么洋人,而是个浑身肮脏邋遢的中国人。张嘴一口黄牙,那件短褂已看不出本色,裤腿卷过膝盖,小腿青筋暴露,强健的肌肉像一块块铁疙瘩棱棱地凸现。再看那只搁起的脚板,金黄色老皮足有半指来厚。放眼看去,这老杨头全身上下除了那双明亮的眼睛外,没一处让人看了舒心。

密指了指贝锦泉:"接下来让这小子多干干。"

"呸!"老杨头似乎并不领情,朝地上吐了一口痰,抄起一把发黑的破蒲扇,用力一挥,"少在爷面前装好人。若早几年,爷捏死你就像捏死一只蚂蚱。"

"狗屁!"密轻声回骂后转过身,阴鸷的眼神蜇了贝锦泉一眼,"你就在这里干活。"说完,像是扔了手上的垃圾,拔腿就走。

"师父慢走。"贝锦泉垂首弓腰相送。

密没吭声，可背后却传来吼叫声："浑小子，爷才是你师父。"

细辨之下，老杨头的吼声语气并不狠，反而有点拉拢的味道。贝锦泉立马转身，上前乖巧地打了个千："徒儿贝锦泉给师父请安了！"

老杨头一愣，继而一阵狂笑："哈哈——没想到我'健锐营'弟子竟然在洋船上收起了徒弟。"

健锐营？那可是八旗的精锐，是皇城的卫戍军，营内全是八旗子弟，怎么可能有汉姓之人？怎么可能来当船工？难道老杨头在吹牛？老杨头似乎看出了贝锦泉的疑心，干脆摇着蒲扇一脸傲气地曝起家底："小子，爷可是正红旗满人，若不是祖上受和珅爷牵连，哪会沦落到今天这般光景。杨可不是爷姓，爷只是希望有一天再像祖上一样，在'健锐营'扬头做人。"

贝锦泉半信半疑，但暗自提醒自己，人生地不熟，不要冒犯任何一人，更何况是指定的师父。即使师父今天真吹牛说大话，那也当着真的来听，顺着他意去做。想到这里，贝锦泉干脆再一个千打到地："奴才给爷请安了！"

"哈哈。"老杨头不再是狂笑，笑声虽小了，但脸上漾起的褶子却更多了。"好，小子够机灵。爷好久没听这样的话了，真想收你做包衣奴才。起来吧，爷会疼你的。"

贝锦泉心里暗乐，自己这个样子还想收人做包衣奴才？不过嘴上仍客气地谢道："谢杨爷！"

老杨头把蒲扇往贝锦泉头上一拍，拉着脸纠正："爷乃钮祜禄氏！"

"谢钮爷！"

贝锦泉以为师父会很满意自己的改口，可没想到老杨头一把扔了蒲扇，一脸沮丧地摆了摆手："哎，算了，在这里还是叫师父吧。"

"嗯，听师父的。"贝锦泉本就担心这样的称呼会不会引起船长和其他人反感，既然师父自己要求改回来，那就赶紧顺水推舟。见师父没有再搭话，贝锦泉端起地上的空盆，手脚利索地打了一盆水，拧好布巾，恭恭敬敬地递到老杨头面前："师父，擦一把吧。"

老杨头并不领情,一把推开布巾,极不耐烦地挥着手说:"不用,这里不是王爷府,没法干净。"

还没等贝锦泉反应过来,外面传来摇铃声,有人拉着长音高喊:"老杨头,送煤开炉了——"

"知道了。"老杨头朝外吼了一声,狠抽两口烟,端起茶缸,扬头猛灌几口,也不招呼贝锦泉,抄起铲子,走到炉膛前,闷着头有节奏地踩开炉门铁片,一锹锹往里送煤。贝锦泉放下布巾,上前去夺铲子:"师父,您歇一会儿,我来。"

老杨头一闪,倒转铲子用柄轻轻一拨,贝锦泉顿时感觉有股巨大的力量推了自己一把,跌跌撞撞连退了好几步才站稳。他大吃一惊,师父身手果真不凡,看来今天他的话似有可信之处。这时只听老杨头边铲边吼:"小子,这活没技术,你还嫩,有机会去学学司舵,不能一辈子靠铲煤吃饭,爷权当密这条狗没把人还给爷。"

师父说得对,一定要学些技术,不然永远干下等活,一辈子没出息。贝锦泉感激地望了老杨头一眼,觉得心像正在熊熊燃烧的炉子,又旺又热。

锅炉房越来越热,随着炉膛门一开一合,房内飘起呛人的烟和煤灰。外面渐渐传来水车盘子的转动声,洋轮开始缓缓向外移动。

这艘名为"加达"的葡萄牙籍轮船也是艘营运客船,只是航行的路线不是向南,而是往北,从上海到青岛,六天一个来回。锅炉房配四名铲煤工,两人一组,日夜轮流干活。相处几天后,贝锦泉发现师父老杨头除了爱抽旱烟,丝毫没有八旗人的懒惰骄奢恶习。干活时,人像一台不知疲倦的机器,埋头铲煤,全然不顾扬起的烟尘与煤灰。在船上,贝锦泉觉得只有密很难相处,不知什么原因,他常用阴毒的眼神盯自己,似乎和自己早已结下梁子,怀有深仇大恨。密叫什么,船员们好像谁也不知道,除约翰船长、大副和老杨头直接叫他"密"外,其他船员都称他为"密爷"。大副左凯弟尼也是个洋人,但不是葡萄牙人,而是普鲁士国人。左凯弟尼看上去也就三十来岁,满头金

发,稍长且硬朗的下巴,宽额高鼻间有双像大海般碧蓝的眼睛。贝锦泉头天傍晚就认识了左凯弟尼,当然不是在驾驶舱,而是在甲板上。当时,两人在木梯拐角处差点撞了个满怀,贝锦泉见对方扛着一箱东西,出于本能把手一伸:"洋大人,让小的来吧。"

左凯弟尼打量贝锦泉一眼,忍不住乐出了声,稚气未脱的孩子怎么会想帮高大又强壮的自己?贝锦泉不明白对方为何发笑,茫然又紧张地低头查找原因。蓦然,他的脸腾地一下红了,急退两步,干搓手结结巴巴地说道:"洋大人,小的没弄……弄脏您吧。"

左凯弟尼一怔,马上收起笑容,面对一个真挚又自卑的孩子,他觉得即使是无意伤了对方,那也不可宽恕。左凯弟尼单手夹住箱子,上前伸手亲热地压在对方肩上,用流利的中文亲切地问道:"刚来的?"

"嗯,洋大人。"面对洋人的亲近,贝锦泉有点拘谨。

"以后不要叫洋大人,你也不要称小的。"左凯弟尼叮嘱后松开对方,手一伸,先自我介绍起来:"我也是这船上的,叫左凯弟尼。"

贝锦泉压住屈膝请安的本能,第一次拉住洋人的手,涨红着脸试用桂叔教过的礼仪:"我叫贝锦泉,今天刚来,跟杨师父给锅炉送煤。"

左凯弟尼轻摇了几下手臂:"哪里人?"

"宁波府的。"

左凯弟尼点点头,收回手臂说:"嗯,是个好地方。"

"左……左先生到过宁波?"贝锦泉勉强改了称呼。

左凯弟尼还没回答,有人朝这边大声叫道:"大副先生,船长找您。"

"知道了。"左凯弟尼远远应了一声。

大副?天!难道面前这个和蔼可亲的洋人就是船上第二号人物?贝锦泉刚平静下来的心再次紧张起来,人不由自主地再次后退一步,似乎这样才不会弄脏大副,似乎这样才不会被大副训斥甚至挨打。

"我到过宁波,今后肯定还会去。"左凯弟尼这次没有再上来拉贝锦泉,也没有和贝锦泉握手,捧着箱子迈步向前。可没走几步,左凯弟尼转身抛来一句让贝锦泉兴奋不已的话:"有空来驾驶舱,我们做个朋友。"

"谢谢左先生。"贝锦泉一激动,又习惯性地屈膝打了个千。左凯弟尼摇头无奈一笑,转回身子径直走了。

当贝锦泉把这一消息告诉师父老杨头后,老杨头也替贝锦泉高兴,叮嘱他设法向左凯弟尼讨教司舵本领。于是,接下来的日子贝锦泉有空就到驾驶舱,有意无意向左凯弟尼讨教司舵技能。也许因有了大副这座"靠山",密没敢刁难贝锦泉。相反,在贝锦泉给他请安或问好时,还能给一副好脸色回应。贝锦泉感觉每一天都过得很充实,很快乐,思乡的念头在忙碌、欢愉中渐渐淡化。

第三章
DISANZHANG

老杨头是"健锐营"弟子的身份终于在两个月后得到了证实,但那次意外事故也逼迫老杨头离开了"加达轮"。

那天,当"加达轮"行至距沪淞口不到八十里时,突然刮起一阵怪风。这风如同被激怒的狂兽,咆哮着横扫整个洋面,吹得"加达轮"的挂帆鼓鼓的,就像一锅刚出蒸笼的馒头。起初大家为突起顺风感到幸运,以为是老天爷派风神前来助力,让轮船早点靠岸。当班老杨头接到停送煤块的通知后,把铲一搁,接过贝锦泉递来的烟壶,屁股还没坐稳,背着风猛抽了两口,然后才端起茶缸,美滋滋地喝了几口。

可不到半支香工夫,兴奋、惬意与安宁就被打破了,像一只瓷碗砸在了地上,不但迅速、彻底,且不安与惶恐也随之而来。最早发现问题的是左凯弟尼,当航速达到十节时,他当即下令:"下主帆,下前帆,挂半后帆。"

帆匠头当即组织人下帆。下前帆很顺利,两名水手解开绳索一松,前帆应声而落。后帆也很顺利地落下一半,可下主帆却遇到了麻烦,似乎挂钩出了故障,两名水手拉了半天绳索也不见动静,帆匠头急忙命人先把后帆全落下来。可就在这时,风速不但渐增,而且海面还起了大浪。船在高悬的主帆作用下,如一个发飙的狂人,不顾一切地在颠簸中飞速行进。

不远处,一艘小船被海浪顶起后,借助风力,倒扣在了海面上,落水人甚至连个头也不曾浮起。有乘客在摇晃的船体中尖叫起来,争相往客舱跑去。恐慌如同清水中滴入的墨汁,迅速向四周蔓延,根本无法抑止。

约翰船长也赶了过来,紧攥船舷挥舞着另一只手急吼:"快砍主帆!"

左凯弟尼双手紧紧握住舵盘,努力向着看不见却心中熟悉的海域行驶。目前的船速是他平生第一次遇到,本就风险极大,加上又处风浪交加、暗礁杂生的近海,任何一个闪失,都有可能发生船毁人亡的惨剧。左凯弟尼咬了咬嘴唇,暗暗提醒自己要镇定,切不可慌中出乱。

帆匠头取过快斧,强壮的手臂用力一挥,粗大结实的缆绳顿时应声断为两截。可意外的是,主帆并没有因缆绳断开而下落,依然鼓鼓地挺立着,就像一个正在哺乳的女子,骄傲地挺着丰满的胸脯。

"不好,挂钩卡绳了。"帆匠头粗犷的声音因走调变得像把尖锐的刀,划得人心跳不已。

这时船体左右摆幅和前后颠簸已近极限,许多客人蹲下抱着身边的固定物呕吐不已。约翰船长急了,主帆不下来,船就不可能减速,最后的结果只能是在失控中撞上礁石葬身大海。他扯着嗓门对帆匠头下起了第二道命令:"快,上桅杆砍帆!"

若在平时,爬上桅杆顶砍落挂帆对帆匠来说根本不是难事,挂帆穿绳或换挂钩都要爬上顶端完成。可问题是,这些活只能在船平稳时完成,想在如此颠簸的船上去砍挂钩,好比平步上天,就算爬上了桅杆顶,怎么可能再腾出手来握斧?

但船长的命令不得不从,帆匠头抬头看了看桅杆顶,一咬牙,把斧头往腰带上一插,双手抱住桅杆,脚一蹬,努力向上爬去。可桅杆像一根被人乱舞的旗杆,根本无法用力,才爬了几下,帆匠头就"哧溜"一声重重地坠在甲板上。试了三次后,帆匠头只好抱着桅杆绝望地仰天干嚎。

左凯弟尼朝外吼道:"快开蒸汽机,挂倒挡!"

约翰船长一激灵,马上领悟过来。是的,用蒸汽动力抵消部分风力是个办法,只是这个办法容易损坏动力设备,并且有一定的沉船风险。可再一想,现在哪还有其他办法可替代,只能破釜沉舟背水一战了。约翰船长蹲下身子,左手紧攥船舷,右手在额头和前胸上下飞点,祈祷上帝能保佑他们平安。不光约翰船长,船上许多人都觉得除了万能的上帝能拯救他们,还有谁会有这般能力?

当送煤摇铃声急切催响时,煤舱没传来老杨头干脆利落的回应。只见老杨头把手中烟壶往角落一卡,朝贝锦泉喊了一声:"快送煤!"然后冲出锅炉房,像骑士一样,有节奏地摇晃着向桅杆冲去。到桅杆前,老杨头一把夺过帆匠头腰上的利斧,利索地往裤带上一插。随后,朝手掌吐了两口口水,急搓两下,在一片惊讶声中,抱住桅杆,双腿一蹬,像一只蝙蝠稳稳地贴在桅杆上。

这时,蒸汽机也再次启动起来。左凯弟尼找准船只颠簸的节奏,在船体最平稳时,及时切换了挡位。这招虽然效果不大,但船体颠簸得到减弱。老杨头抓住有利时机,伸臂蹬腿,拼命向桅杆顶端快速攀去。

望着老杨头的矫健身影,双手交叉死死攥抱着船舷的约翰船长惊得张大了嘴,觉得正在攀爬的不是老杨头,甚至不是个人,人怎么可能在如此颠簸中还有这样的攀爬能力?难道是上帝听到了祈祷,派神来挽救他们?但眼前的事实告诉他,这人根本不是神,甚至连水手也算不上,而是船上其貌不扬还让自己有点厌恶的老烧火工。

老杨头顺利爬上了桅杆顶,拔出腰带上的利斧准备砍绳索,可就在此时,一个巨浪不早不晚,冲着船头猛扑过来。船头瞬间被巨浪托起,旋即顺着浪头快速下冲。单手抱桅杆的老杨头无法控制大颠簸造成的冲力,手一松,人滑了下来。就在这千钧一发之际,只听老杨头大吼一声,右脚在桅杆上用力一蹬,人像一张张开的弓,向主帆的绳索结头扑去。只见寒光一闪,

"啪"的一声,主帆应声而落。当然,同时一起下坠的还有老杨头。

在一片哭喊声中,船体摆晃幅度越来越小,怪风似乎也折腾得精疲力竭,开始神奇般地缓缓减弱。左凯弟尼把船舵交给二副,三步并两步向甲板跑去。

甲板上围了不少水手,只见平时黝黑的老杨头此时脸色发灰,紧锁眉头闭着眼,一声不吭,如果不是脸上的肌肉偶尔抽搐,真和一具尸体没什么两样。

"人怎么样?"

"左先生,老杨头好像伤得不轻。"一水手似乎为了证明自己的判断,托起老杨头的右臂转了转,"你看,手像没骨头一样。"

"别动!"左凯弟尼赶紧制止,蹲下身轻轻放下老杨头的右臂,推开水手,细细查看他的伤情。

"哦,上帝!"左凯弟尼忍不住惊叹了一声。他无法想象一个人从如此高的地方坠落竟然并无大碍,更无性命之忧,仅仅是断了右臂。

这时,闻讯赶来的贝锦泉哭着扑了上来:"师父!"

老杨头猛地睁开眼:"嚎啥,快给爷拿烟来。"看贝锦泉一把鼻涕一把眼泪地还愣在身边,老杨头抬起左手就给贝锦泉一个巴掌,嗓门更大了,"娘的,爷又没死,哭个球!"

左凯弟尼拍拍贝锦泉的肩膀:"你师父没事,快去拿烟。"话虽这么说,但左凯弟尼也知道,若得不到妥善医治,老杨头的右手就会彻底废掉。

"怎么样?"约翰船长也挤进了人群,身后跟着尖脸的密。

左凯弟尼站起身,忧心忡忡地说:"尺骨和桡骨断了,需上岸治疗。"

"成废人了。"密语气不急不缓,谁都听得出他不是在可怜伤者,而是故意强调给船长听。约翰船长左手抱胸,右手叉开拇指和食指托着下巴轻声问左凯弟尼:"以后还能干活吗?"

左凯弟尼斟酌着答复:"看治疗恢复得怎么样,但重活肯定不行。"

约翰船长漫不经心地扫了一眼老杨头,一双内凹的眼睛因皱眉显得更加深邃,就像是两口深不可测的水井,让人琢磨不透。沉思片刻后,约翰船长上前两步,俯视老杨头问道:"你有什么打算?"

"没爷你们全完蛋,不要过河拆桥!"

约翰船长没想到老杨头这张嘴并没有因摔断手骨而发软,虽也认可对方今天立了大功,可他早就不满这个干活虽不惜力,却爱顶嘴的倔老头。更何况老杨头现在这副模样,不但今后干不了送煤活,更不可能成为排险英雄,留在船上顶个屁用,难不成让他来当船长?想到这里,约翰船长脸一沉:"杨,我也是为你好,你这个样子怎么干活?!"

"船长——"左凯弟尼刚开口,却被约翰船长伸手制止了,只好硬生生把话吞回肚中。

看贝锦泉拿烟过来,老杨头艰难地撑起身子,狠狠吸了几口。待脸上刚有了丝血色,表情旋即恢复了早先的状态:"放心,大清'健锐营'从来没有孬种,决不会看脸吃干饭!"

约翰船长眉一松,感觉像抖落了身上的一坨屎。本来还担心老杨头纠缠,可没想到结果如此顺利。约翰船长面无表情地说:"那就这样,我马上让人给你结清工钱,另加五个大洋作盘缠。你抓紧收拾一下,船靠岸后就下去治病。"

杨老头阴沉着脸从牙缝中蹦出三字:"爷认栽!"

贝锦泉无意间看到站在船长身后的密,他的眉角很是扎眼地向上跳了一下,嘴角溢出一丝得意的笑。

"好,是汉子说话算数。"约翰船长故意激一下老杨头,他真担心对方反悔,更怕老杨头伤势恶化给自己添麻烦。如果现在能把老杨头扔下船,约翰船长早就一脚把这个麻烦男人踹下去了。

"师父,我陪你去看郎中。"

贝锦泉话音刚落,约翰船长恶狠狠地盯着贝锦泉警告:"其他人干活,不许离开轮船!"

贝锦泉吓了一跳,蓦然听到蹲在对面的左凯弟尼的鼻腔喷出一声长长的叹音,抬眼一瞧,只见左凯弟尼脸色铁青地垂着脸,紧咬牙关,额头两侧青筋暴露,如同一条条蠕动的蚯蚓,让人看了心里发瘆。

约翰船长极不耐烦地朝四周挥了挥手:"散了,都干活去!"说完,推了贝锦泉一把。贝锦泉没防备,一个踉跄差点摔在地上。约翰船长又在他屁股上补了一脚,"快,回锅炉房干活去,不许在这里磨蹭!"

船很快靠了岸,老杨头回舱整理包袱准备走人,贝锦泉边流眼泪边帮着打理。刚整理好包袱,还没提起,有只手从背后按住了老杨头的左肩。老杨头回头定睛一看,是左凯弟尼,只见他另一只手拎了个小木箱。

"坐!我先给你包扎一下。"

"不用!"虽有些憔悴,但老杨头的神情一如既往的倔强和坚毅。

"没下船前,我还是你的大副,你必须听我的。"左凯弟尼把木箱递给贝锦泉后,双手扶住老杨头,语调变得温和起来,"你伤势不轻,我只能简单给你包扎一下,免得伤情加重。"

向来爱顶杠的老杨头竟然不再吭声,缓缓坐下,任由左凯弟尼摆布。

左凯弟尼利索地包扎完老杨头的伤臂,收拾好小木箱,说:"走,我送你下船。"

贝锦泉再也克制不住情绪,一把搂过师父的腰哭道:"师父,您不要走。"

老杨头拍了拍贝锦泉后脑:"嗯,看来爷没白疼你,这次就算救你们俩,爷这条胳膊也值得。"

贝锦泉一边抹泪,一边说:"师父,我陪你上岸看病吧?"

"不!"老杨头斩钉截铁地拒绝后,一把推开贝锦泉,眼球上渗出几道红丝,"你留下,现在想找份能活命的活儿不容易。"

"那……"

不等贝锦泉说完,老杨头马上打断了对方:"放心,'健锐营'出来的爷

不可能没饭吃。无论是架梯蹬楼、火枪射击,还是骑马竞速或水师训练,没一项拿不起,想活命绝不是问题。"说完,老杨头紧了紧下巴,顿时傲气盖过憔悴,写满了整张脸。

左凯弟尼犹豫片刻,问:"你真是'健锐营'出来的?"

"嗯。"老杨头轻轻应了一声,仰头长长叹了口气,说,"爷可是正牌正红旗人,钮祜禄氏,祖上当年与和珅家同住北京西直门内驴肉胡同,因和珅犯事被谪。"

左凯弟尼不屑地一笑,像是自言自语:"二十六岁就被任命为内务府总管大臣,并赐享受紫禁城内骑马的待遇,再让和孝公主下嫁其子,乾隆帝这爱子阴招真是高,只可惜和珅到死都不明白,后人更是糊涂。"

老杨头听得莫名其妙:"左先生,你说什么?"

"呵呵。"左凯弟尼冷笑几声,"把财物放在宫中不如放在奴才家,不但不会少,而且儿子接班后,以整顿吏治为名杀往日重臣,使新皇帝迅速树起威望,稳固政权。"

老杨头的脸腾地涨得通红,左凯弟尼知道这话对方不爱听,于是赶紧转换话题:"'健锐营'现有多少官兵?"

"两千人。"老杨头爱理不理气鼓鼓地答道。

"可怕,太可怕了。"

老杨头瞪大了眼睛追问:"怕什么?"

"大清若能有先进兵器,任何国家都不敢藐视这样的军队。唉——"左凯弟尼叹息了一声后,突然冒出一句,"夫已习之艺不可废,已奏之绩不可忘。"

老杨头大吃一惊,这话是乾隆十四年云梯部队在金川平定藏族土司时,与之爆发武装冲突后,乾隆帝在诏书中说的话。就是那年,云梯部队被乾隆帝赐名为"健锐营"。事隔多年,民间基本不知此事,怎么一个外国船员会知道这些,他究竟是干什么的?就在老杨头愣神中,只见左凯弟尼已拎着包袱向跳板走去,贝锦泉赶紧搀扶老杨头跟上。

上岸后,左凯弟尼从口袋里掏出一个钱袋:"这是你的薪水和补偿,我代你领了。"

老杨头接过掂了掂,把钱袋往左凯弟尼这边一举:"不对。"

"没多,只是加了我的那份薪水。"

老杨头一怔,旋即要把钱袋往左凯弟尼手上塞:"我不要!"

左凯弟尼伸手一挡,亮闪着一双蓝幽幽的眼睛说:"这是我谢你的救命钱。没你,我现在已成鱼虾美食。"说到这里,左凯弟尼顿了一下,抬手轻轻拍了拍老杨头的左肩,"其实全船人都应该谢你!"

老杨头像是被点中了穴,厚重的眼皮耷拉着,木讷地看着对方,没了往日的彪悍劲。

"师父,我现在没钱谢您老的救命之恩,以后一定报答!"贝锦泉说完跪倒在地,重重地磕了几个响头。

"起来。你们回去吧。"老杨头的声音有点哽咽。

左凯弟尼模仿中国礼节抱拳告别:"大清军队失去你是个巨大的损失,同样,'加达轮'少了你也是个巨大损失。保重!"

老杨头无法抱拳,只好抬起左手虚敬一下:"保重!"说完,转身就走。可才走出十来步,又折身疾步回到左凯弟尼面前:"左先生,我尚有一事相托。"

"什么事?"

老杨头指了指流泪不止的贝锦泉:"恳请左先生教会他司舵,大清子民不能光做马背上的英雄,日后还要当驰骋万里海疆的英雄。"

左凯弟尼朝老杨头竖起了拇指,随后一把搂过贝锦泉:"放心吧,这个徒弟我收定了。"

……

密很快给"加达轮"找来一名年轻壮实的送煤工,约翰船长安排贝锦泉和他搭档。新送煤工似乎天生就是为干活而活，无论多重多累的活，只知死命地干，从来不偷懒，更不会取巧。干完后，啃上几只大馒头倒头就睡。醒来后，开始新一轮干活和吃饭，就像一头牲口，要么埋头干活，要么蒙头睡觉。起初，贝锦泉还担心这人会适应不了船上单调又乏味的生活。可一个月过去了，新送煤工依然如刚上船的样子，拼命干活，玩命似的吞馒头，没一点不舒坦。也许一脸幸福的他认为能活命，能有饭吃，能有薪水可拿，这难道还不够快乐吗？和这样的搭档干活，贝锦泉感觉非常的轻松，根本不用担心磕磕碰碰的事情会发生。

  时间一久，贝锦泉也读懂了"加达轮"复杂的人际关系。虽然左凯弟尼为人正义又有技术，但权力还是集中在船长手上。贝锦泉第一次懂得了权力的重要，没有权力，即使心眼再好，那也等同无能白痴。好比每天打交道的煤，只有让煤进入炉子，才能发挥作用，才能体现出价值，不然脏兮兮的外表只会招人嫌。

  左凯弟尼没有食言，只要贝锦泉一有空，就带他学司舵，有时还传授其他各种知识。

  这天，贝锦泉刚走进左凯弟尼的休息舱，看对方正在擦一个亮晶晶的东西，靠近后好奇地问："左先生，这是什么？"

  左凯弟尼目不转睛地盯着手上的东西，眼神充满异样的光彩："普鲁士军官头盔。"

  看着像在瓜帽上安了个锥子似的东西，贝锦泉想象不出这竟然是武将的头盔。头盔没有两片护脸颊怎么能算头盔？最多只能称作头盖吧。贝锦泉忍不住追问："这头盔是左先生的？"

  "对。"

  被证实猜想后的贝锦泉反而越发糊涂，一名洋武将怎么成了中国客轮上的大副？不等贝锦泉再琢磨，只听左凯弟尼长吁了一口气，摆摆手，起身仔细收好头盔，接着从箱中拿出一个似球非球的东西，食指在球上虚画了一圈,说:"贝,这就是你们中国。"

贝锦泉的目光顺着左凯弟尼比画的圈而移动,心头本来已是一团雾水,这下更是摸不着头脑。他实在想象不出这个球和自己踩的土地有什么样的关联,更想象不出这个似家乡桑叶的图形和中国有什么关联。看贝锦泉茫然的眼神透着困惑与不解,左凯弟尼耐心地解释:"这叫地球仪,就是我们脚下这个星球,是按地球形状制作的小模型。"说到这里,他转了一下球,比画着另一块说,"这就是普鲁士国。"

"这么小?"虽然贝锦泉听不懂"地球仪"和"星球",但左凯弟尼先后比画的两个图形让他觉得很具象,对比之下,贝锦泉难免发出这样的感叹。

左凯弟尼乐了:"不是普鲁士国小,而是你们中国实在太大了。你们闽浙总督管的地盘就等同于我们普鲁士国的领土。"说到这里,左凯弟尼又把地球仪转了回来,指着像一条虫子一样的图形说,"这是日本,他们的管辖地也就相当于中国的闽浙。"

"中国这么大,那为什么老是被你们洋人欺负呢?"

"既然中国以前不给外国平等待遇,那战争一旦爆发,外国当然不会再给中国平等待遇了。"

贝锦泉微皱眉头问道:"那中国什么时候才不被洋人欺负?"

左凯弟尼想也没想就说:"难。不改变落后的治国理念就难以翻身。唉,你们皇帝的治国理念已远远落后于世界,我担心中国会被他国吞并。"

左凯弟尼的话让贝锦泉听得心惊肉跳,他警觉地朝外望了望,心里暗想,幸亏没人,万一让像密这样的人偷听到并上岸告到衙门,那自己和左先生可就要吃不了兜着走了。左凯弟尼觉察到了贝锦泉的心理变化,于是放下地球仪,转身抓起桌上的一瓶酒,甩头招呼了一声:"走!"

当两人心照不宣地走到无人的船舷边后,左凯弟尼自顾自地说道:"贝,你知道吗?你们中国明朝有个叫郑和的太监,他率舰队开始远洋,比第一个环球航行世界的葡萄牙人麦哲伦还要早一百多年。但郑和航海是为了寻找

你们前朝建文帝的下落，宣达国威，巩固皇朝的朝贡体系。而推动西班牙和葡萄牙探索遥远海路的冒险，除了宗教原因之外，垄断香料贸易、寻找金银矿藏等始终是主要目的。当然，对受儒家教化向来鄙视商人的中国人来说，这简直是非常叫笑之事。也因为这样，中国会制定'寸板不得入海'的闭关锁国政策，导致如此庞大的国家彻底退出了世界舞台。贝，你说你们的皇帝怎么会如此傻？"

贝锦泉暗暗叫苦，庆幸现在是在大海中，若是在家乡市井上，那两人脑袋早就让官府砍上一百次了。同时心里也暗忖：我怎么可能知道皇上想什么，即使知道皇上想什么，犯了什么傻，就算借了豹子胆，那也不敢指出皇上傻在哪里。

看贝锦泉没有应声，左凯弟尼苦笑一声后反问："皇帝一傻，百姓就跟着倒霉，老杨头何尝不是个例子？"

说到师父，贝锦泉一时忘了担心与害怕，但又琢磨不出皇上与师父有啥关系，只好扑闪着眼睛等下文。果然左凯弟尼接着自问自答给予细心解释："你们中国不是有句'良禽择木而栖，贤臣择主而从'吗？这话太有道理了。你想想，有多少俊杰就因缺乏择主之明，结果明珠暗投，枉费一身才能，以致遗恨九泉。秦末项羽的谋士范增、汉末袁绍的谋士田丰，他们都是犯了明珠暗投之忌。而王猛、张良及孔明，他们因择对了明君，所以能英名远扬。唉，这老杨头运气实在是不佳，生于贵族却无故遭弃，落难轮上又因伤遭恶主遗弃。"

贝锦泉既害怕又感动，担心约翰船长听到会赶他们下船，灵机一动，把话题一转，反问左凯弟尼："左先生，您刚才说的麦哲伦是谁？"

左凯弟尼自然懂贝锦泉的用意，似笑非笑地歪了歪嘴角，转身斜靠栏杆，拔出酒塞喝了口酒，噘了噘嘴说："噢，葡萄牙人，葡萄牙就是我们这艘船所属的国家。麦哲伦十六岁就编入国家航海事务所，后随西班牙远征队到过非洲东部、印度和马六甲等地。三十八岁组织船队开始环球航行，不但成功证明地球是以海洋为主,而且发现世界各地的海洋不是相互隔离的,而是相连的水域。"

贝锦泉由衷赞道:"太伟大了。"

"发现和发明是伟大,但不一定是好事,往往导致战争更泛滥、更残酷。像你们中国发明的火药,如今不再是用于炼丹,而是最有效、最快捷的杀人武器。同样,随着麦哲伦发现水域相连,以后生活在地球各地的人,也将因种种原因发生残酷的战争。"

细细品味左凯弟尼的话,贝锦泉觉得这些话非常有道理,中国不就是因为水域相通遭到英夷等的入侵吗?

不知不觉船已驶入胶州湾,左凯弟尼转过身子,一手扶着船舷,抬起拎酒瓶的另一只手,伸着食指指向远方:"胶州湾是上帝赐给中国的宝港,口窄内宽,港内水情平稳,不但无泥沙淤积,而且冬季也不会结冰,这样的良港必定成为中国的水运枢纽。"

贝锦泉好奇地问:"那轮船为什么进港还是如此的小心?"

"别看洋面上全是水,似乎没什么差别,其实洋面下差别非常大,就像地面上的山丘,高低起伏不平。胶州湾中央水道和沧口水道间有条突出高地,称作中央沙脊,此处水深仅为四米,还有在三条水道交汇处有个暗礁,稍有不慎,船就可能触礁沉没。"

"普鲁士国有这样的良港吗?"想起刚才左凯弟尼在地球仪上比画的普鲁士国,贝锦泉想象不出地球的另一块陆地会是什么样。

"任何国家只嫌良港少,不会觉得多。若中国不强大,这样的良港迟早会被他国觊觎、吞噬。"左凯弟尼答非所问,接着又扭过头盯着贝锦泉问道:"贝,如果有一天我们两国开战,你会怎么办?"

贝锦泉吓了一跳,不知如何答复左凯弟尼。忠君要求他不能有异心,但普鲁士国的左凯弟尼有恩于己,怎可忘恩负义,反目成仇。内心矛盾让贝锦泉支吾了半天才憋出一句看似搪塞的反问:"我想不会打仗吧?"

　　左凯弟尼并不介意，沉思片刻后说："也许你的想法正代表了你们国家政权的作为，代表了你们国民的态度。不过这种想法是消极的，甚至是可笑的。经济掠夺永远是战争的导火索。目前，世界上发生的重大争端都是依赖武力来解决。历史就像船上的两只巨轮，永远在暴力和对抗中不断前进。所以，若想回避战争，只有一个方法。"

　　"什么？"

　　左凯弟尼抬起酒瓶又猛灌了一口，深邃的蓝眼睛透出一道坚定："很简单，拥有资源的一方务必要比想占有的一方更强大，迫使对方不敢觊觎。"怕贝锦泉听不懂，左凯弟尼又比画着解释，"这就好比是食肉动物和食草动物，只有当食草动物强大到食肉动物不敢碰时，才能确保自己安全。中国南方的大象就是这样，没有哪个兽类敢随意触犯它，多半是望而却步。"

　　望着不停起伏的洋面，贝锦泉细细咀嚼左凯弟尼的话，感觉很形象。是呀，七年前英国军队不是不请自来吗？把我们这头庞大却温顺的"狮子"咬得遍体鳞伤。突然，一个闪过的念头让他心惊肉跳：如果来的不是一个食肉者，而是一群，那中国将会伤成什么样？贝锦泉扭头直视左凯弟尼，主动转到刚才令自己尴尬的话题："普鲁士国真会来抢吗？"

　　见左凯弟尼摇头，贝锦泉这才放下心来。在贝锦泉眼里，左凯弟尼就是普鲁士国的皇帝，他的话就是圣旨，是不容置疑的权威。可没想到左凯弟尼摇头后却说："贝，这是个弱肉强食的竞争时代，不光是普鲁士国，英国、法国、荷兰、美国甚至你们的隔洋近邻日本，都在虎视眈眈地盯着你们，随时都会扑过来咬一口。你们中国的许多人至今可能还没认清形势，其实你们中国最大的威胁不是英国和沙俄，更不是美国、法国，而是阴柔却有远志的日本。"

　　"可英国打了我们，还让我们赔了很多银子。"贝锦泉第一次质疑起左凯弟尼的说法。

　　"是的，但这决不可怕，因为英国人是为利而战，且许多人内心为此感到耻辱。"

骄横无礼的洋人也会知耻？贝锦泉怀疑是自己听错了，于是重复反问："感到耻辱？"

"是的。在派舰队进攻中国前，也就是1840年4月7日，噢，就是道光二十年。英国下议院在对中国发动战争的辩论中，当时就有许多人反对这场战争，有个叫格兰斯顿的议员曾说，这样的战争会让我国蒙受永久耻辱。"

贝锦泉虽然不懂什么下议院、上议院，但他心里清楚，能参加这样的辩论的人，就相当于紫禁城的廷议大臣。太意外了，看来洋人不乏义士，就像眼前这个左凯弟尼。

左凯弟尼继续着刚才的话题："同样，俄国人也不过是得寸进尺，志在蚕食中国，绝不是鲸吞。可日本就完全不同了，他们是志在鲸吞整个中国！"

"日本？"贝锦泉以为自己听错了，回想刚才球上的那条"小细虫"，觉得日本和中国相比，差距实在是太大了，如果想冒犯，那真叫不自量力，前朝不是曾把进犯的倭寇打得抱头鼠窜吗？

"蚍蜉撼大树？"左凯弟尼先用中国俗语道出贝锦泉的想法，不等对方回复，他又自顾自地解说，"是的，日本很弱。但中英鸦片战争让原以中国为师的日本有了新的认识，崇拜权势且生性好斗的日本，决不会因中国惨败及割地赔款而给予同情，只会在耻笑中拜胜者为师，让自己也得以强大。唉，日本家底贫瘠，若有一天他们放眼看世界，肯定够全世界人民受的，尤其是你们拥有丰富资源的邻国，必定成为他们攻击掠夺的首要对象。"

看贝锦泉微皱眉头，左凯弟尼知道对方不太相信自己的判断，于是把瓶中的最后几口酒全灌进了肚中，随后用力一甩，空瓶划出一道弧线，一头扎进大海。左凯弟尼双手按着扶杆，眼神迷离地望着开始西沉的落日，感慨道："仅一群无组织的日本海盗，就曾把你们大帝国的军队弄得晕头转向。若这个民族有了现代装备的军队，真不敢想象你们中国及周边的国家将会陷入怎样的境地。"

"左先生,中国很强大,不会任人欺辱。"

左凯弟尼摇摇头:"中国是辉煌过,但基本上是倏盛倏衰,统治者不会因昏聩而遭非议,更不可能受到公正的惩罚。其实西洋立国也就两千年,美国更是连一百年都不到。但西洋各国政教修明,这和你们中国辽、金等朝崛起时的情形绝异。"

虽然左凯弟尼的话听起来有点费力,让人难懂,但贝锦泉坚信这些话是对的。望着左凯弟尼微醺迷离的眼神,贝锦泉觉得颇为怪异,越看他越不像是客船上的大副,倒像是战舰上临风豪迈的管带,或是大营中运筹帷幄的谋士。突然,贝锦泉灵光一闪,想起了一人。对,左先生肯定是外国的陶渊明。记得桂叔以前给自己讲过陶渊明的故事,说此人曾做过几年小官,后辞官隐居。想必左先生也是这样的人,且不是小官,而是个大官。不然他怎么会有普鲁士国的武官头盔?不然他怎么能知道这么多?不然怎么会知道中国历朝的事和英国的大臣廷议?贝锦泉暗自庆幸遇上了贵人,一个睿智的世外高人,即使今后只能从他身上学到半点的本领,那也够用一辈子了。

时间在充实的学习中流逝,也在与左凯弟尼的感情增长中叠加。

三年后的一个秋天,当"加达轮"靠上码头后,贝锦泉边咳嗽边向休息舱走去。屈指算来,这恼人的咳嗽已有半个多月,虽也在乘船靠岸时去药房配过药丸,可吞了难以下咽的药丸后,仍无丝毫好转迹象。

长时间在洋面颠簸的船员们很需这半天时间接接地气,于是除了值班的人之外,都迫不及待上岸逛街买东西,也有船员怀揣着银角子,急吼吼直奔窑子找相好一度春宵。休息舱非常安静,只有时不时地传来贝锦泉的咳嗽声。就在贝锦泉迷迷糊糊似睡非睡中,只见左凯弟尼提了个小袋,面色沉重地推门走了进来。贝锦泉赶紧撑手准备下床相迎,却被左凯弟尼的大手给压住了:"躺下。"

"左先生,我好多了。"刚说完,难以抑制的连声咳嗽不得不让他弓起了身。

左凯弟尼放下小袋,拍了拍贝锦泉的背,皱着眉头说:"看来你是得好好休息一下了。"

"不用,咳咳,左先生,明天,咳咳,明天我就能好,肯定不会耽误干活。"

"唉——"左凯弟尼长长地叹了口气,眼帘下垂,犹豫了一下才说:"贝,我给你带来一个不好的消息。"

"什么?"贝锦泉刚问完,马上联想到左先生刚才说让自己好好休息的话,难道自己被解雇了?不知怎的,咳嗽似乎被吓走了,呼吸也顺畅起来。

"贝,你不能再和我一起了,船长同意我另找人,让你下船休养。"

贝锦泉知道下船休养不过是船长的托词,说白了就是解雇。想必左先生已为自己争取过或努力过,既然不成就不要难过,不然左先生也会不自在。打定主意后,贝锦泉坦然一笑,装作无所谓的样子应道:"谢谢左先生,我收拾一下就走。"

"嗯?"左凯弟尼很是意外,没想到小小年纪的贝锦泉这么坚强。

"天下这么大,海洋这么广阔,总会有我一席之地。"

左凯弟尼眼睛一亮,问:"贝,知道轮船是谁发明的吗?"

"咳咳——"贝锦泉边咳边摇了摇头。

左凯弟尼双手按在贝锦泉肩上,语重心长地说:"是美国的富尔顿。因家境贫困,富尔顿才十四岁就到珠宝店当学徒,十七岁离家自谋生活。四十岁时,在经过十二年的持续努力,他终于制造出第一艘以蒸汽机作为动力的轮船。"

贝锦泉不明白左凯弟尼为什么要和自己讲这些,此时他虽表面佯装无事,但内心烦乱复杂。自己已习惯了船上的生活,习惯了不停逐浪的日子,习惯了听着单调的涛声入眠,习惯了在左先生身上汲取各种知识,可如今这些即将失去,好比要进入一个耳聋目盲的无声黑暗世界。他正揣摩着左先生的话意,只听"吱——"的一声,密推开舱门边往里走,边无情地催促:"贝锦泉,赶紧整理东西滚下船……"

当看到舱内竟然还站着左凯弟尼，密愣了一下，旋即堆起笑容掩饰尴尬："左爷好，船长爷……"

左凯弟尼像是挥赶苍蝇一样打断了对方："你出去，我还有话要和贝说。"

"嘚。左爷慢慢说，慢慢说。"舱门重新将密隔在了外面。

"左先生……"贝锦泉欲言又止。

左凯弟尼似乎并不理会贝锦泉，继续接着刚才的话题："在富尔顿发明轮船之前，已有不少人从事这项研究，但许多人都以失败告终。富尔顿也是经过十二年坚持不懈的努力，才有了我们今天在使用的轮船。"左凯弟尼张开手指伸入浓密的头发中，往后梳理两下头发后说，"中国现在还没有自己的轮船，但无论是战争防御还是物资运输，以后必须制造许多轮船。贝，你虽说是煤匠，但这三年你已基本掌握水上航行知识，相信将来这些技术对你会有很大的用处。贝，你勇敢又聪明，今后无论有多困难，多读点书，决不能离开海洋，记住，你是属于海洋的！属于这宽阔的蓝色大地的！"

贝锦泉终于明白了左凯弟尼的用心，努力噙住即将夺眶而出的泪水，边咳边说："先生放心，咳咳，我一定会，咳咳，永远会在甲板上。"

"好，带上这两本书，他日在洋面上相见。"左凯弟尼把小袋递给贝锦泉后，举起了右掌。

"一言为定！"两只肤色相异的手掌击在了一起。

结算完薪水，贝锦泉背上打理好的包袱，带着一份惆怅上了岸。下船后，贝锦泉决定暂不回家，先找一直了无音讯的老杨头，兑现当年许下的日后答谢师父救命之恩的承诺。可随后几天，贝锦泉跑遍了码头、药馆和客栈，却始终打听不到老杨头的任何消息。似乎当年师父下船后，就从这片陆地上消失了。

既然找不到师父，那就答谢最初的领路人——桂叔。等桂叔的船靠岸不仅是回家前的道别礼仪，同时贝锦泉也抱有一丝侥幸，说不定桂叔能帮自己再找份水手活。

虽又是一整夜的持续咳嗽,但习惯了船上生活节奏的贝锦泉仍起了个大早。吃完早饭,他径直来到"文记货栈",给桂叔挑了核桃、红枣、黑枣和桂圆。店伙计用黄草纸熟练地包成四个"虎头包",贴上红纸,扎好绳子递到了贝锦泉手中。

许多时候希望就像不堪一击的泡影,而失望却像个隐藏在暗处的妖魔,随手就可以轻易击破希望的泡影。下午,桂叔的船准时抵达上海。在听完贝锦泉的处境后,除了安慰,桂叔也爱莫能助。近几年来,全国各地来上海谋生的人越来越多,如今想在上海谋个生计越来越困难。贝锦泉决定第二天就坐船回家,另谋出路。

得知贝锦泉要回乡,桂叔忧心忡忡地告诫:"敏修,回家后尽量不要出海。"

贝锦泉一脸错愕地问:"为什么?"

"南线近来很乱,布兴有这帮强人连洋人也敢杀。据说,美国北长老会教士娄理华从乍浦回宁波,途中被洗劫一空,甚至连人也给扔进大海淹死了。"

贝锦泉脑海中顿时浮现被挖了双目的船老大遗体的惨景,心烦之际,嗓子奇痒难憋,于是在一阵咳嗽中胡乱应道:"咳咳,谢谢桂叔,咳咳,我记住了。"

"也不知道我带你出来是福还是祸。哎——"桂叔说完长长地叹了口气。

第四章
DISIZHANG

在母亲顾氏的精心照料下,贝锦泉回家休息不到十天,恼人的咳嗽竟然不治而愈。父亲贝元畦用儿子带回的银两,张罗着请工匠修整房子、打家具,贝家闹腾了一个多月。病愈后,贝锦泉租了条小船,在五乡溪码头以撑船摆渡甬江为生计。他对这一决定颇为满意,不但可改善家境,还实现了左先生让自己不离水的要求,同时还遵从了桂叔要自己不出海的告诫,真可谓一举三得。

由于贝锦泉身强力壮又懂水性,撑的小船比别人快且稳,来往两岸的人都喜欢坐他的小船。一有空闲,贝锦泉就翻阅左先生的赠书。回乡的日子虽谈不上锦衣玉食,但丰衣足食的平静生活让贝锦泉很知足,时间一久,他逐渐适应了新生活的节奏。

这天清明,为了不影响儿子生意,刚过寅时,贝元畦就催全家摸索着起床。洗漱完毕,一家人提上茶酒、香烛、纸钱及供器等,来到自家坟茔前焚香烧纸,洒酒添土,磕头跪拜。祭祀完毕后,贝锦泉独自一人撑着小船就往渡口赶。

离渡口还有半里路,借朦胧月色,贝锦泉远远看见有两个人影正提着一盏灯笼向这边翘首张望。看到贝锦泉的小船后,立即扬起手招呼:"船家,快拉我们渡河。"

"好咧,来啰!"贝锦泉应声后用力连撑几下竹篙,小船加快速度靠近码头。

"娘,小心。"

贝锦泉寻声望去,埠头上是一对准备渡江祭祀的母女,似乎头次坐自己的船。只见妇女提着灯笼紧锁眉头走在前,姑娘淡淡愁容挎着提篮跟在后。细看之下,这个穿青色旧布裙衫的姑娘细眼粗眉,鼻头圆润,脸上还有雀斑,虽言不上美,但看上去还是悦目舒服。雀斑脸姑娘发现船家在打量自己,忙低下头,故意抬手挡脸。

贝锦泉窘迫地转开目光,佯装用力插竹篙,心里却暗自感叹,看来这姑娘是个没爹的苦命人,也不知娘俩这日子是怎么过的。看两人要上船,贝锦泉一手扶竹篙,伸直另一手提醒:"小心,慢点。"

母女迈脚一前一后踏上船头,两人都没搭扶贝锦泉的手臂。

不知是重心不稳还是脚滑,走在后面的雀斑脸姑娘突然"哎呀"一声趔趄了几步,眼看就要坠落水中,贝锦泉一个箭步扑上前,喊了一声:"小心!"一把攥住了姑娘的手臂。刚进舱内的妇女吓得放下灯笼,双掌合十连呼"阿弥陀佛"。

姑娘虽没落水,可被一个陌生男子拉手,反而更为慌张。她低垂绯红的脸,急着扭身,可没想到手中提篮因用力一晃,放在篮面上的香烛包掉了下来。布包一散,香烛等供品四处滚动。姑娘慌忙弯腰拾起放回提篮,旋即匆匆闪进了舱内。

"船家,帮我们先过去吧。"雀斑脸姑娘刚坐稳,那妇女就催贝锦泉撑船。

"好咧,坐稳啰。"贝锦泉拖着长音拔起竹篙,躬身在渡口石板上用力一撑,小船立即向对岸划去。

刚送这对母女上岸,对岸又来了几个扫墓人,贝锦泉赶紧回船接客。

来往忙碌三趟后,天际终于露出一丝鱼肚白。见暂时没有客人,贝锦泉打开船头盖板,取出一块锅饼,一屁股蹲坐在船头。就在他狠狠咬了一大口还没来得及咀嚼时,突然发现舱沿有点异样。定睛一看,原来是一支红烛卡在了那里。

"肯定是姑娘掉下滚落的,现必为少了红烛在着急。"想到这里,贝锦泉似乎看到愁容满面的姑娘挂着两道凄楚的泪水,他立马弯腰捡起那支红烛,跳上岸,一边大口吞咽锅饼,一边向坟山疾步赶去。

平时冷清的墓地此时到处是一簇簇摇曳的火光和一缕缕飘散的烟雾,伴随各种声调的哭喊声和爆竹声,热闹中透出凄凉甚至瘆人的气息。

借已经发亮的天际,眼尖的贝锦泉马上认出了那件青色旧布裙衫。当他沿着山路到那座坟头时,坟前已摆上祭祀品,只是右侧烛台光秃秃的,没插红烛。正埋头翻提篮的母女,谁也没发觉身后的贝锦泉。

"大婶,这是不是你们的?"

听到贝锦泉的询问声,母女俩都惊了一下。扭头看到贝锦泉手中的红烛后,妇女顾不上说声谢,一把夺过红烛,哆嗦着插上空烛台,语无伦次地说道:"阿弥陀佛,他爹,总算没误你吃饭。"

雀斑脸姑娘慌手慌脚取下灯笼罩,举白烛点燃红烛烛芯。等两支红烛燃起,姑娘噘嘴往白烛上一吹,火苗一闪,一缕青烟冉冉飘起。

一声震耳的爆竹声让愣神看了半晌的贝锦泉回过了神,蓦然发觉自己在此有些尴尬,看母女俩点香后哭成泪人样,贝锦泉打算悄悄离开。转身之际瞄了一眼坟碑,只见上面刻着"先父陈大人山之墓",落款为"道光二十五年夏女洁敬立",屈指一算,那正是自己去上海的时候。

沿原路返回码头,早已有人候在舱内,对岸也催着快接人,贝锦泉急忙应声拔篙撑船。

来来去去几趟后,太阳已升至三丈高。就在贝锦泉再次抬眼望去时,终于看到那对母女。两人还是去时的模样,母亲提着灯笼紧锁眉头,姑娘一脸愁容手挎提篮,只是灯笼已灭,提篮也轻了些。

妇女看到贝锦泉立马直言直语谢道:"船家,刚才多亏了你,不然黑灯瞎火的,她爹来去路上都是黑的。"

死人还来去走路?死人还要靠活人来照路?打小不信鬼魂的贝锦泉看母女俩红肿的眼睛,愣是没敢接话,只是客气地说道:"区区小事,大婶不必在意。"说完,伸直手臂提醒,"小心。"

妇女搭扶贝锦泉的手臂上了船,雀斑脸姑娘垂目侧身上船,还是没搭扶贝锦泉的手臂。待两人坐稳后,贝锦泉拔出竹篙,向对岸撑去。

小船靠岸停稳后,母女俩从船舱出来,妇女摸出几个铜板递到贝锦泉的手上。贝锦泉低头一看,忙叫道:"大婶,给多了。"

"刚才跑那么远送红烛……"

贝锦泉留下四枚铜板,把余下四枚铜板还到了妇女手中:"大婶,这点路算啥,无论如何都不能多收。"

妇女也不再坚持,收起铜板对雀斑脸姑娘说:"小洁,还不过来谢过好心小哥。"

站在妇女身后的陈洁踌躇了片刻,上前一步羞涩地道了个万福,细声细语说道:"多谢小哥!"

贝锦泉涨红了脸,忙不迭拱手还礼:"重了,不敢当,不敢当。"

妇女看在眼里,心猛然一亮,这当不会是自己男人在冥冥之中安排的吧?女儿也是到了谈婚论嫁的时候,而眼前这年轻人不但身体结实,而且为人老实,应该是个可以托付终身的人。想到这里,妇女委婉地问道:"小哥叫什么?家在哪里?有哪些人?"

贝锦泉一听就明白了,虽为自己的心思被人看透而羞赧,但更为那份希望而激动,当两种情绪交汇心头时,不但脸涨得通红,心里更像有只不安分的小鹿四处怦怦乱撞。他埋头朝着妇女恭敬地答道:"回大婶,小侄贝锦泉,字敏修,贵驷憩桥人,现在此渡船谋生。上有父母,下有三弟一妹。"

小洁自然也听出味道,绯红着脸侧身低头捻弄着辫梢,不敢言语。

妇女看在眼里乐在心里,憩桥贝家有过耳闻,眼前就是在洋轮上做过事的贝家老大,得找机会让媒婆去说说亲。打定主意后,妇女故意轻推一把女儿:"小洁,代母亲再谢过敏修吧。"

听母亲这么一说,小洁只好红着脸回身再次道了个万福,贝锦泉也涨红着脸回了个礼。

目送母女俩上岸,贝锦泉像是被牵走了魂,他佯装修理船舱竹篾,余光不时打量着小洁渐渐远去的背影。

"船家,渡船。"直到有客上船招呼,贝锦泉才清醒过来,赶紧应了一声,像个小偷似的埋头拔出竹篙,再次把小船悠然向对岸划去。

晚上贝锦泉撑船回家,匆匆扒了几口饭,就借口人累早早上床睡下。顾氏心明镜似的,等收拾停当后,示意正在客堂抽旱烟的贝元畦到厨房。

顾氏把烧灶火用的小凳搬到贝元畦面前,直奔主题:"他爹,敏修有心事。"

"嗯?"贝元畦一屁股坐下后,回想了一会儿,似乎没觉得长子有什么异常,敏修只是说今天累了。顾氏的话让贝元畦一时摸不着头脑。

顾氏挨着贝元畦蹲下身子:"他爹,敏修也十八了,是不是该请媒人找个合适人家?"

贝元畦这才明白顾氏的用意,其实他也有心让长子成家独立门户。想敏修回家半年多来,不但翻新了家,还积攒下了二十两纹银。虽然敏修一直无怨无悔地为家分担,作为父亲的他总感觉不安。如果让长子分家,他定能撑起一个家来,而且肯定过得不会差。想到这里,贝元畦吐了口烟当即表态:"我早有这样的想法,不要拖累阿大。就托贺婆寻一户好人家。"

听当家的已定夺,顾氏马上乐呵呵地接口:"好,明天就去找贺婆。"

"人一定要本分,聘金可以想想办法凑齐。"贝元畦看似漫不经心地叮嘱,但语气却斩钉截铁。

次日,贺婆就被请到了贝家。当她听完顾氏的想法后,心里暗乐。前天邻乡刚好有一女托她说门亲事,没想到现在就有合适的,真的是大巧背小巧——巧上加巧了。但贺婆对这门亲事能不能成没有把握,因为女方虽然家境富裕,有二百多亩田地,但因无子,所以条件就是要给小女儿找个上门女婿。

果不出所料,当贺婆道出女方家境时,顾氏乐得嘴也合不上。但刚提出对方要求男的上门后,顾氏当即沉下了脸。她暗想,虽自己膝下也有四子一女,但这种"倒插门"给贝家丢脸面的事决不能做,何况敏修是老大,宁可让儿子再等好人家,也不能憋屈了这口气。所以贺婆的话还没说完,顾氏已快言快语谢绝了这门亲事。

贺婆看对方态度如此坚决,也就不勉强,想另给贝家老大寻人家。就在准备起身告辞之际,没想到县城的刘婆不请自来。而且刚迈进门看到贺婆后,刘婆就摇着发福的腰身,夸张地扬起方巾主动招呼:"哎哟,这不是贺婆婆吗?当不是捷足先登了吧?"

贺婆瞧了一眼身穿深红粗布花褂子,脸上搽脂抹粉的刘婆,未开口先乐:"刘婆婆该不是大老远来抢食吧?"

刘婆毕竟见多识广、聪敏练达,通晓人情世故的她马上接口:"我这不是要请贺婆婆来帮衬着做一件美事吗?看来今天天意当成美事。"

贺婆心一动,若刘婆有好女方,那自己做男方的媒婆,一样有"媒妁之言"的大功,届时也少不了自己的那份酬礼。于是主动给刘婆介绍:"这是贝家嫂嫂,她家大公子今年已满十八……"

"哎哟,我正是为大公子而来。"刘婆说完转身朝顾氏道万福,"恭喜贝家嫂嫂,恭喜贝家嫂嫂了。有户好人家主动想攀大公子这门亲事,连聘金也免了。"

顾氏一愣,难道天上真掉馅饼了?刘婆也不见外,自顾自地拉过一把椅子坐下,然后边摇腿边夸张叫道:"哎哟,这路走得可真是累人,不过想想能

成全这桩大喜事,我就是走断了腿脚也值呀。"

顾氏乐了,虽然还不知是哪家姑娘,但儿子有机会娶上媳妇自然是开心事。她按住性子,起身倒了一碗茶水,端到刘婆面前:"有劳婆婆了,事成之后必定重重谢您。"

"贝家嫂嫂见外了,能成美事也是修我们下辈子的福气。"刘婆接过碗,先喝了几口茶水,这才道出来意,"贝家嫂嫂,县城有一人家,姑娘年十六,爹四年前就没了,现与寡母相伴……"

生性迷信的顾氏听到这里连连摇头。单不说这家人阴气太重,即使没有克夫之嫌,那日后也等于给儿子添个大包袱。唉!想敏修这几年在外也吃了不少的苦,当娘的没办法让儿子享福,那断不能给他添苦头。于是,刚爽朗起来的顾氏的脸旋即又沉了下来。

坐在对面的贺婆心里暗乐,刘婆说的这姑娘家顾氏也不满意,看来这门亲事还是要自己当大媒。可没想到刘婆并不气馁,硬是把脸上的皱纹挤在一起,堆出一副暖暖春意的神色,神秘兮兮地说道:"这姑娘不但天生丽质,而且心灵手巧能干重活,更为要紧的是……"

刘婆说到这里,故意卖关子,端起碗喝着茶水不说话,余光却始终停留在顾氏脸上,揣摩对方心思。果然顾氏被吊起了胃口,追问道:"婆婆,那要紧什么?"

"啊?哦,都怪我,光顾着喝茶,说正事,说正事。"刘婆故意茫然地回过神来自责,心里却暗自得意小伎俩得逞。只见她一脸肃穆地放下碗,压低嗓音装神弄鬼地说道:"这姑娘生于道光十三年立冬,出生前光照大地。出生那一刻,家门口突然跳进一只兔子,大家都说这姑娘与兔有缘。满月时,家人带姑娘上招宝山敬香还愿,一僧人见姑娘后说,姑娘属蛇,蛇形草,将来若有属兔之人娶之,等于粮草进宅,必大福大贵。"

属兔?顾氏的心怦然一跳,敏修就是属兔,难道真有这样的巧事?贺婆这时也听得入了迷,脱口提醒:"贝家嫂嫂,大公子不就是属兔吗?"

"啊,这么巧?"刘婆瞪大了眼睛故作惊讶。看顾氏嘴唇动了动,一副欲言又止的模样,刘婆很是恰当地将了一军,"也不知贝大公子有无这样的福分。"

前来说亲的刘婆摇身一变,瞬间成了能让贝家沾喜的贵人。当然顾氏是不可能听不出这滋味,但她踌躇半晌后,终于还是开口问道:"敢问刘婆婆,那姑娘生辰八字带来了吗?"

"这个当然。"刘婆边说边从身上掏出一片纸,递到顾氏面前。看顾氏捏着纸片不知所措,贺婆建议:"贝家嫂嫂,要不请吴道士算一下?"

顾氏一拍大腿:"对,就找吴道士。"

于是三人揣上纸片,匆匆赶到县城外的小道观。听了来意后,吴道士取过顾氏递来的纸片念道:"丁卯乙未丁亥戊午。"接着又取过刘婆的纸片念道:"癸巳庚戌。"

三个女人齐瞪六只眼睛紧盯吴道士,吴道士却气定神闲地捋了一把短须,缓缓侃言:"男女相配,上应天星,可分延年、生气、天医、伏位、六煞、五鬼、祸害、绝命等八种……"

三个女人急切地期待结果,可吴道士这些话听来像天书,让人越听越迷糊。三人相互打量了一眼,急性子的贺婆干脆打断吴道士,伸长了脖子催问:"道爷,两人到底合不合?配不配?"

正微眯着眼睛的吴道士愣了一下,垂头掐指一算,惊呼两声:"上吉之配!上吉之配!"

"哦。"三人喜形于色,几乎同时应了一声。

"咳——"吴道士清了一下嗓子,望着顾氏,口中念念有词,"主长寿有福,积德积庆,子孙昌盛,终生安康。"

这下三人都听懂了,贺婆和刘婆赶紧恭喜顾氏:"太好了,恭喜贝家嫂嫂。"

"且慢!"

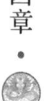

吴道士这一声"且慢"让三个女人顿时又慌了神,难道还有不和之处?三人紧张地望着吴道士,期待他道出下文。吴道士却一点儿也不急躁,潇洒地挥了一下拂尘,说:"刚才配为天意,现解世意。"

看三妇人竖着耳朵连个大气也不敢喘的紧张样,吴道士暗笑了一下,悠悠然地说道:"女名为洁,男日后可遇水为吉。"

顾氏一听眉飞色舞,儿子不是天天在撑船吗?那岂不是天天遇水?原先还担心儿子在江中渡船有风险,看来只要迎这媳妇进门,日后渡船资费肯定越赚越多。顾氏忙不迭掏出几枚铜钱,塞进了吴道士边上的功德箱。

"贫道谢过施主。"吴道士看来也很开心。

出道观,贺婆就催问:"贝家嫂嫂,你看是不是择日'三媒六证'?"

刘婆自然懂贺婆用意,担心到嘴的肉飞走,急着要吃个定心丸,可农家嫁娶用得着"三媒六证"吗?果不出所料,只听顾氏自嘲道:"贺婆婆,你看我家,地无二亩,房也连个厅堂都没有,用得着'六证'吗?"说到这里,顾氏猛然想起什么,扭头问刘婆,"那家人如何认识阿大?"

"这我也没有细问。"刘婆坦言后觉得不妥,于是马上又打趣着把话圆了回来,"像大公子这样出色,有闺女的人家哪个会不留心呢?"

贺婆更是添油加醋想包揽下贝家日后的生意:"就是,这方圆几十里都知道贝家有四宝。别说是大公子,另外三个公子也早有人留心了。贝家嫂嫂,你家另外三个公子我可全包了。"

顾氏虽然知道媒婆之言不能信,但今天听了这些话不仅没有丝毫反感,而且感觉非常受用。她一脸喜庆地当场拍板:"我这就把喜讯告诉他爹,你们帮我约一下那家人,'三媒六证'不用了,但两媒是少不了的。"

看事已成定局,刘婆脸上的皱纹又挤在了一起,但这次明显没有刻意堆挤。只听她连连点头:"好,好,我这就回去把喜事告诉姑娘家。"

贺婆也满心欢喜,本来这事多少还得费些周折,可今天横空来了个刘婆,一下子就把事给搞定了,让自己捡了个现成的大便宜。于是她多少也出于本意地感谢道:"还得有劳刘婆婆多费些脚力了。"

"就是,还请刘婆婆多费些心。"

"应该,应该,我这就去。"刘婆说完就作别告辞,一脸欢喜地迈着小脚,像只鸭子似的,一摇一晃向县城疾步赶去。

等贝锦泉得知这桩喜事已是三天后的事,而且最早告诉他这一消息的还不是家人,而是沈仁发等人。

这天贝锦泉撑船刚回来,月色中看到沈仁发等人蹲在岸上,于是热情地招呼了一声,没想到三人谁也没有搭理他。贝锦泉以为三人吵架找自己来调解,匆匆系好船绳迎上前问道:"怎么了?"

"问你呀。"屠才友白了贝锦泉一眼,把话顶了回来。

看模样三人不像是争吵,而且屠才友的口气似乎是和自己赌气。贝锦泉有点摸不着头脑,于是也蹲下身子,并再次问道:"到底怎么了?"

这次三人干脆谁也不吭声了。本来这些日子贝锦泉就很上火,小洁那张小雀斑脸一直萦绕在心头,挠得他心头发痒发酸。可生活中没有她丝毫消息,就像是人间蒸发了一样,更不用提说亲了。今天看三个伙伴也挂着脸,一副爱理不理的样子,他顿时就像被点燃的爆竹,"嗖"地一下站起来吼道:"都给我站好了!"

三个伙伴你看看我,我看看你,一个个乖乖地站了起来,但还是一声不吭。

贝锦泉踹了屠才友一脚:"说,怎么回事?舌头喂狗了?!"

屠才友还没开口,沈仁发先不满地抱怨:"贝哥,这就是你的不是了,你大喜事不早告诉我们,现在还这样凶。"

"我有啥喜事?!"贝锦泉憋屈地刚吼完,猛然联想到小洁,嗯?大喜事?难道小洁家人来说亲了?他谨慎地环视了一圈,担心刚才的模样让小洁家人看了丢脸。

"还保密呀?憩桥还有谁家不知?"

屠才友嘟囔着，话音刚落，向来不多话的孙晓云也责怪道："别说是憩桥，估计县城不少人家也知道你娶了原'永安号'陈老大的女儿。"

啊！怪不得姑娘如此眼熟，原来当年陈老大遇害时曾见过。贝锦泉又高兴又心疼，高兴是自己真的可以娶上这姑娘，心疼是这几年小洁肯定吃了不少的苦。

"咋的？还保密？今天媒婆都带人来了！"屠才友说完直翻眼皮，似乎告诉对方自己有多不满。

"这……"贝锦泉一时语塞，不知道如何和伙伴们解释，毕竟自己真的才知晓这个天大的好消息，现在再多的解释估计也无法让伙伴们相信。于是拱手实言相告："各位兄弟，不是你们告诉我，我还真不知有这个喜事。"

屠才友根本不信，刚准备开口，沈仁发已一把按住并抢过了话："那好吧，新郎官大人，打算怎么犒劳我们？"

"若此事当真，请你们坐船到县城吃'沈记'三北藕丝糖和豆酥糖。"

想到那酥脆无渣、入口即化、香甜满嘴的藕丝糖和豆酥糖，孙晓云咽了一下口水强调："好！说话算数。"

屠才友却甩手嚷嚷："不行，不行。这吃不饱，再每人加碗咸菜肉丝年糕汤。"

贝锦泉被突然降临的喜事所感染，情绪高涨地拍着胸脯应诺："行，每人大碗咸菜肉丝年糕汤，保你们吃个够。"

"一言为定？"屠才友瞪着眼睛求证实。

"当然，君子一言既出，驷马难追！"

按吴道士选的吉日，两个月后，贝家挂起了红灯笼，贴上了喜字。忙碌多日的贝元畦和顾氏换上新装，替儿子铺好新被，拆开早已准备好的枣子、花生、桂圆、栗子四个"虎头包"，分撒在被子四周。贝锦泉则穿上崭新长袍，外套马褂，在父母的引导下，祭拜起了祖先牌位。贝家上下一片忙碌，人人沉浸在喜悦中。

刚过丑时,外面隐约传来号声与锣声。不一会儿,贝珊泉快步冲了进来:"爹,娘,新娘已换车坐花轿,马上就到了。"

"敏修,快去接吧。"

"是。"贝锦泉朝父母鞠了一躬,然后佩着绸缎大红花,在弟、妹等人的簇拥下,意气风发地向屋外走去。

屋外挤满了前来看热闹的乡邻,贝锦泉迈过门槛站定不久,远远看到贺婆和刘婆各扶花轿左右轿杆,忙不迭地迈着两双小脚向这边赶来。待走近后,刘婆扬起手中的丝帕,尖起嗓音打趣:"哎哟,大公子这么猴急呀,还是大白天呢,娶新娘可不能心急,不然会烫嘴的。"

四周传来一阵哄笑,向来大胆的贝锦泉脸一红,不知所措地干搓着手。这时,花轿从路口中间的火盆上跨过,稳稳地落在屋外的地上。吴道士手脚麻利地取下挂在轿上的弓,转身递给贝锦泉。贝锦泉接过,侧身拉弓,朝花轿连射三枚虚箭。一旁吴道士很适时地拉着长音配合:"一射天——二射地——三射定乾坤!"

贝锦泉刚把弓转给后面的贝二泉,吴道士又扯着嗓子高喊:"新娘下轿!"

在众人注视下,刘婆笑盈盈地掀开轿帘,探着脑袋朝轿内说道:"新娘子,下轿吧。"

"嗯。"轿内传来微微的应诺声。

刘婆扶着蒙着红盖头的陈洁走出花轿,贝四泉立即迎上去,把瓶口扎着红绸、内装五谷杂粮的瓷瓶塞到陈洁手上。捧上"宝瓶",陈洁发觉手上全是汗,小心翼翼地抱紧"宝瓶",在贺婆的提醒下,用力踩放在门口的瓦片。只听"咔嚓"一声清脆的响声,瓦片破裂成几瓣。

"破了!都破了!"围观人群一起帮着叫喊。

等刘婆扶着陈洁进堂屋后,沈仁发等人也挑着新娘的嫁妆担子拥进了屋内,本就不大的堂屋显得越发逼仄。

贝锦泉抓了一把花生往沈仁发等人手中塞:"辛苦兄弟们了。"

屠才友边擦细汗边凑过脸坏笑着问:"贝哥,是不是再请我们吃'沈记'三北藕丝糖和三北豆酥糖?"

不等贝锦泉答复,沈仁发抢先拍了屠才友的脑门一下,笑骂:"饿死鬼,竹杠还敲上瘾了?"

屠才友摸着脑门叫屈:"又不是我一个人吃,你们不也吃了?"

贝锦泉轻拧屠才友的脸,说:"等一下保你吃个够,猪头肉、全鸡、全鸭。这藕丝糖下次找机会补上。"

屠才友咽了一下口水,一脸馋相地感叹道:"若天天是这样的日子多好。"

孙晓云正准备嘲笑一番屠才友,只见贺婆斜插上来,一把拉过贝锦泉,朝着沈仁发等人挥手嘟囔道:"让一下,快让一下,新郎新娘要拜堂了。"

人群让出一小块空地,看着两个新人按礼仪先后拜过了天地、祖先和父母。拜堂仪式结束后,刘婆和贺婆又张罗着指挥人在地上铺上五只麻袋,随后引新人踏着麻袋往内屋走。每走一只,刘婆和贺婆都要相互交替大声喊道:"传宗接代 —— 五代见面 ——"当一对新人同步迈进内屋时,两人又齐声高喊:"传代入房啰!"

等贝锦泉和陈洁并肩坐上婚床后,刘婆赶紧给乐得合不上嘴的顾氏递了个眼色。顾氏这才想起两媒婆先前的叮嘱,上前拉起贝锦泉的右衣襟,轻轻压在陈洁的衣襟上。贺婆等顾氏退下,给贝锦泉递上一根秤杆,众人一起起哄:"揭,快揭,让新娘子露面。"

贝锦泉举起秤杆伸入红盖头,屏住呼吸,几近颤抖地缓缓掀起红盖头。先是绣凤领口露了出来,接着是一截光洁的脖子,再往上是低垂的尖尖下巴。贝锦泉已隐约可见陈洁脸上的雀斑,他定了定神,向上迅速一提。瞬间,那张日思夜想的脸终于在自己面前一览无遗。

"好!"

一片叫好声中,贝四泉接过红盖头跑出房门,揉成团向上一掷,红盖头像一个绣球飞上了房檐。

屋内,贝锦泉在哄闹声中偷偷打量陈洁那张低垂的俏脸,几颗雀斑在酡红的脸色中,越发显得有灵气。他的神情开始有些陶醉,眼神充满了爱怜之意,若此时无人,真想一把搂过陈洁……

杯盏声、喧哗声终于随着皎洁的月光而渐渐隐退。

当贝锦泉再次回到房间,只见刘婆和贺婆正和脸色羞得通红的陈洁嘀咕着,见贝锦泉进门,陈洁侧过头,把头垂得低低的。两个媒婆则起身,笑盈盈地迎着贝锦泉齐身道贺:"给大公子道喜了。"

"多谢婆婆!"贝锦泉躬身谢过后,从怀中掏出两个小钱袋,分别塞到刘婆和贺婆手中。两人边道谢边把小钱袋揣入衣襟。

"大哥,大嫂,'合房圆'来了。"一直帮着张罗的贝四泉端着托盘走了进来,上面是两碗热气腾腾的糯米猪油汤圆。

刘婆和贺婆各端一碗分别递到贝锦泉和陈洁面前:"两个新人,快吃了这'合房圆'和'床头果'。"

陈洁掏出早已准备好的铜板,红着脸谢道:"谢四叔。"

贝四泉接过铜板,拎着托盘一蹦一跳出了门。看两个新人象征性地吃过汤圆和糖果后,刘婆和贺婆一边倒退着出门,一边会意地笑着叮嘱:"公子有的是时间,慢慢来,可不要心急哟,一定要让新娘子放松。"

贝锦泉立马明白刚才两人和陈洁嘀咕的是什么,脸腾地涨得血红。庆幸两媒婆出门时迅速拉上了木门,把这份羞涩留在了屋内,留给了两个新人。

贝锦泉到门边轻轻插上门栓,脚步声、谈笑声似乎已被隔离。回转身,只见陈洁头垂得更低,捻弄着辫梢,几乎看不到那张羞红的脸。贝锦泉压抑住狂跳的心,缓缓走到床前,迟疑片刻,壮着胆子靠着陈洁坐了下来。陈洁惊了一下,想站起身,可旋即僵硬着身子不敢动一下,只是把脸埋得不能再低。

贝锦泉很想搂过陈洁,可想到刚才媒婆的提醒,他克制住了自己的冲动,艰难地咽了一下口水,强作镇定地问:"累吗?"

陈洁摇了摇头,但马上又点点头。

望着陈洁的窘状,贝锦泉不由得乐了,紧张的情绪顿时放松不少。他鼓起勇气,伸手按在陈洁手上。陈洁又是一惊,但这次没有动,只是一双玉手交叉紧握着,脸上的肌肉更是绷紧。贝锦泉慢慢翻转手掌,插入陈洁双手下缓缓抬起,用一双蒲扇般的大手把陈洁的双手包裹在里面。看陈洁侧着身子不敢回视自己,贝锦泉松开一手,大胆地搂向陈洁。陈洁面色潮红地闭上眼,任由贝锦泉将自己搂入怀中。

手抚陈洁的香肩,鼻闻女性那特有的柔软、清甜气息,贝锦泉感觉浑身的血液在沸腾,似乎有团烈火在身体里来回窜动。他眼神迷离地把滚烫的双唇笨拙地压在同样炙热的薄唇上,慌乱地吮吸。陈洁的娇躯如同一团泥,呻吟一声后,顺势缓缓倒向床铺。贝锦泉似乎听到了陈洁狂乱的心跳,抬起头,呼吸急促地腾出手,笨手笨脚地解起陈洁的衣带。陈洁咬着轻颤的指尖,紧绷身子,双腿微颤,半闭着的眼眸透出几许期待与紧张……

一阵风吹过,屋外传来和着树叶簌簌的蛙鸣声。

第二天鸡刚鸣头遍,陈洁就轻轻地钻出贝锦泉的臂弯,摸索着穿起了衣服。贝锦泉也醒了过来,翻身问道:"几时了?"

"快卯时。"

陈洁的羞涩回应声刚落,远处传来"笃!笃!笃!"的打更声,随后打梆子喊道:"卯时。天干物燥——小心火烛——"

贝锦泉伸了个懒腰,笑着劝陈洁:"你比打更人还要准。还早,再睡一会儿吧。"

陈洁不敢回应贝锦泉的打趣,更不敢回眼看贝锦泉。她侧着身子边穿衣边说:"我是大嫂,娘让我今后天天早起给公婆和弟妹做饭。"

贝锦泉心头一热,顾不得难为情,撑起身子在陈洁脸上亲了一下。陈洁双颊绯红地移下床,边系布扣边提醒:"房门你开一下,今天累就别出船了,等一下多睡会儿。"

贝锦泉这才想起宁波有"谁开头次房门，日后在家谁说了算"的习俗。于是利索地边穿衣服边说："我不累，渡口若长时间没船，人家日后就不来坐了。更何况今天会下雨，不能让人白等。"

吃过饭，贝锦泉就撑着小船来到埠头。临近中午，急匆匆上来三人。为首是个胖子，虽圆脸粗腿，可一点儿没有弥勒佛的和善样，反而五官充斥着一股戾气。贝锦泉对这三人面熟，专门跑买卖的，每月都要来回摆渡四五趟。只见胖子前脚刚跨上船，就张口催促："船家，要下雨了，快点送我们过去。"

"好咧。"

已穿戴好斗笠和蓑衣的贝锦泉等三人坐稳后，拔出船篙，斜身用力朝码头青石板一点，小船推开水纹，悠悠地向对岸驶去。

刚离开码头十多尺，天像是被人捅了几个窟窿，如注的雨水倾泻而下。就在这时，岸边突然传来叫唤声。贝锦泉扭头一看，只见一人刚跑到埠头，撑着一把油伞向自己招手。看四周无遮无拦，雨越下越急，贝锦泉不假思索地反撑船篙向埠头返回。

"喂，怎么回事？"胖子探着圆圆的脑袋不满地问。

怕岸上客人淋湿身体，贝锦泉不敢耽搁，边用力撑篙边客气回道："爷，来了个客人，现下雨，码头没地方可躲。"

胖子不耐烦地呵斥："船已开不能回头！先到对岸！"

舱内另一人也跟腔威胁："倒回去浪费我们的时间，得扣你的渡费。"

贝锦泉的手一点儿也没松劲，爽快地应道："行，上来一位少收你们一人。"

"碰到一个傻子了。"坐在胖子边的鹰钩鼻小声骂道。

雨帘中的贝锦泉佯装没听到，不吭声，更没有还嘴。在外三年，年轻气盛的贝锦泉早已学会了忍耐，学会了克制。

船很快重新靠上了岸，那个外地客人借贝锦泉伸手之力，迅速跳上了船。

"哎哟，这不是胡爷吗？"胖子怪异的声音让舱外的贝锦泉听了觉得挺别扭，像是一把利器刮得人心发怵。

那个被叫"胡爷"的年轻人怔了一下,握着油伞抱拳虚敬了一下:"噢,是张爷,幸会。"

"幸个屁!你'阜康钱庄'可把老子害苦了!"

胡爷抹了一把脸上的雨水,不卑不亢地回敬:"此话怎讲?张爷,凡百贸易均不得有欺字,想我'阜康钱庄'虽刚开张,但奉行正当交易,从不害人。"

坐在舱内的另一人挖苦道:"堂堂大清人去巴结腥臊十足的洋夷,你还以为喝上蜜糖了吧?"

"哈哈。"三人一阵刺耳的得意哄笑。

"你……"

"哼!"鹰钩鼻看对方气得说不出话来,不阴不阳地抢过话头,"这渡船可不是你想争抢就可以争抢的地盘,按规矩来,先到先坐,里面没空位了,你就在外面待着吧。"

胡爷没吭声,转身站在贝锦泉边上。贝锦泉这才看清胡爷虽套了长衫,但里面穿得很单薄。

雨越下越大,风也乘势猛刮,虽有油伞,可站在舱外的胡爷还是淋了个透湿。船靠上对岸后,舱内三人打着油伞抢先站在船头,鹰钩鼻点了几枚铜钱,往贝锦泉手上一塞:"扣除返船误时的一人渡资。"

"行!刚才就说定了。"贝锦泉爽快应道,随后让三人搭手跳上码头,"三位爷走好!"

等三人下完船,胡爷赶紧掏出钱袋。他已听清刚才的对话,决定补齐船老大被扣的渡资,不能让好心的船老大吃亏。可湿透的衣衫紧贴在身上,冻得手指微颤,解了半天也没把钱袋的细绳解开。

"胡爷,请舱内避一下风雨吧。"

"马上好,马上好。"

看对方没移身子,贝锦泉只好先低头钻进舱内,摘下斗笠,利索地脱下蓑衣,把穿在身上的一件旧棉背袄脱下后,朝胡爷这边一递:"胡爷,请进舱穿上吧。"

已冻得嘴唇发紫的胡爷愣了一下,哆嗦着连连摇手:"不行,不行,你会受凉的。"

"我们乡人命贱,没那么娇气。"看胡爷还犹豫,贝锦泉干脆放下背袄,伸手把对方拉进了船舱。随后取过一块干巾,与干燥的背袄一起塞到对方手中。

胡爷没有再拒绝,脱下长衫,擦掉水珠,穿上尚温的背袄。等套上贝锦泉已帮着拧干的长衫后,胡爷打开钱袋,掏出一块碎银:"船家,权作渡船资费和背袄钱。"

贝锦泉一把挡了回去:"胡爷,渡船每人只收铜钱两枚,这背袄不值几个钱,断不能收。"

"兄弟,我名光墉,字雪岩,乃徽州绩溪人,你就叫我雪岩吧。"胡雪岩说完拉过贝锦泉的手,硬是把碎银塞进他手中,"这件背袄千金难买,薄资你就收下吧。"

贝锦泉觉得这名字好熟悉,可一时想不起在哪里听到过。见对方如此诚恳,他只好收下这块碎银:"雪岩哥如果再来此地,就坐小弟的船。"

"自然,自然。"胡雪岩收起包袱,重新撑上油伞准备下船。到船头,胡雪岩扭头问准备给搭手上岸的贝锦泉,"兄弟贵姓?一直以渡船谋生?"

"雪岩哥,小弟姓贝,名锦泉,字敏修,系镇海贵驷憩桥人,曾在上海至青岛的葡萄牙籍洋轮上干过三年,现以撑船摆渡为生。"

胡雪岩打量了对方几眼,暗暗称奇,忍不住问道:"我总觉得面熟,莫非我们在外地见过?"

"雪岩哥说的是,小弟也觉得眼熟,似前些年遇到过。"

胡雪岩突然眼一亮,一把拉住贝锦泉,仔细端详一番后,肯定地说:"对,当初就是你暗中相助,让我保住了钱袋。"看贝锦泉一脸茫然,胡雪岩激动地边回忆边说,"三年前,我路过县衙围观,因你曾暗中相助,没让两个盗贼偷走我的钱袋。"

　　经胡雪岩提醒,贝锦泉也回想起了当时的情景,挠着下巴憨厚一笑:"这么多年雪岩哥还记得这点小事。"

　　"滴水之恩不能忘,请受哥一拜。"

　　贝锦泉一把托住对方:"雪岩哥言重了,快快请起。"

　　胡雪岩也不勉强,问道:"敏修在洋轮上干什么?"

　　"不怕雪岩哥取笑,只是往火炉送送煤,不过也学了点司舵。"

　　"喔。"胡雪岩边上岸,边自言自语地重复了一遍,"贝锦泉,镇海贵驷憩桥人,洋轮上干了三年,学过司舵。"

　　看贝锦泉仍站在船头目送自己,胡雪岩扬手作别:"敏修,保重!后会有期!"

　　"雪岩哥,一路平安!"

第五章
DIWUZHANG

历史就像个爱捣乱的顽童,时不时在人世弄出一些闹剧。

咸丰元年,刚登基的奕詝接过驾崩父皇丢下的烂摊子,用重金收降了布兴有及其部一千多号人,海匪头子摇身一变,成了朝廷六品顶戴的水师千总。装有重吨位火炮的"金宝昌"及上百艘"绿壳蚱蜢艇",一夜间成了正缺劲旅的水师战队的战船,开始捕打曾和他一样行劫商旅或沿海居民的海盗。

可谁曾料到,千疮百孔的中国就像个跷跷板,这头刚压下,那头又被高高地翘了起来。东海洋面虽暂时恢复了平静,可陆地却冒出更多的反兵。有个叫洪秀全的竟然在千里外的广西武宣号称"天王",也登了基,并号令大家不剃发、不结辫,公然起兵造反。奕詝实在想象不出这个出身农家,仅读过几年村塾,甚至四次乡试都不第的穷秀才,哪来的念头与勇气与他这个皇脉相承的皇帝争江山。困惑归困惑,手段归手段,这次咸丰帝可没想收降,责令当地官员对太平军进行剿杀。强盗可以收买,土匪可以收降,但那些反朝廷甚至有篡夺皇位的野心逆贼,只能是死路一条!

起初,咸丰帝根本没把这个来自农村的皇位"竞争者"放在眼里,并对这场歼灭异己的剿杀信心十足。可令他吃惊的是,一支支正规绿营军不但无

法剿尽这群乌合之众,反而常常被"长毛"们打得屁滚尿流,节节败退。

战线在太平军的凌厉攻势下,由点及面迅速蔓延开来。两年后,当太平军攻克武汉三镇后,人马已扩充至五十万。各路人马自水陆日夜兼程,克九江,取安庆,下芜湖,顺江东下,攻城略地,势如破竹。各地文武官员纷纷弃城远避,兵勇更是无心恋战,闻风争先逃散,举国动荡。

这年年末,英、法、美三国公使先后向朝廷提出派军助清军平定叛军。咸丰帝心里明白,向来重利的洋人可不是义士,其出兵只是想利用清廷处境困窘之际,通过施加压力以换取各种特权。权衡之下,咸丰帝决定还是接受洋人的"美意",因为自己无任何选择的机会,毕竟这些洋人只是想要更多的钱财,而太平军却是要他的整个江山,要所有旗人的命!

不久,黄河传来溃决快报。而关乎国家生存命脉的内河漕运,也因前些日子黄河改道北徙,导致山东境内河道淤塞而彻底阻断。为了能让南方的粮食顺利北运,确保官吏和军队的口粮供应,咸丰帝被迫颁旨,同意沿海地区改漕运为海运。

宁波"久大沙船"商号李也亭捕捉到这个商机后,立即请南乡段塘船匠制造了十艘船身较重、不畏风浪的"蛋船",并招募漕丁漕夫,率先开转漕于海之业。浙江漕米从此得以顺利海运至天津,开创了清朝从海路为京师运输粮食的先河。

可内忧外患这片阴云还是扩散到了宁波上空。随着布兴有率部开拔征战太平军,猖獗的海盗因海运发展和朝廷无暇顾及,趁机阻截各路商船,勒索钱财,甚至杀人越货,让船主们叫苦不迭。

这天晌午,人声杂沓的三江口东岸驶来一艘快船,还没等船靠上岸,两名精练的男子利索地扔下船桨,一前一后跃上了岸。后头那个腰插双斧、阔肩粗臂的男子把手上的绳头与几枚铜板,一并往码头跑杂的身上一砸,恶狠狠地嘱咐:"给爷拴好了,船若少一角,爷就劈了你扔进江中喂鱼!"

喧闹的码头顿时安静下来,站在前头的男子阴沉着脸,精干的三角眼巡视一圈围观的人群后,一脸戾气地吼道:"都给爷听好了,有认识盛植琯的赶快去报信领赏,爷劫了他的沙船了!"

有个洋人朝这边瞧了瞧,双手拄着文明棍,扭头傲慢地问身边的译员:"这是什么人?"

译员附在洋人耳边压低了声音回道:"回洋大人,他们是海盗。"

洋人瞪大了眼睛,一脸错愕地问:"海盗?他怎么上这里来?"

"来要绑票,有船被劫了。"

这时已有人跑着去报信,两海盗不慌不忙、左摆右晃地向庆安会馆走去。等海盗走远,围观人群这才放心地议论起来:

"唉!盛老爷触霉头了。"

"据说那些船不出意外昨晚就应靠岸。可惜了,整整七船的山东枣和大豆呀。"

"哟,那估计这次海盗开价不会低。"

"不知那些船员怎么样了?"

……

人群渐渐散去。

"为什么不抓这两个海盗?"洋人甚为不解,等四周稍安静后继续发问。

译员苦笑了一下,比着手势解释:"洋大人有所不知,官府若一抓,被绑架的家人就会闹事。"

洋人听了更加摸不着头脑,微皱着眉头问:"官府抓海盗是为民除害,百姓为什么要闹?"

"唉——"译员长叹了一口气说,"水师官兵惧怕这些亡命之徒,不敢出洋缉剿,导致海运船只屡遭劫掠。被劫船员性命完全掌握在海盗手中,一旦这两名来要绑票的海盗有啥闪失,被劫船员可就全没命了。"

洋人似乎听明白了,摸了摸尖尖的下巴,半晌后摇着头连叹两声:"怪事,怪事。"

此时庆安会馆热闹非凡,北号船主在天后宫祭祀完毕后,聚在前戏台看戏。突然有人拨开人群,跌跌撞撞冲进来喊道:"盛老爷,不好了,沙船被劫了。"

人群纷纷向两边退让,闪出一条直通盛植琯的窄窄通道。

费纶鉽见状赶紧手一抬:"停!"

站在台柱前的戏班班主当即挥舞双手:"快,撤了,撤了。"

唱戏的三步并两步退入舞台花帘后,伴奏的也知趣地抱起乐器,匆匆溜下台。

不等报信人跑到跟前,盛植琯手按扶手,侧过身子催问:"怎么回事?"

那人也顾不得打千请安,咽了咽口水,气喘吁吁地说:"盛老爷,不好了,来了海盗,说是劫了您老的船。"

"啊——"盛植琯人一仰,向后重重靠在太师椅背上。众人赶紧递茶送烟劝慰,顿时,戏台前一片忙乱。

费纶鉽上前两步追问报信人:"海盗呢?"

"就在后面。"

话音刚落,就听有人扯着嗓门高喊:"盛老爷,快出来迎客了!"

"来了,他们来了。"报信人说完赶紧闪入人群。

众人循声望去,只见两个海盗模样的男子如入无人之地,大模大样地迎了上来,后面跟着看热闹的人把会馆围了个水泄不通。盛植琯在跟班的搀扶下,面朝大门,一脸愤怒地看着越走越近的海盗。

"想必此位就是盛老爷吧?"那个长相精瘦的海盗不怀好意地冲着盛植琯讪笑了一声,抱拳直接说明了来意,"昨天我们把您老的运船给劫了,兄弟们今托我俩向您老讨个活命钱。"

面对肆无忌惮的海盗,盛植琯气得浑身发抖,手中拐棍猛戳地面,边喘边说:"想要老命有一条,要钱一文没有!"

跟在后面的海盗闻言立即瞪起豹眼,跨前一步,扯开衣衫,有意无意露出胸毛,指着盛植琯的鼻子叫嚣:"别给老子来硬的,不然老子让你后悔一辈子!"

精瘦海盗伸手把同伙拨在了身后,皮笑肉不笑地呵呵了几声,说:"盛老爷冷静点,若惹火了我们那帮兄弟,那可太不值了。"说到这里,指了指身后的同伙,"他一条贱命连您老一根手指都不如,犯不着一般见识。"

费纶鎡板着脸接过话头直奔主题:"船上的人和货现在如何?"

精瘦海盗手一拱:"回这位爷,现在一切都好,只要能讨上活命钱,船和货不出六个时辰就能靠岸。"

"你想讹多少?"盛植琯这句话听来似从胸口硬憋出来的。

精瘦海盗一脸平静地冲对方伸出一个手掌:"不多,五万两纹银。"

"啊——"盛植琯大叫一声,软倒在跟班身上。众人七手八脚地把他抬进大堂,端水的端水,掐人中的掐人中,也有赶着去府上报信和请郎中的,现场乱成一团。

费纶鎡和李也亭等人打了个眼神,李也亭会意,就在两个海盗交眼之时,叹了口气后说道:"哎——,不怕你笑话,一个小船主哪有这么多银子?"

精瘦海盗瞄了对方一眼,知道开始要讨价还价了。他推开人群,拉过一把空椅子,大模大样地坐下后,扳着手指说道:"这位爷,兄弟虽不经商,但可以替您老算上一笔账。现光我们手头上那些沙船,按每艘值银最低二万两计,七艘就要十几万两,这还不计船上的山东枣和大豆……"

"更没算那些船夫的命价!"豹眼海盗很及时地插了一句。看来两人是有备而来,而且是一对要价谈判的好搭档。

李也亭不愧见过世面,只见他不慌不忙地干笑着纠正:"你这是夺,不是交易,所以不能这样算。盛爷如今被你这个价都弄成这个样子了,想必你们也看明白了,他一个小船主不可能有这么多银子……"

精瘦海盗架起二郎腿,抬手虚指一圈,打断了李也亭的话:"听说这个会馆包括盛老爷在内的九户北号船商捐资就是十万,每户一万多。五万对

你们这些老爷来说，虽不是牛上拔根毛，最多也只是断其一指，不会伤及性命。"

在场船主暗吃一惊，看来海盗来前做了不少的功课，连庆安会馆和天后宫也成了海盗们可以漫天索价的"凭证"。李也亭掸了一下衣袖，继续不愠不火地解释："你说得不错，但你来得不是时候。为建成这个庆安会馆，我们这些人均已倾囊捐助，不少船主还是借款做善事。如今让这些船主拿出个上千两现银，肯定是件登天难事。"

站在边上的董沛也赶紧帮腔："就是，哪个船主不是一有钱就造沙船？手头根本没有可转的现银。"

"啪"的一声，豹眼海盗沉不住气了，跨步抄起面前的一把紫砂壶摔在了地上，怒气冲冲地吼道："啥？！想让爷白来一趟？"

李也亭心中暗喜，看来刚才高估他们俩了，估计这群海盗是新手，抱有空手而归的底线。于是抓住时机，故意撇开精瘦海盗，冲着豹眼海盗反问："若要价过高，盛爷肯定只能损船失物，哪有法子可想？"

精瘦海盗刚要接过话头，可急性子豹眼海盗却已抢先追着吼问："那你说能给多少？"

看来两个海盗没有主次之分，谁都可以做主。李也亭暗忖，盯住这个豹眼海盗谈判，虽然此人长相凶悍，但没有城府，容易把控。想到这里，他堆起笑脸抛出小饵："这位兄弟，我做不了盛老爷的主，但我想他和我相差无几，手上肯定拿不出多少现银。"

"他有多少？"豹眼海盗马上咬钩，显得有点迫不及待。

李也亭决定替盛植琯做一次主，于是不紧不慢地伸出一个手指："不会超过一千两。"

"是呀，肯定没有一千两。"其他船主心知肚明地纷纷附和。

"哼！想打发要饭的？"精瘦海盗终于熬不住了，嗤之以鼻地厉声威胁，"没有现银可以向你们借，再不行可进当铺典当。不然我们那帮兄弟吃了枣和大豆,再把船夫扔进海里喂鱼虾!"

"万事须量力而行,你若把盛爷逼急了,反而什么也得不到。"李也亭突然发现精瘦海盗偷眼在打量豹眼海盗,居然要看无谋同伙的脸色。李也亭暗自庆幸并提醒自己要趁热打铁,拿稳此事。

费纶鋕也一脸苦相推心置腹地劝起海盗:"想必你们也是被逼而走上这条路,人若是被逼急了,那就难……"费纶鋕说到这里故意打住,不再挑明。

"一千两太少,我们回去怎么向兄弟们交代?"豹眼海盗虽然态度还是很蛮横,可语气明显软了许多,并开始借用同伙来壮胆。

"醒了,醒了。"

"盛老爷,你好点吗?"

大堂那边传来吵闹声,李也亭、费纶鋕一干人都拥了过去,把两个海盗晾在了戏台前。

躺在竹椅上的盛植琯颔首抱拳:"家遭不幸,庆幸有诸位船主相撑,容改日答谢。"

"盛爷不要见外,当务之急先把眼前这事解决好。"

费纶鋕上前轻声劝道:"破费难免,但愿能妥善解决。"

"唉,能破财消灾已是阿弥陀佛了。"一脸平静的盛植琯说完坐起身,悄声和众人打起了招呼,"刚才佯装昏过去是我的缓兵之计。商谈之事我已知晓,等一下我若开口相借银两,诸位要故作为难,越少越好。"

众人恍然大悟下暗暗叹服,原来盛植琯表面佯装气愤慌乱,其实内心早就想好了对策。见各船主点头,盛植琯在跟班的搀扶下,迈步来到前戏台下。有人搬来一把椅子,盛植琯缓缓坐了下来。

看两个海盗望着自己没吭声,盛植琯咳了一声,主动发问:"咳,你们打算怎样?"

精瘦海盗一脸假笑地把手一拱:"我们这些兄弟都是把脑袋挂在腰上

混日子的,只想向盛老爷讨口饭吃。"

盛植琯阴沉着脸再问:"说吧,要多少才放人放船?"

精瘦海盗不但不报价,反而翻着三角眼不紧不慢地说:"盛老爷是个精明生意人,应该会算这笔账。"

"我从来不算无德打劫账!"盛植琯硬生生顶了回去。

豹眼海盗大为恼火,不等精瘦海盗搭腔,猛地一拍桌子吼道:"别婆婆妈妈,行了,就五千!见银马上放人放船,不行就吃货杀人!"

精瘦海盗不满地望了同伙一眼,心想,你急吼吼的干啥?人家还没还价,你臭嘴一张,索价一下就剩一成了。众兄弟好不容易逮了一条大鱼,现被你这一搅,等于只啃了一个尾巴。不过精瘦海盗不敢当众指责同伙,他心里清楚,自己脑袋虽比对方灵,可若是把对方惹毛了,那够他喝上一壶。现决不能内讧,回去和头领说,若头领不满结果,就把责任推给这头蠢猪,和自己没多大关系。想到这里,精瘦海盗收回眼神,直盯着对面的盛植琯,观察这个冤大头的反应。

盛植琯虽然心痛,但能到这一步已是不幸中的大幸。他估计,按自己早先设定的计谋,应该还可以再少些损失。于是,盛植琯故意让人取来纸笔,起身佯装一脸悲哀地恳求:"兄弟落难,恳请众船主鼎力相助。能借我银两者,今后定加息回报。兄弟我这厢先给大伙施礼了。"说完,盛植琯躬身抱拳,转着身子给人施礼。

因有过招呼,许多人接过笔后,尽量在纸上少写,有的干脆故作为难,一脸愧意地叹口气,摇着头把笔转给后面的人。

等纸转回后,盛植琯取过算盘,手指飞舞,一阵"噼噼啪啪"连响后,举起纸张皱着眉头说:"按理我该答应你们,但说实话,现让我一下子给你们这么多现银,很难办到,望宽些时日,容我筹集。"

"时间越久,对船夫和货物可就越不利。"精瘦海盗不愧是谈判好手,也不问多少时间,只是用眼瞟着对方,冷冷的眼神和语气一样,透着逼人的寒气。

可没想到这句话也让盛植琯听出了强盗的迫切心情,他装模作样地认真掐指算了一会,然后朝对方翻了翻手掌:"起码十天。"

"十天?!让我们伺候十多个船夫这么久?"

豹眼海盗这一骂,许多人立马明白了盛植琯的用意,暗叹老船主竟然在遭遇如此变故之时,尚能镇定地深思熟虑,时时出高招。李也亭看时机已成熟,叹着气插话帮腔:"唉,这位兄弟实不知我等艰难,能十天筹集五千已是非常人所为。"

精瘦海盗手一摆,一脸蛮横地定下最后期限:"不行,明日酉时前必须交齐!"

摸准了对方底牌的盛植琯并不示弱,手一拱:"恕我无能,真无法筹集这么多的银两。"

"明日你能筹集多少?"精瘦海盗虽一脸怒气,可嘴终于松了一道口子。

"就算是把货物采购金、船夫雇佣金全转交给你们,加上各船主相借,我最多也只能筹集二千四百两。"

"这么少?决不能少于三千!不然爷走人,不和你们这帮鸟人瞎扯了!"豹眼海盗怒吼道。

精瘦海盗咧了一下嘴角,终于很满意同伙的最后通牒。

"莫急。"盛植琯知道这个价不能再低,若真惹急了对方,这些人杀人越货,那可就真蚀大本了。于是稳定住海盗后,他沮丧地捶着胸口哽咽道:"罢罢,就是卖儿鬻女也给你们备齐这笔钱。"

"好,盛老爷爽快。"豹眼海盗说完拔出腰上尖刀,撩起衣袖,利索地从手臂上削下一小片肉。在一片惊叫声中,他若无其事地用刀尖挑起这片肉,手腕一转,狠狠地扎在桌面上。旋即瞪着眼珠吼道:"如若食言,天诛地灭!"

虽早闻海盗用自割身上的肉表明诚意和恫吓对方,但不少人第一次目睹这架势,被惊得目瞪口呆。旁若无人的豹眼海盗得意地望着发愣的人群,面不改色心不跳地任由精瘦海盗用布条包扎伤口,就像凯旋的将士正

受国人拥戴。这时,李也亭一副见怪不怪的模样提醒海盗:"该让盛老爷验物了吧?"

"那是自然。"精瘦海盗用布条替同伙包好伤口后,解下腰上的布袋,往桌上一扔,随后又从怀中掏出两样东西,"布袋里是船上的红枣和大豆,这是盛老爷的'永丰'船旗和所有船夫的手印。"

盛植琯努了一下嘴角,示意跟班上去查验。跟班轻声应诺后径直走到桌前,埋头一一查验后,扭头朝东家点了点头。盛植琯这才转眼直视海盗:"明天申时只要在海上看到船和人,我就交银。"

精瘦海盗的那张干瘪的脸努力挤出一丝笑意,拱手不卑不亢地说道:"好,就依盛老爷,明日申时镇海口见!"

盛植琯抬手回礼,从牙缝中吐出两字:"不送!"

两海盗像来时一样,大模大样地沿着原路返回码头,跳上快船后,飞速向镇海方向划去。

第二天刚过午时,盛植琯就带着银两坐船直接抵达镇海口。船刚停稳,只见昨日的两个海盗指挥着快船靠了过来。

"盛老爷,兄弟这厢有礼了。"两船靠近后,精瘦海盗抱拳作揖问候,就像是许久不见的老友相遇。

盛植琯睨了一眼对方,感觉像吞了一只苍蝇。他皱了皱眉头,耷拉着眼皮指了指身边的箱子:"银子已带来,可以让我的船过来了吧?"

两海盗没有搭话,等船靠拢后,并肩跳到盛植琯的船上。刚站稳,精瘦海盗就催促:"请盛老爷打开箱子,容兄弟看一下。"

"开箱!"

一名船夫掀开两个箱盖,只见里面整齐排列着一锭锭亮闪闪的元宝。豹眼海盗想上去验证,还没迈步,精瘦海盗悄悄拉住了他的衣袖。

"好!请盛老爷稍等片刻。"精瘦海盗从怀里掏出一只鸽子,解开带子,轻捋几下,随后向上一抛。只见鸽子张开羽翼,扑棱着翅膀向远处飞去。

半个时辰后,精瘦海盗指了指前面隐约驶来一支船队说:"盛老爷请看,船来了。"

不久,插在头船的大旗已能看个大概。精瘦海盗望了望盛植琯,见对方仍面无表情地望着远方的船队,只好开口提醒:"盛老爷,放心了吧?"

盛植琯已辨出是自己的船只,他像赶蚊蝇一样,厌恶地朝后挥了挥手。

精瘦海盗趋步上前,从两个箱中各取一锭元宝,验过铭文后,迅速合上箱盖,招呼同船海盗把两箱元宝抬到快船上。

"走!"人还没站稳,精瘦海盗已催促开船。四名海盗立即划动船桨,迅速驶离江口。

庆安会馆北号船主们得知盛植琯船队终于平安返回的消息后,所有人都松了口气。但此时鸦雀无声的大堂早无昨日的喜庆氛围,愁云似乎仍笼罩在众人头顶。船主们心里清楚,盛植琯今日灾祸极有可能某天在他们身上发生。

"诸位船主,北洋航线海运日趋密集,若不除海盗,就无法保证船队的航海安全,势必造成船毁人亡的惨事。"李也亭的话音像一片石瓦投入平静的湖面,泛起层层涟漪,所有目光集中到这个身材微福的中年男子身上。李也亭直了直腰板,继续说道,"今天绑票不是第一次了,但若我们不作为,那肯定不是最后一次!"

一胖船主按捺不住催问法子:"那我等该如何是好?"

有人插话提议:"找官府,让水师护卫。"

"哼。"费纶鋕轻蔑地哼了一声,转脸问情绪激昂的提议船主,"布兴有部一开拨,这里还有水师能出海吗?即使出海,是海盗的对手吗?"

胖船主也不屑地加了一句:"这简直就是画饼充饥。"

提议船主像是被扎了针的鱼泡,顿时瘪了下去。谁都清楚,如今驻留江岸的大清水师早已名存实亡。所以连朝廷都不愿调军队去往前线剿匪,想必担心他们不但无力可助,反而影响将士们的士气。

"如今的世道,只能自己护自己!"

对于盛植琯闷声抛出的这句憋气话,胖船主以为他仍在气头上,于是倾过上身搭话:"盛兄虽言之有理,可我等商船如何敌对海盗枪炮?"

盛植琯没正面答复,而是反问道:"海盗有枪炮,那我们为什么不也武装起来?"

众人听了大吃一惊,只有李也亭闻之如遇知己。目前,李也亭所经营江浙沪和京津之间的海运线路上的海盗越发猖獗,因此更迫切需要剿灭海盗。今天既然有船主首提武装船队,他当然全力跟进。不过李也亭的想法和盛植琯还是有区别,他不想被动抵御,而是主动寻找海盗,一举歼灭他们。所以盛植琯的话音刚落,他率先表态赞同:"是啊,若我们自己能扫清海盗,那绝对是件利国利民利己的大好事。"

李也亭这一说让会堂气氛瞬间热了起来,船主们纷纷交头接耳表达自己的看法:

"我觉得是可以一试。"

"是要给这些海盗颜色看看。"

"若能惩治海盗,那真是太解气了。"

听众船主均有打海盗之意,李也亭于是趁热打铁抛出了自己已考虑一天的设想:"但我们的商船无法与海盗交手,不如干脆联合起来购艘武装轮船。"

武装轮船?这太气派了,若有这样的船护航,那些海盗休想再得逞。李也亭的设想如同一点星火,把众船主这把干柴给点燃了。可一个老船主等会堂稍安静后,不安地问:"好是好,可如何买武装轮船?官府能同意我们购枪买炮吗?"

如同一盆冰水浇在众人刚热乎的心头。是啊,老船主问的没错,别说是枪炮,就是刀棍之类的兵器,朝廷也是明令禁止的。

"找段知府段大人。"

不知谁喊了一声,费纶铦抢先点头认可:"我看可以一试。段大人升任知府才一年,新官上任总得烧上三把火,说不定有一把火就是支持我们北号购买武装轮船。"

正当船主们商议如何拜见并说服段知府时,门外慌慌张张跑来一人:"禀各位老爷,知府大人来了。"

"谁?"费纶铦怕听错,又问了一遍。

"宁波府段光清段大人。"

"段大人来干吗?莫非是……"

费纶铦顾不得其他,赶紧吩咐下人:"快,速开中门迎段大人。"

众船主疾步涌向门外,刚到大门外,远远看到一顶官轿在几名兵丁的护卫下,径直朝这边走来,最后停在了庆安会馆外。

船主们赶紧跪成一排,等段光清下轿后,磕头齐声高喊:"恭迎段大人!"

段光清虚抬手臂:"请起。"

"谢段大人。"

众人起身闪到两旁,段光清径直走到盛植琯面前:"本府前几天下乡,今得知盛老板遭遇不幸,不知可好?"

盛植琯拱手回禀:"谢段大人关心,在众船主的帮助下,虽折些银两,但总算平安赎回。"

其实段光清早已知晓经过,点点头:"嗯,那就好。"

"段大人,这边请。"

段光清背手踱着阔步走在前,一行人又进入会馆大堂。等敬完茶,盛植琯拱手直言:"禀大人,我等小民正准备找大人。"

"喔,那本府是不请自来了?"

段光清的打趣让船主们放松许多。李也亭乘机直奔正题:"段大人,小民们正在商议购买一艘装备武器的新式轮船。"

段光清刚端起的茶碗停在了半空,盯着对方若有所思地问:"用轮船缉

捕海盗?"

迎着段光清干练的眼神,李也亭欠了欠身,不卑不亢地答复:"回禀大人,我漕船连年遭海盗劫掠,损失巨大,所以小民们商议购一艘新式轮船歼灭海盗,确保漕船的安全。"李也亭特意把"缉捕"一说改成了"歼灭",以示目的与决心。

段光清捏着碗盖轻推茶水浮沫,不置可否地继续问道:"需多少银子?"

"回段大人,小人曾在广东打听过新式轮船,每艘价格约七八万银圆。"

船主们暗吃一惊,刚才光顾着想如何打击海盗,谁也没计算购新式轮船的费用,现在得知购船资金如此巨大,他们担忧的不再是官府能否同意,而是发愁怎么筹集钱。何况这七八万银圆是购武装轮船,不是可营利的货船,不但没有分红之说,而且还有被海盗击毁"蚀本"的可能。

"唔——,五万两白银。"

船主们各自琢磨起知府的意图来。有的船主觉得段大人这声长音是心有余而力不足的扼腕叹息,是无奈感慨;有的船主感觉段大人前面连续两问就是想浇灭众人购武装轮船的欲望,既然朝廷明令禁止民间拥有兵器,他知府大人怎么会和头顶的乌纱帽过意不去?何况这顶新乌纱帽戴了才一年多。李也亭却在暗自叹服中信心大增,知府大人把银圆折算成白银并非多此一举,他刻意把七改为五,目的就是增加众人的信心。就在众船主暗自嘀咕之际,只见段光清轻抿了一口茶水,看似漫不经心地又追问,"不知尔等细算过没有?轮船月支需费多少?"

知府的话像颗炮弹在已泄气的船主中炸响。是呀,武装船不仅没有收益上的回报,而且还要不断支付弹药等费用。李也亭却气定神闲地答复:"回段大人,据说月开支煤、淡水及工资约需七百银圆。另外,武装船比不得普通轮船,雇佣者不但要增加炮手,而且每人的月酬要比普通轮船高一倍。除去弹药,估计每月约需两千银圆。"

众船主望着李也亭伸出的两根手指惊得目瞪口呆,刚才购轮船缉捕海

盗的壮志早被抛到九霄云外,交头接耳纷纷议论开来:

"哇,不得了,月开支要两千银圆,十个月就是一艘崭新的沙船!"

"这不是轮船,简直是个吞金妖怪!"

段光清也没料到新式轮船的开支如此昂贵,更没想到群情激昂的船主们的态度会瞬间转变。现浙江漕运任务非常艰巨,正耗漕米就达一百多万石,占全国漕粮的四分之一,一旦有鱼米之乡之称的浙江的漕运出了麻烦,不但自己的乌纱帽难保,而且影响整个朝廷,有负圣恩。他决心借此次千载难逢的良机,借助民力彻底扫清浙东海面的海盗,确保漕运的安全。想到这里,段光清干咳了一声,及时制止船主们的议论,随后放下茶碗,巡视一圈众人后,平心静气地说:"尔等不能如此算账。"

大堂鸦雀无声,所有人都等听知府大人的算法。只见段光清神色自若,轻挪身子,等抚正长衫下摆后,才缓缓说道:"月支看似较巨,但尔等隐性收益更巨。大船队一次遭劫,就足够支付轮船数年开支。"见有人点头认同,段光清眼皮一抬,轻描淡写地说,"何况这开支必定随着海盗数量的减少而锐减。"

费纶锰听懂了段光清的用意,边颔首边说:"段大人说得极是,海盗没了,也就不再需炮手。等海面平静后,轮船可以拆下武装枪炮,立马就是一艘上等客船或货船。"

段光清的长远算法让李也亭叹服得五体投地。看来这位知府大人果真名不虚传,不愧是本朝难得一见的能臣,怪不得之前任鄞县县令时,通过采取减粮价、清盐界、诛首凶、散余党和安民心等有效策略,未动一兵一饷,便迅速平定了"羊庙之变",还地方安宁。李也亭正准备接话,段光清已抢先把手向上一拱,一脸肃穆地说明了今日来意:"奉朝廷之命,现急需海运军饷抵京,不知尔等有无意向?"

军饷?北号船主你看我我看你,谁也不敢接话。如今洋面上海盗出入频繁,万一有所闪失,那可不是损失多少的问题,而是满门抄斩的大祸。李也亭却怦然心动，微闭双目暗自盘算起来：虽说替朝廷运军饷风险大，但毕竟有水勇随船护送押运，官民一心，不敢出任何纰漏，安全性必有所提高。更为重要的是，运军饷不同以往漕运，极有可能因立军功获朝廷奖赏，运气好甚至授以一官半职。若能入朝为官，那就光宗耀祖，出人头地了。而生意哪怕做得大如天，那也无法戴乌纱帽、坐官轿。即使花钱纳捐，不说能否早日等缺上任，就是在正牌子进士、同进士出身的"正途"官员眼里，虽同为"异途"的军功官员，那也比纳捐官员要体面。也罢，不入虎穴焉得虎子。想到这里，李也亭垂眉拱手请缨："段大人，小民愿运军饷。"

段光清没有应答，更没有夸赞，瞅了对方一眼，淡淡地问："你不怕海盗？"

"怕。"李也亭说完迅速抬起垂下的眼帘，斟酌着缓缓吐出了后半句，"但事在人为。"

"好！"段光清轻拍一下椅上扶手，心里暗想，看来商人和兵勇一样，虽有不少孬种，但也不乏英雄。既然现已找到愿运军饷的船主，干脆再设法解决这帮商人当前的困难，让他们人人有愿为朝廷效力的信心。于是，段光清直截了当地说："大清子民就该有这样的气魄，为商者更应有这样的胆识与担当。尔等刚才提议购新式轮船歼灭海盗，本府觉得可行。至于购船所需资本，本府可以想办法先垫一半。"

官商各出一半？李也亭再次叹服起段知府的智慧与手段，就在不经意话题转变的过程中，不但落实了肩上的担子，更一针见血地着手解决了新问题。有了知府大人的表态，凝结在北号船主们脸上的愁云开始散去，众人又喜滋滋地小议开来：

"太好了，有段大人的支持，购船之事定成。"

"知府大人都设法替我们垫资，我们还有什么好犹豫的？干！"

"就是，这回大家都可以放心了。"

只有费纶鋕托着下巴始终沉默不语，心想：这事值得高兴吗？官府可不是全额负责购船资金，且肯出的一半经费也不是捐助，而是垫资。也就是说,这笔钱官府随时可能要求归还。若届时官府突然追索,北号一时筹集不齐怎么办?那可是衙门的钱,别说晚十天半月,就是拖一天都有吃官司的可能!费纶鋕决定先当面弄清这个问题,不能上马容易下马难。于是等众人议论声稍小些,他直起上身,婉转地泼出了心头这盆凉水:"段大人,不知官府购船资金如何归还?"

没等众人反应过来,段光清像是早有谋算:"每年从商船的收入中抽取部分用以陆续归还官府所垫资金。"

"那何时才能还清?"

段光清呵呵一乐,指着费纶鋕反问:"债是本府所放,你有何虑?"

大堂发出稀稀拉拉的笑声,段光清知道,这笑声只为迎合,并非发自内心,而是夹杂着担忧与困惑。其实培植船主购买轮船来打击海盗信心的主意,段光清早已想好,他故作轻松地伸出两指替船主算起轻松账:"随着海面的绥靖,海漕的运量必定会越来越大,届时恐怕用不了两年,尔等不但能及时还清官府购船的垫资,而且户户日进斗金,赚得盆满钵盈。"

知府的话虽有点夸张,但船主们却并不反感。盛植琯朝段光清边拱手边由衷感叹:"若朝廷官员多些段青天这样的大人,我等小民何来受这种孽?"

李也亭想赶在运军饷前做成此事,降低洋面风险,所以趁热打铁鼓动:"此事宜早不宜迟,趁海盗还没成大气候,速将其歼灭。"

段光清见众人纷纷点头赞同,决定乘势而收,不插手具体事务。于是端起盖碗,轻啜一口放下,推椅起身:"本府事务缠身,暂先回衙,尔等商定后可速报本府。"

"多谢青天!"

"段大人请!"

送走段光清,众人重新回到会堂,然后你五千,我八千地募集起购船资金。认摊结束后,考虑李也亭先前已打听过购买轮船的事宜,费纶鋕向众船主推荐道:"李老爷走南闯北且久居上海,购轮事项还得劳请李老爷费心些。"

李也亭听后却连连摇头："我虽在沪上打拼多年，但少与洋人交往，更无交情。购船是件大事，务必请熟知洋商的人全权代办。"

"这样的人哪里去找？"众人见李也亭推辞，顿时束手无策。

盛植琯突然一拍脑门："启堂！对，非他莫属。此人多智术，与西方通市交易多年，明习各国事，更重要的是他乃本乡人，可靠！"

杨坊？众人马上想起这位如今拥资百万，名噪沪上的宁波老乡。想当年杨坊虽三十三岁才去上海，但这年正好英国在上海开埠，曾在教会学校学过英语的他于是有了混迹洋行的资本。三年后，作为上海美商旗昌洋行买办的他成功运用宁波钱业的过账制度，以期票做通货，使丝茶贸易越发红火。如今的杨坊已是上海最大洋行——英国怡和洋行的买办，不但在上海东门外开设"泰记"钱庄，还兼任宁波四明公所的董事，捐了个候选同知头衔，成了上海巨商的首领。盛植琯的提议立马得到众船主的一致赞同。

当李也亭和盛植琯到上海找到杨坊并说明来意后，这位穿着宁绸夹袍，脚踩三套云镶鞋的买办当即答应下来。旋即由他牵线，成功向广东英商订了一艘定价七万银圆的大轮船。

"中国轮舟自宁波始也！"在返回宁波的船上，望着一轮冉冉升起、辉耀天宇的朝阳，望着穿梭不息的各国洋轮，站在甲板上的李也亭兴奋地挥舞双手向大海喊道。

第六章
DILIUZHANG

船到宁波三江口码头，李也亭和盛植琯与闻讯前来迎接的北号船主们一起进了庆安会馆。当得知已与英商签下购轮船合同，船主们大喜。

盛植琯首先提议："轮船乃新式事务，想我等皆为粗人，此事需延聘两位读书人来主持日后巡洋、防盗、护航等具体事项。"

李也亭瞄了一下盛植琯，知道对方肚中早有人选，于是顺水推舟客气地问道："有理。不知盛老爷有无合适的人选？"

盛植琯胸有成竹地报出了两人姓名："卢以瑛和张斯桂。"

费纶鋕一听，捋着胡子点头认可："嗯，一个举人，一个秀才，都是响当当的宁波名士，能请到他们事必成。"

船主们也纷纷表示赞同。李也亭默不作声地转着眼珠打量众人，卢以瑛的举人名声的确很大，据说他所作《访梅吟舍残稿》在浙东一带流传很广。但张斯桂这个名字头次听说，他不清楚两位大船主为何一致推荐这个秀才，更弄不明白为何其他船主都跟着叫好。李也亭认为"庆成局"的主持人选必须谨慎选择，断不能让碌碌无为或名不副实之流在此鱼目混珠、滥竽充数，毕竟这与北号船主们日后的命运紧密相关。

费纶鋕看李也亭没有表态,猜测对方可能不了解张斯桂,于是倾身主动介绍:"李老爷离宁波早,可能尚不知晓张斯桂。此人早年与美国传教士丁韪良互为师生,丁韪良曾称其为我大清文人阶层中最优秀的人才。"

"学贯中西",李也亭大脑中闪现出这个词语,顿悟两船主延聘张斯桂的用意。是呀,轮船出自洋人之手,如果延聘之人不懂其性能,满口之乎者也抵触洋人利器,那请来之人不但难以共谋,且不利于今后诸事发展。想如今大清缺的就是识时务的俊杰,泛滥的是那些沉浸于蝇头小楷的文人,他们往往以大国自居,高谈阔论那些不合时宜的微言大义,眼高手低,根本做不了一件实事。想到这里,李也亭嘴角一扬,泛起笑意自我调侃:"离根就是浮萍。唉,看来外面世界虽大,家乡的根万万不能断,不然这样的贤才即使碰了面,那也不相识呀。"

众人都乐了。商定结束,由李也亭速报至知府大人,董沛和费纶鋕则分别坐轿赶往鄞县和慈溪县,上门请卢以瑛和张斯桂来会馆商议大事。

次日午后,北号众船主再次会聚庆安会馆。卢以瑛和张斯桂与众人寒暄一番后,相继按序落座。

堂上盛植琯一扫前些日子的阴霾气色,待上茶完毕,率先提议:"诸位,既然轮船已订,不妨我等一起为即将出生的'孩子'取个吉名吧。"

盛植琯话音刚落,有个刘姓船主似乎早就拟名,脱口接上:"就叫'大庆'吧。"待发现众人都扭头看自己,旋即自鸣得意地比画着解释,"'大'指洋轮有别于我们沙船;'庆'是有了这样的武装洋轮护卫,值得庆贺。"

有人马上指正:"刘老爷,这轮船只是洋人制造,现买下当以中国船来论,怎老言'洋轮'?"

"对!这好比是买仆回家,好歹也算是洋人伺候我们这些主子。"

厅堂顿时发出一阵知足的哄笑。就是,谁说洋人不能伺候我们?那些洋人个个趋利,只要肯撒钱,他们必定抢着持壶捧茶,争相伺候我们。

"嗯。"卢以瑛没有笑,只见他应了一声,随后捋着日益稀疏的山羊须说道,"庆与会馆重名,一陆一海,一馆一船。馆砖属土,由火熔炼;轮船由木而成,行于水中。火与木、土与水皆相冲,大不利,有毁馆沉船之险。"

众船主闻言面面相觑,深为北号请到这样奇才高士暗自庆幸。若无卢举人指点,无论是毁馆还是沉船,都将致北号重创。此时,刘姓船主更是羞得一脸通红,吓得缩紧脖子不敢再吭一声。见大堂一时无语,李也亭赶紧附和:"卢老爷说得极是。况且不能过早言庆,这轮船能不能为我们北号争气还得看往后。"

这时,只见张斯桂轻轻放下手中的盖碗,说:"这是中国第一艘轮船,是我大清的宝,希望它顺顺利利,顺利抵达宁波,顺利歼灭海盗。景颜斗胆建议船名取'宝顺'。"

李也亭眼睛一亮,这秀才果然与众不同,没有因举人在而怯场,且说话通俗易懂,平易贴切,没有之乎者也的无病呻吟。

"宝顺?"卢以瑛沉吟了片刻,待众人把目光从张斯桂转到自己身上后,才颔首慢条斯理地解析,"宝,玉器也,珍贵之物。顺带水,船有水就能进,且顺与逆相对,同向驶海舟,定能顺风、顺水、顺境。当然,顺还有不违背之意,有寓让'逆贼'望舟服从之意。"

听了卢以瑛的细解,众船主皆拍手称好。张斯桂暗自端详卢以瑛,心想,看来卢举人果名不虚传,才情横溢,自己刚才取其名哪有如此想法,被他一注释,竟有这么多寓意。这时,只听董沛比画着手兴奋地说道:"今天轮船之号如此顺理成章,注定将来能顺藤摸瓜、顺手牵'盗',一举歼灭海盗。"

张斯桂拱手坦言:"吾取'宝顺',还真没想到有如此之多顺。"

"景颜这个'宝顺'取得妙。"为了顾全卢以瑛的面子,费纶鋕在赞过张斯桂后,故意加了一句,"若无卢老爷注释,我等根本不解其深意。"

李也亭也觉得此名朗朗上口,何况众人意见一致,就顺水推舟迎合道:"连卢老爷也叫好,我等自然顺从。"

欢快的笑声充盈了会堂,卢以瑛更是被各种迎合声捧得全身畅快,乐得

嘴角两绺白须乱颤。

在李也亭等人的主持下,北号顺利募集到了可充"宝顺轮"历年的薪水、佣资、衣粮和弹药等诸支出费用的资金。盛植琯等管事收完账本,开始引入今日主题:"诸位,募集来的资金和将来轮船需要有个管理局,得请一个能人来管理好巡洋、防盗、护航等具体事务。"

费纶鋕接过话头挑明:"今天卢老爷在,此事非请卢老爷不可。"

没想到卢以瑛却抱拳一口回绝:"哎呀,抬爱了,抬爱了。老朽不才,墨守成规,偶聒噪几声,断难当此重任。"

李也亭瞥了卢以瑛一眼,心中有了底。对方这番无论是感谢还是自谦言语,并非肺腑之言,仍是以退为进之策,推辞不过是为自己赢一个无欲自律的虚名。想到这里,李也亭心中暗乐,选这样图名轻利之士来主持,的确对管理局有利。于是也装作一脸急切地恳求:"以卢老爷的正直与威望,必定能治理好管理局。恳请卢老爷以大局为重,体谅我等艰难与苦心,帮衬我等一把。"

"是呀,将来我们还得多借卢老爷的威名呢。"

"就是,卢老爷堂上这一坐,还有哪个不服的?"

"北号若有卢老爷这等名士压阵,何愁万事不成?"

众人七嘴八舌地给卢以瑛戴高帽,弄得正襟危坐的卢以瑛心里甜得吃了蜜似的,终于起身拱手虚敬一圈,佯装无奈地应允:"罢了罢了,既然诸位如此厚爱,那老朽就不自量力,试试吧。"

盛植琯于是顺着话头提议:"卢老爷,您既已主之,还得您老费神给管理局取个祥名吧。"

"唔,此地名为庆安会馆,取名须首尾呼应方能有始有终、万事大吉。"尚未落座的卢以瑛干脆踱着方步自言自语了一番,立定后,拿出一副当仁不让的气势,捏着胡须轻晃脑袋,"船安为庆,盗灭为成,就叫'庆成局'吧。"

"好,卢老爷懂我等心思,这名叫得响。"

卢以瑛重新落座，等众人静声后，才悠悠地说："诸位抬爱，老朽不才，更是对轮船与船勇一窍不通，还得另举熟稔业务之人来督船勇、司舵。"

卢以瑛话音刚落，李也亭马上说："督船勇毋需另寻他人，此人就近在我等面前。"

盛植琯一听早已了然，却故作不知问道："谁？"

李也亭朝张斯桂这边手一抬："大秀才景颜。"

"嗯，好！"

"此事是要有劳景颜兄了。"

看众船主意见一致，张斯桂也毫无谦让之意，拱手一圈，自嘲着接下了任命："承蒙厚爱，鄙人既然乡试之路难行，那就投笔从戎，为北号效力，誓剿灭海盗。"

李也亭窃喜，看来此人不但有文才，还有为将的气魄和胆略，就在他准备接话之际，只见卢以瑛停住了捋山羊须的手，难得雅趣了一下："那老夫岂不是上京城与各省举人及国子监监生会试不成，回乡与海盗们一拼上下了？"

就在众人笑翻天的时候，门人来报："禀各位老爷，杭州府胡光墉胡老爷求见。"

"喔，快请！"盛植琯说完起身相迎，众人也跟着向外走去。

刚出会堂，只见精神抖擞的胡雪岩在门人的引导下走过了甬道，见北号船主们集体出堂相迎，立即加快脚步拱手招呼："各位船主，告扰了，告扰了。"

虽是第一次和胡雪岩谋面，但李也亭早闻这个放牛出身的安徽人在杭州打拼成商绅的各种传言，他悄悄打量起眼前这个气宇轩昂的年轻人。只见此人头戴貂皮帽，颈围狐皮，锦绣长袍，腰上系了一根金丝边纹腰带，脸部轮廓分明，似墨浓眉下一对漆黑的眼珠闪着精光，透着干练与精明。李也亭暗叹，果不愧为杭州府一大商绅，确实不同凡响。

盛植琯抢前几步拱手还礼："胡老爷来得正是时候，我等正有事相求，请里面说话。"

重新坐定后，胡雪岩先入为主言明了来意："前些日子传闻北号要买武装船打击海盗，今乘来宁波办事之机，特来贵馆打听当有此事否？"

"胡老爷是秀才，不出门也知天下事。"盛植琯呵呵一乐，乘上完茶之际，端起盖碗虚敬了一下，"怪我等没及时告知胡老爷，确有其事，现我等正在商议此事。"

胡雪岩回敬后揭开碗盖，移开浮沫，轻吹后抿了一口。盛植琯等对方放下盖碗，这才把购船与刚才众人商议之事大致介绍了一下。一听司舵之人还没定，胡雪岩心一动，立马想起那个雨天赠蓑衣的贝锦泉，屈指算来已有两年没见面了，不知他还在不在五乡溪码头撑船摆渡。眦睚之怨当相忘，但一衣之德当以报。可刚打定主意，胡雪岩旋即又否定了自己的想法，决定暂不向船主们推荐贝锦泉，毕竟欲谋这美差的人太多，自己又不是北号人，也没为北号购轮募捐过，凭什么有话语权？想到这里，他只是含笑不时点头，精明的眼睛虚盯前方，不搭一句话。

让胡雪岩万万没有想到的是，盛植琯介绍完毕后，主动提议："胡老爷，您与洋人交往多年，司舵一职还得靠您给举荐一位。"

不等胡雪岩反应过来，这边费纶鋕等人也迎合道："此事关系到轮船的安稳，胡老爷千万莫推辞。"

胡雪岩心里直乐，这人顺了真是事事顺。刚才仅仅闪过想帮衬贝锦泉一把的念头，居然马上有人给机会。他转眼一想，现不是推荐贝锦泉的良机，虽与众船主相熟，但不能让他们误解自己是为此目的而来，何况他们本意是想让自己在外地物色人选。胡雪岩当即决定改变原先的打算，把此次准备赞助贝锦泉的银两以募捐购船的名义献出来，这样不但可以加深船主们的信任与尊重，利于自己今后货运，说不定还可以永久性地解决贝锦泉的生计问题。打定主意后，胡雪岩朝自己的跟班打了个手势。跟班疾步上来，递过沉甸甸的钱袋,胡雪岩转手往案几上一放,说:"这是我的一份心意。"

盛植琯赶紧拱手谢绝:"不敢当,不敢当,胡老爷客气了。"

胡雪岩故意皱眉问道:"怎么?盛老爷嫌我的钱不干净还是少呀?"

盛植琯连连摇手:"不敢,不敢。我等怎好让胡老爷破费。"

"你这可就见外了。"胡雪岩转过身,笑问费纶鋕,"费老爷,你们买轮船为什么?"

费纶鋕不明所以,欠了欠身答道:"巡洋、防盗、护航。"

胡雪岩眼神闪过一丝狡黠,嘴角一吊,继续问道:"为什么要巡洋、防盗、护航?"

"确保船队安全运送货物。"刚说完,费纶鋕明白了胡雪岩的用意,不由得笑着顺对方的意思挑明,"好吧,船货不分家,你我当同心。"

"这就对了。"胡雪岩转回身,把钱袋往盛植琯这边一推,"权作我对北号商船的一点点回报。"

"那就恭敬不如从命了,谢胡老爷!"盛植琯不再推辞,示意账房收走。等账房退下,盛植琯又接起刚才的话题:"胡老爷,司舵之人还有劳您物色一位。"

卢以瑛见势也不急不躁,文绉绉地说道:"此事非仰仗胡爷不可,望鼎力相举。"

看火候已差不多,再矜持只会适得其反,于是,胡雪岩把胸前的辫子往后一甩,说:"其实司舵之人不用物色外人,镇海就有这样的一位能人。"

"喔?谁?"不光盛植琯发愣,所有船主都不敢相信自己的耳朵。船主中尚且还有没见过轮船一眼的人,本地谁会有驾驶轮船的大能耐?难道真有高人隐居镇海?若真是这样,他们这些船主可就瞎了眼。

"贝锦泉。"胡雪岩看众人一脸的错愕,只好继续补充,"贝锦泉,字敏修,系镇海贵驷憩桥人,曾在上海至青岛的葡萄牙籍洋轮上干过三年,懂司舵,现在五乡溪埠头靠撑船摆渡度日。"

胡雪岩声音刚落,船主们就私下咬起了耳朵。这个名字太陌生了,不但不知道他在洋轮上学过司舵,更从来没有听说过五乡溪埠头有这样的高士。

"既然是胡老爷举荐,此人必是个贤达之士,可以择日延请至此再详谈。"卢以瑛不愧是个老手,这句话不但让胡雪岩有了足够的面了,更让众人明白现在不敲定司舵一职,而是请来这个叫贝锦泉的人后再做定夺,决不误大事。

胡雪岩是个明白人,自然懂卢以瑛的话中音,就顺着话意表态:"若北号不满意,雪岩可以另行推荐他人。"

北号商船所有人都舒了口气,对这个结果大伙都觉得满意。如此昂贵的轮船可是他们的心头之宝,是振兴船业之利器,断不能交给难以放心之人。

……

当坐在舱外的贝锦泉看到有艘快船向他驶来时,他还觉得有点纳闷,怎么这快船不走中间航道,偏偏向他靠来。直到有人站在船头向他招呼时,才明白这船是来找自己的:"敢问前面这位可就是贝锦泉贝爷吗?"

"你们找我?"望着陌生的脸面,第一次被称为"贝爷"的贝锦泉觉得丈二和尚摸不着头脑。此时对方的船已慢慢挤上埠头,出于礼貌,贝锦泉起身下船迎了上去。

来人上岸请安后说:"贝爷,我是庆安会馆的管事,现北号盛老爷等船主请贝爷前往一叙。"说完递上一个名札。

贝锦泉接过一看,名札上的字认不全,但既然庆安会馆管事说是盛老爷相请,那必定是指赫赫有名的盛植琯。捏着陌生的名札,贝锦泉暗暗叫怪,他一个大船主找我干吗?缺船工?不太可能,即使想叫自己干活,那也不需这样隆重的方式来请,来人更不会口口声声称自己为"贝爷"。贝锦泉一脸错愕地探问:"盛老爷找我何事?"

"小的也不太清楚,应该是好事。"管事很机灵,口风很严,只透一道隐光。

看来问是问不出什么了,那就干脆去一趟,一个大男人有什么好担心的,又不是赴鸿门宴。想到这里,贝锦泉招呼管事一声:"请小哥稍等片刻。"随后跑到自己的渡船上,放下舱帘,插好船篙,拴住缆绳,等他跳上快船,管事立即让船工飞速向宁波方向驶去。

虽以前在江中也眺望过庆安会馆,在上海和青岛也见过不少高大宏伟的建筑,但置身会馆前时,气势恢宏、金碧辉煌的门楼和高大的马头墙上栩栩如生的雕刻,还是让贝锦泉惊叹不已。进门后,大殿上的蟠龙柱更给他留下了深刻的印象,栩栩如生的倒挂式苍龙似乎随时要从空中降落,而与此相呼应的凤凰柱展翼欢歌,好像即将腾跃而起。

"请贝爷稍候。"管事引贝锦泉到会堂外后,彬彬有礼地让他站在原地等候通报。

"好,有劳小哥。"

不一会儿,管事疾步走出会堂大门,侧身朝贝锦泉做了个"请"的动作:"贝爷,各位船主里边有请。"

贝锦泉稍整了一下衣服,阔步走进会堂。此时里面坐满了人,可贝锦泉一个也不认识,他急跨几步,立定后弯腰抱拳:"在下贝锦泉,拜见各位老爷!"

盛植琯看来人进门的英武架势已满意三分,现在再听这洪亮的声音又添三分,他示意下人搬了把凳子,说:"坐下细说。"

贝锦泉谢过后,把胸前粗大的辫子甩到身后,稳稳当当落座在凳上。费纶鋕细细打量了一番眼前这位卧眉明眸,挺梁阔嘴,腰板笔挺的古铜肤色年轻人,开口问道:"敏修,知道今天为何请你来吗?"

"尚不知各位老爷招在下何事。"说完,贝锦泉欠身施礼,"只要有用得着我贝锦泉的地方,但请各位老爷吩咐。"

船主们相互打了个眼神,对贝锦泉的言行举止颇为满意。老练的李也亭顺着话探对方底细:"敏修,听说你曾在洋轮上做过事?"

贝锦泉的心怦然一动,船主打听这个干什么?难道真是要请自己来北

号?于是如实答道:"回这位老爷的话,早些年由乡人介绍,我曾在上海至青岛的葡萄牙籍洋轮上干过三年。"

"嗯——"卢以瑛故意先拖了一声长音,等所有人把目光集中到自己,才不急不缓地捋着山羊须直面问贝锦泉,"你在洋轮上干什么活?"

贝锦泉转过脸,虽只扫了一眼,但经验告诉他,此人虽与众船主同坐大堂,但必定来历不凡,更是个难以应付的人。既然他们问自己过去这些事,想必与将来在北号要做的事有关,能说全的,一定要说全。想到这里,贝锦泉谨慎地答道:"回爷的话,在下一直在洋轮上干给火炉送煤的活,但期间始终在大副处学驾驶。"

卢以瑛眉心一皱,又连连追问:"司舵学了多久?学到什么程度?有没有掌过舵?"

众船主听了心中暗乐,看来这位举人老爷相当尽职,虽然庆成局还没有正式运作,可他已以主持身份进入角色。只听贝锦泉不卑不亢地答道:"承蒙大副厚爱,日常干完送煤活后,在下一直在驾驶舱跟大副学习司舵,前后共三年时间,能独立司舵让轮船正常驾驶或进出港口。"

话音刚落,卢以瑛又紧追不舍地抛来一问:"为何回乡?"

当年旧痛一下涌上心头,贝锦泉神情多少有点黯然:"回爷的话,因当时咳嗽多日不愈,船长另找人顶替,在下只得回乡靠撑船摆渡度日。"

来回几问几答让卢以瑛颇为满意,看来这年轻人不仅没有浮夸吹嘘,而是诚恳答复,且的确懂司舵,而这两点正是目前要找的人所应具有的人品和能力。

李也亭环视众船主的反应,心中有了底,直言问贝锦泉:"敏修,有没有想过回轮船做事?"

果真如此,贝锦泉内心一阵狂喜,他努力克制住自己情绪后,决定借用左凯弟尼先生分别之际赠自己的话答复船主的提问,不但可以表明自己的愿望,更能说明自己有司舵能力。想到这里,贝锦泉声情并茂地说:"回乡前,普鲁士国大副左凯弟尼先生曾对在下说,我虽一直干轮船煤匠活,但三年来已基本掌握水上航行知识,并一再叮嘱我无论今后有多大的困难,也不能离开海洋。因为我和他一样,是属于海洋的,属于那宽阔的蓝色大地!"

海洋——蓝色大地,船主们第一次听到这样的说法,可这些恰恰又是他们想说又说不出的情感。今天被人一点,颇有点醍醐灌顶的感觉。就连卢以瑛和张斯桂也觉得这样的词语是多么的诗情画意。

盛植琯与李也亭等人交换了一下眼神,看大家都默默点头,就打开天窗告知贝锦泉:"敏修,我们北号新购一艘轮船,并新成立'庆成局',胡光墉胡爷推荐你为轮船司舵。"

"胡光墉胡爷?"贝锦泉听得有点犯迷糊,"加达轮"上没有这个人呀。平日渡船来往人多且杂,实在想不起自己何时有缘结识这样的贵人。这胡爷是何方官吏?为什么如此器重又厚爱自己?

见贝锦泉表情茫然,卢以瑛彻底放下心来。看来胡雪岩绝不是罔顾私情举荐此人,完全是出于公心。但同时一个更大的问题在脑海中浮现,作为混迹杭州的大商绅,他怎么知道镇海乡间有个能司舵轮船的贝锦泉?同处一地的众船主都闻所未闻,那贝锦泉的名声何以闻达于外城?奇怪,真是太奇怪了。就在卢以瑛内心嘀咕不已之际,只见贝锦泉忽然一拍脑门叫道:"雪岩哥!对,肯定是雪岩哥。"

刚才还迷茫胡光墉是谁?现叫号不叫名,还以哥相称,这俩人到底是怎么认识的?究竟有什么样的关系?卢以瑛紧盯着贝锦泉刨根问底:"你们怎么认识的?"

贝锦泉为自己刚才的失态感到有点不好意思,赔起笑脸解释:"那都是好几年前的事了。当时雪岩哥摆渡刚好坐我的船,只是后来一直没有音讯。"

天!一个坐渡的和一个撑渡的一共才相处多少时间,几年后怎么还相互记得对方?按此说来,贝锦泉脑子要记多少人?天天与各色人打交道的胡雪岩更需怎样惊人的记忆力?

不等卢以瑛开口,盛植琯已好奇地追问原因:"每天坐你渡船不下几十号人,怎么会对几年前偶遇之人记得这么牢?"

看一直洒脱自如的贝锦泉面露拘谨,众人更是起了好奇心。在他们不断地催问下,贝锦泉只好把当年渡船的经过粗粗说了一下。

会堂鸦雀无声,谁也没想到贝锦泉有这样的善心与胸怀。可这样优点却同时也是武装轮船头领的大忌。试想在与海盗你死我活的激战中,若善心大发,不但会有前功尽弃的可能,甚至还会造成船毁人亡的惨剧,断不能效仿诸葛亮七擒七纵孟获的策略。作为日后轮船第一号人物的张斯桂一直沉默不语,此时忍不住插话问贝锦泉:"知道北号购买轮船的目的是什么吗?"

"不知,望爷指教。"

"用来剿灭海盗,也就是说,这是一艘武装轮船!"张斯桂特意把武装这两字加了重音,试探对方的反应。

想到可以为岳父复仇,贝锦泉血一下子涌了上来,猛地一拍大腿:"太好了,这些强盗早就该消灭。"

可能意识到自己的动作过于唐突,贝锦泉干搓着双手一脸歉意地说:"各位爷,泰山当年就是被海盗劫杀而亡。想今后船只出海不用再担心被劫,在下难免由衷地兴奋。"

张斯桂眼一亮,问:"你泰山是谁?何时遭劫?"

"回爷话,在下泰山姓陈名山,于道光二十五年在镇海口遭劫。"

董沛瞪大了眼睛:"原来你就是陈山的快婿,好,太好了。"

"爷认识在下泰山?"

"嗯。"董沛应声后黯然神伤地叹了口气,"唉,想当年刘船主若无此劫难,也不会落到投江自尽的惨境。"

贝锦泉不知后来还有这等变故,一时不知如何接话。此时其他船主也因联想自己货物与船只的风险,都阴沉着脸不语。

"哈哈。"想到自己今后有这样的得力助手，张斯桂极为满意，为了扫除会堂阴云，他故意大笑后推椅起身，走到贝锦泉面前，用力拍了一下对方宽阔的肩膀，由衷赞道，"无论过去你是英雄还是竖子，在北号，将来你注定是一名英雄！"

瞬间，众船主的情绪又被激了起来。对！北号就是谋成大事的福地，雄伟的庆安会馆将见证这一切。

出庆安会馆，快船把贝锦泉送回了渡口。上了自己的小船后，贝锦泉突然觉得有点不妥。上轮船出海起码十来天，加之是艘武装轮船，多少有点生死未卜的味道，如此大事没和父母、小洁商量，就草率决定投靠北号是不是太唐突？这一想就再无心渡船，等把两个客人送到对岸后，贝锦泉就撑船回了家。

正在屋外收衣服的陈洁远远看到丈夫从巷口走来，颇为意外，赶紧把手上的衣服重新挂上竹架，快步迎上关切地问："怎么这么早回来了？人不舒服吗？"

"小洁，我有一个好消息要告诉你。"

没想到陈洁接过丈夫手中的提篮后，低头支吾："敏修，我也有个好消息要告诉你。"

贝锦泉一愣，难不成双喜临门？但既然是喜事，小洁为什么不高高兴兴说？看丈夫发愣，陈洁紧实的脸蛋漾起酡红的笑，努了一下嘴角悄声说："回屋再说。"

贝锦泉利索地抓起竹架上的衣服就往屋里赶，陈洁则提着提篮趋步紧跟。进屋后，贝锦泉把衣服往桌上一放，转过身，迫不及待地一把抱起陈洁："小洁，我又可以开大轮船了。"

"哎哟，轻点。"百依百顺的陈洁伸手顶了一下贝锦泉胸口。等贝锦泉松手后，才一脸羞涩地喏嚅道，"敏修，你……"

看陈洁吞吞吐吐的样子，贝锦泉误以为妻已知道自己要去打海盗并为此担心，于是故意轻松一笑地劝慰："放心，轮船打海盗一打一个准，肯定没事。"

"打海盗？"陈洁以为自己听错了，毕竟这是官兵干的事，丈夫只是个普通的渡船人，怎么会去轮船上打海盗？

等听明白原因后，陈洁除了担心，更多的是兴奋。她转身朝西"扑通"一声跪在了地上，两行清泪无声地从脸颊滑落，双手合十告慰去世多年的父亲："爹，敏修就要为您老报仇了，望您老在九泉之下保佑他平安。"

陈洁双手按地磕完头后，起身面朝丈夫，脸涨得通红。

"怎么了？"贝锦泉诧异地挠着头皮。

陈洁埋头吞吞吐吐地挤出了喜讯："敏修，你……你要当爹了。"

"啊！"贝锦泉吃了一惊，瞪大眼望着陈洁，感觉有点发懵，但旋即兴奋地向上一蹦："双喜临门，双喜临门！我贝锦泉遇水为吉，真是好运连连！"

万事齐备，北号择吉日正式延聘鄞县卢以瑛主持庆成局，慈溪张斯桂督船勇，镇海贝锦泉司舵。"庆成局"成立后，在贝锦泉的推荐下，孙晓云、沈仁发和屠才友等人也成了"宝顺轮"的船员。当船主董沛看到屠才友等人时，恍然明白那天为什么看到贝锦泉会觉得眼熟。他本想把当年被骗馒头一事当笑话提起，可转念一想，万一有船主认为他们品行低劣提出辞退，那岂不多是非？既然当初想招他们来做事，现顺了自己的心意，就别再违天意。于是董沛把本要说出口的话硬生生咽回了肚子里。

在英商的安排下，张斯桂和贝锦泉等人按合同要求，坐船前往旅顺洋面接轮船。这天，当木船行至老偏岛洋面时，贝锦泉远远看到一艘轮船冒着浓浓的黑烟朝西驶来，他赶紧手指轮船提醒张斯桂："张督，快看，那可能就是我们的船。"

"是你们订购的轮船。"边上的英商放下手中的望远镜，证实了贝锦泉的推测。

沈仁发等人扶着船舷，兴奋地看着巨大的船身朝自己压近。两船刚轻轻并靠在一起，张斯桂立即率众人沿着轮船垂下的软梯向上爬去。贝锦泉刚踏上轮船的甲板，听到有个熟悉的声音在大叫："贝！贝！"

贝锦泉寻声抬眼一瞧，简直不敢相信自己的眼睛，站在驾驶台向自己打招呼的竟然是左凯弟尼。贝锦泉顾不得其他，兴奋地张开双臂向前冲去。

"果然是你，贝，太好了，你没有离开蓝色大地。"左凯弟尼用西式拥抱并亲了对方脸颊，随后一脸欣喜地伸出右掌，"太好了，上次分手约定在洋面上相会，没想到果真如此。"

贝锦泉被对方浓密的胡子扎得很不适应，红着脸张开手掌击了一下左凯弟尼手掌，旋即惊喜又不解地问："左先生，你不是在'加达轮'上吗？怎么会在这里？"

左凯弟尼一听这话立马拉下了脸："去年初我就离开了'加达轮'，那不是我的归宿，它只是为解决生存的客栈。"

贝锦泉理解左先生心情，按对方的侠义与正直性格，怎么可能与心胸狭隘、自私忘恩的约翰船长朝夕相处、共谋一事？既然"加达轮"成了左先生的心痛，那就不再提及，反正自己也只因左先生和师父老杨头才对这船有感情，现在既然他俩都不在船上了，那"加达轮"在与不在，于己已毫无意义。不过还没等贝锦泉转移话题，左凯弟尼先发问："这艘轮船的买主是你们？"

"不是，是宁波北号船主。"

"那你……"

"左先生，我受他们的延聘，任轮船司舵。"贝锦泉内心突然涌起了一种异样的感动。技艺在中国人眼中就是饭碗，别说是外人，连女儿都不授，不然等于是砸自己的饭碗。可洋人却不同，自己和左先生毫无关系，对方却倾囊传授技艺。想到这里，贝锦泉朝左凯弟尼深深鞠了一躬，"敏修能有今天出头之日，全仗左先生往日倾心相教。"

左凯弟尼咧着大嘴连连摇手："这可不全是我的功劳，你聪明好学，将来会有成就的。"

"左先生您这是……"

左凯弟尼声音突然变得低沉:"我现在受雇于英商,所以这次能碰上你。"

左先生为什么不回普鲁士国?他不是员武将吗?怎么老为别国做事?堂堂武将怎么甘愿听他国商人的指挥?贝锦泉刚准备发问,可撞上左凯弟尼忧郁的眼神后,他似乎明白了什么。想必背井离乡应该是迫不得已且最为无奈的选择,离乡就意味着龙游浅水、虎落平原,再有本领那也只能遭虾戏、被犬欺。为了不刺痛左先生,贝锦泉干脆绕过话题直接探问轮船性能:"左先生,这艘轮船您驾驶的感觉怎么样?"

"不错,是条好船。"

贝锦泉相信正直的左凯弟尼虽受雇于英商,但肯定实话实说,不会有水分,所以接着又问:"船上的大炮威力如何?"

"哈哈,如果前年日本能在岸上配有五十门这样的大炮,估计马休·佩里现在还在洋面上瞎转圈。"

马休·佩里?当贝锦泉努力回想何时听过这个洋名时,左凯弟尼已微笑着解释说:"马休·佩里是美国海军准将。嗯,就相当于中国水师的提督。前年,他抢在各国之前,率四艘共配有六十三门这种大炮的战舰,闯入日本江户湾岸的浦贺,强行打开了日本的大门。"

贝锦泉立马想起中国早些年的鸦片战争,联想到日本也受到这样的灾难,同情之心油然而生,不禁皱起眉头责问:"美国怎么可以对别国如此暴力?"

"不能这样说。"左凯弟尼当即予以否定,随后叹了口气说,"这也许是中国与日本不同的本因。日本长年效仿他国之长,当年,他们一直以中国为师,事事模仿,包括闭关锁国的体制。而一旦遭到更强大的对手打击,他们自然不会奋力抗争,更不会抵御他国的文明,而是叩关后觉醒,力图推翻幕府统治,建立一个新的政权。"

说到这里,细心的左凯弟尼特意观察贝锦泉的反应,果真敏感的他正扭头观察四周。唉——,左凯弟尼内心轻叹了一声,难怪五百多年前在元军进逼下,丞相陆秀夫会着朝服,待夫人投海后,毅然背起八岁的赵昺皇帝投海。更让世人惊叹的是,那随行十多万军民竟然不肯向强大的元军投降,亦相继跳海壮烈殉国。看来,无论是五百年前汉人统治下的中国,还是如今满人统治下的中国,这块大地有的是忠臣,有的是义士,他们自愿为王朝或政权献出一切,包括宝贵的生命。

就在左凯弟尼的无声感叹中,贝锦泉开口问道:"左先生,您知道中国南宋的'中兴四将'吗?"

向来博学的左凯弟尼好像被问倒了,苦思冥想后,歪着脑袋试探着反问:"岳飞?"

"对,还有韩世忠、张俊和刘光世,他们合称'中兴四将',撑起南宋整整五十年。南宋是蒙古花了五十年才灭亡的!左先生,当时世上能抵抗蒙古人十年的国家能有几个?"

左凯弟尼吓了一跳,看来今天贝的眼光与想法远不是当初的贝所能比拟的,他倍感欣慰,如果当初没有自己这个引路人,说不定这年轻人如今还是以吃饱饭、盖上房、娶上妻、生下子为终生目标,绝不可能思考这样的问题,更不可能有这样的见识。左凯弟尼用赞许的目光打量着贝锦泉,双唇也重重抿了一下。

得到无声肯定后,贝锦泉又充满激情地说道:"左先生,中国肯定会强大的,但我们强大后肯定不会用武力强迫别人做什么,过去是这样,将来肯定也是这样!"

当与贝锦泉清澈又深邃的目光交汇时,左凯弟尼瞬间读懂了什么叫信仰,什么叫素质,什么叫担当,这不仅仅是对自己,更是对国家,对民族,对整个人类。不知为什么,左凯弟尼突然觉得自己在贝面前变得矮小起来。是的,自威廉姆四世镇压革命失败后,自己一直远离故土漂泊,在异国苟延残喘。

只相信强权,从来不相信什么民族大义。想到这里,左凯弟尼把目光从贝锦泉的身上移开,应和了一句:"也许你说得对。"

贝锦泉摆手纠正:"左先生,不是也许,是肯定。我们中国现在只是犯困瞌睡了,造不出这样的轮船。但请您相信,我们马上会醒过来,将来肯定能制造许多更为先进的轮船和大炮,捍卫大清江山。"刚说完,贝锦泉觉得话有漏洞,于是又补充一句,"当然,还有我们的海疆。"

左凯弟尼一把握过贝锦泉的手:"贝,你是我见过最优秀、最清醒的中国人。"

"此言差矣。左先生,中国有许多优秀的人士,只是您尚未了解。"

"恕我直言。"左凯弟尼沉思了片刻,似乎在斟酌着用词,"贝,中国我也待了数年,可我看不到这个民族的希望。你们清政府排外自大,狭隘封闭,对内残酷镇压,而你们百姓麻木不仁……"

没想到贝锦泉突然轻轻推开了左凯弟尼的手,打断道:"不,左先生,中国从来不缺优秀人士。"

左凯弟尼意识到自己的言论触动了贝锦泉的神经,但他决定还是要把后半句的意思表达出来,也算是尽知心朋友的责任。想到这里,左凯弟尼把手改搭在对方肩上以示友善亲热,一双宝蓝的眼珠直视对方,由衷地说道:"贝,以前我也和你说过,中国要提防日本,但那时只是我个人的一些推测。如今我在日本也待了些日子,我必须提醒你。"说到这里,左凯弟尼松开手,转身望着海面飞翔的海鸥,一脸肃穆地说,"贝,你知道吗?日本人有着强烈的知耻之心,学习效仿能力也极强,和你们中国人一样,他们也很能吃苦,所以不出二十年,他们必定能打造出一个军事强大的国家。这个民族很可怕,野心极大,琉球国、朝鲜国甚至你们中国和俄国,都将是他们侵食的对象。"

贝锦泉不由地回想起当年左凯弟尼在地球仪前说的一番话,也想起了那个疆域只有中国闽浙大小的像条虫子的国家。心想,难道弹丸之国真有吞食我泱泱中国的野心?那绝对是蛇吞象的幻想!贝锦泉轻声问道:"左先生,日本国真有这么危险?"

"唉——"左凯弟尼又叹了口气,他知道现在不光是中国人,世上所有人都不会相信他的判断,真是知音难觅呀。他只得皱起眉头苦口婆心地告诫,"贝,你必须做个清醒的人。如果有一天能成为中国将领,你一定要提防日本。日本是个岛国,资源极度匮乏,若无野心还好,你们尚能和平相处,但一旦日本想跻身世界强国的行列,那只能靠扩张、靠侵略、靠掠夺。我断定,不出五十年,日本与你们中国必有一场大战、恶战。假如你们败在这样的恶邻手上,后果将不堪设想。"

贝锦泉虽根本没有日后成大清将领的念头,但对左凯弟尼的良苦用心很是感激,他主动握过对方的手,诚恳地谢道:"嗯,谢谢左先生,我铭记在心。"

"我们交接吧。"左凯弟尼觉得自己该说的话已说完。

"好!"

完成所有的交接手续后,张斯桂代表买方签字。左凯弟尼等人则默默离开已属于中国北号的武装轮船。

贝锦泉扶着船舷,目送左凯弟尼下软梯上了他们来时的船,大声问道:"左先生,我们还能相见吗?"

左凯弟尼想了一下,然后双手拢成喇叭状,脖颈与太阳穴处青筋暴突,大声喊道:"希望不见。"

"为什么?"贝锦泉顿时发急起来,并暗自责怪自己刚才对恩人的无礼。

"我可能会被其他国家的军方所雇,相见不一定是好事。"

贝锦泉马上想起当年左凯弟尼曾问过:两人万一在战场上相见怎么办?对,就用左先生自己的话来答复。想到这里,他迅速扯下腰上的一把佩刀,抛向左凯弟尼,大声喊道:"左先生,请相信我们,中国一定会强大的。"

左凯弟尼伸手接过刀,吻了一下:"愿上帝保佑你们。"

英商的船先向东而去。望着渐渐远去的船只,贝锦泉泪如雨下,拢起双

手伸直了脖子大喊:"左先生,我永远会记得您!"

泪眼中,贝锦泉看到左凯弟尼擦了一下眼角,也朝自己大喊。可阵阵涛声吞噬了一切,听不清左先生在喊什么。

在张斯桂的指挥下,"宝顺轮"先在船尾悬挂起了长条形黑布大旗,强劲的海风把绣有"宁波北号"红字的大旗吹得猎猎作响。举行完祭祀仪式后,轮船开始向西行驶,一行人踏上了回家的旅程。

第七章
DIQIZHANG

第二天,当"宝顺轮"刚行至山东芝罘岛,洋面突然疾驶过来两艘中国水师战船,要求"宝顺轮"立即停止前进。随后,在水师战船的"护卫"下,贝锦泉把"宝顺轮"停泊在了芝罘岛,暂停北上的行程。

原来北洋还没有出现过轮船,所以当这艘冒着浓浓黑烟,没有樯帆,却能在两个巨大车轮转动中劈波斩浪以奇快速度行进的轮船出现在洋面上时,岸上瞭望的官兵立马懵了。再仔细一瞧,好像轮船船头和船尾还各置一门锃亮的西洋大炮。于是,洋兵轮入北洋的消息迅速上报到了山东巡抚崇恩处。正与何绍基相谈甚欢的崇恩闻讯大吃一惊,难道洋夷又来犯我境?慌忙中,崇恩一边下令水师出海查明来船原因,一边迅速调署兵力以备不测。

不久,戈什哈进门来报:"禀抚台,水师现已查明,洋面船只系宁波商人购自西洋的轮船,拟为宁波商船武装护航。"

崇恩刚松了口气,旋即火就上来了。胆大妄为的宁波商人开武装船来此作什么?若不处置那还不反天了?想到这里,他举起惊堂木用力一拍,随着"啪"的一声清响,大堂传来崇恩的怒斥声:"无法无天,想反了不成!"

崇恩本想下令把船和人都关押起来，可话刚到嘴边，旋即改变了主意。目前浙江巡抚何桂清调兵浙西、皖南两线抗击太平军，成功收复徽州、休宁等地，现极可能因功升迁。宁波归属浙江，若轮船与他有关，岂不是自触霉头？断不能贸然得罪朝廷红人。可转眼一想，武装船进北洋地带若不管不问，万一皇上知晓怪罪下来，那可就要革职拿问，甚至连脑袋也得搬家。左右为难的崇恩决定将此事上报朝廷，听凭皇上发落，给自己留足进退之路。于是，崇恩吩咐戈什哈："把船连人都给老夫扣押起来，听候发落。"

当咸丰帝阅完崇恩上奏的奏折后，勃然大怒，父皇当年为了阻止轮船北进，忍辱同意耆英与英夷头目璞鼎查签订了《南京条约》，付出2100万两白银的代价才让洋舰在南京止步没再北上。可如今本国商人竟然不知羞耻，自行购买武装洋轮开至北洋来炫耀，这还了得？那是引狼入室！是大逆不道！是罪大恶极！

刚进殿堂的兰贵人觉察出了异常，于是接过身后安德海端捧的参汤，趁上前递盖碗之际，笑盈盈地柔声提醒："皇上，该用参汤了。"

咸丰帝没有接，双指叩了叩面前的奏折。兰贵人心领神会，皇上这是要自己给这本奏折拿主意。这种默契早已达成，且每次所拟内容皇上都极为认可，这让处在深宫中的她感受到了另一种别样的快乐，这种快乐甚至超过陪寝皇上。只见兰贵人探头一目十行地看完奏折后，心中便有了底，说："皇上，我朝历代以农为本，祖上也有训，农乃国之本。农者恋祖，商者无根，事事谋算趋利，让这样的人拥有坚船利炮，绝非朝廷幸事，更何况这些全是汉人。"说到这里，兰贵人偷偷瞄了一眼咸丰帝，见咸丰帝眉头已松，知道自己说到了点子上，迎合了咸丰帝的心意，于是大胆地抛出自己的主见，"皇上当立即饬各省衙门，严查此事。"

"唔。"咸丰帝语气似乎已认同兰贵人的建议。

此时，跪在一边的内阁学士、户部尚书肃顺极度窝火。先祖早有规定，后宫与太监不得干涉朝政。一个女人若是沾染了权势，必定会引发朝政波澜,甚至导致天下大乱。前朝不乏这样深刻教训的先例,无论是汉吕雉还是唐武则天,都在生前甚至死后把天下弄成一团乱麻,现在这个刚被册封为懿嫔又不知天高地厚的小女人,似乎也欲借皇上的宠幸插手政事,这还了得?!以前肃顺也听闻兰贵人干涉朝政,但总是半信半疑,觉得当今皇上虽优柔寡断,但断不会把国家大事让一个女人来做主。可现在传闻竟然活生生在眼皮底下发生,自己决不能袖手旁观,必须设法阻止。想到这里,肃顺故意连续干咳了几声。

正准备落朱笔的咸丰帝听到肃顺的干咳声,知道他有话要说。于是举笔抬头问道:"肃顺,你有何话?"

肃顺赶紧磕头,可磕完头后,挺直身子却不吭声。

"肃顺,到底有没有事?"咸丰帝有些愠怒。

肃顺毫无惧意,直盯兰贵人脚前的石砖不吭声,咸丰帝这才明白其意,于是挥了挥手:"都退下。"

"皇上,您还没有用汤呢。"兰贵人早就看出肃顺的用意,赶紧找借口不肯退走。她想听听肃顺到底说什么,会不会反驳她的建议。兰贵人心里很清楚,眼前这个老家伙虽跪在地上,但他在朝中的高度不是常人所能比,与其兄端华及载垣相互倚重,地位极其煊赫。若此人在背后给自己下眼药,日后必有麻烦。

咸丰帝本想再催问肃顺,可看到肃顺仍梗着脖子盯着石砖,只好叹了口气,再次挥手说:"你也退下吧。"

"是,皇上。"兰贵人知道可以让其他人不悦,唯独不能让皇上有丝毫的不悦,不然就是违拂圣意,轻者打入冷宫,重者忤旨诛之。于是,兰贵人极不情愿地道了个万福向外退去。经过肃顺面前时,兰贵人狠狠地剜了一眼对方,手指用力一捏,似要把肃顺捏成灰。

等所有人出门后,肃顺这才重新磕头朗声说道:"奴才恭喜皇上。"

咸丰帝听得莫名其妙,摸不透肃顺葫芦里卖的是哪壶药,每天那么多烦

心事,这喜从何来?于是干脆放下笔,板着脸问:"朕有何喜事?"

肃顺顿了顿,觉得用婉转的方式更适合今天的进言,没有必要剖析要害与得失。想到这里,他低头垂眉轻声反问:"大清商人也是大清子民,子民自费购洋轮护卫大清海疆,这难道不是皇恩浩荡,四海归顺的迹象吗?"

咸丰帝细细咀嚼肃顺的这几句话,心慢慢平了下来。对呀,大清商人自行购买洋轮,这不是证明我朝子民很富有吗?再说让天下洋人伺候我朝子民,那不等于让洋人为我朝所用?可转眼又一想,父皇千辛万苦终于把洋轮挡在外面,自己不问不责似有不孝之嫌。更何况如今太平军正在南方闹事,若是这样的船让太平军获得,岂不自添麻烦?

肃顺虽一直低着头,但已觉察到皇上的犹豫,更懂得皇上的担忧。于是再次不紧不慢地说道:"皇上,当年秦筑长城时,世人皆谓灾殃,可后世却赖之。当今洋轮臣不敢夸口,但此物确为神奇。"

"那岂不是变节了?"咸丰帝还是踌躇不前。

看自己已成功撕开一条裂缝,肃顺赶紧跪前一步进言:"皇上,此乃大勇气、大智慧和大眼光下的妥协,绝非变节,更不是卖国。这是为日后的强大而妥协,是韧性制夷。当年越王勾践、汉帝刘彻、我朝太祖均妥协过,但最后都让对手跪在自己脚下称臣投降。"

"哦?!"

看到了"点卤"火候,肃顺这才抛出早就想好的主意:"皇上只需督问是何人所批,想必省府县在朝廷压力下,必定会妥善管理此船。"

"准!"虽然咸丰帝没有像刚才应得那样爽快干脆,但他还是重新提笔按肃顺的提议朱批崇恩的奏折。厉令浙江巡抚查明此轮船究竟是何人所购,是谁发给轮船执照。

当何桂清接到圣谕和崇恩的奏折后,一头雾水。幕僚却品出了圣谕的内中玄机,于是建议东家赶紧把这个烫手山芋转批给宁绍台道,将来无论发生怎样的变故,都有一面可挡。何桂清觉得在理,既然崇恩奏折只说是宁波商人所为，圣谕也只是让查明此轮船究竟是何人所购，是谁发给轮船执照，那就责令宁绍台道去办理此事。

已擢拔为宁绍台道并署理宁波府的段光清接到圣谕、奏折和批谕后，立即派人召李也亭、盛植琯等船主来府商议。

得知轮船被扣押在了山东，盛植琯带着情绪气鼓鼓地抱怨："我等购轮船只为护商，朝廷怎会禁之、捕之？"

段光清觉得有点刺耳，正准备训斥，但看到盛植琯那张气鼓鼓的老脸后，突然心一松，理解了这股怨气的由头。可断不能助长这种抱怨，若想和朝廷对着干，那是自寻死路！于是，段光清摆了摆手，一脸肃穆地纠正："朝廷并没有禁之，更没有责令捕之，不然皇上何必亲问何处所批执照？"

段光清的师爷捏着颔下一绺山羊须侃侃分析："段大人说得在理。山东暂扣轮船其本意也是放，只是怕担责，所以静观上边批示。而圣谕也不过是问何处批的执照，并没有严责，想必朝廷本意也是认可，但也不是很赞同或推广武装商船。我等现只需商议如何向上禀奏，让朝廷尽快放行。"

一直沉默不语的李也亭开口提议："段大人，是否可以这样禀奏：轮船虽造于夷，但现已为我大清商人所购，自然不再是夷船，乃我朝商船。官府给商船颁发护运执照，这是按律例正常办事。"

众人觉得此法可行，段光清也颔首认同这个方法，避而不谈武装，只言是商船，于是当即命师爷依此内容回奏何桂清。

何桂清接到宁绍台道的回复后，觉得自己还拿捏不准朝廷的意见，就按幕僚建议，干脆如实转奏，不加任何批驳。

八天后，崇恩接到了咸丰帝在自己奏折上的朱批，里面只有"知道了"三个字。崇恩揣摩皇上既然以模棱两可的语气批复，想必并不想追究此事。崇恩暗自庆幸这些日子没有对轮船与船员采取过硬的措施，不然此时可就难下台了。等收起奏折，他头也不抬地叫唤："传令！"

"喳！"

崇恩从箭筒抽出一支令箭:"命水师马上放行芝罘岛上的宁波轮船,并派人再送去一批瓜果蔬菜与肉类。"

"嗻!"传令兵接过令箭迅速退下。

经过五天的颠簸,张斯桂和贝锦泉等人终于将威风凛凛的"宝顺轮"安全驶入了甬江口。

"张督,您看,好像是北号的船在迎接我们。"

"嗯,是北号。"

张斯桂的话音刚落,两条装扮一新的前导船在头人的指挥下,齐声敲锣打鼓,欢庆声顿时响彻两岸。

"张督,这里有我,您上甲板吧。"

"好。"张斯桂也觉得此时自己当立于甲板,于是抻了抻短褂,向甲板走去。

驾驶舱只剩下贝锦泉和沈仁发等几个患难兄弟。看屠才友探着脑袋向岸边不停张望,沈仁发忍不住拍了拍对方肩膀,问:"看什么呢?"

"不知道我爹有没有在?"屠才友撅着屁股没有回头。

"你现在不看贝哥怎样进港停泊,以后怎么学得会?"

屠才友缩回脑袋,不满地反问:"不是早就进港停泊了?你还没学会?"

孙晓云奇怪地看了一眼屠才友:"船刚买来,我们啥时进过港了?"

"山东芝罘岛,不但进过,还驶出过。"

"你这就算学会了?人家贝哥可是学了整整三年!"

屠才友正准备还嘴,贝锦泉已发话:"阿三,我早就和你说过,能在深海把舵不等于会开船,能在布满暗礁、航道复杂的江中自由穿梭才是高手。"

"呵呵,贝哥你放心,我这不是在学嘛。"屠才友挠了挠头皮,不好意思地道出了真相,"光宗耀祖之日,真想让我爹看到。"

"下令。减燃煤!蒸汽降二!"

听贝锦泉下指令,众人赶紧停止了打闹。在铜铃声的伴随下,"减燃煤!

蒸汽降二!"指令迅速下达到燃料舱和机器舱。紧握舵盘的贝锦泉乘空开始纠正屠才友的想法:"阿三,今日根本谈不上光宗耀祖。"

"这还不算?"

"这是武装船,如果是进港漕运船的话,可以庆贺。但我们的庆贺应该是在洋面上,在歼灭海盗时。"

屠才友一怔,旋即挤上前把手轻轻压在贝锦泉的手上:"贝哥,我不会让你丢脸的。"

"我也是。"

"我也一样。"

四只手压在了一起。贝锦泉暗暗给自己打气:决不辜负左先生与北号船主们的栽培与信任,设法尽快歼灭海盗,为岳父报仇,还大海一片宁静。

"呼嘭——"船刚靠上岸,不绝于耳的鞭炮声就震天动地响了起来。段光清也带了一班官员前来祝贺。望着巨大的轮船和崭新的大炮,段光清既欢欣又担忧:洋夷造的船果然非同小可,船体结实,速度快,再配上这两门威力超猛的大炮,打击海盗根本不成问题。令人担忧的是,假如现在这轮船还为夷人所控,而且来的不止一艘,船上配的又不止两门炮,那宁波城凭什么抵御洋夷进犯?中国海疆如何防御?不过围观的人谁也没留意道台大人的情绪变化,有的站在屋顶蹲身拢着双袖,有的坐在堤岸荡着双脚,也有的站在低矮处踮脚伸脖,或神情木讷,或高声阔谈,不绝于耳的锣鼓声让现场嘈杂得难辨人声。

"贝哥,快看,妈和嫂子他们也来了。"刚上甲板的屠才友突然指着岸上的人群提醒贝锦泉,随后踮起脚尖挥着单臂打起了招呼,"妈、嫂子,我们……"

"住嘴!"还没等屠才友喊完,当着张斯桂的面,贝锦泉狠狠地踹飞了我行我素的屠才友,毫无防备的屠才友踉跄几步,撞在船舱上,鼻血顿时流了出来。

"都给我站好了！"众兄弟眼里一向和善的贝锦泉突然怒不可遏地吼道。屠才友也吓得捏鼻仰头赶紧列好队，不敢再有丝毫放肆。看着终于循规蹈矩列队下船的众兄弟，面无表情的贝锦泉暗自决定，看来带队伍必须从身边这三位兄弟抓起，要让他们明白，以前可以有放荡不羁的言行，但从今天起，所有人必须按规矩说话与做事。任何时候都要给人们烙下这是一支俨然有序、战无不胜的坚甲利兵队伍的深刻印象。

一直没作声的张斯桂看在眼里乐在心上，看来贝锦泉绝非常人。此时，最高兴的莫过于北号的船主们，压在心头的担忧、惊恐或不安，早让雷动的欢声抛到了九霄云外。

在段光清的安排下，宁波府及时把庆成局上报的档案列入档册，随即陈牒督抚，咨会海疆文武官。所以当第三天张斯桂等人如期返回庆成局时，宝顺轮已万事俱备。从上海等地招募的船员也已到齐。庆成局共为"宝顺轮"配员七十九人，除张斯桂、贝珊泉及沈仁发等少数宁波籍的外，其余六十二人为印度或菲律宾等东南亚地区的人。

张斯桂和贝锦泉率船员入住庆安会馆，在训练船员的同时，时时探听海盗的消息。

一个月后，有北行的漕运船突然折返，说有三十艘广东海盗船现窜至北洋一带肆掠来往商船，漕运船只全被阻在了江岸，无法北行。张斯桂闻讯后大喜，马上与贝锦泉一起找到卢以瑛，开门见山探寻对方的态度："卢老爷，现有漕运船折返来报，说北洋有三十艘广东海盗船在肆掠商船。"

"三十艘？"卢以瑛吓了一跳，瞪起眼睛问道。

看来数量惊吓住了这位举人老爷，贝锦泉赶紧拱手轻描淡写地安抚："回卢老爷，那都是小船，不堪我'宝顺轮'一击。"

卢以瑛脸色铁青地摇了摇头，他越发担心"宝顺轮"过于轻敌。要知道轻敌可是交战的大忌，易成大败。卢以瑛觉得有必要给张斯桂和贝锦泉敲敲警钟，于是愁眉紧锁，摆出一副深谋远虑的样子，捋着胡须训示："海盗虽可恶,但骁勇善战,连水师官兵也望而生畏。首战你们一定要谨慎,只许赢,断不可输,不然难向东家交代。"

张斯桂和贝锦泉自然听得懂卢以瑛的担忧。首战若失利,这不仅仅是对新购的"宝顺轮"作战能力的否定,还会让他们今后无法在北号甚至浙东一带立足,更会让海盗越发猖獗。但贝锦泉相信自己有歼灭海盗的十分把握,这些强盗能在海上有恃无恐,那不过是没有能制约他们或与他们对抗的武器。就拿水师来说,战船大炮无论是射程准星还是威力,根本无法给对手致命的打击。加之水勇个个贪生怕死毫无斗志,让这样的战船迎敌,岂有不败之理?而"宝顺轮"则不同,它不但船体坚实,而且船上的大炮威力强大,只要打得准,一发炮就可以击毁一艘海盗船。所以,贝锦泉出海作战的迫切心非常强烈,尤其现在一下子发现三十艘海盗船,一抵三十的巨胜不是剿灭一两艘海盗船的小胜可以比拟的,也许"宝顺轮"可就比一战成名。看到卢以瑛瞻前顾后的样子,他暗暗发急,若是轮船不及时出海,洋面的商船就多一分危险,剿灭大胜就少一分几率。看来一定要给这位举人老爷吃颗定心丸,不然成不了大事。想到这里,贝锦泉故意皱起眉头,迎合对方说道:"卢老爷说的是,这些海盗的确骁勇善战。"

看贝锦泉心事重重的样子,张斯桂暗生怒气。当初也是你在北号船主们面前坐而论道、夸夸其谈,现在真遇敌了却前怕狼后怕虎,畏首畏尾,原来只是个纸上谈兵、秀而不实的赵括!不对,你贝锦泉连赵括也不如!人家赵括敢迎强敌,并在四十六天不得食的困境下,仍亲率勇士杀敌突围。张斯桂正准备嘲讽对方,没想到贝锦泉突然眉心一松,话锋一转,继续说道:"但他们只是一群为打劫而来的乌合之众,一旦我们开炮轰击,保证他们争相呼爹喊娘落荒而逃。"

原来贝锦泉也懂得先扬后抑,张斯桂心里的疙瘩解了,并顺着贝锦泉的话断言:"卢老爷,无论是武器还是船速,只要我们出海,海盗只有挨打的份。"

卢以瑛思忖了片刻，盯着贝锦泉忧心忡忡地问："以一敌三十，当有几成把握？"

看来举人老爷还是怕数量上不敌，贝锦泉知道自己的答复将是能不能出海歼盗的关键，于是自信满满地回道："回卢老爷，'宝顺轮'坚实且速度快，只要发现海盗，我们就是不开炮也能把他们一一撞入海底喂鱼虾。"

卢以瑛当然也相信"宝顺轮"的海战效果，毕竟那是洋人制造出来的价值高达七万银圆的轮船，连整个水师战船都不敌洋轮，更何况这帮散匪？但卢以瑛更关注的是船员，这些船员必须有和贝锦泉一样的勇气和自信，尤其是那些聘请的南洋船员，他们不光数量上占了大多数，而且轮船上的大炮还得靠他们发挥作用，千万别像那帮八旗兵爷，平时看着挺能咋呼，一旦上了战场却个个熊样，所以又追问："船员士气如何？"

张斯桂答道："众人都盼着早日出海作战。"

卢以瑛干脆点明了问道："那些南洋人呢？"

贝锦泉故意夸大："卢老爷，南洋人生性野蛮好斗，这些天把他们关得是天天叫屈，如果长期不出海，唯恐对他们的野性不利。"

张斯桂发现卢以瑛不停抚须的手停了下来，眼虚盯前方，像是在作抉择，看来只需再给踌躇的卢以瑛加点料就可以促成此事。于是他故意激将道："卢老爷，'食君禄，分君忧'，乃我等读书人准则。北号商帮养我们，就是要我们在关键时刻能用得上。若世人知晓我们畏战，那岂不是扫尽天下读书人的脸面？"

毕竟都是惺惺相惜的读书人，卢以瑛像是被张斯桂点中了穴，心一动，不由转头望了望供台上的关公坐像。只见青灯下面色凝重的关公一手抚须，一手持《春秋》苦读。是呀，天下读书人当以气节为重，怎能当断不断，畏缩不前？想到这里，卢以瑛一直紧绷的脸终于松弛下来，可又不放心地细问："阴天能出海吗？"

"卢老爷，十天内洋面必无大风浪，是天赐的歼灭海盗的大好时机。"

卢以瑛收紧下巴,故作姿态地轻拍一下桌子:"好,有你们这样的决心,'宝顺轮'必定不负众望。"

张斯桂心中暗自欢喜,拱手接话:"请卢老爷放心,必早日送捷报!"

卢以瑛当即安排管事告知各位船主,随后率张斯桂和贝锦泉来到妈祖像前,焚香点烛跪拜,求神灵保佑轮船平安。祈求仪式结束后,张斯桂率船员把煤、食物和淡水运上轮船。与此同时,在贝锦泉的指挥下,轮船开始点火升炉。

北号船主们闻讯纷纷坐轿赶来码头为"宝顺轮"饯行,码头上密密麻麻地挤满了看热闹的百姓。看一切准备停当,张斯桂巡视了一遍集合在甲板上的船员后,提气厉声喝问:"胆小的现在还来得及下船,有没有?!"

贝锦泉率众人齐声吼应:"没有!"

张斯桂也不多言,抬手一挥:"升北号旗!准备开船。"

"嘛!"

船员们应声后奔向各自的岗位。两名船员在船尾处升起早已准备好的"北号"旗,黑底红字的大旗刚升至旗杆便迎风展开,船身猛地一震,伴着蒸汽机"隆隆"的轰鸣声,高耸的烟囱冒出股股黑烟。

"起锚开船。"

在岸边欢腾的锣鼓声中,孙晓云带人解开了缆绳。三名船员则合力推动轮盘,在"吱吱呀呀"的木轴转动声中,硕大的铁锚渐渐浮出江面。伫立在驾驶舱中的贝锦泉一边下达各种指令,一边操纵舵盘。"宝顺轮"缓缓驶离码头,向镇海方向进发。

快至镇海口时,贝锦泉向西瞭了一眼,虽是阴天,但远处镇海郑氏十七房的几根高耸旗杆依然隐约可见。此时他最牵挂的就是妻子小洁,屈指算来,已一个多月没回过家,平时就靠人带信,信中内容也只是向父母问好请安。真不知陈洁现在的肚子有多大?接生婆是不是已联系好?贝锦泉瞄了瞄挂在窗前的香袋。回想上月回庆成局前,陈洁噙泪把亲手制作并在招宝

山关帝庙供奉过的香袋交给自己时的情景,心头不由漾起阵阵暖流。

轮船稳稳向前行进,绕过七里屿后,贝锦泉逐渐加快船速,开始在茫茫大海中搜寻海盗的踪迹。除瞭望和炮位值守船员外,张斯桂命令其他船员在舱内休息,蓄养精力,以确保作战时有充沛的精力。

起初几天,船员们情绪高涨,生龙活虎,尤其是生性好斗的外籍船员,一心想借此机会证明自己的能力,谋求更多的赚钱机会。可一连六天却丝毫异常迹象也没发现,许多人在无聊的颠簸中开始有点泄气。贝锦泉看在眼里,急在心里,不过他心里也清楚,如果找不到海盗,鼓气再足也是白搭。但愿"宝顺轮"能在海盗劫财散伙前发现踪迹,让身边这些穷兄难弟有光宗耀祖的机会。

第七天早上,贝锦泉独自到甲板上想舒展一下筋骨。站在桅杆上值守瞭望的屠才友正准备和贝锦泉打招呼,突然发现远处出现了三个小黑点,他警觉地扶着把手向前探望。待轮船上下几个颠簸后,他终于看清了。没错,是海盗船,而且不是三艘,而是十五艘!他一把举起放在脚边的铁话筒,趴身兴奋喊道:"海盗船!快,左前方有海盗船!"

闻讯的船员立即敲响了警铃,并向两侧大喊:"海盗来了!海盗来了!"

警报随着船员的叫喊声迅速扩散到轮船的每个角落,众人训练有素地奔向各自的作战点,完成战前准备。贝锦泉也冲回驾驶舱,下令锅炉工全力添煤,亲自操纵舵盘,劈波斩浪向海盗船扑去。

此时,十五艘海盗船正在头目的指挥下,如一群饿狼向"宝顺轮"围扑上来。望着眼前的这块大肥肉,海盗们还为今天出门就遇好运而庆幸,迫不及待想扑上去油滋滋地啃上几口。所以,当"宝顺轮"迎面驶来时,海盗们还颇为困惑,今天这头"肥羊"怎么如此反常?不但没有调头逃跑,反而全速向他们迎来?

"轰"的一声巨响,只见对方轮船的船头猛地吐出一团火,不等海盗们反应过来,一艘海盗船已被炸得四分五裂,一块块带血的残肢溅落在大海上,哭叫声顿时充斥耳膜。

"妈呀,是大炮。"海盗们刚反应过来,只见轮船一个漂亮的转身,船尾也响起了震天动地的巨响,又一颗炮弹打了过来。

虽然这次没有击中目标,但连续两炮打得海盗们惊慌失措,哪还有抢劫之心,纷纷划着船桨四散逃窜,恨爹娘没给他们生一对翅膀。

站在甲板上的张斯桂乐了,所有的不安与担心如同被炸沉的海盗船,早已灰飞烟灭。看来这帮海盗真如敏修所言,乃乌合之众。现两炮已定胜局,悬念只是看胜局的果实有多大。张斯桂于是奋力摇着北号令旗大喊:"弟兄们,给我狠狠地打,不许放走一条海盗船!不许放走一个海盗!"

"是,张督。"船员们像是刚下山的猛虎,个个士气高涨。

给炮膛降温后,炮手们开始调整方向与高度,娴熟地填弹点上导火索。

"首炮第二次点火。"

听到孙晓云提醒后,贝锦泉沉稳地握着舵盘,努力保持船速及航向,使炮手击打得更准。

"轰"的一声巨响后,海面上溅起巨大的水柱,又一艘海盗船被掀翻。海盗们死的死,伤的伤,伤者鬼哭狼嚎拼命争夺被炸烂的船板。

经过半个时辰的追逐和拦截,十五艘海盗船无一逃脱。其中被击沉五艘,其余十艘海盗船跪满了求饶的海盗。"宝顺轮"则无一伤痕,船员也无一伤亡,首战出奇的顺。当洋面再次平静下来后,有船员上来请示:"张督,尚存的海盗船如何处置?"

俯视着沮丧、惊恐的降盗,张斯桂的成就感油然而生,他真想把这些降盗带回宁波,让船主们扬眉吐气。可旋即就打消了念头,按折返漕运船的说法,此处应有三十艘海盗船出没,也就是说还有一半的海盗没被发现,若此时返回宁波,万一残余海盗再次成功劫掠漕运船,那现有战绩必功不抵过。算了,还是扫清余下的海盗船再回去,不可半途而废,更不能让船主们觉得自己庆功心切,做不了大事。张斯桂暗自决定乘当前大胜鼓舞士气,多打几场硬仗、漂亮仗,把"宝顺轮"的名气打响。当然,他心里也打着如意小算盘,自己虽不想弃文从武,但若武能让自己有扬名机会,能在这乱世中赢取功名,又何尝不可?既然如此,那自己就有为将者的杀性和胆略,当年位列战国四大名将之首的白起不是在长平坑杀了四十万降卒吗?今天自己为什么不能在北洋淹杀这帮海盗?只有除了后患,才能保日后洋面平安。想到这里,张斯桂瞪起眼珠一挥手:"传令,撞沉所有海盗船!"

"且慢!"

看身边的贝锦泉竟敢阻止自己的命令,张斯桂颇为恼火,脸一拉,鼻孔喷出一声促音:"嗯?"

"张督息怒。"贝锦泉拱手暗乐,当初一度担心文弱书生带兵会不会影响船员的斗志与杀性,可万万没想到张斯桂虽为秀才,但在整个战斗过程中,不但毫无胆怯之意,而且一直冲在前面督战,如今更要大开杀戒。贝锦泉虽然内心恨透了海盗,恨他们杀人越货,恨他们让小洁早早没了父亲的呵护,但理智告诉他,杀降不是男人血性或威武的体现,相反这与杀人如麻的强盗没有什么区别。

"有事快说!"

听张斯桂语气不满,夹着一股怒气,贝锦泉干脆直接劝言:"张督,不能杀了他们。"

"我们远道而来干什么?!"

望着张斯桂咄咄逼人的眼神,贝锦泉心一紧,难道对方杀红眼了?这个明知故问比刚才的硝烟还呛人。贝锦泉暗自提醒,断不可让张斯桂产生自己有抢风头、夺权的误会。于是,他刻意堆起笑脸,说:"北号要我们在张督的指挥下消灭海盗。"

张斯桂的脸色果然缓和了许多。自出海那天起,张斯桂就努力想在轮船上效仿沙场上横刀立马的将军,号令一出,万人呼应。虽轮船上不足百人,但也必须让这七十几号人个个绝对地服从。他嘴一撇,淡淡地问:"本督这不是正下令消灭海盗吗?"

贝锦泉暗喜,和对方交锋已不知不觉赢了第一招。他故意斟酌了一番,开始使起第二招:"张督,当年秦将白起大破赵军于长平后,坑杀了降卒四十余万,结果事隔两年反让秦昭王赐剑自刎。"说到这里,贝锦泉垂眉压低了声音进言,"张督,杀降不利主帅。"

贝锦泉话音虽轻,可在张斯桂听来,恰似一个惊雷。他暗忖,自己自幼熟读史书,怎么刚才光想着为将需有杀性,却忘了白起被赐死的惨淡结局。不光白起,张斯桂还想到了项羽、李广及常遇春等人,他们都有杀降之举,同样个个死得凄惨。尤其是明朝的胡宗宪,这个曾一举扫平危害东南沿海倭寇和海盗的英雄,最后也是在阴冷潮湿的监狱里了却余生。现经贝锦泉一点,似乎这与胡宗宪诱降海盗头目徐海之后,又将其杀害有点牵连。"不利"那只是贝锦泉客气之言,其实是不祥,是灭顶之灾。想到这里,张斯桂眉角一跳,自己杀盗不过是想光宗耀祖,若性命与声名扫地,那岂不是事与愿违?

细心的贝锦泉察觉到了对方的心理变化,见两招妙法已见效,就手指前方向张斯桂建议:"张督,此处离岸并不远,不消四个时辰就能靠岸……"

张斯桂何等聪明,眼一瞟,立马明白对方用意:押送海盗进城,由当地官府处置,不但可获官府奖励,同时可借官府之力为北号与自己赢得好名声。于是,不等贝锦泉说完,张斯桂抬手制止,转身下令:"把降盗拖挂在'宝顺轮'后。"等传令者应声离开,张斯桂扭头对贝锦泉竖起拇指赞道:"敏修,'宝顺轮'庆幸有你这样的杰士。"

贝锦泉吓了一跳,自己才智平平,哪称得上"杰士"?更何况正在造反的太平天国把科举拔贡改称为"杰士",如果传言出去,可不是什么好事。于是含蓄一笑,赶紧转换话题:"张督,我也是一时来了灵感。上岸交官府处置估计能领些赏银,届时让兄弟们上岸放松玩一天,让他们下一战更有冲劲,更加拼命。"

张斯桂细细打量了一番贝锦泉,心中暗暗称奇,似乎站在面前的不是个撑了多年渡船的小民,而是运筹帷幄的大将军。他还悲哀地怀疑起自己的才能,刚才贝锦泉都已点明押送海盗上岸的主意,可自己怎么还是没想到给船员放假一天鼓舞士气的妙招?想着想着,张斯桂突然笑了,看来不光是书本,世事同样能历练人。而身边有这等"谋士",相信"宝顺轮"定能消火洋面海盗,也相信自己必能借此良机出人头地、光宗耀祖。

贝锦泉不明白张斯桂为什么突然看着自己发笑,只好赔着笑问道:"张督您是……"

张斯桂没接话,看海盗已被拖挂在轮船后面,回过头亲热地拍了一下贝锦泉的肩膀,随后振臂一挥:"靠岸,进城领赏!"

果不出贝锦泉所料,船商武装船抓捕海盗的消息让当地民众奔走相告,官府也高兴,知县特意遣人送来五十两赏银和许多蔬果肉食。送走来人后,张斯桂与贝锦泉商议,决定把这些银子按战绩全部分赏下去,并当即安排人制作发放表。一个时辰后,当贝锦泉把官府的赏银换成银圆和铜板重新回到船上后,所有人盯着八仙方桌上渐渐堆成小山似的银圆和一串串铜板激动不已,几天的艰辛与风险早忘得一干二净。

看一切准备就绪,在八仙桌边太师椅上落座的张斯桂手一挥:"开始!"

"嗻。"贝锦泉应声后转向船员。每唱一人,被唱之人就上前到张斯桂面前鞠躬领赏。领赏完毕后,张斯桂推椅起身,背着双手说:"今天分赏的是本地知府的额外赏金,回宁波后,还会有更多的赏金。现令当值烧火工值守轮船,其余人放假一天。"

谁也没想到还有放假一天的好消息,兴奋得"嗷嗷"直叫。已在海上颠簸近十天,船员们都盼着有机会下船去踩踩地气,闻闻没有海腥味的空气,或上酒楼,或听唱戏,或逛春楼。贝锦泉了解船员们久未上岸的殷切之心,更清楚经历生死一战后迫切需要宣泄的欲望,何况现在腰包又添了不少"意外之财"。但考虑"宝顺轮"现在毕竟不是功成名就之时,还得继续巡海缉盗,决不能过于放纵。想到这里,贝锦泉认为有必要提醒并警示一下船员,于是抬手虚压了几下,待众人安静下来后,扫视了一圈,厉声叮嘱:"明日巳时生火开船,如有迟到者,自行回宁波受罚!"

站在一旁的张斯桂暗自点头。他也担心船员下船饮酒作乐、寻花问柳,过度放纵自己。尤其是那些受雇的东南亚船员,天天像是过世界末日,根本不会去考虑明天。如今贝锦泉出这么一狠招,估计谁也不敢犯规迟到。毕竟这些人出来拼死拼活还是为了不菲的薪水,他们肯定不会和钱过意不去!就在张斯桂的感叹中,只见贝锦泉从口袋中掏出一个折叠式日晷,打开后,"啪"的一下,按在了原先放赏银的八仙桌上,声色俱厉地喝道:"只许早到,不许迟到片刻,以此日晷为准!"

张斯桂也板着脸跟着强调:"都听到了没有?!"

"听到了。"回答声稀稀拉拉,嘴像被套了嚼子。

"听清了没有?!"贝锦泉厉声吼问。

所有船员怔了一下,齐声应道:"听清了!"

"何时开船?"

"明天巳时!"这次声音更齐、更响。

贝锦泉手一挥:"散了。"

船员们争相回船舱存钱换衣,有几个急性子的干脆揣上钱袋就冲向码头。贝锦泉转过身,发现张斯桂正望着自己。想刚才言行颇有夺主之嫌,贝锦泉的脸瞬时就红了,正准备开口解释,张斯桂却抬手制止。两人对视片刻,同时嘴一咧,会心笑了。

一夜无话,第二天辰时刚过,贝锦泉就命令烧火工准备生火。临近巳时,张斯桂和贝锦泉一起走上甲板,刚站稳,贝锦泉就喝道:"来人!"

"在。"值守烧火工头应声跑了过来。

"人到齐了没有?"

烧火工头看了下手中的花名册,说:"禀张督、贝司,还差两人。"

贝锦泉脸一沉:"谁?"

"炮手阿密史和水手马突尔。"

张斯桂扭头看了看八仙桌上日晷,只见铜指针阴影正悄无声息地向巳时刻度在靠近,他回头朝贝锦泉递了个眼神。贝锦泉会意,转身吩咐:"叫水手头目阿尔泰马上过来。"

"嗻!"

不一会儿,烧火工头引着阿尔泰小跑着过来。

"拜见张督、贝司。"阿尔泰抱拳躬身行礼。

贝锦泉指了指日晷:"巳时一到就禀报。"

"嗻!"阿尔泰疑惑地看了看贝锦泉,东西就在你身边,还用得着叫我看?

烧火工头伸长了脖子低声提醒:"马突尔和阿密史还没上船。"

阿尔泰狠狠拍了一下脑袋,向张斯桂和贝锦泉解释:"禀张督、贝司,马突尔和阿密史一大早就离开了怡春院。因昨晚陪阿密史的那个姑娘半夜见红,所以一大早马突尔陪他去了寺庙,祈祷出海平安。"

张斯桂是个传统文人,打心眼里瞧不起这些龌龊行为,心里暗骂,阿密史你个混蛋,陪什么夜?回船不就得了。睡觉就是睡觉,难道睡觉非得搂着女人睡不成!可转念一想,这种事在船员中太普遍,骂了不但没用,还不得人心,更何况阿密史这次没做错,船员出海就怕不吉,尤其是出海打仗,更有讲究,不祥之兆必须去邪。于是张斯桂紧绷着脸不吭声,放手静观贝锦泉处置。

此时,贝锦泉心里极为矛盾。阿密史没做错,马突尔更是没有错,船员间就该有情有义,不能自顾自。可现在问题是自己昨天已放狠话在前,若言而无信,如何在船员中树立威望?今后怎么让船员听自己的命令?

阿尔泰看两个头领拉着脸一声不吭,就不敢多言,把目光移到日晷上。从针影判断,估计不用半炷香的工夫就到巳时。他扭头偷偷向岸边张望,此时码头上走动与围观的人群不少,可就是不见阿密史和马突尔的身影。与岸上的浓烈欢庆气氛相比,船上则死气沉沉,仿佛被登舱口的跳板隔成了两个世界。当指针阴影与"巳时"刻度重叠后,阿尔泰犹豫片刻,抬眼望了望码头,确认没看到阿密史和马突尔后,只好转身禀报:"禀张督、贝司,巳时已到。"

贝锦泉朝张斯桂一拱手:"请张督下令开船。"

面无表情的张斯桂盯了江岸一眼,旋即下令:"收板起锚!"

"是!"阿尔泰只好应声带人去撤跳板。伴随着"吱吱呀呀"的磨合声,巨大铁锚被拉离了江岸。

贝锦泉径直走到八仙桌前,收起日晷向驾驶舱走去。就在这时,只听烧火工头惊喜地喊道:"快看,快看,两人回来了。"

张斯桂闻声朝码头看去,只见刚下马车的阿密史和马突尔挥舞着手臂,一边叫喊,一边朝轮船飞奔过来。围观人群纷纷向两侧退让,形成了一条通向登舱口的人墙甬道。

阿尔泰乐了,指挥刚收起跳板的水手:"快,赶紧架跳板,不然来不及了。"

"谁敢!"没等水手反应过来,只听背后传来严厉的呵斥声。众人扭头一看,只见贝锦泉正虎视眈眈地瞪着众人。不知所措的水手们你望我,我望你,不敢再动一下。

见船上没动静,已跑到码头边的阿密史和马突尔急得乱跺脚,拢着双手大声叫喊:"张督、贝司,我们回来了,快让我们上船。"不少围观者站在他们身后也帮着大喊。

张斯桂本就担心轮船缺员会影响战斗力,看大家僵在那里,就主动走到贝锦泉身边开口:"先让他们上来吧。"

只见贝锦泉躬身抱拳后,不卑不亢地进言:"张督,'宝顺轮'虽属商号,但实质就是一艘战船。船规不可违,船纪不可乱,不然后患无穷。"

"这个我懂。"张斯桂脸上闪过一丝不悦,心想,这种常识难道我还不懂?但我们现在是首次出征,船上配员本就紧张,且基本结派成帮,少人势必影响士气,士气不振,还能打胜仗吗?当然,规矩是要做,无规矩不成方圆嘛。想到这里,张斯桂暗吁一口气后,提出折中处理意见,"先让他俩上来,

回宁波扣薪水和奖励,以儆效尤。"

贝锦泉却不买张斯桂的账,认为此事绝不能妥协,尤其是在打仗期间,军令当如山,怎可朝令夕改?今天自己言而无信,明日就会事事难为。打定主意后,他把心一横,开口背诵刚学的《吴子·治兵第三》:"张督,若法令不明,赏罚不信,金之不止,鼓之不进,虽有百万,何益用?"

张斯桂暗自发笑,连最后一句"何益于用"都错记成"何益用",你一个撑船粗人竟然敢在我秀才面前阔谈卖弄兵法?只怕等我一开口,你就得找地缝钻。可还没等张斯桂开口,贝锦泉又一脸肃穆地解释:"张督,非我狠心,也绝非冲动。今天若是放他俩上船,明天就会有更多的人违反船规,只怕号令从此成为一句空话。"

张斯桂狠狠地剜了一眼对方,轮船到底谁来做主?听你的还是听我的?!轮得到你在此喋喋不休吗?!但毕竟是个文人,张斯桂还是拉不下脸,只是愤愤地把辫子往后一甩,扔下一句:"少两名船员对行船打仗都不利,你看着办!"说完转身就走。

贝锦泉知道张斯桂极不满自己的顶撞,埋头朝其背影抱拳施礼:"张督息怒!"等直起身自忖片刻后,还是转身走到船舷处,阴沉着脸对正仰头急着想上船的阿密史和马突尔硬生生说道:"巳时已过,按昨日船规,你俩自行回宁波等待处罚!"

阿密史扑通一声就跪在地上:"贝司,这次事出有因,求您老饶我们一回吧,以后我们再也不下船了。"

马突尔也赶紧跪了下来:"贝司,饶我们一回吧,我们肯定不敢再犯。"

贝锦泉站在原地没吭声,精明的阿尔泰看出了苗子,抢前几步跪在贝锦泉面前:"贝司,让他们上来吧,我愿为他们担保,如若再犯,我甘受任何处罚。"

贝锦泉见自己的强硬态度已起到震慑作用,想必船员日后不敢再违命令,此时松口不但有台阶下,还对张斯桂有个交代。可还没等他开口,另两名水手也上来跪在面前:"贝司,我们也愿意担保。"

贝锦泉心里暗笑了几声,目测轮船与码头的间距,虽然水手已起锚,但毕竟还没有启航,船只是随浪外漂了两尺,估计现在还来得及架跳板,于是故意黑着脸下令:"架跳板,放他们上来。"

水手们手忙脚乱地扛起跳板向码头架去。在围观人群的帮助下,阿密史和马突尔狼狈不堪地跳上了船。两人的脚刚落甲板,就急忙跑到贝锦泉面前跪下,可还不等开口道谢,只听"哐当、哐当"两声,两把匕首闪着刺目寒光扔在了跟前。虽经历过无数刀光剑影,可阿密史和马突尔还是被惊了一下,垂头不敢仰视,头上开始冒出细细冷汗。阿密史心中怒骂昨夜陪睡的妓女:臭婊子,都是你给我惹的祸,下次再见定剐你几刀方解今日之恨。可转念一想,这可能是天意要惩罚自己,谁知道上半夜还是好好的,下半夜怎么会突发这样的事。想到这里,阿密史心一横,准备老老实实接受割肉或放血的处罚。

"把匕首给我挂上,若再犯船规号令,不用见我,自行了结。哪天匕首杀盗,方可还给我!"

马突尔立马伸手捡起一把匕首:"贝司放心,我会尽快把匕首还您。"

终于安下心的阿密史也慌忙捡起另一把匕首,紧握在胸口表态:"贝司,下一仗结束我就把匕首还您。"

"好。"面色冷峻的贝锦泉眼角悄然漾起一丝纹路,他扫了一眼围观船员,提高了嗓音说道,"今日之事全系本人平时管教不严,罚扣十元大洋!"

看阿尔泰张嘴想说话,贝锦泉抬手制止:"不要再说了,我这就去张督处请罪。开船!"说完,在船员的敬畏与仰慕中,径直向张斯桂的休息舱走去。贝锦泉心里清楚,虽然对船员处置得很完美,目的也达到,但与张斯桂的沟通还不可知,必须想尽办法把矛盾和误会解除,不然不利于出海作战。

随着蒸汽机的启动,轮船的声音越来越大。到张斯桂的休息舱后,贝锦泉抬手思忖了片刻,然后才拍了几下舱门。听里面没有动静,贝锦泉只好边

拍门边叫道:"张督,我是敏修。"

"什么事?"里面终于传来张斯桂硬邦邦的声音,像根硬木迅速顶住了舱门。贝锦泉吸了口气,推门走进了休息舱。

张斯桂正坐在椅上举着一本书,不等对方站稳,耷拉着眼皮冷冷问道:"有事?"

贝锦泉听出对方言外之意,就是"没事赶紧给我走人"。贝锦泉一声不吭,等关上舱门,立即抢前几步,撩起前摆,双膝下跪:"敏修前来给张督赔罪了!"

张斯桂没想到贝锦泉行如此大礼,把手中的书往桌上一放,起身弯腰搀扶:"言重了,言重了。请起。"

落座后,贝锦泉先简要向张斯桂汇报了刚才的处置结果:"张督,阿密史和马突尔已上船,现责令他们今后不得再犯船规,并令两人挂匕首,如若再犯,自裁了结。"

"嗯。"对于贝锦泉汇报的用意,张斯桂自然懂,这个结果吻合自己提出放人上船的想法,对方是想借此表明对自己的绝对服从。于是应了一声后,张斯桂没作任何表态,静待贝锦泉往下说。

看张斯桂不冷不热应了一声没搭话,贝锦泉误以为对方还在火头上,于是离座躬身拱手:"今天冒犯张督虎威,望张督海涵。"

"我一介书生何来虎威之说?"

"将自古有文将和武将之分。不说远的,当朝刚授印领兵的胡林翼与曾国藩大人,他们不都是进士出身的文将吗?张督满腹经世致用的学问,如今也是领兵打仗,难道没有觉察出这份虎威?"

"哈哈——"性格直爽的张斯桂听到这里乐了,眼前这个没上过私塾的"粗人"越发让他刮目相看,看来此人绝非是个头脑简单的船夫,绝对是难得的将才。想到这里,张斯桂收紧下巴,推心置腹地说道:"坐下说话。敏修呀,若说文,我连举人都不是,岂能和胡、曾两位进士老爷相提并论?领兵打仗更不用说,我这也是硬着头皮上。相反,我倒觉得你是块很好的将料。如今国难当头,战事连连,宁波商船与以渔盐为业的老百姓深受兵灾之苦。每看乡人不愿蛰居故土坐以待毙,纷纷背井离乡远赴他地求生,我更是心如刀绞。希望你把握此番机遇,驾驭'宝顺轮'歼灭海匪,扫清海疆,打出名望,想必总有一天朝廷会重用你。"

贝锦泉第一次听张斯桂说这么多话,且句句是掏心窝的话,也情不自禁地由衷感言:"国难当头,朝廷水师却至今无一艘轮船,真令人窝火。"

"我看大清江山靠那帮八旗、绿营是不行了,想必朝廷今后定不拘一格选拔人才,你是中国第一个会驾驭轮船的人才,总有你出头之日。"

贝锦泉也不知是被夸还是觉得自己的心思被人看透之故,脸红了一下,垂下眼帘说道:"张督,我没有想那么多……"

张斯桂莞尔一笑,摆手打断了贝锦泉:"人不能眼高手低,但也绝不能眼低,尤其是像你这样有一技之长之人,要看得远。你可不能想着永远在这'宝顺轮'上,看前日一战,我想海匪用不了多久定会被歼灭。你必须有若干年后成为水师管带甚至是提督的抱负!"

贝锦泉吓了一跳,虽然内心的确希望有朝一日进水师为朝廷效劳,但真没有穿朝服、挂朝珠、插花翎的念头,更何况是提督、管带这样的大官。他结结巴巴地说道:"张……张督,我不……"

张斯桂心里更乐了,没想到敢在甲板上顶撞自己的贝锦泉,居然一谈抱负如此羞涩。也只有集忠心、勇敢、坦诚、虚心品格之人,才有如此反差的言行,当前中国就缺如此品行的将才。张斯桂打定要设法扶持贝锦泉的主意,不为别的,就为大清江山,就为大清子民,断不能让这样的人才被埋没。他探身拍了拍贝锦泉的肩膀,说:"海匪就算是被彻底扫清,也无法让我们在中国历史上留下一笔,若是能在为大清抵御外侮上有所建树,那就完全不一样了。即使史书不载,朝廷不封,后人也必供若神明。"

贝锦泉这回听懂了,将来目标不仅是灭盗护商,而是保家卫国,只有这

样才没枉在人世走一趟。望着张斯桂炯炯有神的期盼眼神,他重重地点了一下头。

"回驾驶舱吧,把中国第一艘轮船的威风打出来,彻底消灭肆虐的海匪,让朝廷不得不对我们刮目相看!"

贝锦泉起身准备请安,张斯桂却一把扶住对方:"你我不必行如此大礼。"

贝锦泉泪花一闪,抱拳道:"张督,那我走了。"

"请!"张斯桂手一伸,一直送到舱门外。

又是寻觅了整整七天,"宝顺轮"终于在黄县洋碰上了一股海盗。据桅杆上的瞭望船员报告,此股海盗共计十一船,约百人。

没有任何悬念,战局一开始就向"宝顺轮"一边倒。阿密史和马突尔立功心切,一心想用匕首亲刃海盗。于是两人瞄准近处的蚱蜢艇,不断奋力掷出铁钩。几经努力,终于掷钩钩住了其中一艘蚱蜢艇。在炮火的打击下,艇上的海盗全慌了神,竟然没人想到用刀割断绳索,眼看蚱蜢艇被拉得越来越靠近轮船,众海盗纷纷跳海游向别的蚱蜢艇逃生。

海面交战很快结束了,共击沉四艘蚱蜢艇,阿密史和马突尔合力捕钩了一艘完好的蚱蜢艇。看剩余的六艘蚱蜢艇向附近的无人岛逃窜,贝锦泉推开沈仁发,亲自操纵"宝顺轮"向逃窜的蚱蜢艇追去。张斯桂本来担心上岛会没了洋面作战时的轮船优势,更担忧海盗利用掩体做殊死的抵抗,那就会造成船员的无辜伤亡。可从轮船靠岛那刻起,他彻底放下了心。只见船员持枪握刀,一个个像猛虎似的扑向海盗,而平时恶贯满盈的海盗此时犹如丧家之犬,纷纷抛弃手中武器,甩开双臂争相逃窜。

不到一炷香的工夫,无人岛再次恢复了平静。船员们不但击毙了四十余名海盗,且再次俘虏了三十多名海盗,只有两名船员在追杀中受了轻伤。

关押好降盗后,船员们忙着引火焚烧六艘破损的蚱蜢艇。阿密史和马突尔则并肩来到张斯桂与贝锦泉面前,单膝下跪后,两人举着刚用海水擦洗得锃亮的匕首齐声说:"禀张督、贝司,匕首已完成使命,请验收。"

张斯桂捏着短须问:"你俩战绩如何?"

马突尔抢先答道:"回禀张督,我只杀了两个海盗,阿密史比我多一人。"

一旁的阿密史摇头纠正:"我也是两个海盗,第一个海盗不能计在我头上,是三舵屠哥用飞石打伤了那家伙,我只是上前补了一刀。"

屠才友耳尖,听到后大声嚷嚷:"张督、贝哥,我只是打瘸了那狗东西,这功还是阿密史的。"

张斯桂朝贝锦泉递了个眼色,贝锦泉旋即上前收过两把匕首:"起来吧。"

等两人谢过起身,贝锦泉把匕首重新塞到他们手中,语重心长地说:"今天一战,你俩最为勇猛,打出了我'宝顺轮'的威风,这匕首就赏给你们,今后多杀海盗。"

阿密史和马突尔接过匕首抱拳齐声谢道:"谢张督、贝司!"

"好!"满面春风的张斯桂拊掌大笑一声后,振臂一呼:"回宁波交俘虏!"甲板传来一阵阵欢呼雀跃声。

第八章
DIBAZHANG

三个月后,"宝顺轮"载着新战果再次返回宁波补充煤、粮食及淡水。下船时,张斯桂和贝锦泉感觉有些异常,以往返航均有船主在码头接迎,可今天却一个船主也没看到。犹豫之际,候在码头的庆安会馆管事从围观人群中迎了上来:"张督、贝司,船主们在会馆等你们,请。"

张斯桂心里咯噔一声,发生了什么事?难道有商船被劫?是船主们怪"宝顺轮"战绩欠佳故意不迎?睥了一眼贝锦泉,对方似乎也心事重重。张斯桂命船员把十二名被俘海盗押送官府,自己则和贝锦泉随管事向会馆走去。

从进会馆大堂那一刻起,张斯桂和贝锦泉的心情顿时轻松下来。只见众船主纷纷起身相迎,同声向两人道辛苦。眼尖的贝锦泉发现从主客座上起身的是个陌生中年人,估计此人来头不小,不然船主们早来码头迎自己了。果不出所料,李也亭陪同此人上前几步,手向张斯桂和贝锦泉这边一伸:"江爷,这两位就是'宝顺轮'监督景颜与司舵敏修。"说完,又向张斯桂和贝锦泉介绍,"这位爷就是上海商船赫赫有名的江老板。"

张斯桂和贝锦泉赶紧抱拳招呼:"久仰,久仰。"

江老板微露笑意抱拳回敬:"客气,客气。"

"坐下慢慢说。"李也亭招呼众人重新坐了下来。

贝锦泉偷偷打量了一眼手握玉扇的江老板,圆脸、大耳、阔鼻、眼睛虽不大,但闪烁着精光,一根粗硕乌黑的辫子垂于光亮又得体的绸缎长衫上,但怎么看都显得倜傥不足,精明有余。

"江爷,那轮船今后拟停泊何处?"盛植琯似乎接起了刚才商议的话题。

"南翔的鹤槎山。"

张斯桂和贝锦泉不明白"宝顺轮"为何要停到南翔去,两人还没回过神,只听卢以瑛在边上连连赞道:"嗯,好地!好地!"

江老板闻言转过头拱手相问:"卢老爷到过鹤槎山?"

"当年曾坐船路过。"卢以瑛得意地将了将几下短须,带有几分卖弄的口吻继续说道,"若老夫没有记错的话,此处曾是宋代抗金名将韩世忠的驻军点,山上还筑有烽火墩。"

江老板玉扇轻拍手掌:"卢老爷好记性!"

"嗯。"盛植琯适时接过话头提议,"此地选得好,日后可由上海轮船查堵海盗北犯,我'宝顺轮'巡于浙海一带,联手剿灭海盗。"

张斯桂和贝锦泉这才听明白,原来不是让"宝顺轮"停泊在南翔,而是上海商人也将购轮船打击海盗,今后不但茫茫洋面有了并肩作战的伙伴,而且不需航行过远,除了节省开支与时间,还免除了船员在海上的奔波之苦。贝锦泉心一动,推测江老板此行目的是为借调有经验的"宝顺轮"船员。念头刚闪起,只听客座上的江老板爽朗应道:"就按贵号意见,上海轮船查堵鹤槎山以北,贵号'宝顺轮'巡于浙海一带,合力歼灭海盗,保你我两地商船安全。"说到这里,他拱手赔笑说明了来意,"上海刚购轮船,尚缺驾驭操纵轮船的高士。良弓自然还需英雄拉,恳请各位船主借两位英雄到上海助上一臂之力。"

卢以瑛一听就打起了小九九,上海购轮船打海盗对庆成局来说绝非好

事。从这三个月的战果来看,"宝顺轮"稳操胜券,洋面海盗早成了庆成局的盘中菜,可谓是扬名立功正当时。现在上海也购轮船打海盗,这不明摆着来抢功吗?再说借两名船员去上海,多少会影响"宝顺轮"的战斗力。卢以瑛唯恐船主们抹不开脸面应允对方,所以眼珠一转,赶紧抢过了话头:"江老板既开尊口,我等自然设法全力满足。但这轮船之事我看还得听听真正当家人的意见,万事当以确保安全为上。不知景颜和敏修意见如何?"

顺着卢以瑛的话,众人把目光转向张斯桂和贝锦泉。这边张斯桂心中暗暗发笑,好你个举人老爷,事事兜得转。不但想借自己的口回绝对方,而且还铺垫好了确保轮船安全的理由,让江老板提前有被拒的心理准备。不过张斯桂听了江老板的请求后,心里有了新打算。在"宝顺轮"的连续打击下,现洋面海盗越来越少,估计再过月余,"宝顺轮"将因海盗绝迹而再无战事。而真到以日常巡检为主的那一天,船主们必定会考虑裁减船员减少开支。既然届时"逼"人走,不如现在顺着这个梯子给人下,为日后的解雇避免麻烦。可就在准备表态之际,张斯桂转念一想,既然自己决定要退出"宝顺轮",应该现在起就让贝锦泉拿主意,多嘴插话,反而不利于交接,还可能给人造成挖陷阱害人的误会。于是张斯桂扭头看着贝锦泉,示意对方接话表态。可贝锦泉哪里知道张斯桂此时内心的想法,觉得这种场合轮不到自己拿主意,更不能抢监督的风头,一切当由张斯桂来定夺。所以他垂头而坐,佯装没看到张斯桂递来的眼神。

由于两人都不接话,会堂的气氛顿时冷了下来。无论是江老板还是北号船主们,均面露尴尬。董沛是个急性子,看两人一个盯着对方,一个垂头盯着地面发愣,根本没有想答复的意思,就替江老板催问:"两位意下如何?究竟能否借用?"

张斯桂只好点名逼问:"敏修,你意下如何?"

贝锦泉抬头看着对方愣了,船上之事你张督不是一清二楚吗?用得着征询我的意见吗?贝锦泉蓦然闪过一念头:莫非张斯桂不肯借人?他不好意思回绝让我来开口？就在贝锦泉思策之机，这边盛植琯已打起了圆场："想我'宝轮顺'才出征三个月，船员尚需磨炼，望江爷能理解我等苦衷。"

"噢——"江老板虽是点头默认，可眉眼透出意外与失望。贝锦泉看在眼里急在心里，怎能让上海船商难堪，何况今后两家还是同一战壕的兄弟，此时不帮衬，他日若有困难如何有脸面去求人家相助？于是心一横，手一拱："各位爷误解了，江爷何时需要人？我们随时让最好的船员到上海效力。"

江老板一听有戏，虽然此人座位靠外，但却是轮船副手，且轮船首领一直在催促他表态，当是让他来拿主意。江老板觉得现在是趁热打铁的好时候，只有勿失良机，才能不枉此行。所以，贝锦泉话音刚落，江老板迅即很自然地接口谢道："太好了，有北号弟兄们的大力支持，我们一定能彻底扫清海盗。"

"嗯，好样的！"看卢以瑛张嘴想要说话，张斯桂抢先朝贝锦泉夸了一句，随后扭头对江老板说，"如有需要，我们还可以提供炮手、水手。"

卢以瑛急了，像有限的家底在让人给不断败失，他赶紧借话说道："海盗非等闲之辈，杀人如麻，现'宝顺轮'虽小胜连连，但切不可轻敌大意。刚才盛老爷……"

盛植琯也听出了卢以瑛的用意，但他清楚，卢以瑛可以不买江爷面子，但自己断不能得罪江爷，不然日后等于断了自己的财路。于是当卢以瑛想借自己刚才的话说事，盛植琯立马毫不留情地打断了对方的话："此事当由景颜和敏修定夺。"

"敬请江爷和各位船主放心，若没有把握，敏修决不会应诺。"张斯桂非常配合地送上一颗定心丸。

贝锦泉懵了，既然张督同意借用，那为何他刚才自己不说，反而一再地催我拿主意？难道担心日后若有闪失不敢担责？不对，如果是这样，那他为什么又高调地赞同我？还许诺炮手、水手也可以借用？容不得贝锦泉多想，

双方又进行了相关事务的洽商。由于还要前往广东商议轮船交接,江老板谢绝了众人的挽留,起身告辞。一行人送江老板出大门后,重新回大堂坐定。

李也亭摆整长衫后首先开言:"上海船主来我号求助,看来'宝顺轮'已名震海内外,景颜与敏修功劳不小呀。"

张斯桂和贝锦泉齐拱手推辞:"过奖,过奖。"

董沛见缝插针,心急火燎地问道:"不知此次出征战绩如何?"

"此次出海共击沉四艘海盗船,击毙二十九名海盗,生擒十二名海盗,现已押送官府。"张斯桂答道。

船主们心里暗暗嘀咕:怎么几乎只有以往战绩的零头?

察觉到众船主的情绪变化后,贝锦泉主动替张斯桂补充:"禀各位船主,经过三个月的连续打击,洋面上的海盗已快灭迹。这次虽出洋二十余天,但只遇到一次海盗,连炮弹也只用了不到一成。"

卢以瑛又暗自盘算起来,若能彻底肃清海盗,这功劳可谓不小,万一朝廷赏赐,断不能落下自己。于是眯缝着眼睛,以主角的身份边捋胡子边颔首:"这样算来,庆成局'宝顺轮'三个月已击沉及捕获海盗船达六十八艘,击毙、生擒海盗超过两千人,不但肃清了北洋,而且成功救出江浙三百多艘运船,功德无量呀。"

在场所有人都听出其中滋味,举人大人刻意在"宝顺轮"前强调庆成局,那还不是想突出你卢以瑛的主持身份。不过谁也不想点破,众人顺着话柄交口夸起"宝顺轮"的战绩。

"各位船主,卢老爷。"张斯桂突然推椅起身,团团拱手后说道,"自署理中国第一艘轮船以来,在下虽不才,但始终以一颗赤诚之心,竭尽全力打击海盗,未敢有丝毫懈怠之意。如今,洋面海盗基本肃清,上海船主也将购船合作,我想'宝顺轮'也是到了该减员的时候。"

张斯桂的这个提议自然合船主们的心意,商者言利,不少人早就盘算着何时能裁减"宝顺轮"的配员,少一名船员就等于少开出一份不菲的薪水。

只有贝锦泉微皱眉头暗暗叫苦,难道张斯桂仍记"前仇",现在借机想把自己赶出"宝顺轮"?这时,卢以瑛却一反常态,抢先赞道:"好!食禄思报,是为君子也。"

颇有心计的李也亭一直缄默不语,对于卢以瑛频频反常的抢言,他清楚对方这是怀着明夸赞、暗夺功之心,设法减少他日朝廷论功行赏之人。他也暗中观察并琢磨张斯桂的表情,感觉对方不像是意气用事,倒如欲与众人商议思谋已久的决心一般。但令人费解的是,刚还为外借船员拖延时间、不表态的张斯桂,怎么一下子来了个大转弯,自己主动说要减人了呢?若为节省开支影响轮船战斗力,甚至被海盗们反咬一口,那可就得不偿失了。断不能让已成大业半途而废或功亏一篑。打定主意后,李也亭先招呼张斯桂坐下,淡定地抿了一口茶水,等控制住场面节奏后,才缓缓说道:"'宝顺轮'日常开支的确不小,但我们船主早就备好了这笔钱。所以说,直到今天,我们的财力还没到要裁减船员的窘境。目前,我们需要的是乘胜追击,打一个完胜的全局仗,不是小胜,不是险胜,更不能半途而废或有所闪失。"说到这里,李也亭双指叩了叩茶几,提高嗓音强调,"官府为'宝顺轮'垫资一半,若有闪失,我等必有灭顶之灾!"

李也亭这番真知灼见和掏心窝子的话,如同一块石头投入平静的湖面,许多船主暗怪自己眼光短浅,节省几个船员的薪水去让投资巨大的"宝顺轮"冒风险,这不是丢西瓜捡芝麻的蠢事吗?

见众船主纷纷点头称是,张斯桂情不自禁地笑道:"各位船主,若没有绝对把握,景颜断不敢进言裁减船员。此次出征,不但海盗难觅踪影,而且仗越打越轻松。"说到这里,张斯桂特地扭过头看了贝锦泉一眼。

正苦思冥想张斯桂为何提出裁减船员的贝锦泉,撞上了对方的眼神后,心怦然一动,从那善意的眼神中,他读懂了真挚与坦诚,于是迎合道:"张督句句是为船主们着想的大实话。"

盛植琯直盯着贝锦泉施加压力:"减员不但会减少战斗力,而且还要影

响士气,不利于人心的稳定,你能担保'宝顺轮'的安危?"

贝锦泉回望张斯桂,可对方端碗喝茶故作不见,只好转眼回应盛植琯:"能!"

话音刚落,张斯桂马上接口说道:"各位船主,铁打的营盘,流水的兵。虽然'宝顺轮'不是水师战船,但一直以此为标准。天下当没有不散的筵席,更何况是雇佣的船员。总有一天,为打仗配置的船员都得散去。"

看张斯桂和贝锦泉的态度如此坚决,李也亭干脆直问:"那依景颜之见,目前'宝顺轮'可裁减多少人?"

只见张斯桂轻轻放下盖碗,转脸再次催问贝锦泉:"敏修,你看……"

贝锦泉没料到张斯桂又让自己表态,难道对方是担心日后有事兜不了?可张督知道如今洋面海盗几近绝迹,轮船往往漫无目标地行进,船员们更是无所事事。即使有海盗,那也是零星船只,"宝顺轮"可应付自如,裁减几名炮手或枪手绝对不成问题。也罢,既然张督让自己开口,那就直言吧。于是,贝锦泉伸出四个手指翻了翻,说:"可以减炮手、水手各四人。"

没想到张斯桂闻言立即摇手反对:"不行。"

贝锦泉心一寒,脱口问道:"司舵和司炉也要减?"

张斯桂头摇得像拨浪鼓一样,说:"司舵和司炉现断不能减一人,何况还要助上海轮船。"

"那张督是……"贝锦泉像是进了迷宫,困惑不解。

"炮手、水手各减四人偏多了。"

八个人就叫多了? 连一成都不到! 费纶鋕靠着椅背故意追问:"那景颜的意思是……"

"目前只能裁减炮手一人,水手两人。"

船主们兴致顿时减了一大半。按炮手四十银圆和水手三十银圆计,每月也就省一百银圆开支,还嚷嚷什么裁减船员,反正也不缺这区区一百银圆。李也亭知道这个秀才非等闲之辈,应该还有话没有说完,于是笑着提醒:

"景颜似乎还没有把话说完。"

张斯桂朝对方报以善意的一笑,说:"各位船主,卢老爷,轮船断不能减舵工和司炉工,而且待日后海盗绝迹洋面后,司炉工更是不减反增。"

"为何?"董沛大为不解。

"依景颜推测,不出一年半载,海盗就会彻底灭绝。届时'宝顺轮'必将改作护运或漕运。因勿需作战,炮手和水手可以大幅削减。同时,由于轮船需昼夜不停地全速行驶,舵工尤其是司炉工必定要增加。"

董沛有点明白了其意,求证对方:"那现在炮手和水手减八人是太多、太快?"

"对!"张斯桂重重地点了一下头,"炮手和水手都是外聘之人,生性野蛮又讲义气,不能过快触及他们大多数人的利益。这次各减一人,等于释放轮船迟早不再雇佣他们的贸号。一旦有机会替他们留条出路,当尽力为之,所以景颜刚才冒然向江爷推荐炮手和水手。"

李也亭由衷赞道:"请菩萨容易,送菩萨难。景颜深谋远虑,北号庆幸有你这样的人才。"

卢以瑛撇了一下嘴角,正准备接话,这边费纶鋕拍了拍刮得锃亮的脑门,已抢过了话头:"刚才我还觉得减少一百大洋开支没啥感觉,现在听来,这只是一步棋,不听解说,这妙招绝非常人能懂。"

"何止一百,应是五百多大洋。"看众人莫名其妙地望着自己,张斯桂笑指自己鼻子强调,"没算错,因为'宝顺轮'首先要裁减景颜。"

谁也没有想到张斯桂突然要辞去"宝顺轮"监督一职,是想"急流勇退"还是"知难而退"?难不成想持功索要更多的酬金?众人你看看我,我看看你,一时不知如何应答。贝锦泉也对张斯桂突然的决定愣住了,忐忑不安地问:"张督,我们没听错吧?"

"没错,是该请敏修全面主持轮船了。"张斯桂摆手阻止欲说话的贝锦泉,平静地说,"减人若是从我开刀,'宝顺轮'上所有的人才服帖。"

盛植琯大为感动,忙着阻拦:"景颜是有功之臣,不能这样。"

李也亭也故作轻松地调侃:"这样做是陷我北号船主有过河拆桥之嫌,景颜断不可致我等不义的恶名。"

张斯桂一脸正色地掰着手指说道:"大丈夫做事不畏流言蜚语,不畏权势利弊。我退出'宝顺轮'实有三利,一可裁减船员稳定人心;二可减少开支;三可让具将干之才的敏修放手大干。"

贝锦泉是既高兴又羞愧,心底如同打翻了五味瓶,什么滋味都有。他万万没有想到张斯桂心胸如此开阔,不但不记仇,竟还推荐他来主持轮船。贝锦泉深为自己刚才的提防与惊吓感到羞愧,觉得自己真有"以小人之心度君子之腹"之嫌。他微红着脸,干搓着大腿嗫嚅道:"张督,您不能走,'宝顺轮'不能没有您。"

张斯桂盯着对方呵呵一乐,调侃道:"与海盗激战毫无怯意,现在怎么倒像个大姑娘一样?"

贝锦泉的脸顿时涨得绯红,紧张与羞愧让他一时无话可对。盛植琯了解张斯桂的性格,其认定的事就是九头牛也无法拉回。也罢,既然他去意已决,就不要勉强,只要不让其他船主误解其好意,且确保"宝顺轮"能继续出航打击海盗就行。想到这里,盛植琯绕着圈子夸起了张斯桂:"难怪美国传教士丁韪良先生也称景颜为我大清文人阶层中最优秀的人才之一,既有文士之谋略,又具武将之胆魄,还备商贾之精明。"

"其实'宝顺轮'的航行与作战为敏修指挥,我这个监督并无多大作用。三个月来,我一直在暗暗观察敏修,他虽年轻,但为人沉稳、执着、勇敢、果断,绝对是块将才,比我强上百倍。所以诸位船主大可不必担心'宝顺轮'的安危,我愿为敏修担保。"

听张斯桂如此举荐与担保,李也亭用眼神一一询问其他船主,见所有人都点头认可,这才发话:"那就全凭景颜的主意。"

张斯桂赶紧拍了一下坐在身边的贝锦泉,提醒对方:"还不快谢众船主的提携与栽培。"

贝锦泉心头一热,抢前几步,先朝张斯桂单膝下跪抱拳:"多谢张督重于泰山的栽培之恩。"然后才转身向船主们表态,"敏修决不辜负众船主期望,竭尽全力早日剿尽海盗,保我商船安全航运。"

盛植琯代表船主虚抬了一下手:"好,要的就是这样的决心,起来说话吧。"

贝锦泉没有起身,反而把另一条腿也跪了下来:"禀诸位船主,敏修尚有一事进言。"

盛植琯和颜悦色地问:"何事?说吧。"

"想张督在'宝顺轮'上与众兄弟同甘共苦,事事垂范,开轮船剿盗之先河,且数战皆胜,功德无量,恳请北号留住贤士。"

其实李也亭心里早就有计划,即使北号不安排,他也想聘用这样有德有才的高士。只是现在不便表态,不能为了争聘张斯桂引发与其他船主的矛盾。所以贝锦泉话音刚落,李也亭马上接口:"这个自然,北号对有功之人绝不会忘记。"边说边掏出怀表,潇洒地弹开表盖,瞄了一眼时间,"哟,已是酉时,不早了,一起给景颜和敏修接风洗尘吧。"

"好。"

李也亭把手一挥:"上灯备酒。"

"上灯——备酒!"候在门外的管事拖着长音向外吆喝。

"走,先祭妈祖。"

众人起身,鱼贯出大堂。此时,门外传来"噼里啪啦"的爆竹声,闻着渐渐弥漫的熟悉的火药味,贝锦泉有种莫名的冲动,冥冥之中觉得自己将与这味道相伴终生。突然,有只手重重地压在了肩膀上,扭头一看,是张斯桂。贝锦泉刚想说话,只见张斯桂收紧下巴抿嘴摇了摇头,两人相视会心一笑,刚准备并肩向大殿走去,只见贝四泉急匆匆跑了进来,见到贝锦泉就大喊:"大哥,大嫂生了。"

贝锦泉顾不得体面,疾步迎上前问道:"男孩女孩?大嫂可好?"

贝四泉撩起敞开的短褂,边扇边说:"是男孩,大嫂平安,家里都等着你回去。"

"好,快走。"刚抬脚,贝锦泉猛然止步,暗暗责怪自己怎么会兴奋得如此唐突。北号正准备祭妈祖,怎么可以因私事而离开。还没等转过身,李也亭等人闻讯也围了过来,纷纷恭贺:"敏修,恭喜,恭喜,贝家有后了。"

想贝锦泉急着要回家,善解人意的李也亭挥手催促:"那就赶紧去叩谢妈祖的大恩大德,早点回家去看儿子。"

"嗯。"贝锦泉觉得是该好好给妈祖娘娘磕上几个响头,如今万事如此之顺,必定是妈祖娘娘在护佑自己。

一行人重新加快脚步向大殿走去。

正如张斯桂预测,随着"宝顺轮"的连续巡航打击,加之上海轮船的配合,洋面上的海盗或被歼,或被擒,或望而生畏不敢再出海为盗。一年后,海盗彻底绝迹,洋面恢复了往日生机。

这天,贝锦泉与卢以瑛商议完调整的船员人数与薪资后,正准备起身告辞,卢以瑛却伸手拦住了他。

"卢老爷还有事?"

"嗯。"卢以瑛含糊不清地应了一声,走到门前,伸长脖子向两边望了一眼,轻轻把门合了起来。贝锦泉莫名其妙地看着卢以瑛神秘兮兮且干瘦的背影,猜不透对方想干什么,只好静静地坐在椅上等下文。

重新落座后,卢以瑛眯缝着眼问贝锦泉:"敏修,在'宝顺轮'上也有一年了吧?"

贝锦泉不明白举人老爷想说什么,出于戒心,他不想多言,可又不能不答,更不能答错,于是就跟着对方的思路客气地纠正:"回卢老爷,已有十五个月。"

"你我相处已久,不必拘束。来,喝茶。"卢以瑛说完,端起面前的盖碗虚敬了一下。

贝锦泉只得端起盖碗欠身回敬了一下。两人默默地捏着茶盖推移浮沫，空旷的房间传来茶盖与盖碗的摩擦声，平时习以为常的动作与声音此时却让贝锦泉觉得有些怪异，虽大脑如同轮船上的蒸汽机一样高速转动，可怎么也猜不到对方想做什么。

等放下盖碗，卢以瑛终于打破沉默开启了话题："敏修呀，接下来你和你的'宝顺轮'有什么打算？"

贝锦泉心又一紧，难道他不光想动我，还想动"宝顺轮"？贝锦泉故作无知地赔笑答道："卢老爷，我一个乡人能有什么打算？承蒙船主信任及您和张督的栽培，让我有幸能在'宝顺轮'上谋事，能干到今天，已是我前世修的大福。"

卢以瑛转过脸，那双精明干练的眸子闪着光亮向贝锦泉射来。贝锦泉感觉自己被这道精光穿透了，一丝不挂地站在对方面前，脸腾地红了，他赶紧挠着头皮掩饰自己的窘迫。这一切自然没逃过卢以瑛的眼睛，他得意地一笑，看来面前这个年轻人的防线很重，一般人很难冲破，但自己不一样，肯定能赢得对方的信任与合作。张斯桂不过是个秀才，既然连他都能获得此人之心，难道我一个举人还亚于秀才不成？若真如此，那不如撞南墙算了？卢以瑛自信地收回眼神，悠然自得地捋着胡须说："老夫早就暗暗观察过你，你有大福大贵之相，北号迟早留不住你。"

贝锦泉听得莫名其妙，能在北号他已经很满足了，若说真有大福大贵之相，那这就是大福大贵。现在不光不用再愁钱花，且翻建了几间房，添置了十余亩地和两头耕牛，全家衣食无忧。

卢以瑛虽没有正眼看贝锦泉，但从贝锦泉呼吸的轻微变化中，揣摩出了对方的情绪。他旁若无人地继续说道："当然，你现在肯定觉得很满意，但护运毕竟是一时之需，一时之事，待将来朝廷内外平定后，还会有海盗吗？没了海盗还要你们干什么？"

卢以瑛的语气与面色一样平静，就像是在茶馆闲聊。等两个问题抛给

对方后,才回过头瞥了一眼贝锦泉,发现对方正盯着脚底那块砖发愣,知道自己的第一招已在贝锦泉内心掀起波涛翻滚的大浪,现在只需静观其变。

对于卢以瑛的两个问题,贝锦泉也想到过,但现在从卢以瑛的嘴上说出来,这感觉就大不一样。没错,没了海盗就没了自己目前干的事,从另一个角度来说,自己其实早和海盗联系在了一起,当一方消亡后,另一方也必定走向消亡。贝锦泉突然感觉自己走进了一条死胡同,一条无路可走的胡同,一条看不到希望的胡同,怎么办?面对一团乱麻似的问题,理不出头绪的贝锦泉抬头询问:"卢老爷,那我该当如何?望您老指点迷津。"

卢以瑛压低了声音:"向巡抚大人靠拢。"

贝锦泉乐出了声:"卢老爷,您这是取笑我吧?我连巡抚长什么样都不知道,怎么向他们靠拢?"

卢以瑛不但没有笑,反而脸一拉带着说教口吻纠正道:"错!常人的不幸往往就是无法突破常理、常规。就拿我们这些读书人来说吧,哪个举人愿意来船主这边谋生,但又有几人看得透这看似无颜面,却隐藏无限升达的机会的生计。你想想看,曾国藩曾大帅还不是因回籍奔丧得了奉旨办团练的机会,虽发布《讨粤匪檄》后一度兵败靖港,但跟着不到八个月,便攻陷岳州,夺回武昌,终得署理湖北巡抚一职。"

贝锦泉恍惚有种与左凯弟尼对话的意境,不由自主地自嘲着追问:"曾大人原本就是京城命官,我一个乡野村夫岂能与之相提并论?"

"他远不如你!"

贝锦泉觉得越发好笑,可看着卢以瑛一本正经的脸又笑不出来。卢以瑛没理会贝锦泉,慢吞吞地端起盖碗,捏着茶盖推着浮沫,似乎等贝锦泉慢慢地领悟此话含义。贝锦泉琢磨了半天也想不出缘由,只好再问:"不知卢老爷此话怎讲?"

卢以瑛啜了一口茶水说:"咸丰元年五月,曾国藩上了道《敬陈圣德三端预防流弊疏》的折子,你可曾听说过?"

见贝锦泉摇头,卢以瑛耐心解释道:"就是他借颂圣德之名,故意批责因皇上好恶所引起的三种流弊。结果咸丰帝阅后怒掷其折于地,欲罪之,庆幸肃顺等人极力相保,才避免了一场大祸。试想,一个被皇上欲罪之人能如你吗?"

贝锦泉刚想争辩,卢以瑛却抬手阻止,随后一一勾起手指继续说道:"这只是其一,乃为天势;其二,你有现成北号提供的'宝顺轮',而曾国藩当初只能靠自己募集乡勇,你又得人和;其三,你出征以来一直捷报频传,而曾国藩初战就兵败靖港,投水自裁被手下所救才留下一命,可谓地利也不如你。"

贝锦泉暗叹卢以瑛的见识与口才,真不知道他是如何知道这些事情,难道秀才真有不出门便知天下事的本领?对,是有可能,三国名相诸葛亮不是未出茅庐就已先定三分天下吗?想起刚才卢以瑛曾说自己有"大福大贵之相",若眼前这举人老爷真有知前事、晓后事的本领,那是要追问一下自己何时离开北号,怎样去拜识巡抚这些以前连想都觉得怕的朝廷大员。

见对方微拧眉头再次沉默不语,卢以瑛知道第二招也已见效,这才不急不缓、推心置腹地说道:"敏修,也许用不了多久,你就会转入官衙。若天意相合,你将问鼎朝廷,以后必成封疆大吏。"

贝锦泉暗吃一惊,努力控制脸上的表情,淡定地朝卢以瑛拱手笑道:"卢老爷取笑了。"

卢以瑛神秘兮兮地抬眼向窗外望了一眼,然后臂压桌面,倾过上身,把声音压得不能再低:"种种迹象表明,'长毛'要来宁波。"

"真的?"贝锦泉吓了一大跳。

"极有可能。"卢以瑛自鸣得意地伸出食指在桌面比画,似乎要为自己的预测佐证,"敏修,你看,'长毛'已定都南京,若不能占领作为邻省又连海的浙江,那就等于寄狼在身边。更何况我们宁波商贾云集、樯帆如林,那绝对是块人人欲争之的风水宝地啊。"

贝锦泉若有所悟地点头:"这倒是,不然英国人怎么就看中我们宁波了。"

卢以瑛很满意贝锦泉的悟性,直起身开始出第三招:"这些年,老夫得出一个经验。那就是善用水者可以突破陆地的限制,陆尽水连不但可以促进国富民强,也可以孕育出民族英雄。"

陆尽水连?与船为伴多年的贝锦泉觉得这个提法很有意思,会心一笑后说:"的确有了船终于可以连接起与水相隔的地域。"

卢以瑛微仰起头,双目直逼对方:"敏修,想不想当个民族英雄?"

看对方的架势与口气,贝锦泉觉得是到了举人老爷为自己指点迷津的时候,于是情不自禁地正了正身,神情专注地坦言:"卢老爷,不光是敏修,我想很多人都希望能成为民族英雄,但像我这样的小人物怎么可能有机会?"

卢以瑛轻轻地摇了摇头,一脸神气地指正:"天下大乱之时,正是小人物出人头地的良机。其实任何人只要用心,都会找到适合自己发展的机会。如奉调浙江办理军务的胡兴仁胡大人,他也不过在原广西布政使上任,敢担他人不愿之责,捐俸米六千担并运至湖南以济军食,从而得到朝廷的重视。如果不出意外,下任巡抚非此人莫属。"

联想到卢以瑛刚才的话,贝锦泉听明白了,原来靠拢抚台不一定是现任巡抚,还可以判断并预测将来继任者。这虽多少有投机取巧之嫌,但还真是个妙策。可转眼一想,自己与胡大人同样也没有机会得以一见,何来机会之谈?卢以瑛似乎看出贝锦泉的心思,伸开手掌,一副志在必得的样子强调:"不出五月,胡大人必定派人来找你。"

贝锦泉觉得卢以瑛说得越发不靠谱,他咳了一声,强忍住笑问道:"咳,卢老爷何以见得?"

卢以瑛惬意地用手指向后轻梳了几把头皮。看来今天一切都在掌控中,现在只要伸一把手,将来等到这年轻人飞黄腾达的那天,也就是自己出人头地之时。望着穿透纸窗撒在屋内的曚昽阳光,卢以瑛似乎看见自己正穿袍挂珠与披甲佩剑的贝锦泉在商议军政大事,不由得乐出了声:"呵呵,敏修啊,这就是老夫书读得多的好处。"

贝锦泉脸一红,是的,自己虽能操控庞大的轮船,可没读过多少书,看来左先生当年的忠告还要听,没法抽空多读书。贝锦泉拱手真诚地恳求:"今后还望卢老爷不吝赐教。"

"哎,不要见外,今后你我多帮衬。"卢以瑛赶紧套近乎,不再自称老夫。他悄悄提醒自己,既然已判断贝锦泉将来必能受朝命呼风唤雨,那就早日认清形势,决不能高人一等地颐指气使,说不准将来还得在对方跟前自称小人呢。想到这里,卢以瑛像老友拉家常似的聊道,"读书是好,但不一定当官的都会读书,许多人甚至只知一点皮毛。如当朝年号,也不知是哪个混蛋给皇上出的馊主意,竟然会用'咸丰'。"

贝锦泉自然想不出这两个字有何不妥,好奇地问:"这有何不妥吗?"

卢以瑛用手指沾了沾茶水,在桌上边写边说:"你看,这'咸'是会意。从戌,从口。'戌'本意为'武器没有利刃',后指'老人没有坚牙利齿'。'口'指人嘴。合起来就是人嘴无牙。'咸'字拆开就是'一口戌','戌'会意,'丿'与'戈'合起来就是武器入库。这不是指国家武备松懈吗?"说到这里,卢以瑛连划三横后,恨铁不成钢地重重划了一竖,说,"更为气人的是这个'豐'字,本义尚可,但历史上却有个豐侯因饮酒亡国的典故。汉朝与班固齐名的崔駰就曾在《酒箴》中写到'豐侯沉酒,荷罂负缶,自毁於世,图形戒后'的诗句。敏修,你说说,这样的字放在一起作当朝年号,这不是想作乱吗?我料定本朝戊戌年必有大事发生。唉!估计我是没机会经历了,但你可得记住我今天的提醒,届时不但要保护好自己,更要找准晋爵封侯的机会。"

对卢以瑛前面那段卖弄似的分析,贝锦泉只听了半懂,但后半句听得很明白。屈指一算,今年是辛酉年,距戊戌年足足还有三十七年,能信这个老学究对三十七年后的猜测吗?届时能记得住这三十七年前的预测吗?话说回来,就算相信这是真的,就算届时能记住,自己也不一定能活得到戊戌年,活到也不一定还有能力做事。

卢以瑛猜想贝锦泉肯定不信自己的预测与忠告，他像一个红了眼的赌徒，毫无顾忌地亮出了底牌："我虽功名不第，但苦读《易经》数十年，能推测世事变化。咸丰帝辛亥年登基，'辛'象形，荆棘之形，在五行中属金，金带刺，不利。'亥'象形，与'豕'写法相似，地支的末一位，也就是说，一个甲子内我朝必定灭亡。"

贝锦泉起初仍晕晕乎乎听着对方讲天书似的拆字讲解，但卢以瑛说的最后半句把他吓得一个激灵，心里如平地响了一个炸雷，惊恐地抬眼向外望去。

"放心，我没有叫他们，他们不敢过来。"卢以瑛这时一反常态，甚至连眼皮都没抬一下。等贝锦泉不好意思转过脸后，他才镇定自若地再次强调自己的预测，"相信我，绝不会错！"

贝锦泉不想再扯这样的话题，于是拱手一笑："多谢卢老爷指点。"

卢以瑛见是到了交底的时候了，于是伸长脖子叮嘱贝锦泉："敏修，等你功成名就那天，千万莫忘我今日之功。"

贝锦泉巧妙地答道："只要卢老爷不嫌弃，今后我还得向您老多讨教呢。"

"好说，好说。"卢以瑛很是满意，将着短须频频颔首。

但人算不如天算，卢以瑛似乎光算了他人没算自己，就在贝锦泉再次出海后第三天，这个为功名奋斗一生的举人老爷突患急症，请遍城内郎中均无效果，于两天后，驾鹤西去。"庆成局"主持一职自然由张斯桂接任。

虽算不准自己，可卢以瑛却把贝锦泉及"宝顺轮"算得极准。一年后，浙江军务衙门主动找上门，雇佣"宝顺轮"护运粮草。当曾国藩开始攻打太平军已坚守九年的安庆时，"宝顺轮"直接被调去守江。自此，"宝顺轮"及贝锦泉等人成了准水师的有生力量。

144

第九章

DIJIUZHANG

事实再次验证卢以瑛确有先见之明。咸丰十一年冬,太平天国伪王李世贤攻占江西等地后,派大将黄呈忠和范汝增率十万太平军向无重兵把守的浙江挺进,并以所向披靡之势,相继攻取了浙江江山、遂昌、松阳等地。随后两路人马从余姚和奉化向浙东重镇宁波进发,欲以钳形攻势拿下宁波。

为了维护已取得的利益,法、俄、英、美等四国权衡一番后,决定帮助清政府镇压日渐强大的太平天国。法国专使葛罗在征得国王同意后,下令所有停泊在中国各港口的战舰与兵丁悉由清廷调遣。俄使伊格那提也夫也向奕䜣表示,送清政府一万支枪和若干门炮,同时愿从水路出兵,协助清军镇压南方太平军。七年前声明"剿贼自任"的美国,更一改常态,提出用本国轮船代运漕粮,保障清军供给。英国舰队司令乐德克则奉海军大臣何伯之命,不但警告太平军勿攻宁波,还和法国海军舰队司令卜罗德、陆军司令查绵相继赶到了宁波。

这天,宁波府衙门前的空地上停满了官轿。大门口原先神气十足的衙役心神恍惚,盯着一群在威风凛凛的石狮上跳来蹦去的麻雀发愣。不远处,轿夫们东倒西歪地围聚墙角处,小声议论着刚听到的传闻。

府衙的会客厅装饰得很有品位,精雕细琢的楠木门窗,厅内清一色紫檀木镂花靠椅,四角错落有致地摆着瓷瓶和矮松盆景,处处透着江南碧家的意蕴。大厅壁上挂了幅山竹图,虽寥寥几笔,却笔意豪瞻,层次丰富,清丽秀逸的神韵跃然纸上。可原本雅致安闲之地,此时却笼罩着一丝不安,让人感到紧张、惊惶。

端坐上首的浙江提督陈世章看上去镇定自若,但他心里清楚,这是自己努力克制下的假象,是想在洋人面前赚足最后的面子。照目前形势,即使常胜将军赵子龙再世,如何凭手上区区三千人马去抵御十几万如狼似虎的逆贼?现在城中孩子到处在传唱童谣:"'长毛'几时到?'长毛'三月十九到,宁波太爷就要逃跑了。小码头摆起鸟头炮,大城墙遍插小白旗,迎接'长毛'提早到,做官人家跑不了,有钱人家心慌慌,穷苦人家哈哈笑。"虽说这肯定是太平军奸细混在城内捣乱,但能传唱得这么快,不免让人心慌意乱。想到破城之日,就是自己断头之日,陈世章不免徒生一丝悲哀,口是心非地挤出一丝豪情:"请各位洋大人放心,老夫誓与众将士共守城池,保护诸位在宁波的生命与财产不受侵害。"

听完翻译后,宁波英领事夏福礼心里暗骂,保护我们?都自身难保了,还胡吹大牛,看来这些中国人个个都是呆头鸭,死到临头还嘴硬。不等他开口,坐在旁边的乐德克微皱眉头朝陈世章摇了摇手,说:"其实提督不必悲观,那逆首洪秀全自从在南京建金碧辉煌、侈丽无比的皇宫后,各伪王也在城内大修王府,相互攀比,尽情享乐,早没了斗志。提督当前虽兵力有限,但只需一鼓士气,遇战勿怯,奋勇向前拼杀,完全可以把那帮叛逆之徒打得抱头鼠窜。届时你不但可以伸张国法,大快人心,更可以加官晋爵。"

卜罗德、查绵与美国领事曼杰姆相互打量了一眼,彼此心照不宣地点了点头。夏福礼对乐德克不硬不软的言论非常认可,不但把陈世章等人的窘迫之境与存在的问题点得清清楚楚,而且也暗示了些什么。其实夏福礼今天一早和乐德克都接到了本国的急电,首相令舰队暗助清军守住宁波。

谁都清楚,护住了通商口岸,就等于保护了英国的利益。同时,夏福礼也得到确切消息,清廷已同意公使普鲁斯的建议,必要时,干脆由英军代守宁波,用武力阻挡太平军进攻宁波。所以乐德克说完后,夏福礼盯着陈世章把早已准备好的功课拿了出来:"富饶的浙江历来是江浙皖清军的主要饷源,自然也成了'长毛'垂涎争夺的重点。记得早在咸丰八年,逆将石达开就率军进攻过浙江,并联合杨辅清派兵挺进福建,欲另开辟出浙闽根据地,与缩居在南京的'长毛'连成一体,后来还不是照样没得逞?想逆贼以石为最悍、最谲,才智远在诸贼王之上,连这样的贼头都不成,提督大人还有什么好担忧的?"

其实夏福礼并非出于煽动,此言确为他本人肺腑之言。他对宁波的防御有十足的底气和信心,届时只要停泊在上海的战舰赶赴宁波,与驻扎本地的英法军配合,那么彻底消灭来犯的太平军真不费吹灰之力。

由于没得到朝廷旨意,在场的清官员个个心惊胆战、愁容满面。他们迫切地想借洋人之力抵御太平军的攻势,可又担心洋人不肯出手援助,更怕朝廷不认可"借师助剿"之计,反怪罪引狼入室,那就麻烦了。记得去年邸报曾说:"上年海疆不靖,京师戒严,总由在事之王大臣等筹划乖张所致。载垣等不能尽心和议,徒以诱惑英国使臣以塞己责,以致失信于各国,淀园被扰。我皇考巡幸热河,实圣心万不得已之苦衷也!"连英法联军入侵北京、圆明园被焚掠、皇都百姓受惊及咸丰皇帝出巡的责任都能推到顾命大臣头上,一旦朝廷为此事震怒,那我们还能有好果子吃?所以接到雪片似的前线惨败的战报后,守城之兵早怀有绝望之心。

看陈世章不接话,宁波知府林钧叹了口气,没头没脑地抱怨道:"唉!早知今日,就不该让'宝顺轮'调往北线。"

宁绍台道张景渠睥了一眼林钧,心想,这时后悔顶个屁用,何况一艘民船怎能力挽狂澜?罢了,还是求洋人相助吧,即使将来朝廷怪罪,那至少也度过了目前的困境。打定主意后,陈世章皱起眉头大倒苦水:"各位洋大人有所不知,想那黄、范俩逆贼率十余万悍贼,不但沿路抢杀掠夺,而且诓煽莠民,实如蝗虫过境。当然,如果中外上下能同心,齐以灭贼为志,那就……"

张景渠的话虽戛然而止,但在座的所有人都懂其意:只有洋人肯出兵援助,宁波才能守得住。

"嘎——"一只黑鸦一声尖叫,从门外高大的樟树上飞了起来。林钧心一抽,不由自主地颤了一下。为掩饰自己的失态,他干脆接上张景渠的话,厚着脸皮直接点明:"是啊,若有洋兵助战清剿,何惧这帮乌合之众。"

陈世章脸上闪过一丝尴尬,虽自己已暗示过"借师助剿"的想法,但当属下真提出这样的建议后,作为大清王朝的提督,多少有点丢脸。可转眼他又坦然了,别说自己一个小小的提督,举目望去,无论是手握重权的钦差,还是统辖军政的总督,不照样都是节节败退?泱泱大清目前有谁能挡住这帮逆贼?而一旦丢城,要么被杀,要么自裁,就算是战场上暂逃一命,那也逃不出下旨问斩的下场。反正死路一条,倒不如厚着脸皮求一条生路,于是,陈世章再次强调:"若友国能出兵助剿、运粮,那我大清不日就可以安宁。"

"这……"乐德克抢过话头后,故意沉吟了片刻才说,"可以考虑。"

绝望无助的林钧眼睛一亮,迫不及待地求证:"乐德克先生,大英国真能出兵助我守军?"

"按你们中国人的说法,君子一言,驷马难追,更何况军中无戏言。"乐德克说完摊开双手,耸肩一笑。

陈世章也顾不得礼节,凑过身讨好:"老夫这就报朝廷,只要朝廷同意,老夫愿意雇英舰代为防守。"

大喜过望的张景渠急吼吼说道:"军门,都什么时候了,还报请朝廷?'长毛'来势汹汹,容不得片刻耽搁,如果一来一去延误了军机,丢了城池,我等个个都得丢脑袋。"

看清官员这副熊样,夏福礼傲睨自若地从口袋取出急电,在空中甩了甩,举着抖开的急电气满志骄地宣布:"我大英政府已和贵国商定,决定和法国一起共同维护宁波的安全,确保这个口岸的正常运作。"

薄薄的纸片在陈世章等人眼里就像是一面旌旗,似乎千军万马正在这面旌旗的指挥下,前仆后继地奔赴宁波支援。若不是和眼前这些洋人们相识,陈世章真以为眼前的一切是佛祖动了恻隐之心,派天兵天将助他守城。

当乐德克把草拟的作战计划送抵英国后,立即得到了外相罗塞尔的批准,要求舰队一旦得到太平军进攻宁波的确切消息,便立刻派战舰赶赴宁波助战。

可事态的发展让英法等国措手不及。由于上海一直吃紧,英军战舰不敢提前调离赶赴宁波防御。结果十一月初八,太平军不费吹灰之力,顺利攻入了宁波。陈世章、张景渠和林钧等人无路可退,只得仓皇躲入英国领事馆。当英国皇家战舰"侦察号"匆匆赶到甬江口时,清守军早已溃散,"侦察号"只得与陆续抵达的战舰泊在外洋等待命令。

太平军进城后,下令蓄发易衣冠,并遍设乡官,户立名牌。得知陈世章等人在法军战舰的护送下,全部逃到了定海,黄呈忠和范汝增大怒,立即给在宁波的英法等国的战舰指挥官发了一道函。

乐德克接到并列盖有两方双龙纹朱印的函后,那软中带刺的话让他觉得胸口像被堵了一团破脏的棉絮,正要破口大骂,军士来报,说是法军舰队司令卜罗德先生求见。他只得先把那一肚子怨气咽了下去,出舱迎接卜罗德。

两人见面后,卜罗德介绍起跟在身后的年轻人:"司令官先生,容我为您介绍一下,这位是宁波税务司的日意格先生。"

乐德克马上回想起来,此人原为法国海军的一名上尉,因宁波第一任税务司——英国人华为士调任至广东,为了平衡两国,中国总税务司李泰国任命法国人日意格接任税务司一职,专征国际贸易税。这时,日意格彬彬有礼地向乐德克鞠了一躬:"司令官好!"

"嗯。"乐德克矜持地应了一下,点头回礼后,旋即邀请两人一起进了会客舱。

刚坐定,卜罗德直接说明了来意:"今天冒昧来访,只为浙海新关一事。"

乐德克估计太平军既然敢找他的麻烦,自然也会找海关的麻烦。这些叛军为什么打宁波,还不是为了肥得流油的税收。果然,日意格马上接口请求:"司令官先生,中国叛军抢占了浙海新关,并颁布新税则。我们急需您的战舰作强大后盾,迫使那些强盗乖乖听从我们的命令,就像当年清军一样。"

原来,黄呈忠和范汝增在给舰队司令官发函的同时,把"浙海新关"改为"天宁关",驱逐所有清官员与洋人,命太平军士潘起亮担任新的税务司,公布新的税则。

卜罗德觉得日意格没有把问题说到点子上,于是不等乐德克反应,旋即又补充道:"新税则虽轻了不少,但税收全由太平军掌控,更为严重的是,他们严禁鸦片进口!"

乐德克一听就急了。鸦片是中国重要的进口物资,也是主要税收来源。没有鸦片,英国人只能眼睁睁地看着白花花的银子如江河之水,源源不断地流向中国。乐德克挥舞着拳头,一脸正义地吼道:"为了鸦片的正常贸易,我们两国将士已付出昂贵的代价。作为军人,我们必须维护本国商人的正当利益!"

"这次没料到太平军的攻势会如此迅速,我们有必要再次联合,动用战舰与大炮,彻底歼灭太平军在宁波的势力。"

乐德克听出了卜罗德的弦外之音。对方想开仗,想与太平军一决雌雄,但又担心难以挫败业已强大的太平军。是的,如果失手,那不但危及在宁波的商人、传教士的生命与财产的安全,更会让自己的声誉被毁。想到这里,乐德克拿起桌上的杯子,连喝了几口水,似乎要把胸口那团无名火浇灭。考虑成熟后,他斟酌着说道:"一旦开战,我们必须要有胜利的把握。目前,我大英舰队在镇海口只聚集了三艘战舰,法舰均守在上海。依我之见,当迅速调集战舰,同时有必要让清军正面反扑,对太平军江陆夹击,一举歼灭这股叛军。"

日意格一听不是立即出舰攻打,而是等调集战舰与人马再战,不甘心地马上盯着乐德克追问:"那现在只能眼睁睁看着这些强盗从我们手中夺走海关?"

乐德克顿时明白过来,估计是卜罗德被日意格"纠缠"得无招了,才带此人来战舰,目的是要在日意格面前证明自己不是个窝囊废、怕死鬼,避免在本国有负面影响。乐德克转头望了卜罗德一眼,只见对方会意一笑,随后闭目搓脸不再吭声。乐德克暗乐,好你个狡猾的卜罗德,竟然拿我当挡箭牌,看在往日交情的份上,今天就配合你一下吧。于是换了口吻对日意格说:"年轻人,清廷自然比我们更急,还是让那个新任浙江巡抚的左宗棠来唱主角吧,我想用不了多长时间,他们就会调兵反扑宁波。"

"难道我们只能坐待战机?"日意格忧郁的眼神透出极度的无奈与失望。

乐德克摇了摇头,口是心非地说道:"作为军人,我们必须头脑冷静,不能说想打就打,我们要对每个士兵负责,只打有把握的仗。更何况相比宁波而言,上海才是膏腴之地,现在上海吃紧,当以保这个大通商口为主。"

日意格读得懂对方的肢体动作和表情,知道不可能说动两国战舰的司令官了,于是心灰意冷地跟着卜罗德离开了英国的战舰。

没过多久,左宗棠果真率军由皖南分兵直入开化,拉开了与在浙太平军的恶战战幕。

这天,左宗棠正在营中与众将商议进军计划,突有兵勇来报:"左帅,营外有个自称是宁波税务司日意格的洋人求见。"

"洋人?"左宗棠的大脑飞速转起来,来人为何求见自己,是为讨要战争赔偿?是来通风报信?是洋兵前来助战?左宗棠很快否定了后一种猜测,出兵不可能让税务司的人来洽谈。就在他沉吟之际,坐在旁边的刘师爷边回想边说:"这个日意格目前虽为浙海新关税务司,但他出身军人世家,曾参

与波罗的海、克里米亚之海战,并于咸丰七年参加过英法联军侵占广州。据说此人不但说得一口流利的中国话,且对礼数、公牍亦有所熟谙。想必今日到访必与当前战事有关,与宁波有关。"

"唔。"左宗棠心想,自己刚否定来人与战事有关,难道自己是判断错了?

看左宗棠只是应了一声,没有接话,刘师爷知道东家在等自己继续分析及建议,于是接着说道:"自上月初十上谕明确'借师助剿'之策后,各地洋人纷纷响应。他们或攻剿发逆,或教铸枪炮。当然,这些重利的洋人热衷战事,其目的无非想保障他们的巨利。而我们恰恰可以利用他们的贪欲为我们所用……"

刘师爷看左宗棠收紧下巴点了一下头,就刹住话头不再言语。果然,左宗棠盼咐兵勇:"让他进来。"

不一会儿,只见日意格迈着不慌不忙的脚步进了大营。机灵的他扫了众人一眼后,不亢不卑地打了个千,用一口流利的中国话自报家门:"宁波税务司日意格参见左大人。"

左宗棠见眼前这个洋人不但会说中文,而且还行大清的见面礼,心里直乐。这些年,洋人倨傲无礼,专横跋扈,据说就是见了皇上也不肯下跪。可现在这个洋人却按大清礼节屈膝弯腰,足见其诚意。左宗棠心里虽高兴,但脸上的表情依然有不可冒犯的威严,淡淡招呼:"请起。赐坐。"

"谢左大人。"日意格起身后,大大方方地落座在亲兵搬来的椅子上。

等对方刚坐定,左宗棠立马发问:"来本抚大营有何要事?"

日意格知道这种没有称呼直接的发问很不友善,甚至有催促自己离开的意思。他佯装不知,抱拳恭敬地回道:"在下前来投奔左大人,愿为左大人效犬马之劳。"

左宗棠用余光发现刘师爷在对自己挤眉弄眼,没理会对方,仍面无表情地追问日意格:"你本法人,为何不效劳法军?"

左宗棠的话像一阵刺骨寒风,让日意格心生寒意。在中国已有数年,日意格清楚中国官员办事一板一眼,对洋人或外来事物有种天生的排斥感。他定了定神,坐直身子直视左宗棠:"回左大人,在下本就是法舰军官,年初脱下军服到宁波税务司,职责就是做好税务司的各项事务。"

左宗棠自然不会信日意格的这番花言巧语,但心里还是有所触动。不等他开口,一旁头戴蓝宝石顶花翎、身穿绣着花豹补服的参将突地站了起来,指着日意格厉声呵斥:"抚台面前不得无礼!"

刘师爷赶紧打起圆场:"布将军息怒。"然后转脸朝向日意格,"洋大人,为何投奔左大人?敢问你有何本领?"

日意格打量了对方一眼,看来面前这个穿长袍、手握折扇的人就是巡抚延聘的师爷。想此人虽无实职,却因与巡抚亲近,往往有着比一般官员更多的权势,于是谦恭地回道:"回这位爷,左大人德威并存,有志之士谁不想投奔左大人?要说本领,在下熟悉轮船与枪械。"

日意格话音刚落,左宗棠旋即又问:"你意在本帅大营做何?"

日意格心里一喜,既然对方问自己的打算,那只要想法或建议合对方胃口,就可以实现自己的意愿。他侃侃而谈:"左大人,美国人华尔仅仅在贵国'孔夫子号'炮艇上当过大副,为阻止太平军攻占上海,于危难中领命组建'洋枪队'。他虽在战场上身负重伤,但伤刚愈,就领兵始终冲杀在前,为早日戡平叛乱而尽力。今年初,'洋枪队'配合英法及清军,成功击退了围攻上海的太平军。就是当今的中国皇帝,也赐华尔官衔,上谕'洋枪队'为'常胜军'。"

刘师爷暗吸一口冷气,看来此人不但是个中国通,而且能言善辩,看似没有正面回禀左大人的询问,却在不卑不亢中,把洋人的忠勇及作用分析得有根有据。这种含蓄答复得很有智慧,既避免了直言可能造成的反感或误会,又能直接挑明结果。果然,左宗棠听了后心旌飘摇,是呀,他李鸿章能建洋人军队,我左宗棠何尝不可?让洋人为我所奴,这不是我朝所愿吗?想到这里,左宗棠往椅背上一靠,歪头盯着对方问:"莫非你也想建一支'洋枪队'?"

"NO。"日意格摇了摇头,旋即手一挥,意气风发地说,"在下要为左大人建一支'常捷军'。"

"好!"左宗棠没想到眼前这个其貌不扬的洋人如此会说话,不是说自己想建,而是说为我而建,且这个"捷"比"胜"用得更妙,大有压倒上海"常胜军"之意。左宗棠心想,如果手上真有一支能捷报频传的军队,那自己在朝中的威望必定再增。唉!既然当初走不通科举之路,那就干脆在军功上为自己赢取更好的仕途,而且要比那些进士走得更远,走得更高。想那无补于世的四书五经和时文八股,其实早就为有识之士所诟病。武举更为荒唐,仍沿袭上千年的弓马和所谓"韬略",这样取士如何安邦定国?左宗棠松了松身,捋着胡须再问:"建这样的军旅最快需多少时日?"

日意格轻吁了一口气,对颇有儒将风度的左宗棠越发有好感。现虽兵荒马乱正急需用兵之际,但人家根本没有催逼队伍立即上阵之意,不像有些武夫将领,恨不得拉来壮丁就上战场,管你是死是活。日意格把胸一挺,伸直三指说道:"左大人,从招募到站队,再到洋枪、洋炮的练习,三个月定能上阵。如果攻打宁波贼兵,'常捷军'可作先锋。"

"嗯。"左宗棠虽已决定组建"洋枪队",但绝不放心让面前的这个年轻洋人去做主帅。当然也不能安排自己人带队,不然"洋枪队"又成了绿营军。思索沉吟间,左宗棠无意间瞟到木架上与盔甲挂在一起的短枪,立马想起赠枪人——法国海军军官勒伯勒东。对!就请此人为统领,日意格任帮统。

日意格看左宗棠支吾一声后没再吭声,误以为他对自己不放心,不安地眨着眼皮和盘托出早已想好的计划:"左大人,如要攻下宁波,必须要有一支强大的水军,肃清江面贼兵,然后水陆并攻,不出十个时辰,必定克复宁波。"

话音刚落,之前呵斥日意格的那位布参将转身向左宗棠拱手请命:"抚台,末将愿为水军前锋。"

刘师爷了解布兴有,此人性格急躁,虽勇有余,却少谋。而对手非等闲之辈，不但狡猾善战，且战船大炮多。相反，水师战船大炮配置却严重不足，射程也短，若光凭激勇硬拼，一旦前锋受挫，士气必定大大削弱。于是直面提醒左宗棠："大人，'长毛'实力本就不可小觑，上月又向上海饴太洋行购买了3046支洋枪、795门洋炮及10947磅火药，其火器精利不但远优于我军数倍，且宁波城高墙厚，水师炮火难压逆贼火力，届时还请英法两国战舰相助。"

左宗棠神情黯然地点了一下头，不但痛心"长毛"所掠金银竟半数归了夷人，更担忧这些火器会让各路人马在攻城时死伤大增。没想到日意格听到这里插话建议："大人，可以调'宝顺轮'回宁波参战。"

布兴有本被刘师爷前面一番话说得神情沮丧，心里暗自嘀咕：刘师爷你这是长他人志气，灭自己威风。凭什么非要洋人来助战？有洋人参战，就算是攻下城，那头功还不是被洋人所夺？所以听到日意格的建议后，布兴有眼睛一亮，觉得这是利战又利己的上上策。"宝顺轮"的战斗力他早有耳闻，更为宽心的是轮船至今尚未属水师管辖，因此不用担心其抢功，能分一小盅残羹足以让他们满足。鉴于此，布兴有马上接口："抚台，若能让'宝顺轮'返乡助战，可与我水师战船扼守甬江，四面兜剿，宁波城内贼王不日必授首。"

布兴有虽是个大老粗，但此时却神不知鬼不觉地把日意格建议的"'宝顺轮'返乡参战"，悄悄改为"返乡助战"。对于布兴有欲独揽大功的念头，左宗棠看得一清二楚，他决定还是请洋人助楚军攻城。入浙是关键之战，不但要保证必胜，而且是大胜、完胜，决不能冒险，更不能冒失，不然苦苦经营起来的楚军有可能一役全毁，昔日苦功便灰飞烟灭。对于声名鹊起的"宝顺轮"，左宗棠早有耳闻，也有心把"宝顺轮"纳入旗下，这次克复宁波也算是天赐良机，决不能错过这样的机会。就在左宗棠准备表态之际，蓦然觉得日意格的建议有点怪异，为何要提"宝顺轮"返乡参战？难道洋人也怯战？难道洋人舰队不肯援助？再细想，左宗棠明白了，日意格不过是税务司官员，今日

来大营只是想借助自己手中的权势组建"洋枪队"并在中谋职,根本不知道洋人舰队的情况。想到这里,他乐呵呵地指着布兴有打趣:"兴有,'宝顺轮'早年可是灭海盗而出名,难道你不知?"

布兴有脖子一梗:"不怕抚台见笑,末将早已归顺朝廷,现所有弟兄都是抚台的水勇,与海盗无关。"

"呵呵,老夫知道那两千或被歼或被抓捕的海盗与尔等无干,不然你也不可能坐在老夫面前,而是在阎王爷前做小鬼了。"

面对众人的善意哄笑,布兴有也不觉有什么不好意思,讪笑着抱拳答道:"末将宁可在抚台帐下为奴,也不愿在阎王爷殿前为将。"

左宗棠听得很舒坦,脸上的褶子似乎被熨平了许多。

在左宗棠的奏请下,朝廷同意组建"常捷军",批准法国海军军官勒伯勒东任统领,日意格任帮统。二十七岁的日意格终于再次穿上军装,只是这次穿的不是法军军服,也不同于大清的兵勇服。由于"常捷军"是用花布包头,所以世人戏称为"花头勇"。

在左宗棠的疏通下,"宝顺轮"也得以奉命回宁波参加攻城之战。已有两年没回宁波的"宝顺轮"终于载着思乡心切的船员,劈波斩浪,向宁波驶来,与汇聚在镇海口的英法战舰会合。

这天,范汝增在完成首王晋升仪式后返回宁波时,守城的黄呈忠为庆贺范汝增晋位,下命沿江炮台鸣炮欢迎。有几颗炮弹因射偏打到了江北岸,一颗炮弹在教堂前爆炸,正绞尽脑汁企图向太平军发起进攻的英法等国立马以此为用兵借口。在攻下镇海后,迅速沿江而下,把战舰驶到了三江口,并向太平军连放炸子炮。顿时,城堞被雨点般的炮弹炸得碎石飞扬,浓烟滚滚。

与此同时,"宝顺轮"和布兴有的战船旌旗映日,锣鼓喧天向三江口驶来,所有的大炮也向城内的太平军发起了猛攻。太平军占据城墙优势,新添置了大炮使其如虎添翼,炮弹不时落在江面的战船上爆炸起火。

为了提高"宝顺轮"上大炮的命中率,贝锦泉瞄准时机与空档,命贝珊泉立即穿插上去。"宝顺轮"顿时由接应变成了先锋。面对密集的炮火,贝珊泉紧握舵盘,压低身子缩着头大声问道:"大哥,此处太平军怎么如此厉害?"

贝锦泉迫切希望能一鼓作气攻下宁波,屈指算来,已有半年没有收到家信,不知父母和小洁可好,也不知儿子现在长什么样了。当他扭头看到三弟的动作与表情后,有些愠怒,本想呵斥,可同胞之情又让他于心不忍,于是耐心说教:"以前海上缉盗那是猫捉耗子的游戏,现在才是真正的战争,是两虎相斗的残酷……"

话还没说完,只听"轰"的一声,轮船甲板中弹后燃烧了起来。贝珊泉惊呼道:"大哥,炮火太猛了,赶紧后撤吧?"

贝珊泉的手刚触到轮机转向杆,贝锦泉转身甩手一个巴掌结结实实打在了他的脸上:"滚!若你惜死可自去,此轮为我冢也!"说完,推开被打懵的贝珊泉,一把夺过舵盘亲自操纵起来。

"大哥,我错了,我马上带人灭火。"贝珊泉羞愧不已,捂着脸匆匆下舱。

贝锦泉把辫子往嘴上一咬,重新调整轮船角度。当轮船前炮再次发炮后,炮弹不偏不倚,正好穿断城楼大旗,五彩绮罗上绣有"太平天国"的旗帜随风飘落。

"好!炸得好!"不光是"宝顺轮"的船员,所有参战攻城的人都为之一振。

贝锦泉也为轮船无意中立下的一功而兴奋。记得战前左宗棠还以"宝顺轮"虽剿盗有功,但从未遇大敌、未经大战和恶战为由,令贝锦泉开战后不许当先,在与贼交战中待知晓对方的伎俩后,方可独当一面。贝锦泉当时对这个"万全之计"非常窝火,按巡抚的意思,"宝顺轮"只能作为接应,看前队人马奋力厮杀。现在这一炮虽然有点侥幸,但不管怎么说,绝对有鼓舞士气的大功,足以让自己扬眉吐气一回。就在贝锦泉胡思乱想之际,他看到城楼上有一头裹红巾,身穿短衣的男子跃身托起飘落的旗帜,顺手往头颈上一绕,跑到旗杆处,竟然冒着炮火向上攀爬。顿时,城墙上的呼声响彻云霄。

刚进驾驶舱的沈仁发看得目瞪口呆,喃喃地自言自语:"天,真没想到

太平军有如此神勇之人。"

望着熟悉的攀爬身影,贝锦泉心里嘀咕开来:难道此人就是失踪多年的师父老杨头?不可能!师父不但是满族人,而且还是"健锐营"子弟,太平军岂能容忍这样的"异类"?可若不是师父,这世上还有谁能在隆隆炮声中有这等胆魄攀爬旗杆?难道师父隐姓埋名沦落为草寇?如果真是师父,又该如何营救他?贝锦泉不敢多想,更不敢分心,努力集中精力操控舵盘。

在亲兵的护卫下,左宗棠此时骑着高头黄骠大马在小坡上观战,身后几支人马摩拳擦掌,欲夺进城首功。其实左宗棠也急欲挥师攻城,但他知道,现在不是冲锋的最佳时机。攻下宁波早已成定局,城内守军再负隅顽抗也不可能挡住他的铁骑,只要沉稳,完全可以用小代价取下这个囊中之物。于是,左宗棠打定了主意,让洋人的战舰和水师战船耗尽太平军的最后一口气,尽可能让陆路人马攻城时轻松些。在看到被击落的"太平天国"大旗时,左宗棠放下望远镜,一脸喜色地问:"谁打下'长毛'大旗?"

"禀抚台,是'宝顺轮'。"

左宗棠重新举起望远镜,望着几乎冲在最前面的"宝顺轮",多少有点意外。战前还一度担心"宝顺轮"遇恶战会胆怯或退缩,现在看来这艘轮船果然名副其实,不负众望。左宗棠扭头吩咐:"给'宝顺轮'记下军功!"

"嗻!"

记功都司应声未落,只听"轰"的一声巨响,江中有艘战舰冒起一团浓烟。

左宗棠心一惊,问:"何国战舰中炮?"

"好像是法国战舰。"刘师爷立即让探子前去打听。所有人的心情似乎都被法国战舰上的浓烟所笼罩,刚才的喜庆气氛顿时荡得无影无踪。大家都清楚,战场宁可战死一员清军副将,也不能倒下一员洋兵,更不能让洋舰有所闪失,不然后续抚恤有的麻烦。刘师爷偷偷瞄了一眼左宗棠,东家表面上虽镇定自若,但内心肯定非常焦躁。他暗暗祈祷,但愿洋舰、洋兵均相安无事。

"报——"快马终于向这边折返冲来。快到跟前时,探子翻身下马,一扔缰绳,快步跑到左宗棠面前禀报:"报抚台,法国'无敌号'战舰被'长毛'火炮击中,耿尼司令战死舰上。"

左宗棠大吃一惊,'长毛'怎么会打中洋人的战舰?而且竟然把洋人的水师提督给打死了。想当年洋人兵犯中国,数十万人马也没打死洋提督这样的将领?就在他困惑不解地举起望远镜再次向江面望去时,只见挂英国旗的战舰也冒起了一团浓烟。左宗棠顿时怒从心起,递开望远镜,伸手一张:"令旗!"

"嗻!"亲兵立马把令旗呈到左宗棠手上。随着左宗棠举旗振臂一呼,四处旋即响起比炮声更为震耳欲聋、更为持久的喊杀声。一支支人马争先恐后地向和义门冲去。城墙上的太平军虽奋力反击,但蜂拥而至的左宗棠大军像疯了一样,不要命地踏过层层叠叠的尸体,或冲撞城门,或攀登城墙,或蹲身向城楼射击。城墙上渐渐尸首成堆,人心惶惶。黄呈忠和范汝增见大势已去,分别带着各自的部众打开西门和南门,慌不择路地向余姚和慈溪两地逃窜。

贝锦泉驾船靠岸后,令贝珊泉带十人留守轮船,自己则率领兄弟们操上兵器也冲进了城。与其他人不同,贝锦泉进城的目的不是杀敌立功,而是找到那个攀爬旗杆之人,无论对方是死是活。若真是师父老杨头,战死了也要偷葬,以报往日师恩。若侥幸还活着,就赶紧给他剃头,换上自己的外套设法让其趁乱逃出城。所以上岸前,细心的贝锦泉不但揣了几锭银子,还特意带了一把刮刀。

当贝锦泉带着弟兄们随大军冲到宁波府前时,眼尖的他看到一张熟悉的脸,再细细一辨,没错,是当年"加达轮"上的密。密没发现贝锦泉,慌里慌张护着一个包袱贴着墙根向前逃窜。

"哪里跑!"随着身后一声断喝,一支利箭射穿了密的心口。只见密一个跟跄扑面倒地,他顾不上滚落的假辫帽子,披着散发拖着包袱挣扎着向前爬去。一兵勇上前抢过包袱，一脚踢翻密，利索地在其脖子上抹了一刀。

骑马头领挂弓接过包袱，手一招，率兵勇又向前冲去。贝锦泉乘人不备，悄悄捡起假辫帽子，并神不知鬼不觉地迅速揣入怀中。

城内太平军要么战死，要么跟随黄呈忠或范汝增已逃出城。贝锦泉转了大半天，也没能再发现一个活的太平军，更不用说那个疑似老杨头的踪影。

宁波城虽如愿一次被攻克，但损失不小，尤其是洋舰，不光法军舰队司令耿尼战死，英舰副司令科诺华也毙命江中。左宗棠进府衙安顿后，立即命人清理战场，并在犒劳三军将士的同时，发告示安抚百姓，开设粥厂，接济灾民。

看诸事安顿妥当，贝锦泉告假带弟兄们坐快船回到了镇海憩桥各自的家中，看到阔别两年的父母妻儿在战乱中均安好，悬着的心终于放了下来。可次日一早，有快马来报，说左大人令贝锦泉速到宁波府衙商议军情。贝锦泉心一紧，以为太平军反攻宁波，赶紧让三弟通知弟兄们立即回"宝顺轮"，自己则和来人分别骑上快马迅速赶往宁波。

当贝锦泉来到府衙大堂，众多将领已正襟危坐，一亲兵上来领贝锦泉在最外侧坐定。等各路将领到齐后，左宗棠带着刘师爷走进大堂。众将领参拜落座后，左宗棠示意刘师爷开门见山介绍起军情："各位将领，黄呈忠和范汝增两贼残部尚未剿灭，'长毛'伪王李世贤也欲率兵反攻浙江。浙江历来是粮赋之地，更是江浙皖三地清军的主要饷源，'长毛'对此宝地垂涎三尺，得浙江不但可以打通洪逆南京粮道，更可以巩固洪逆南京城防。所以我军若能击退李贼此番进攻，使浙江不再失守，终足致洪逆等死命！"

贝锦泉心头一热，自己不知不觉中竟然成了巡抚大人手下的将领。他蓦然回想起当初卢以瑛的提醒，没想到今日还真向巡抚大人靠拢了。听完刘师爷的介绍，贝锦泉马上明白了，原来巡抚是想分兵抵御太平天国侍王李世贤的进攻和追剿黄呈忠与范汝增残部，没等他思索如何选择，只见一管带抢先拱手说道："抚台,此番入浙我军虽仰仗天威节节取胜,但我劳彼逸,且洋舰受损,一时难以全力相助,恐难与叛贼争水道。更何况李贼目前其势甚雄,卑职以为我大军暂不求与其速战,应深壕固垒,静观其变,择机一击而胜。"

话音刚落,布兴有猛地起身,可还没开口,一亲兵进来禀报,说是陈世章率张景渠和林钧求见巡抚大人。

"丢城守将有何脸面见抚台?!"一副将拍着座椅把手怒斥道,身上的盔甲发出沉闷的撞击声,让人不寒而栗。

刘师爷不慌不忙地轻轻拍了拍手中的折扇,皮笑肉不笑地替陈世章等人分辩:"抚台,此三人罪可诛。但当时兵寡器劣,面对十几万豺狼之师,他们确也无计可施,实难究其责啊。"

左宗棠睥了一眼刘师爷,估计这个绍兴师爷暗地得了张景渠的"关照",欲为陈世章等人开罪。眼里揉不进沙子的他当即打定主意,这几天就把刘师爷给辞了,决不能留吃里爬外的幕僚在身边,不然哪天被设了套还不明原因往里钻。路归路,桥归桥,左宗棠也懂为官的苦与难,决定在向朝廷进折前,给这三人将功折罪的机会。想到这里,他拉着脸冷冷地说道:"让他们进来。"

不一会儿,陈世章居中,张景渠和林钧一左一右缓半步进了大厅。三人伏地叩首:"罪官拜见抚台。"

当三个鸠形鹄面似饿夫的属下迈入大厅那一刻,左宗棠心已软三分。三人倒地后的惊颤声腔,又让他心再软三分。可一想到三人有失城之过,不由得怒火顿生,双眉一挑,脸色冷峻,举起惊堂木一拍,厉声喝问:"尔等还有何脸面见老夫?!"

陈世章等人开始还为下跪在当初过堂审问他人的地方尴尬不已,耳际突然传来惊堂木"啪"的巨响,心里已是一阵发怵,等左宗棠喝问后,三人更是心惊胆战,趴低了身子不敢大喘气,就像三只受到惊吓把头埋入翅膀的小

鸡。与三人的心情骤然相反,刘师爷此时神色安然。他太了解东家了,越是声色俱厉,越能得以宽恕。

陈世章哆哆嗦嗦地哀求:"抚台息怒,我等失城后也是愧愤交加,寝食俱废。今拜见抚台,望抚台允我等在营下戴罪立功。"

"丢城损兵,老夫理当把尔等褫职枷示!"刘师爷听到这里彻底定下了心,"理当"的潜台词就是"放了这一马"。果然,左宗棠轻移了一下身子,虽然脸还是拉得长长的,但语气缓和了不少,"但念尔等尚有廉耻之心和立功之意,暂且把罪记下,待尔等用军功赎罪。"

陈世章似乎看到了生命转机的曙光,忙不迭地叩首谢道:"谢抚台!"

想陈世章等人知耻必后勇,同时也考虑自己留于此难成先锋,于是贝锦泉瞅准机会起身拱手请命:"抚台,在下愿助陈大人一臂之力。"

左宗棠颇为意外,人往高处走,水往低处流,大堂没有哪个将领愿随戴罪之身的提督效命,今非水师的贝锦泉却主动请缨,此心可褒。他赏识地望了一眼对方,推心置腹地告知说:"你,老夫另有重用,追剿'长毛'残部不需轮船。"

贝锦泉心中暗喜,看来前一仗已让巡抚大人改变了看法,准备让"宝顺轮"参与与'长毛'伪王李世贤的恶战。

等贝锦泉应声落座,左宗棠当即下令,命陈世章五天内攻下慈溪,歼灭黄呈忠和范汝增的残部。

由于范汝增和黄呈忠提前率军士深挖坑道,高垒城墙,水隘处还打起了木桩,使战船无法驶入。张景渠虽两次亲率人马强攻,可均被守城的太平军击退。面对牢固的防御工事和成堆的尸体,张景渠急得团团转,却束手无策。

军情传到正与李世贤恶战的左宗棠大营中,左宗棠怒不可遏地撤换下张景渠,任命曾在前巡抚王有龄前听差多年的史致谔为新宁绍台道,并令勒伯勒东和日意格率已训练成熟的"常捷军"赶往支援。

史致谔刚上任,恰李鸿章念往日旧情,命华尔迅带"常胜军"一千人马,从上海赶往慈溪助战。几乎同时,布兴有和贝锦泉也奉左宗棠之命,分率"广济军"和"宝顺轮"赶到阵前。因左宗棠命两人归华尔节制,于是安下营寨后,贝锦泉随布兴有去参见华尔。布兴有看到一身戎装的华尔后,犹豫片刻打千儿请安:"末将参见协台。"

"免礼!"华尔虚抬了一下手。

布兴有心里暗乐,看来这位洋副将真的是归化入籍了,不但中国话说得那么标准,甚至连官场礼节都如此娴熟,动作老道,难道当初在"孔夫子号"炮船上真受了孔老爷子的教诲?就在布兴有起身想着如何介绍贝锦泉之际,华尔却手一勾:"跟我来。"说完,转身捷步向一小土坡走去。

布兴有只好甩下贝锦泉,迈开大步赶紧跟上。登上土坡,布兴有觉得华尔绝非花架子,敢在隆隆炮声中上毫无遮挡的前阵,不但要有敏锐的眼光,更要有非凡的勇气。就在华尔意气风发地指点布兴有攻打目标时,黄呈忠也观察到了山坡上的洋将,顿时,新仇旧恨涌上心头。就是这些洋夷,把万恶的鸦片弄到中国;就是这些洋夷,把持关口,收取关税;就是这些洋夷,与清廷沆瀣一气,狼狈为奸,痛杀太平军。黄呈忠命两门靠近土坡的火炮悄悄对准洋人,欲为冤死的将士们复仇。

两门火炮几乎同时发出震天怒吼,炮弹拖着两道轻烟向小土坡砸去。其中一颗炮弹不偏不倚正好在华尔身边爆炸,气浪把华尔和布兴有高高掀起,又重重砸落。

"将军!"随从人员冲上土坡,各自抱起血淋淋的头领叫唤。

布兴有慢慢睁开眼,旋即急吼下令:"快,快撤离此地。"

贝锦泉赶紧指挥众人抬起布兴有和华尔急匆匆往坡下跑。两队人马刚撤离,小土坡果然又连续响起两声巨响。

众人一口气跑到慈湖边。"常胜军"的兵士赶紧去找随军医生,贝锦泉也命人唤郎中过来。两边人马各自在湖中拧了几块布巾,替华尔和布兴有擦拭被烟火燎过的脸。布兴有的脸色与呼吸终于平缓了下来,但边上的华

尔却没有如此幸运，由于一块弹片击穿了胸膛，鲜血不断从前胸和后背涌出。昏迷中的华尔任凭众人哭喊，也无力睁开眼睛。

"常胜军"副头领白齐文就地安葬了华尔遗体后，命炮队向守城的太平军发起猛攻。一颗颗开花炮呼啸着自空中击下，城墙上弹落石裂铁飞，哀号声绵绵不绝。等几轮炮声过后，"常胜军"争先恐后地涌向城墙，陈世章和布兴有也赶紧率本部人马发起了冲锋。就在这时，边上又杀来一路人马，贝锦泉止步定睛一瞧，握着长长指挥刀的正是日意格，原来他率"常捷军"先遣部队也赶到了。四路人马或扛枪抬炮，或挥舞着雪亮大刀，或弓弩齐射，争先架梯攀城向上冲杀。顿时，城楼与城下升腾起股股浓烟，到处是黑压压的人群。两军饥不得食，渴不得饮，疯狂地绞在一起拼命厮杀。有人杀红了眼，干脆抱上对手，毫不犹豫地就从高高的城墙向下滚落。

清军各路人马涌入城内后，开始分头兜剿来不及逃走的太平军残部。砍得卷了口的钢刀划出一道道血色的弧线，在夕阳下闪着瘆人的寒光，慈溪城瞬间成了人间地狱。在喊杀声、哭叫声、求救声、告饶声中，一股抢劫风如同蔓延传染的可怕病菌，迅速在各路人马中扩散开来。不时有人持枪操刀冲进民宅，没有剃头者当即被处死，细软则被哄抢光。随着巷战的深入，每人身上背的包袱越来越沉，越来越大。

此时，贝锦泉身上也背了个包袱，与其他人不同，他包袱藏有一把刮刀、一顶带假辫的帽子和一身外套。无情而残酷的杀戮无法消除贝锦泉内心的迷惑与侥幸，在狂吼与惨叫声中，率弟兄们奋力冲杀，努力寻找那个熟悉的身影。

"贝督，上面有人！"眼尖的沈仁发抢前几步，伸手挡住了走在最前的贝锦泉。

顺着沈仁发手指的方向望去，若不细看，根本发现不了高高屋檐下倒悬一名裹头巾、穿短褂、嘴衔腰刀的男子。听到沈仁发的叫声后，男子一提身，左手攀住屋顶，敏捷一跃，立马蹿上了马头墙。

"看你往哪里跑！"屠才友迅速拔出匕首准备抢下此功，可不曾想贝锦泉猛地挥臂挡住了他："慢！"不等屠才友反应过来，贝锦泉又指着马头墙催促，"用石头给我打下来！快！"

屠才友哪懂贝锦泉用意，暗暗叫怪，用匕首直接结果了对方不好吗？难道非要活捉？万一此人下来拼命反抗，那岂不自找麻烦？贝锦泉见屠才友没动静，眼瞪得像铜钱，踹了对方一脚，指着已跨向最后一道马头墙的男子厉声敦促："快！快打！"

屠才友不敢多嘴，从腰袋掏出一颗光溜溜的鹅卵石，手一扬，不偏不倚，正好打在男子脚踝上，只听"啊"的一声，男子应声重重坠落在地。

众人提着各种兵器争相涌上前，可贝锦泉却举剑喝止："都给我站住！"

看着一脸怒气的贝锦泉，众人你望望我，我望望你，不知所措地站在原地。

其实看到倒悬在屋檐上的男子第一眼时，贝锦泉就觉得此人很像师父老杨头。当男子用左手翻上马头墙的那一刻，贝锦泉已认定此人就是师父。所以看到屠才友欲甩匕首，他当即伸手阻拦，怕一不小心要了师父的命。起初，贝锦泉想放师父走，可这个念头旋即就被打消了。此时城内全是剿杀太平军的各路人马，师父不但没有剃头蓄发，甚至还穿戴着太平军的服饰，即使有地缝，也难逃一劫。与其落入他人刀口丧命，不如让师父受伤留命。所以打定主意后，贝锦泉急命屠才友用石头打下对方。当男子坠落后，贝锦泉彻底证实了攻宁波城时的直觉，那个冒着炮火攀爬旗杆的"长毛"就是师父老杨头。

倒地的老杨头仍紧握腰刀，艰难翻过身，靠着墙根撑地，目光触及贝锦泉时，突然闪过一道精光，正欲开口，可迟疑了一下，终于还是紧抿干裂的双唇不作声。

望着师父难以启齿的尴尬表情，贝锦泉心如刀绞。虽然两人时隔数年再相遇，可各为势不两立的两方效力，所以不可能在你死我活的战场上相认,尤其一方已成败局,相认只会给对方带来无尽的后患与痛苦。贝锦泉觉得今日很像师父当年奋力砍帆后的场景,急需有人呵护与安慰,于是把手中的剑递给身后的兄弟后,缓步向老杨头走去。众人不明所以,也握着兵器紧紧地跟在贝锦泉后面,就像一群张开獠牙的猛兽扑向垂死挣扎的野牛。

老杨头面无惧色,缓缓地举起腰刀,刀尖向前,目露凶光,随时准备一拼。贝锦泉一惊,扭头发现身后的弟兄后,立即吩咐沈仁发和孙晓云:"你俩带人退守在街两头,不许任何人进来!"

"嗾!"沈仁发和孙晓云马上带人去分守街两头,贝锦泉重新向老杨头走去。在离老杨头两三步后,贝锦泉缓缓蹲下身子。只见老杨头手上的腰刀随着贝锦泉下蹲的身子开始下垂,最后手一松,"咣当"一声,腰刀被丢弃在地。

贝锦泉压着嗓音叫道:"师父……"

"你认错人了!"老杨头偏着头,极粗暴地打断了对方的话。

"不,不会错,绝不会。"

老杨头不屑地纠正:"吾乃堂堂天军师帅,怎会见过你这清妖!"

贝锦泉失声惊叫:"师父,您可是大清皇族呀。"

老杨头似乎被激怒了,怒目圆睁,咬着牙呵斥:"放屁!快给本师帅住嘴!"

贝锦泉正想劝说,突然街北头传来吵嚷声,心一怔,再也顾不得其他,迅速从包袱中抽出刮刀和帽子,上前往老杨头手中一塞催道:"师父,快刮头换帽子,我掩护您逃出城外。"

可没想到老杨头接过带假辫的帽子后,一把扔过屋墙,怒斥道:"此等妖器怎可污我天军师帅高贵的头颅!"

贝锦泉再也不顾尊师之道,低声强令:"今天必须听我的!"

老杨头犹豫片刻,指着腿也放低了声音:"如此重围怎么走得脱?"

看师父松口,贝锦泉心中一喜,忙不迭地点头:"肯定行。"

老杨头试探:"求你一事行吗?"

"行!快说!"贝锦泉想也没想当即应允,能救师父一命即使是天大的难事也要想方设法办到。

老杨头顶起拇指朝院墙指了指:"里面院子里有口水缸,我的师尉藏在里面,此人跟我多年,你放他一马。"

师尉?贝锦泉马上明白过来,那是师父的属官,相当于师爷。可问题是自己就带了一套衣帽,能救出师父已是万幸,至于那个师爷他心里一点谱也没有。不过为了稳定师父情绪,贝锦泉嘴上还是满口应允:"嗯,好!"

吵嚷声越来越大,似乎还夹杂着清兵头领的呵斥声,贝锦泉知道孙晓云无法也无权挡拦清军,他赶紧举起刮刀催促师父:"刮头,快!"

老杨头那张满是血迹与硝烟的脸突然咧嘴一笑:"好徒儿,你帮我刮吧。"

贝锦泉心一酸,来不及细想,握着刮刀就伸到老杨头面前。可还没来得及掀开师父的头巾,只见老杨头人一挺,双手抱住贝锦泉握刀的右手,脖子伸向刀刃,用力一扭,"噗"的一声,还不等贝锦泉反应过来,老杨头松开双手,往后一仰,顿时殷红的鲜血随着倒地的身体如注地射向墙脚。

贝锦泉握着带血的刮刀怔住了,他无法相信眼前发生的事,虽然亲手白刃过不少人,但那都是素不相识且罪孽深重的海盗或叛军,而现在倒在身下的竟然是昔日恩重如山的师父。

这时,一名圆脸卫千总带着一队清兵涌了上来,只见他上前踢了踢刚断气闭眼的老杨头,蹲身摘下老杨头的腰牌。贝锦泉拎着刮刀茫然地望着卫千总,血在刀尖滚成血珠摇摇欲坠。沈仁发这时也从南头跑了过来,担心卫千总抢功,上前打千儿媚笑道:"军爷,刚才我们贝督与此'长毛'单斗,并亲手刃了他。"

联想贝锦泉刚才的异常举止,孙晓云似乎觉察到其中的蹊跷,也打千儿强调:"军爷,我等小民只围截住一个'长毛',刚才立功心切,冒犯虎威,还

望军爷大人不计小人过。"

卫千总没理会,起身盯着手中腰牌一脸羡慕地说:"真是走运,竟然是师帅级'长毛'。"

沈仁发等人听后又高兴又担心,怕好不容易逮到的立大功的机会让卫千总给抢了。可没想到对方把手中腰牌往贝锦泉面前一递:"一个顶千个。小子,你发了!"

贝锦泉终于明白师父在求生无望后,干脆用宝贵的生命为自己铺就了一条成功之路。望着血迹未干的尸体,贝锦泉真想跪下抱着师父大哭一顿,可理智提醒他决不能做这样的傻事,不然自己死于非命不说,还必将牵连"宝顺轮"的弟兄们,甚至北号船主们也会跟着倒霉。就在贝锦泉恍惚中,只见卫千总抬眼瞧了瞧,随后指着院子下令:"来人,到里面给老子仔细搜搜,掘地三尺,不要漏了大鱼。"

贝锦泉一个激灵,想起师父临终前的关照,顿时顾不得礼节,抬起握刮刀的手一拦:"大人,等等!"

"嗯?!"

面对卫千总凶神恶煞的表情,贝锦泉灵光一闪,指着师父的尸体随即编起了谎言:"大人,小民等就是从里面追杀出来,此'长毛'就是掩护一小股人马才被我们拦截下的。"

师帅级为一股人马断后?那岂不是有更大的鱼在其中,难不成有妖王在里面?若能捕获伪王,那就必定加官晋爵,从此享受荣华富贵了。想到这里,卫千总一把揪住锦泉的胸口,急吼吼地追问:"往何处跑了?"

贝锦泉用刮刀朝南一指:"向南逃窜而去。"

卫千总一把松开贝锦泉,转身抽出佩剑一扬:"快追!"

清兵立马跟着头领迅速朝南跑去,刮起的风扬起地面尘土,让四周看上去都是灰蒙蒙的。

贝锦泉把师父的腰牌往身上一揣,指着师父遗体吩咐孙晓云:"快带人埋了。"

孙晓云踌躇着想说什么,可看到贝锦泉阴沉的脸,想必有难言之隐,于是招呼人抬老杨头尸体。屠才友不明所以,上前附在贝锦泉耳边悄声提醒:"贝督,这妖尸可以请功领赏……"

"闭嘴!"

屠才友提防不及被甩了个耳光,捂着脸狐疑地看着贝锦泉步履沉重地向院子走去。没走两步,贝锦泉猛然转身呵斥:"都在这里等我,没有我的命令,谁也不许进来!"

众人都觉得贝督今天的行为很诡异,甚至反常,可谁也不敢问一声,更没有人敢斗胆抗令,只好站在原地莫名其妙地望着贝锦泉回身向院子里走去。

刚进院子,贝锦泉就看到那顶带假辫的帽子,他弯腰捡起揣入怀中,开始打量四周。院子的角落里是有两口露天水缸,走近一看,水缸里盛满了水,上面浮着厚厚的一层绿藻。师父是不是搞错了?这里面怎么会有人?除非那人是水鬼。突然,贝锦泉发现右边水缸中的绿藻随水纹微微起伏,定睛一瞧,水面居然有根细竹棍,心里就有了底。这手法太熟悉了,自己当年就是用这种方法潜水摸鱼。他嗤笑了一声,上前猛地捏住竹棍,用力一拔。不久,只听"哗"的一声,水面涌起一个人,只见他哆哆嗦嗦不停地抹着脸上的水珠,努力睁开眼睛观察四周。当看清站在面前的贝锦泉后,那人轻叹一声,抬腿准备爬出水缸。贝锦泉觉得有点眼熟,仔细一辨,没错,此人就是县城外小道观的吴道士!虽然道士的脸色因长时间泡水而泛白,留满额发没有挽髻,还披发覆巾,但五官依旧。

师父的师爷怎么会是吴道士?他们究竟是怎么认识的?为什么要背叛大清?道士理应唯道为务,那吴道士为何不持斋礼拜、奉戒诵经、焚香燃灯,反而摇身一变,成了叛军官员?就在贝锦泉胡思乱想之际,只见已翻身出水缸的吴道士头一昂,紧抿嘴唇,挺胸背手,摆出一副任你宰割决不示弱的气概。贝锦泉心一怔,难怪"长毛"如此难灭,连一个羸弱的师爷都有此等勇气,

更何况扛枪操刀的将士。再看看大清官兵,个个见财物就抢,见刀枪就退。粗看之下,还真搞不清哪个是正义之师,哪个是作乱叛军。这时,只听吴道士开口洒脱地问:"贝公子是杀了我去领赏,还是要活着带走?"

贝锦泉唏嘘不已,此时紧贴在吴道士身上湿漉漉的长褂让他显得越发修长、瘦弱。可就是看上去如此不堪一击的人,此时却一脸淡定地问着自己的生死,就像是在谈别人的事。想吴道士虽误入叛军,但今天就算没有师父遗嘱,也应放他一马。想到这里,贝锦泉掏出刮刀和帽子往吴道士这边一递:"有人要我救你出去。"

吴道士眼一亮:"杨师帅?"

贝锦泉没接话,只是点了一下头。

吴道士上前一把拉住贝锦泉的手臂,急切地问:"杨师帅现在何处?"

贝锦泉拨开对方手臂,冷冷吐出两个字:"已亡。"

只见吴道士双唇微微抖动,有着刀琢般皱纹的脸上滑落两行清泪。贝锦泉拿刮刀和帽子的手一抖,催促道:"快,再不换就来不及了。"

吴道士一怔,抹了一把眼泪,接过刮刀扯下头巾,利索地刮去额上头发。贝锦泉帮着解开长袍,迅速换上便服。等戴上假辫帽子后,粗眼望去,还真与常人无异。

"跟我走,找机会送你出城。"

吴道士跪地磕了一个响头:"谢贝公子救命之恩!吾回乡必以神供之。"

"快走,这里不安全。"贝锦泉不想再拖延时间,一把拉起吴道士,刻不容缓地牵着他向外走去。

经过缜密的安排,趁着战乱,贝锦泉终于把吴道士成功送出城外。

虽然贝锦泉没有带着师父的人头邀功请赏,但"宝顺轮"的监督贝锦泉独斗力杀"长毛"师帅的消息还是传到左宗棠耳中。左宗棠一听身边之人如此淡泊名利,越发看重贝锦泉,不但予以重赏,还向朝廷申报了战功。

下 部
XIABU

水师管带

第十章
DISHIZHANG

同治三年，随着曾国荃攻克南京，对太平天国的剿杀进入尾声，操控在法国人手中的"常捷军"在已升任闽浙总督的左宗棠眼里，失去了存在价值。起初，有人提议打下福建后再裁撤"常捷军"。然而太平军主要败局在九江、镇江、安庆、南京等地，全系湘军所为，洋枪队没有参战一役。既然湘军在如此艰难的形势下尚有此等作为，若是楚军在扫尾战中再用洋兵，那必为他人所耻笑。于是，左宗棠翻着眼皮喝问："到底'长毛'打败的那几次硬仗是洋兵还是绿营军打的？"提议者顿时哑口无言。

日意格心里也很清楚，手中这支临时军队是为歼灭太平军而建，也就是说，"常捷军"与太平军"共存亡"。当"长毛"都城被攻破后，裁撤"常捷军"是迟早的事。日意格心里像明镜似的，清政府想成立"常捷军"不易，同样，裁撤"常捷军"也有困难。若自己能配合好总督，那将来必有更多的机会。日意格太了解中国了，那些封疆大吏权重望崇，从特定地域来说，比大清税务总司赫德更有权。

这天，日意格应命兴冲冲地赶到闽浙总督衙门。刚下轿，就有人迎了上来："制帅命小的在此恭候，请大人随我来。"

日意格怔住了，往日见总督大人起码得在外厢房坐等个把时辰，今天怎么刚到就有人来接迎？都说左大人面上越客气结果就越糟，难不成"常捷军"犯了什么大错？现任统领德克碑因"常捷军"有破杭州、陷湖州之功，正进京接受朝廷封赏。记得当初得知德克碑官升浙江总兵，得提督衔时，自己还深为勒伯勒东和买试勒两任前统领的早早阵亡而惋惜，现在有事他德克碑却恰不在场？日意格突生感慨，也许这就是命。罢了，天意如此，那就见总督后顺其自然吧。想到这里，日意格整了一下衣冠，从容地点了一下头："好。"

"帮统大人这边请！"

日意格随人转过回廊来到会客厅，抬眼一看，早已闻报的左宗棠竟然站在会客厅外。日意格受宠若惊，慌忙抢先上前，一个千打倒在地："请制帅安！"

"起。"左宗棠弯腰扶了一把，等日意格起身，志得意满地一挥手，"随老夫来。"

日意格丈二和尚摸不着头脑，但又不便发问，只好紧随左宗棠和两名幕僚向外走去。几顶官轿早已安排妥当，一行人在亲兵的护卫下，鱼贯而行。坐在轿内的日意格按捺不住，悄悄掀起布帘向旁边的亲兵招了招手，小声地问："这是要往何处？"

"回帮统大人，去西湖。"

"西湖？"日意格瞪大了眼睛。

"对，制帅吩咐前往西湖。"

"哦。"

亲兵躬身问道："帮统大人有事吗？"

"没，没有。"日意格神情恍惚地应了一声，放下布帘向后一靠，皱起了眉头。日意格实在想不出戎马倥偬的左宗棠葫芦里卖的是什么药。按理说，现在不但逃窜至福建的太平军残部需追剿，平定后的浙江更急需治理，向来实干的左宗棠怎么会在这个节骨眼上有闲心去游玩？更为奇怪的是，身为总督的他今天怎么会在客厅外迎接属下，又迫不及待让我陪同前往西湖？日意格百思不得其解。

"落轿！"随着一声吆喝，轿子稳稳当当停了下来。亲兵掀起帘子："帮统大人，请下轿。"

日意格弯腰走出轿厢。这个季节的西湖虽分外妖娆，景物芬芳，花红柳绿，秋风送爽，但日意格没有丝毫兴致，他疾步向左宗棠官轿走去。这时，左宗棠正满面春风地踏过轿杆，还没等日意格上前，已有人抢前请安："参见制帅。"

日意格觉得有点耳熟，仔细一看，原来是贝锦泉。咦？贝锦泉怎么也在西湖？难道也不上战舰打仗却上游船玩耍了？唉！才小安就如此安逸享乐，看来大清王朝必亡！想自己曾出生入死为这一王朝拼战，日意格在伤感中夹杂了几丝无奈与愤恨。胡思乱想之际，只见左宗棠朝他招手叫道："日意格，上前来。"

"制帅。"日意格趋前几步，躬身静待下文。

左宗棠抚着颌下短须，春风得意地指着湖边一艘船："看见了吗？老夫今天要带你坐轮船。"

"轮船？"日意格吓了一跳，西湖可是内湖呀，贝锦泉怎么能把轮船开到这里？扭头顺着左宗棠手指的方向望去，日意格顿时啼笑皆非。这也叫轮船？那分明是一艘小游船，只是比其他游船多了个大轮子和一根小烟囱。

一瘦骨嶙峋的幕僚侧身补充："帮统大人，此轮船乃制帅命中国工匠制造，昨日刚完工，今天试航。"

日意格立刻明白了。这条船最大的特征就是中国自造，估计这帮中国人想在史册上留下一笔。不等日意格说话，左宗棠已兴致勃勃地催众人上船。在亲兵的搀扶下，左宗棠率幕僚和日意格相继登上了轮船。待四人坐定后，贝锦泉解开缆绳，启动了蒸汽机。在"突突"的巨大噪声中，船体渐渐

驶离了岸边。

"快看,船真开了。"

"呀,真神了,不用人划桨也能走。"

"成功了!"

听着岸边围观人群的惊讶声与庆贺声,正襟危坐的左宗棠微仰下颌,踌躇满志地说:"日意格,我们中国人没有办不成的事。看,这艘轮船就是岸边穿青衣的老工匠所造。"

曾在法舰摸爬滚打多年的日意格暗自发笑,这艘所谓的"轮船"仅仅是有了不用人力的发动机这个要素,与准轮船要相差十万八千里。但他知道,总督今天特意带自己体验"轮船"试航,目的就是想展示中国人的智慧,展示他的志向与才干。中国官吏及士大夫均好面子,断不能拂了对方兴致。想到这里,日意格讪笑着敷衍:"太棒了!中国人真聪明。"

话音刚落,船上及岸边围观的人都觉察到了异常。虽然烟囱冒着股股浓烟,可轮子越转越慢,小船就像蹒跚而行的垂暮老人,随时有可能倒地。

"怎么回事?"

贝锦泉发现左宗棠的脸色有变,涨红着脸回复探头发问的幕僚:"回禀崔师爷,蒸汽机的动力太小。"

左宗棠微皱了一下眉头,旋即放声宣布:"中国第一艘轮船试航成功!"

两位幕僚自然明白其意,马上齐声附和:"恭贺制帅开创中国轮船先河。"

崔师爷故意催促瘦骨嶙峋的同僚:"回府还得劳请张师爷把制帅与洋帮统大人同船试航的喜讯奏禀太后与皇上。"

"当与崔师爷共议。"

日意格忍俊不禁,这条慢得让人心焦的"轮船"难道就值得这样庆贺?还借上自己的洋名头向皇帝邀功。瞬间,他明白了什么叫欺上瞒下,什么叫言过其实,什么叫夸夸其谈。就在日意格暗自发笑之际,左宗棠忽然点起了他的将:"日意格,你觉得怎么样?"

日意格正思索该如何应答，左宗棠又追加了一句："直言！"日意格听后反而定下心了，如果要说虚假客套话，那还得花些时间编造。但要说真话，那还想什么，嘴只是心的工具，无须绞尽脑汁瞎编后再开口。于是，日意格坦诚地说道："回禀制帅，这艘轮船虽然也有了发动机，但其机械构造不得要领，所以航速甚慢。"

左宗棠双目直逼对方："你有何高见？"

"中国当图仿制轮船，庶为海疆长久之计。惟轮机尚无技师，须从西洋购觅，乃臻捷便。"

左宗棠暗自一惊，几个月前在与幕僚们商议时，认为船政乃海防根本，自强莫先于海防，海防莫先于造船。虽然中国也有建造大船的能工巧匠，但却没有一名轮机制造匠。而没有轮机，即便造出再大的船，那也不能称为轮船。这好比再肥大的鸡，没有有力的翅膀，自然无法与雄鹰相提并论。认定这个理后，在克复杭州第二天，左宗棠就立即让人寻觅一位技术精湛的工匠，令他设法仿制一台轮机。上周制造完毕后，左宗棠特意叫贝锦泉等人前来察验，当时都认为这台轮机制作精良，堪称完美，可今日一试，真是驴粪蛋子表面光。现在连洋人也认为中国尚无制造轮机的技师，且一针见血地提出至西洋购觅才是最为捷便，看来今天让日意格陪坐中国第一艘自制轮船的决定没有错。左宗棠把目光转向湖堤，看似漫不经心地问："你认为海疆长久之计在于造船？"

日意格心中一阵狂喜，看来左大人今日绝不是让自己陪游西湖，也不是请自己鉴定"轮船"性能。他似乎窥探到了酝酿在闽浙总督腹中的谋略，那就是中国也要造轮船，且有让自己共同参与的迹象。日意格赶紧回禀："自造要比外购的把握更大，至少不会由此受外人要挟。"

这句话击中了左宗棠要害。目前，造船技术最为发达的当数英、法两国，可看到去年费数百万帑金的"英中舰队"司令阿思本意气凌厉，连皇上都被视如堂下厮役、倚门之客后，让他对外购战舰望而却步，甚至连英国人也不敢信，觉得英夷就是贪婪、不懂廉耻的"吸血鬼"。可眼前中国军力空虚，海防更是因荒废懈怠而千疮百孔，必须尽快扭转被动局面。也因此，左宗棠决意让身边的两名被"驯顺"的法国人——德克碑和日意格居间出力。只听左宗棠语气沉重地说道："是啊，中国费数百万之帑金，竟不得一毫之权柄，水陆将士皆将引以为耻。兵权绝不可假于外人！"

日意格揣摩出了左宗棠的意思，总督强调战舰指挥权必须在清人手中，不同于现在的"常捷军"。他暗忖，与其争夺将来战舰的指挥权让总督反感，不如现在谋求造船的指挥权。于是日意格立马顺着对方的思路开口迎合："制帅言之有理。军事指挥权必须掌控于本国官员手中，不然定有养虎为患之忧。"

左宗棠听了非常受用，再次扭头盯着日意格发问："如若再有战事，中国如何抵御洋舰？"

日意格思忖了片刻，说："记得三十年前英舰'罗尔·阿美士德'号访问中国后曾宣称，由大小不同的一千艘船所组成的整个中国舰队，根本抵御不了一艘英国战舰。"

日意格没有直面回答左宗棠的发问，但给出的答复却令现场所有人痛心不已。三十年前，中国的确无法抵御一艘英国战舰，如今在经历十余年内战后，旧式木帆船早已没有这个数量。可相反，洋人的战舰不但数量有增，而且配有更强大的火炮。最为可怕的是，洋人的战舰已由当年的木质改为铁甲。左宗棠突然想起林则徐曾描述的洋人战舰："其来不可拒，其去不可追。"虽然恩公已谢世十载，可这种被动挨打的局面没有丝毫改变。

"抵御不谋船炮水军，那就是自取败也。"

对日意格突然又冒出的这句结论性的话，左宗棠心里不由得泛起一阵涟漪。这也是林则徐在发配新疆途中流传开来的一句话，只是日意格合情合理地把"剿夷"改成了"抵御"。亟思筹海之策的左宗棠暗暗下定制造轮船的决心，当然也更坚定了重用日意格之心。

次日一早,左宗棠便和幕僚商议起设厂造船的大计。

崔师爷先开口汇报刚收到的信息:"大人,京城来信,曾大帅与李鸿章联名上奏朝廷,要求在上海设厂自造轮船,连名称也拟好了,叫江南机器制造总局。"

左宗棠猛地放下手中盖碗,愤愤而言:"'曾剃头'一直提议师夷智以造炮制船,看来这次师徒又想联手抢先促成此事,真是欺人太甚!"

左宗棠第一次当着幕僚的面如此称呼曾国藩,这让张师爷与崔师爷有点意外与吃惊。两人知道东家虽早年受曾国藩提携,但在攻陷南京前,因曾国藩不顾一切,定要把伟功预留给其弟曾国荃,宁可让左宗棠等部在外围苦苦周旋也不肯松口。这种劳师糜饷的做法让外围所部长久苦撑,最后却无功可言。眼里容不得沙子的左宗棠由此与曾国藩反目成仇。而李鸿章更是纵容淮军追击太平军,一度杀入浙江的地盘并抢走不少战资,从此被左宗棠视为大敌。此刻左宗棠得知曾、李两人联手在上海开厂造船,自然让正谋划自造中国第一艘战舰的左宗棠受到巨大的刺激。

张师爷的干瘦脸也摆出一副义愤填膺的样子:"看来设厂自造轮船我们还是晚了一步,但完全有扭转乾坤的可能。"看左宗棠扭过头等下文,张师爷不敢停顿,"其一,速令京城那边的人设法探朝廷的口风,估计设厂造船一事没那么容易通过。"

"哦?为何?"

"平定'长毛',朝廷已无财力。"

左宗棠不以为然地摇了摇头:"上海乃天下膏腴之所在,每月所收关税厘金就达百万,'李合肥'肥得直流油,若想造船不会缺钱。"

张师爷没有申辩,只是眯缝着眼睛意味深长地问:"大人,难道两宫太后不想重修圆明园?"

左宗棠一愣,是呀,两宫总不能永远在宫中垂帘听政吧。待天下平定后,必须得为自己找个安生之处,而圆明园恰是最佳选择。若想重修圆明园,自

然得从地方抽银,届时上海自然首当其冲。想到这里,左宗棠心中又乐又忧。

见左宗棠不言,张师爷递进而言:"就算是有钱,这'李合肥'也办不成这桩大事。"

"何以见得?"左宗棠来了兴趣。

张师爷不想让崔师爷见怪,于是给对方使了个眼色。崔师爷自然领会,报以善意一笑后接口:"大人,湘军即将被裁撤遣散或归编,可'李合肥'手上的淮军却一人未减,一枪没少。虽说是为围剿北方捻军叛乱而留,但生性剽悍且装备好的淮军今后必定是朝廷大患,朝廷不可能任其发展。"

"嗯。"左宗棠只是应了一声,没有接话。

"朝廷驾驭手握重权的大臣仍是游刃有余。"

崔师爷的这句话让左宗棠幡然醒悟,是的,任他李鸿章处世再圆滑、机智,但在朝廷手上,他就是个孙猴子,不可能跳出如来的手掌。将来朝廷必定扶持以我左宗棠的班底为主的湘鄂势力,好与淮系相抗衡。想到这里,左宗棠重新端起盖碗,拈开盖子,拨去上面的浮沫,轻啜了一口,面无表情地问:"那其二呢?"

刚端起盖碗的张师爷闻声赶紧把盖碗放下:"大人,起步既然已有人抢先,那我们做大超越。"

左宗棠抬起厚重眼皮:"怎么个大法?"

"不说设厂造船,而是搞船政。'李合肥'设江南机器制造总局只是建造,船政却意义深广,所有与绘制、建造和驾驶管理蒸汽舰船等有关的均可纳入其中。"

左宗棠窃喜,对,要搞就搞大的,压倒北边'李合肥',况且驾驶已有贝锦泉这些现成人选。但转眼一想,不光是经费,身边似乎也一时难觅这样的人才。于是刚涌上的喜劲儿旋即就消退了,微皱眉头问道:"谁可当此大任?"

"德克碑和日意格都是合适的人选。"

左宗棠不置可否地放下了手中盖碗。德克碑和日意格虽已被"驯顺",

但两人都只是法国海军低级军官,对蒸汽战舰的绘制、建造并没有多少经验,尤其是日意格,此人根本不懂造船。如果让这样的人去管理一个庞大的机构,怎能让人放心?

崔师爷猜到左宗棠此时的心思,主动插话:"大人,万事在圆融中包容,让更多的洋人愿意追随大人并效力。德克碑和日意格虽不懂造船,但可以通过他们去法国招募造船工匠等来中国,可将两人视为船政建厂、造船、计划、技术等的总承包人。而且此二洋人愿为我楚军效力,屡立军功,值得信任并与一试。"

精明的张师爷发现左宗棠的眼皮缓缓地合了一下,知道东家已下决心,于是笑道:"大人必定因此而名垂青史,日后我等也因追随大人而沾荣光。"

没想到左宗棠不但没高兴,反而情绪低落地嘟囔了一句:"乱世何谈名垂青史?"

张师爷不温不火地劝道:"大人,此话差矣。无论汉唐还是宋明,历史向来衰乱世多于治盛世,且强过治盛世。只要大人本着怀柔远人、薄来厚往的原则,笼络夷人,必能成就一番大事业。"

一本正经的左宗棠嘴角终于露出一丝笑意,刚要开口,亲兵来报,说是日意格求见。左宗棠抚着颔下短须更乐了:"说曹操,曹操就到,看来真是天助我楚军也。"说完,朝亲兵一挥手,"让他进来。"

日意格还是昨天那身打扮,只是一夜间两鬓及颔下莫名冒出密密匝匝的胡须。请安坐定后,日意格开门见山地说明了来意:"禀制帅,昨夜回营后,法国远东舰队司令耀来斯就来找卑职,说想把宁波的船厂转让给制帅。"

"看来耀来斯的信息很灵嘛。"听有人雪中送炭,左宗棠一边颇有兴致地打趣,一边盘算着贝锦泉就是宁波府人,此事可令他帮办。

日意格心虚,以为总督怪他泄密,为了证明自己并不偏向法国,故意发出连问:"卑职也觉得奇怪,耀来斯怎么这么快就知道制帅要设厂造船的打算?更奇怪的是卑职和耀没什么交往,他怎么会找上卑职?"

崔师爷知道总督周边多的是打探消息的人，好比自己安插在京城的探子，无时无刻不打探着各种最新消息。估计昨天这种没有设防的谈话内容早已传开，说不定百里外的"李合肥"闻讯后此时正盘算如何应对呢。于是，崔师爷绕开日意格的连问，干脆切入正题："帮统大人，宁波船厂是不是造过小炮船？"

"对，曾造过三艘炮船。"

"转让价几何？"

"耀来斯开价十万两白银。"

左宗棠与两幕僚彼此心照不宣地望了一眼，觉得此事可以一谈。可就在这时，日意格又加了一句："但耀来斯还有一个条件。"

崔师爷马上催问："什么条件？"

"他说，一旦法国人需要，船厂必须允许他们使用。"

话音刚落，日意格便听到左宗棠用鼻腔"哼"了一声，暗叫不好，自己断不能当这个说客，否则不但得不到任何好处，甚至还会抹杀往日的功绩，断送大好前程。日意格暗自庆幸自己刚才已撇清和耀来斯的关系，他直接帮左宗棠挑明危害："制帅，卑职虽为法人，但对中国有种难以割舍且深厚的感情，卑职认为耀来斯是在挖陷阱等制帅往里跳。"

"唔。"左宗棠仍只是发了个鼻音，没接话。可就这么一声模糊的应答，让日意格感受到巨大的压力与风险，这种压力与风险不亚于战场上的枪鸣弹飞，他甚至听到慌作一团的心脏抽紧的声音。日意格瘪起嘴唇暗舔了一下，说："制帅，据卑职所知，宁波船厂造不了大船，法国海军也是难以为继急着想脱手。而耀来斯条件苛刻，如果允诺这样的要求，无疑是被法军套上了金箍。"

左宗棠对日意格能指出宁波船厂制造不了大船这一暗疾很是满意。他暗自思忖，看来这个洋人还是有良心，也算不枉自己对他这般信任与重托。是的，本督要么不干，要干就要干出个样子来，要压过曾、李，这样方能扬眉吐气。左宗棠斜视一脸诚意的日意格,轻掸袖口,漫不经心地问:"依你之见,当如何处置?"

"制帅,耀来斯说拟成立的江南制造局也是向上海租界的美国公司旗记铁厂购买机械厂房和船坞而成。卑职觉得在别人搭建的小舞台上难以施展拳脚,若想做事,干脆就做大,不嚼他人弃食。"

左宗棠心一惊,法人竟然如此清楚江南制造局,得设法打听他们是如何获取这些信息的,好让自己也"耳聪目明"。当听到日意格与自己不谋而合的建议时,左宗棠的小眼珠精光一闪,问:"怎么做大?"

"不做单一的造船厂,而是搞一切与轮船有关的船政,包括造船、驾驶、绘制等。"

左宗棠与两幕僚会心一笑,崔师爷乐呵呵地对日意格说道:"不瞒帮统大人,制帅刚才与我等正议此事,并拟请您相助。"

日意格大喜,推身离椅,单膝下跪:"承蒙制帅抬爱,标下定竭尽全力报答制帅的厚爱。"

左宗棠满心欢喜,没想到日意格思路转得还真快,已不再称"卑职",而用"标下"替代。这不光是对两人身份的重新认定,更是表忠心,而这正是中国官员与洋人交往中最为需要的东西。左宗棠故作淡定地捋着颌下的山羊须告诫:"耀来斯的伎俩逃不出老夫的慧眼。好男儿,当顶天立地,切不可贪其微利,甘为指使,更不能助纣为虐,出谋划策,起来吧。"等对方谢过起身后,又像拉家常似的开口发问,"既然你说宁波这个船厂不行,那当选何处为上?"

日意格似乎早已考虑过,脱口而出:"马尾。"

坐在左首的张师爷那双干瘪的手掌一直按在腹部,眯缝着眼睛,像是一只打盹的慵懒老猫,听到日意格提议后,猛地睁开眼睛:"好!这的确是个好地方。"

日意格颇为意外,问:"张师爷到过马尾?"

"何止到过,还曾在福州荒度两载。"张师爷自嘲地一笑后,旋即话音一

转,"马尾自东汉光帝建武元年就有了水上贸易,五口通商后,各国兵商船来福州,均停泊于马尾港。马尾不但临江、拥海,且因冬短夏长,气候适宜,雨水充沛,加之历朝开槽浚渠,水清土实,深达十二丈,潮上更是倍之,实为粤、浙、苏所无。更何况还有江口的琅岐岛可挡风浪,轮船进退自如。"

日意格托着腮帮,紧抿双唇,一副深谋远虑的样子:"造船可与练兵同时进行。马尾与台湾及琉球国仅一水相隔,届时一旦岛上有急,可速从马尾出兵。"

左宗棠这次连鼻音也没发一声,他造船可不是为了台湾,更不是为了藩属国琉球。目前,他担心的是西北,尤其是新疆。左宗棠判断野性十足的明格部在中亚费尔干纳盆地建起浩罕国后,必定会进犯垂涎许久的新疆等地。所以左宗棠造船的目的不是出洋征战,而是近海防御。

一直用心揣摩左宗棠心思的日意格马上觉察到异常,他一惊,想中国人历来就信奉"各人自扫门前雪,莫管他人瓦上霜",大清朝官员更是个个贪生畏死,只顾及眼前事,敷衍了事地打理自己地盘,哪会为国家考虑长远或整体之事。自己本意只想提醒左宗棠通过造船来加强海防力量,避免他国蚕食中国诸岛。但现从左宗棠的反应来看,觉得还是点到为止,千万别再往下提。

会客厅一时没了说话声,日意格在尴尬与拘谨中如坐针毡,想找个话题缓和一下气氛,可一时想不出说什么,倒是崔师爷先打趣地提醒:"我们还没到福建呢,这雁尚未射就议红烧还是清蒸,未免早些了吧?"

《争雁》的典故让在座四人相视会意一笑,于是气氛轻松了许多。张师爷乘机鼓动:"制帅,那我们就早做准备,把这只雁射下来。"

"嗯。'长毛'沿途烧杀抢掠,早失民心,败寇不宜穷追。"左宗棠志得意满地捋着颔下短须,退守福建的太平军残部在他眼里就是笼中困兽,随时就能轻松将其击毙。但此时不是大军南下追击的好时机,须等宫里来密信后再定夺。看今天谈得差不多了,左宗棠对日意格下起了逐客令:"你回去酌情回复耀来斯,就说老夫军务繁忙,暂无力分心办船厂。"

日意格早已想好婉拒之计，自然信心十足地抱拳起身："嘛！"

等日意格出门后，崔师爷眯缝着双眼自言自语："真不知洋人是否可信用？"

左宗棠知道幕僚还是有些不放心，故意提醒自己。可现在哪有可选余地，除了洋人，泱泱中国何处能觅这样的人才？就在这时，张师爷的一句话让他定下心来："其实洋人也讲忠勇。这些年来，不光有效忠我大清的，也有效力于'长毛'的。当年，曾任英国皇家步兵团上尉萨维治在李秀成处也建起了'洋枪队'。咸丰十年青浦战役中，萨维治还大败华尔。即便是在美国人皮科尔接任后，也是胜仗连连。据说，英国有个叫令利的男子，带着老婆玛丽到苏州投靠李秀成。那洋妖女在九洑洲战死后，令利仍与我大清为敌。不说远的，光今年，像法国人亨尔拉和希腊人菲利波斯福这些'洋长毛'，均在战场上被我大清将士所毙。"

听张师爷如数家珍地报着这些古怪名字，左宗棠心里明镜似的，这些可恶的洋人与叛军为友，冒死与大清军交战，还不是为了谋得一利？既然他们不远万里来中国是为利，那也好办，权作养狗。所以，左宗棠目光鄙夷地说道："洋人重利，哪里有钱可赚，他们就会像一只只苍蝇似的往哪里钻。"

"办船政也只能先花点血本，不然难找洋工匠。"

张师爷的潜台词左宗棠当然懂，想搞船政必须雇用洋工匠，而想让洋工匠为此效力，那就得准备大量白银。可目前国库空虚，民生萧条，有的地方甚至出现百里无人的惨景，想要筹集船政银两确为一件难事。不过每次手头需要银两时，左宗棠就会想到胡雪岩。自咸丰十一年，在王有龄的推荐下，胡雪岩成了楚军的得力助手，无论购运军火还是粮米接济，事事办得稳妥到位。自任浙江巡抚后，左宗棠一直委任胡雪岩为总管，主持全省钱粮与军饷。现想到胡雪岩，左宗棠自然就关注起他正在操办的事，于是开口就问："山西耕牛和谷种何时能到？"

"禀制帅，近日就可以到。"

崔师爷从袖袋抽出一封信递给左宗棠，左宗棠看后由衷地叹道："筹饷难于筹兵，筹粮难于筹饷，筹转运又难于筹粮。庆幸我楚军有这等能人，闽浙必兴也。"

张师爷和崔师爷互望一眼，心里多少有点不服气。自攻取浙江后，大大小小楚军将领把掠夺的钱财或赏金全存在了胡雪岩的钱庄中。如今，当年由王有龄资助开办的阜康钱庄名声大噪，在各地设立商号，京内外诸公无不以阜康为外库。而胡雪岩以此为资本，从事各种贸易，利润颇丰，真可谓是名利双收。有些赌气的张师爷干脆转回刚才话题："制帅，浙江已定，大军准备何时南下？"

左宗棠支吾了一声，没有答复。张师爷犹豫了片刻，盯着左宗棠压低了声音："制帅是不是担心曾大帅会……"

看张师爷翻转了一下手掌，左宗棠一个激灵，虽然张师爷没有说全，但谁都明白是指叛乱谋反。现在朝中上下都在担心此事，即使手握重兵的曾国藩本人没有这个意思，也难保手下没有替主帅效仿当年宋太祖"黄袍加身"之心。现民间还传言自己曾向曾国藩转交一封用鹤顶格题神鼎山联的密信，上书"神所凭依，将在德矣。鼎之轻重，似可问焉！"谣言还称曾国藩阅信后，把"似"改成了"末"字。崔师爷考虑东家难答复，于是就抢先说道："不可能，曾大帅绝无北上起兵一统天下的想法。据说，他还用一副'倚天照海花无数，流水高山心自知'的对联来表明心迹，让一场群情汹汹的谋反论消弭于无形。"

张师爷哑笑一声，说："此联我也听说了，上联用苏东坡诗，下联摘王安石诗。但曾大帅这妙对天成的对联其实还隐藏了两句。"

崔师爷好奇地问："哪两句？"

"'倚天照海花无数，霸业雄图非所求。流水高山心自知，圣贤事业方不朽！'曾大帅他是一心想做圣贤，根本不想当英雄。"

左宗棠一板一眼地说："如果曾大帅真有'黄袍加身'的想法，那必败无疑,且遗臭万年!"

左宗棠的话明显向幕僚表明了态度,曾国藩若反,那他必定全力兵剿。崔师爷自然希望东家如此,所以迎合着说道:"朝廷其实早有提防。去年曾大帅与沈葆桢大人发生争饷后,上面便有意偏袒沈葆桢,裁抑曾大帅。欲致曾、沈不和不亲,分而治之的意图非常明显。随后,朝廷在军事上也作了周密的布置:官文扎守武昌,占长江上游;富明阿、冯子材分守扬州、镇江,据长江下游;僧格林沁屯兵皖、鄂之交,虎视南京。只要曾大帅及其湘军有异动,四面围剿当即可展开。我想,曾大帅肯定清楚自己目前的处境。"

张师爷自然知道这些,他想的却是楚军会不会裁减,楚军何时南下。只有让东家的地盘不断扩大,自己才有机会在东家的垂青与提携下,成为大清官员,开府建衙,从此光宗耀祖。现在东家已表态,肯定曾国藩不会起兵叛乱,那就接着这个话头说开:"是呀,再说湘军各路人马早已变化,只为利益均分而打仗。曾大帅很清楚这点,他断然不敢冒身败名裂的风险,所以这次他主动裁除一万五千人。"

"战事尚未结束,他们早已谋划好了裁撤湘军的计划。现已筹集五百万两白银,完全可以不向朝廷要一个铜板,就能自行解决遣散。"左宗棠的语调多少有些羡慕与妒忌。

"那我们怎么办?"

左宗棠这才听明白,原来张师爷是在探问楚军裁撤计划是否已经实施。其实左宗棠早就想好了,自己以儒臣身份从戎,虽有战功,但绝不能骤胜而骄。唯慎终如始,庶可长承恩眷,永保勋名。于是,他坦率地向幕僚讲明了思路:"曾大帅其实是裁湘留淮,这样不但功高不震主,更因主动裁撤湘军而留下好口碑。我楚军没有这个资本可一分为二,所以只能裁,不能撤,要为大清留下这笔财富。"

崔师爷紧跟着问道:"制帅拟裁多少人马?"

左宗棠抖了抖袖子,伸出二指:"两万!"

　　张师爷和崔师爷相顾惊疑,这可是楚军一半的人马,先不说数量这么庞大的人马需多少银两遣散,而且没了洋枪队的助战,福建征战能保胜吗?左宗棠似乎看出两人的心思,爽朗一笑:"遣散银两找雪岩,打仗老夫仰赖天威,亲自上阵!"

　　对于追剿太平军残部,左宗棠怀着必胜的信念。同时,因"长毛"曾颁布过"圣库"制度,要求军民一律不得私藏财物,所有个人或缴获的财物都要上缴"我朝圣库"。凡私藏银子超过五两的,就会治罪,甚至会被处以死刑。所以左宗棠认为,最后一股太平军残部被歼灭之时,就是找到巨大财富之时,届时所需银两根本不是什么问题。

第十一章
DISHIYIZHANG

同治五年，左宗棠终于彻底剿尽南方太平军残部，但除了随军的少量军饷外，始终没能找到巨大财富。

等左宗棠抵福州督署，四境已初平，减兵并饷后，两年前的船政计划自然提上了日程。左宗棠令张师爷拟写奏折，向朝廷报请设厂造船和设立学堂培养人才。张师爷连夜拟就了奏折，这篇洋洋洒洒数千字的长篇奏折从海防、民生、漕运、商业四个方面加以分析，论证了"欲防海之害而收其利，非整理水师不可；欲整理水师，非设局监造轮船不可"。当左宗棠读完奏折后，感觉尽抒胸臆，恰到好处地表达了其自造轮船的全部理念。

深秋的京城经历一场夜雨后，街面上黄叶堆积如毯，原本彻夜不息的蟋蟀声早已销匿，湿漉漉的、空旷的紫禁城里摇曳着忽暗忽明的灯火，神秘中平添了一丝寒意。

此时，隆宗门内军机值房一片忙碌。都察院左副都御史胡家玉和礼部右侍郎汪元方捧着遴选过的奏折，穿过厚重的门帘，小心翼翼地走进军机堂，跪地："给各位军机大臣请安！"

"免！"作为揆席的恭亲王奕䜣手一摆，"有无要折？"

两章京把手中的奏折往案几上一放，胡家玉取过放在最上面的奏折往奕䜣这边一递："回禀王爷，刚收到钦差大臣曾国藩六百里加急奏报，捻军骑兵已突破颍河上游贾鲁河防线。"

　　奕䜣面无表情地接过奏折，打开后匆匆阅了一遍，转手递给了边上的桂良，又问："还有何要折？"

　　胡家玉从一叠黄绫封面的请安及贺表折中，抽出一本双手呈上："王爷，闽浙总督左宗棠奏请成立船政局。"

　　这时，桂良手中的奏折已转到了宝鋆那里。奕䜣看完左宗棠的奏折后，朝桂良这边一放，食指在上面轻点了两下，桂良明白，恭亲王这是示意要两宫太后批复同意的奏折。又看了几本奏折后，几人坐在朝房小议，静等太后宣召。没过多久，一执事太监弓腰进门，媚笑着手一伸："恭王爷，请吧。"

　　奕䜣点点头，众军机大臣相继起身，理朝服，正官帽，然后鱼贯向外走去。文祥抢前两步，掀起门帘，一行人满腹心事地跟着执事太监，在提灯小太监的护送下，疾步向养心殿走去。

　　大太监安德海看到奕䜣后，抢前下台阶打千儿请安："请恭王爷安！请桂爷、宝爷、文爷安！"

　　"安公公请起。"

　　安德海起身催促："太后和皇上都在里面等着各位爷。"

　　几人加快脚步拾阶而上，进殿后齐刷刷地跪在大殿上，行起九叩大礼："臣等叩见太后、皇上，恭请太后、皇上圣安。"

　　"免！"黄幔后传来东太后慈安的声音。

　　"谢太后、皇上。"

　　"来人，赐恭亲王座。"

　　"嗻！"一太监马上搬来圆瓷凳。

　　"谢太后、皇上。"奕䜣叩头起身，侧身坐在凳上，其他三位军机大臣笔直地跪在地上。

"有何奏？"这回黄幔后面传来的是西太后慈禧的声音，与刚才慈安的声音不同，这声音柔中带刚，慵中带倨。

"启奏太后、皇上，钦差大臣曾国藩六百里加急奏报，捻军叛兵已突破颍河上游贾鲁河防线。"文祥很默契地把曾国藩的奏折向上一呈，安德海快步上前接过奏折，转身向黄幔后面递去。

已坐朝五年的同治帝闻讯一惊，脱口问道："怎么回事？"在十岁小皇帝眼中，这个曾国藩可是个大能人，连闹事汹汹的"长毛"都被他剿灭，可小小捻军怎么连年征战，却年年不胜呢？记得去年山东曹州高楼寨一战，捻军甚至全歼了大清最为精锐的蒙古骑兵，僧格林沁亲王也命殒沙场。

奕䜣偷眼望了一下龙椅上的天子，只见皇上头戴中毛熏貂缎顶冠，身穿黄缂丝面金龙袍，胸佩红蓝宝石朝珠，脚踏青缎毡里皂靴，正一脸威严地拧着眉头直视奕䜣，毫无这一年龄孩子的稚气或天真。奕䜣一阵欣慰，都说同治有中兴迹象，看来小皇帝确有帝相。奕䜣欠了欠身子，恭敬回禀："回皇上的话，曾国藩虽重点设防、坚壁清野，并画黄、运、淮、颍四河圈围的战略，一直尾追捻军。但捻军发展迅猛，并沿路诳煽莠民，大张声势，现光骑兵就有二十万，且贼计狡谲……"

奕䜣袒护之心昭然若揭，可还没等他说完，"啪"的一声，黄幔后面甩出刚才呈递的奏折，同时伴随慈禧的怒斥声："叛逆之军如此猖獗，全系前线这帮贪生畏死、牟利营私的将帅所致。若能拼力一战，何有今日之败？昧良徇隐，甚为可恶！"

突如其来的呵斥让奕䜣等人一阵心慌，心想，胜败乃兵家常事，一场败仗至于如此问罪吗？但所有人都不敢吭声，五年来，他们已领教了西太后的狠辣与刁钻，不敢劝说，更没胆量顶撞，不然会让事情变得更加糟糕。但意外的是，慈禧厉声呵斥后，自缓语气下起了谕旨："本应革去花翎来京候旨，但念其究系到前线未久，且平定'长毛'有功，就加恩授为两江总督，让曾国藩回来吧。"

本以为曾国藩会因败受惩,可谁也没料到结果竟然如此戏剧性,在场所有人都舒了一口气。奕䜣起身应道:"嗻!臣代曾国藩谢太后、皇上恩典。"拿捏不准的他随即又追问,"当由谁代曾国藩围剿捻军?"

"姐姐,就让学生担师父之责,命李鸿章去吧。"不知慈禧是否早打定了主意,不假思索就推荐李鸿章上阵。

慈安病恹恹地说道:"妹妹说的是,你来定夺。"

"恭亲王,你听到了吗?"

"嗻。臣领太后旨意,命李鸿章赶赴前线接替曾国藩。"

"还有何事?"

"闽浙总督左宗棠奏请成立福建船政。"文祥把左宗棠的奏折向上一呈,安德海依旧上前接过奏折,给黄幔后的两宫递去。

慈禧边看边问:"尔等意见如何?"

奕䜣给桂良递了个眼色,桂良明白其意,不慌不忙地奏道:"回禀太后、皇上,中国自强之策,除修明政事、精练兵勇外,应仿造轮船以夺彼族之所恃。只有尽洋技之奇,尽驾驶之法,我大清才能在军事上抵御外侮,在经济上分洋商之利……"

"去年李鸿章不是已在上海办江南制造局了吗?"慈禧不耐烦地打断了桂良进言,并特意强调,"还是全东亚最大的兵工厂。"

这女人果真难对付,老攥着银子不肯松手。桂良虽心里暗暗叫苦,但嘴上仍耐心解释:"太后,中国海疆辽阔,且东南大利在水而不在陆,仅上海一家远远无法满足海防之所需。"

"江南制造局现每年要耗上海海关百分之十的关税,整整二十万两白银。若再择地开船政,银从何来?"

宝鋆再也听不下去,挺直腰身义正词严地纠正:"太后,富国之本在于节俭,富国之末在于自制,强兵之本在于统一人心,强兵之末在于使国人学习洋术。臣以为,中国不但要造船,还得培养会驾驭及绘制的人才。而江南制造局仅以制造兵器为主,我大清须另择一地建造大型战舰。"

宝鋆的话让慈禧感到非常刺耳。咸丰十年,帝后被迫驾幸热河,时任总管内务府大臣的宝鋆竟然以国用方亟,拒绝执行咸丰帝提库帑二十万两修葺行宫的旨意。看来当时罚其降五品顶戴的严谴还没让他记住教训。在这本由男人主宰的世界中,想让男人们从此不敢近禁脔而窥卧榻,还需时日与手段。想到这里,慈禧像连珠炮似的予以回击:"仅有利器而无英雄还不是一个样?看看那些将帅,香衾温软,倚翠偎红,早将一片雄心销尽。只知锦衣玉食,既无体力又无智力,简直是因循苟且,空度岁月!"

奕䜣早知有这样的结果,故意斟酌着开口申辩:"太后,据臣所知,左宗棠治军严明,刚毅不屈,遇将士不尚权术,唯以诚信相感,其手下也皆忠诚竭胆之士也。"

慈禧眉眼一挑,轻蔑地嘲讽:"天下基本已定,人人该念佛往生。尔等好歹也是读书人,当明白'国虽大,好战必亡'的道理。"

桂良对这种断章取义、一知半解的说法颇觉可笑,心急的他立即反驳:"禀太后、皇上,南京灭'长毛'断非定鼎之战。如今四海未定,狼烟未灭,尤其是欧洲各国,虎视眈眈。若不并力补牢,先期求艾,再有衅隙,则危如累卵。"

宝鋆也跪前一步抢着补充:"中国三面环海,自南从两广到闽浙,再到江南、山东、直隶和盛京,海、江、河使一水相通多地,屈指算来,有多少隘口需要设防?而如今西洋各国战舰可直达津沽,星驰飙举,我大清却无以挡之,藩篱竟成虚设。所以,欲防海之害而收其利,非整理水师不可;欲整理水师,非设局监造轮船不可。"

话音刚落,桂良又从另一角度来强调造船的紧迫性:"洋船现载物行销各口岸,而我大清经营海船商人,因无轮船,不但费高且速慢,亏空越甚,日久必定破产,届时我朝何来漕运与税收?"

看火药味如此之浓,跪在最右边的文祥觉得有必要跟着奕䜣的思路,但又不想让太后愠怒,于是带着几分顾忌进言:"太后、皇上,中国海上如能练成大支水军，南略西贡、印度，东临日本、朝鲜，声威及远，届时觊觎自然潜消，大清可保永宁。"

慈安挺了一下上身，刚准备开口，眼尖的慈禧抢先发话："就怕借船政之名，虚耗国帑。"

慈安极不自然地松下了身子，抬手用丝帕轻轻擦了一下嘴角，没再说话。

奕䜣自然察觉不到帘后的这些细节，垂首挑明两国差距："太后，战国田穰苴上半句是说国虽大，好战必亡。但臣记得还有下半句：天下虽安，忘战必危。洋夷与我大清同以大海为利，彼有所挟，我独无之。譬犹渡河，人操舟而我结筏；譬犹使马，人跨骏而我骑驴，此如何应对衅隙？"

慈禧双眉一挑，带有几分寻衅地问道："尔等可有法子变出银两给左宗棠？"

奕䜣知道慈禧既然如此发问，就意味着不可能替左宗棠要到一两银子，于是干脆把底牌亮了出来："回禀太后、皇上，连年战事，国库本就匮乏，现我大清根基方稳，各地赈灾，处处都是花钱的地方，哪里还有银两可下拨？既然朝廷没有给江南制造局下拨一两纹银，那福建船政也当如此，观日后实效再定。"

黄幔后的慈禧露出一丝笑意，感觉自己今天就像是京戏中舌战群儒的诸葛亮，经过几番较量，终获大胜。由于慈禧故意安然坐着不发话，无论是坐在圆瓷凳上的奕䜣，还是跪在边上的另三位军机大臣，个个忐忑不安，努力揣摩着慈禧的意图，思考对策。慈安不安地挪了一下身子，侧目望了望慈禧，忍不住开了口："妹妹，那就这样吧。"

慈禧转目迎过慈安的目光乖巧一笑："一切听姐姐的。"随后回过头，拉着脸，堂而皇之地对黄幔外的军机大臣下起了口谕："那就依恭亲王，令左宗棠与属下多思其难其慎，同德同心，奋勉立功，不负东太后与皇上的重托。"

"嗻！"

"若无其他要事，跪安吧。"

奕䜣只好领其他三位军机大臣叩首："谢太后、皇上！"

"吁——"等奕䜣等人退出大殿，慈安吁了一口长气，"妹妹，刚才可把我给吓了。"

"姐姐不用担心，这些臣子若不给点颜色就会上房揭瓦。现在国库空虚，还天天伸手要银子。想如今姐姐和我退政后的去处都还没有着落，真不知这些臣子是怎么想的。"说到这里，慈禧突然话锋一转，认真地说，"但大清船政一定要搞，正如左宗棠的折子中所言，欲防海之害而收其利，非整理水师不可；欲整理水师，非设局监造轮船不可。"

站在边上的安德海心里一动，慈禧的练达与圆滑非常人能比，看来自己跟对了主子。

这时，只听慈安又叹气抱怨道："哎，这日子何时才能熬出头呀，真希望皇上快点长大，好让我们姐妹颐养天年。"

慈禧心里暗自发笑，这才几年呀，也就是这几年，自己终于尝到了权力的甜味，也终于明白男人为什么要为权力钩心斗角，并如痴如狂、不择手段。慈禧觉得权力很像万恶的鸦片，沾上手就很难甩掉。失夫之痛她早已忘得一干二净，现人生最大的乐趣莫过于在复杂的人际关系中，施展手腕，把握局势，使自己永远成为胜利者。看慈安蹙眉掩忧的样子，慈禧莞尔一笑，违心说道："姐姐，妹妹我何尝不是这样想，啥也不操心，就陪着姐姐一起听戏、赏花、游园。"

"皇阿玛，儿臣还小，国事还要仰仗皇阿玛来处置。"黄幔外传来同治帝的声音，慈安和慈禧同时扭头，只见同治帝侧身趴在龙椅把手处，清瘦白皙的小脸望着黄幔后两宫，就像一只无助的小猫。

慈安心疼地招手叫唤："苦命皇儿，过来，快到阿玛这边来。"

……

接到圣旨后，李鸿章不敢耽误，收拾停当即率兵前往军营，接手督办剿捻事宜。

相隔一天,圣旨也到了福建。沐浴焚香接旨后,左宗棠迫不及待地读了起来:"……中国自强之道,全在振奋精神,破除耳目近习,讲求利用实际。该督先拟于闽省择地设厂,购买机器,募雇洋匠,试造火轮船只,实系当今应办急务……"

张师爷和崔师爷听到这里,相视一望,会心笑了,看来建厂造船就此定议。当然,一件大事的开端就意味着一个机会的来临,也许不久他们就能在东家的举荐下,开府建衙,从此头戴乌纱,身穿盘领袍,腰挂玉带,足蹬皂靴,成为大清官员。左宗棠也是一阵狂喜,想自己少年屡试不第,去年平定'长毛'的首功又被他人霸占,入阁拜相已不可能,若能做成忠皇效国利民的大事而名垂青史,就是粉身碎骨也在所不惜。抬眼看到案前对联,左宗棠不由回想起当年洞房花烛夜前,自撰并贴在新房中的一副对联:"身无半亩,心忧天下;读破万卷,神交古人。"是的,作为一个男人,就该胸怀天下,就该不畏难。现在连毫无关联的洋人都漂洋过海来建功勋,作为一名大清子民,更应该不遗余力地为朝廷尽心尽力。想到这里,他一边将圣旨递给张师爷,一边吩咐:"尽快把船政选址定下来。"

"嗻!我这就去安排。"

张师爷应声刚转身准备出客厅,左宗棠重新吩咐:"先让德克碑和日意格过来,让他俩陪老夫去马尾。"

"嗻!"

接通知,日意格和德克碑迅速乘船赶往福州。第二天,天色刚明,两人就从福州驿馆被接到了总督府。不久,五顶软轿鱼贯从总督府抬了出来。轿夫手扶抬杠,双脚交替向前,不到半程,额头就冒起了热气,纷纷解开短褂,喘着粗气继续赶路。一个时辰后,一行人终于在闽江入海前的最后一个拐口停了下来。六名骑着高头大马的亲兵翻身下马,分列两边。左宗棠等人刚弯腰出轿,恭候多时的向导立即打千儿请安:"给总督大人请安!"

"此地就是马尾?"

"回禀大人,此地就是马尾。"

"嗯。起来带路。"

"嗻!"

在向导的引导下,一行人如众星捧月般跟着左宗棠踱步向一个小山头走去。此时,马尾岸堤万象更新,纳绿含芳。粼粼碧波,樯帆如林,商贾云集。登上小山头,左宗棠手搭凉棚向四周望去。只见两岸峭壁挺拔,如黛奇峰对峙,闽江则如蛟龙环绕着福州,蜿蜒千里,百折千回,令人遐想。

一行人边看边向岸边走去,贝锦泉早已准备好快船在码头迎候。在亲兵的护卫下,左宗棠上船并稳稳坐在船头的太师椅上,细心的贝锦泉还在椅后插上遮阳的黄油布伞。等众人上船坐定,水勇解开缆绳,快船向琅岐岛方向驶去。

向导躬身指着大江为左宗棠解说:"大人,闽江乃福建最大的河流,它发源于闽赣、闽浙交界的杉岭、武夷山、仙霞岭等诸山脉,全长千里。河道至淮安,被南台岛分为南北两股,在此处汇合后,东流至闽安镇峡谷,再次分南北两汊,南汉经梅花入东海,北汉经琯头出长门后分由乌猪水道、熨斗水道、川石水道和壶江水道注入东海,其中川石水道最为安全。"

"此处距入海口还有多少里?"

"回大人话,尚有六十里。"

候在一旁的贝锦泉插话:"禀制帅,快船只需一个多时辰。"

左宗棠没有理会,继续盯着前方问道:"此处吃水多少尺?"

向导没想到总督问得如此详细,他只知道此处水深漫过撑船竹竿,但从来没测过深度,也没听说过有多少尺。由于一下子答不上来,紧张、窘迫得涨红了脸:"这个……"

"禀制帅,此处吃水约十七尺,大型轮船可安全进出。"

又是贝锦泉的声音,左宗棠扭头看了一眼他那被海风和日光吹晒得红里透亮的脸,心里纳闷,一个当地向导都没弄清的问题,怎么刚来不久的贝

锦泉会清楚？是有心所学还是想巴结讨好自己？得弄清楚他这是正人君子的踏踏实实所为，还是老奸巨猾投机取巧之举。想到这里，左宗棠干脆目光锁定贝锦泉，一脸正色地问："你如何知晓？"

"小人奉制帅之命到马尾后，带人沿江实地勘察过。"

"老夫今天准你说说勘察的结果。"左宗棠心一动，吩咐后重新转视前方。

"嗻！"贝锦泉拱手领命后，朗声禀报："马尾位于闽江下游的乌龙江、白龙江、琴江三江交汇处，现马尾港乃闽江河口港，此地水量充沛，四周群山环绕。在闽江口外有琅岐岛、马祖列岛等岛屿为天然屏障，不但避风，且淡水供应充足，更是不冻不淤的天然良港。"

"嗯。"左宗棠听到这里轻轻点头应了一声。

"制帅请看，马尾港内涵三江，外通四海，港汊纵横，地势险要，易于防守。加之内部水域宽阔，适于船舰驻泊及操练，因此历来是兵家必争之地。"

"嗯。"左宗棠看似仍然漫不经心地应道，其实心里暗想，若水师官兵能有贝锦泉这样的认真劲儿，何愁军势不强，何忧国力不盛！

张师爷猜左宗棠心里已认可此地，于是来了个顺水推舟："大人，此地民风也表明此地是船政选址最佳地。"

左宗棠不动声色地问："怎么说？"

"自古以来，闽越人即以'习水便舟、船车楫马'而著称。在唐朝就可造千石以上大船，宋朝福建造船数量与质量皆居全国首位。所以说，此地不缺能工巧匠。"

话音刚落，日意格也激动地边说边比画："德克碑先生让标下转禀制帅，福建各地林产丰富，船厂所需的木材可以通过闽江顺流而下，煤炭也可以就近供给。"说到这里，日意格指了指东边："台湾就产煤炭，离此不远，真是得天独厚。"

实地查看让左宗棠大为满意，他捋着短须总结："确实是个好地方。陆海结合，水系发达，江面开阔，流水平缓，人物具备，确为船政宝地。"

看左宗棠满意此地,日意格为自己当初的建议感到兴奋,乘兴邀功,略带卖弄地问:"制帅,此地白龙抱城郭,青虎锁烟霞,当吻'负阴抱阳'之说吧?"

崔师爷惊叹不已:"帮统大人连中国风水之说也有研究?"

日意格颇为得意:"谈不上研究,只是好奇,闲暇之时学些皮毛。唉,中国文化太深奥,一辈子也学不完。"

张师爷拱手调侃:"帮统大人真乃奇才,军事、税务、风水样样精通,看来我等日后难有糊口之地了。"众人听后都笑了。德克碑由于译员没有及时翻译这句话,看众人都在笑,只好不明就里地跟着傻笑迎合。

左宗棠见状暗忖,德克碑虽在法国军阶要比日意格高,但他不懂汉语,沟通与管理自然有一定的障碍或难处,加上选址一事,日意格已拔得头筹,且原"常捷军"的实际指挥就是他,而非后入"山门"的德克碑,这次也该让他来主持负责造船一事。想到这里,左宗棠决定把话说在前面,万一不妥也可调整。他转身对日意格和德克碑说道:"船政之事重在造船,造船之事重在造船之器、造船之人,现中国尚无如此人才,你俩还得多谋划。"

"标下愿追随左大人!"日意格话音刚落,德克碑也听明白了译员的话,拱手表态:"愿听左大人调遣。"

两人的差异让左宗棠彻底下定了决心:"他日船政成立,延聘日意格和德克碑为正、副监督,全面负责造船各项事务。"

两个幕僚明白向来稳重的左宗棠的心思,于是立即偷眼观察两位当事人。日意格惊讶之余兴奋不已,一边向左宗棠称谢,一边用余光关注德克碑的表情。不出所料,德克碑听完翻译后,愣了一下,连称谢也差点给忘了。左宗棠自然全看在眼里,心想,在中国的地盘上可不论你法国的品级与官衔,更不能以辈分来说事,咱们就按能力,你德克碑必须适应并从命。

定下船政选址后坐船返回福州码头时,天已近暮色。在总督府用过晚餐后回到住地,日意格马上以宁波税务司的身份,写信把今天的事向中国总税务司赫德做了汇报。

接到日意格的来信后,赫德暗暗着急,没想到左宗棠的动作这么快,原以为此事没三个月不会有眉目,可现在人家立马甩开膀子干了起来,且不像其他衙门,根本没有要巴结他这个掌握大清财税权贵的迹象。更为严重的是,那个日意格现在越发靠近左宗棠,从来信的赞誉之词中,不难看出已为对方所俘。赫德立即提笔,给日意格回了一封信,要求福建造船计划需在海关保护下进行。

爽直的日意格没看出赫德指示的深层次含意,直接把赫德的信转交给了左宗棠。左宗棠一看就火了,拍案而起:"当初'吸血舰队'不明不白讹诈了我大清六十七万两白银,难道英夷还想我福建船政也重蹈覆辙不成?贼心不改,可恶!"

日意格这才想起三年前闹得沸沸扬扬的阿思本舰队事件,此事的主角就是时任中国海关总税务司的李泰国。让日意格庆幸的是,总督定性为英国人所为,撇清了他和德克碑。权衡一番后,日意格觉得是到丢卒保车的时候了,不能隔岸观火,以免影响前程。于是对左宗棠表起了忠心:"大人,标下这就辞掉宁波税务司一职,愿一心一意在大人麾下办好船政事务。"

左宗棠觉得胸口这口气一下就顺了,满意地点了一下头,旋即又一脸愤恨:"男人就该做惊天伟业,怎能干鸡鸣狗盗之事?!"说到这里,左宗棠把目光转向日意格并郑重承诺:"放心干,老夫不会亏待你。"

"多谢大人栽培。"日意格心花怒放,觉得自己已抱稳了总督大腿。

第十二章
DISHIERZHANG

受左宗棠之命,这一天日意格、德克碑和贝锦泉再次来到总督府,商议即将启动的船政计划。

"船政包括造船和练兵,先期工作为筹饷与用人,不知制帅是否已安排妥当?"左宗棠刚开门见山说明今天的议程,习惯雷厉风行的德克碑就立即探问。

德克碑问得虽然很婉转,但大家都心知肚明,其实质就是担心巨额经费如何筹集。有钱能使鬼推磨,一分钱钞一分货。若没有银两,别说是船政,就是一支船桨也做不了。听了译员的翻译后,左宗棠看着德克碑直截了当地反问:"共需多少白银?"

"大人,标下和德克碑事先已计算过。"日意格怕译员弄错,就接过话头,随后掰着手指开始一一细算,"匡算一下,造船厂、购机器和募师匠这三项约需费三十余万两;中、外技匠薪金每月需开支五万两左右,估计一年需费六十万两;开工集料约十万两。当然,创始前两年成船少,费用相对高些,但后三年,因技术熟练成船加快,成本会随之下降。通计五年所费,约需三百万两左右。"

贝锦泉听了暗自咋舌,转视总督,对方却镇定自若。左宗棠没想到洋人测算的头年费用比自己与幕僚估算的要低,更感欣慰的是,两位洋人真心实意搞船政,不然怎么可能有长达五年的规划?五年三百万两,这事看来难度不算大,至少要比原先想象的要好。左宗棠没有丝毫的犹豫,坦然告知:"就闽而论,海关结款既完,则此款应可划项支应,不足则提取厘税益之。另外,老夫前几天曾函商浙江巡抚马新贻和新授广东巡抚蒋益澧,两抚愿凑集巨款,以观其成。如此看来,这筹饷一事决不成问题。"

听了左宗棠的解释,贝锦泉的心顿时宽下来,尤其是浙江和广东也愿意凑款,这等于是集三省之力办船政,而非福建一省孤力为之。日意格和德克碑也相视一望,消除了纠结于心头的困扰。张师爷见状,慢条斯理地追问日意格:"帮统大人刚才言购机器一事,不知这些机器将从何处购得?"

购机器和募师匠也是贝锦泉关心的事项。依目前中国工匠的技艺,肯定没法制造轮船机器。去年西湖那艘自制小轮船的配件,部分也是向洋商所购,中国工匠根本没有这个技能。日意格似有备而来,张师爷话音刚落,就马上解释:"考虑经费之故,购觅必需机器时,可先购买一套,大小备齐。同时,觅雇技艺高超的西洋师匠,与机器一起同来中国。以后就请师匠们以机器制造机器,这样积少成多,化一为百,足可满足所造轮船之需。"

日意格的建议与左宗棠的想法不谋而合。左宗棠也计划请懂行的洋匠购买一件机器,宽给经费,但求精良,然后再以它来生产机器,积微成巨,终成一船之器。所以日意格解释完购买机器方案后,左宗棠就不再细问,马上切入下一个话题:"洋匠如何请?"

"按法国师匠聘请之法,立条约,定薪水。同时,船政局挑选中国各项工匠,待师匠到厂后,令他们尽心教艺各项工匠,如不传授者,罚扣其相关薪水。"

贝锦泉原担心洋人不肯传授技艺,更担心趾高气扬的洋人不服管束,现听日后可用薪水惩治洋人,兴奋之余忍不住插话肯定:"此法甚好。先订立条约,确定薪酬,然后根据教艺情况给以奖惩……"

贝锦泉突然发现左宗棠正盯着自己,想刚才贸然打断总督咨询,心一紧,顿时说不出话来。其实面无表情的左宗棠打心眼里欣喜,贝锦泉不但有向洋人学习技艺的志向,更有不畏洋人强势的气概,有这样的人,不怕船政搞不好。看贝锦泉打住话头,于是鼓励道:"说下去。"

贝锦泉这才大胆地把后半句话说了出来:"同时,所选本地工匠其性慧夙有巧思者,无论官绅或士庶,可一体入局讲习。至于拙者或惰者,可随时更补,避免日后误大事。"

这一想法又说到左宗棠心坎里。左宗棠早就想一改中国只知用人不知育人、只知用人不知量人、只知用私人不知用能人的弊病。船政日后必须不拘一格选拔人才,不允许滥竽充数者混时间。所以他连点了几下头:"嗯,好。"

日意格也被调动起了情绪,原先除了钱,他最为担心的是人员选定。若按中国惯例,船政聘选人员必定是官员的亲戚好友,这些人往往既笨又懒。可一旦入了局,就别想更补。现听左宗棠肯定贝锦泉的选人建议后,日意格对办好船政有了更大的信心,于是再次主动提议:"所学即所用,所用即所学。制帅可在聘请师匠协议上标明教习造船即兼教习驾驶。"

贝锦泉心里"咯噔"一下,教习驾驶?那也就是说船成之日自己还不能主控轮船?基于担心将来无作为,他脱口问道:"船成当由谁来驾驶?"

贝锦泉的用意很清楚,左宗棠又何尝不希望由国人驾驶新造轮船,最好中国所有的轮船舵盘都能掌控在国人手上。但左宗棠也清醒地认识到,非常之举,谤议易兴,船政之事断不能大意,一旦有误,京城言官及宿敌必把自己折腾得够呛。只能步步稳妥,决不能有任何的纰漏。当看到日意格张嘴欲说,左宗棠赶紧抬手制止并表态:"船成以后,若中国无人堪作船主,看盘、管车诸事可以暂雇请洋人,令船员随同出洋,周历各海口。无论弁兵各色人等,有讲习精通能为船主者,则给予武职千、把、都、守,由虚衔补实职,俾领水师。"

张师爷赶紧附和:"如此,材技之士必争起赴之。将来讲习益精,水师人才固不可胜用矣。"

"是呀,船成即令学管驾,得力更速。"崔师爷也应声加了一句。

总督的话让贝锦泉的情绪大落后又大起。听看盘、管车诸事都可以暂雇请洋人后,他甚为沮丧。可后半句让贝锦泉越听越振奋,一旦虚衔补实职,他就不再是北号船主的船老大,而是大清水师的将领。贝锦泉恨不得马上回去写信告诉父母与陈洁这些好消息。

德克碑似乎并无兴致探讨这个问题,乘空当冷不丁抛出了新议题:"船成后如何维护保养?"

等译员译完后,日意格详细补充道:"船成就需日开支,无论开与不开,都需对机器进行保养,不然一旦海蚀严重,舰体将报废。如需战舰周历各海口,还需加煤炭等费用。"

见左宗棠不吭声,张师爷扭头对日意格说:"此事制帅早有考虑。如虑煤炭、薪工按月支给所费不赀,修造之费无俟别筹,则以新造战舰运漕,并以雇沙船之价给之。漕务毕则听受商雇,薄取其值以为修造之费。而一旦海疆有警,专听调遣,随贼所在,络绎奔赴,分攻合剿。"

日意格和德克碑听完傻眼了,哪有让战舰当民船去运输的,估计也就中国能搞出这档新鲜事来。不过两人转目向左宗棠望去时,看对方紧蹙的双眉下眸间闪过一道颓唐后,突然读懂了对方的苦衷与无奈。唉!如此捉襟见肘的艰难时境之下,总督还在想方设法为振兴国家而不懈努力,实为可敬可佩。万般感慨之下,德克碑主动为这个点子掩饰尴尬:"让战舰闲暇之时或装载商货,或捕盗护商,不但可以有出海训练的机会,又可募集到造船经费,这确是个好办法。"

崔师爷见洋人也认可,更是直接地拍马溜须:"战舰成,则漕政兴,军政举,商民之困纾,海关之税旺。真可谓一时之费,数世之利。制帅伟功也。"

左宗棠苦笑了一下,心里明镜似的,办船政必定有利大清王朝,但吃力却不一定讨好,更难讨巧。且说经费之事,自己若开口想从朝廷拨得一个铜板,许多人必以始则忧其无成,继则议其多费,或更讥其失体来不断攻击。不过左宗棠抱定了"天下事始有所损者,终必有所益"的信念,决心力排异议办好船政。况且现各国都在大海争利,若彼有所挟,我独无之,那大清王朝今后如何立足?信念与决心让经费、制造、驾驶、设厂、设局等诸多船政事项渐渐都有了眉目。

次日,在日意格等人的陪同下,左宗棠再次来到罗星塔,划定马尾山下为船政地址,正式聘用日意格和德克碑为正、副监督。在与两人签下了合同后,左宗棠一脸正色地问日意格和德克碑:"五年须成船十六艘战船,你们给老夫透个底,究竟有多少把握?"

日意格十分理解左宗棠的心情,五年后若完不成目标,他肯定无法向朝廷交代。其实日意格和德克碑也很看重声誉,即使在异国,也决不能拿声誉作赌注,两人先前精心测算过,完全有把握五年造十六艘战舰。看左宗棠仍有忧心,日意格灵机一动,眉舒眼笑地从口袋掏出一锭小"金元宝",举在眼前故弄玄虚地说:"大人,肯定比这个高。"

看左宗棠一时没听懂,张师爷故意打着哈哈解释:"日监督手中这锭金可是足赤,想必此合约定十全十美。"

日意格也不含糊,表情夸张地说:"那是自然,没有金刚钻,哪敢揽瓷器活呀。"

日意格为颇能熟练地引用中国俗语而得意,说完等着众人笑声。可现场除了德克碑,其他人神情极不自然,有人端起盖碗喝茶,有人垂眉望着脚尖,不但没人笑,更没人接话搭腔。就在他僵着一脸想笑却笑不出的尴尬表情时,突然明白了原因。该死!肯定刚才把"瓷器"误说成"慈禧"了。聪明的日意格也不回避,马上自嘲着圆刚才的话:"我们都是太后和皇上的奴才,能揽太后和皇上主子们的活,那是奴才们的福分。"

日意格的应变能力让众人大为惊叹,德克碑听完翻译后也表态:"如果

中国不拒我,我愿意为中国倾尽毕生精力。"

左宗棠暗暗慨叹,看来洋人确有忠勇之士。他情不自禁地由衷感言:"有尔等忠士,何愁中国船政不兴!"

等译员翻译后,日意格和德克碑同时离座打千儿叩谢:"谢制帅大人的信任与栽培。"

见事已办妥,崔师爷上前悄声提醒:"大人,席面已备,是否现在入席?"

"好,边吃边谈。"左宗棠推椅离身,边走边爽朗地说道,"今天刚好家乡来人,让你们尝尝我岳州鹤龙湖的螃蟹。"

一听是吃螃蟹,日意格顿时暗暗叫苦不迭。他见识过中国人吃蟹的耐心与兴致,根本不是为了补充身体能量,也不是在咬螯剔肉中解馋,而是当成文雅的享受,成为金秋时节特有的风流韵事。果然刚到餐厅,只见房间四周摆放着菊花盆,一朵朵盛开的菊花衬托出哄闹气氛。每个座位前,整齐地摆了一套包括锤、钩、斧、匙、刮、箸、镊、镦的铜质"蟹八件"。

左宗棠径直走到首位,坐定后伸手招呼:"坐!"

众人按职务高低,依次围着桌子坐了下来。

"上水。"崔师爷话音刚落,六名兵勇端着水盆和布巾鱼贯而入。等众人洗手擦干后,又有相同数量的兵勇端着水杯、空盆和布巾进来。见众人漱口完毕,左宗棠这才双手端起面前的酒杯:"大事已启,望尔等不负太后、皇上隆恩,勠力同心,唯日孜孜,尽快制造护国利器,庇佑我大清王朝永世安宁。"

"嗻!"所有人起立向南举杯,随后一饮而尽。

举杯时,日意格发现今天用的酒杯也与往日不同,不但胎质略有松散感,而且胎底也不是青色,而是灰白色,青绿色釉面还有不规则的细小冰裂纹。喝尽杯中酒后,他好奇地打量着手中的酒杯,根本没留心看一道道上来的菜。

"监督大人认得此酒杯?"崔师爷笑眯眯地问身边的日意格。

日意格本就被手中奇特的酒杯撩拨起好奇心,闻言更确定此杯来历不凡。他摩挲着酒杯,摇头坦言:"从来没见过这样的瓷器。"

崔师爷暗自高兴,这下不但可以借机卖弄一番见识,更有了拍东家马屁的机会。只听他侃侃而谈:"今天制帅特吩咐下人为两位监督大人精心准备一席湘菜。作为中国八大菜系之一的湘菜,早在汉朝湖南就用蒸、熬、煮、炙等烹调方法,制作出各种佳肴。湖南气候湿润,自然条件优越,不但盛产笋、蕈和山珍野味,家牧副渔也很丰盛。"崔师爷顿了顿,随后手指桌中的菜肴,"监督大人请看,这是武陵甲鱼,这是道州灰鹅,这是洞庭金龟。这道形似毛笔的鱼就是祁阳笔鱼,其因肉质细嫩,素有'席上珍品'之称……"

坐在末位的贝锦泉听得傻眼了,虽然大海中有更多的鱼类,但今天听崔师爷这一说,自己真不知道天下还有这么多美食。

崔师爷自鸣得意地介绍完桌上的菜肴后,话题一转,终于回到了桌上的瓷器:"唐代陆羽在《茶经》中,对中国六大名窑有个评定,岳州窑因制作风格独特,时列第四。监督大人好眼力,您手上这酒杯就是中国唐朝时期所制。"

贝锦泉吓了一跳,天,没想到这杯子竟然是有着千年历史的古董。他小心地扶着酒杯,生怕不小心失手打碎。

突然崔师爷提高了声音:"所以《史记》曾记载'地势饶食,无饥馑之患'。"

张师爷坐不住了,崔师爷前面铺垫了这么多,只不过是为了讨好东家罢了,这点小伎俩算什么,你小子还是看我出招吧。张师爷于是不慌不忙地端起酒杯朝崔师爷敬了一下:"崔师爷果真博学,来,我先敬您一杯。"

等崔师爷乐呵呵地举杯虚还礼饮了一口后,张师爷故意对日意格和德克碑说:"无论是湘菜还是湘器,都是因有湘人所为。而湘人中,至今没有人能与制帅一比。想当年,制帅入佐湖南巡抚幕府,内清四境、外援五省,革除弊政,开源节流,不但湘地军政形势转危为安,出省作战更是连连奏捷,成为湘人的骄傲。时有人誉'天下不可一日无湖南,湖南不可一日无制帅大人'。现制帅令世子子异兄赴湖南办义塾,仍……"

默不作声的左宗棠本来挺开心,可被这两幕僚这一抬,反而感觉有点不舒服。过去是赢得了不少声誉,但也因此遭人忌恨和诽谤,尤其那次湖南永州镇总兵樊燮的构陷,险些让自己连性命都不保。庆幸胡林翼、郭嵩焘仗义执言,更庆幸当初潘祖荫、肃顺等大臣惜才而披沥上陈,才使那场轩然大波得以平息,保住了性命。想到自己即将要办的船政,真不知今后要过多少道坎。不过为了大清的江山社稷,这条路必须走,即便用生命来交换,那也心甘情愿。看下人刚好端上煮得通红的螃蟹,左宗棠抬手制止张师爷话头,指着盘中螃蟹提议:"今日不谈这些,老夫知道你俩肚里有的是货,来,各作一首与螃蟹有关的诗来助助兴。"

"遵命。"两幕僚应声后,立马搜肠刮肚暗自琢磨起来,希望能技压对方,更期望一鸣惊人。

"嗯,这个好。"

看日意格附声后要挖螃蟹盖子,左宗棠开口劝阻:"先别动,待他们作完诗后再食用。"

贝锦泉和德克碑一脸无奈,别说是作诗,就是听,两人也难懂其意。本想干脆埋头吃蟹,可左宗棠定了规矩,只好耐心地等着两位师爷表现。

张师爷微眯双眼,不一会儿,脑袋连同身子轻晃了一下,张口缓缓诵道:"虽长河湖泥淖中,四野横行迹无踪。铁甲长戈威风显,勇舞双螯英雄现。"

众人刚拍手叫好,这边崔师爷也口是心非地叫好后,摇头晃脑吟诵起来:"锤敲蟹壳唱八件,金锯剖螯举觞鲜。吟诗赏菊心澎湃,共谋船政稳江山。"

"妙!"左宗棠轻拍了几下手,心满意足地热情招呼,"来,动手,快尝尝岳州的螃蟹。"

望着亮晶晶的"蟹八件",日意格叫苦不迭,看来这个饭局没有一、两个时辰断不可能结束。

一段力图创建强大海军以御外侮的自强历程,竟然从一场热闹的饭局中渐渐拉开了帷幕。

第十三章
DISHISANZHANG

就在福建轻松热议船政之时,远在千里之外的京城又笼罩在一片惊慌与忙乱的阴影中。

"李鸿章究竟在干什么?!捻军怎么越来越多?为什么放他们逃往陕西?为什么不追堵围剿?"慈禧怒气冲冲地把手中的奏折摔在了地上,并发出一连串的责问。

殿内太监与宫女们吓得跪倒在地,趴着身子忙不迭地磕头。恭亲王奕䜣小心地劝慰:"太后息怒,恳请太后为了大清社稷,保重凤体。"

慈禧盛气凌人地睨了奕䜣一眼,讥讽道:"哀家是想和姐姐清静,可你们这些臣子能让我们安宁吗?"

跪在地上的军机大臣把头埋得更低,不敢搭话。慈禧绷起脸扫视着平素威风凛凛此时却和太监、宫女一样的军机大臣,只见他们个个噤若寒蝉,耷拉着脑袋,连呼吸也是小心翼翼,生怕弄出什么声响来。慈禧暗自得意,看来自己已操控本由男人主宰的世界。其实她心里很清楚,捻军没什么好担心的,连声势浩大的"长毛"都给灭了,还有哪个人有能耐掀起这样的巨浪?况且捻匪首领张乐行早在同治二年就给击毙了,估计少则半年,长不过两年,定能把这些匪徒全部剪除了。现在的首要大事就是借这个时机,调整朝廷要员,换拨封疆大吏,把整个政局牢牢掌控在自己手上。想到这里,慈禧收住得意劲,故意叹了一声:"哎——你们到底有无法子?"

宝鋆赶紧直起上身回话:"禀太后、皇上,如今匪军在曾国藩和李鸿章的先后打击下,兵分两路。东路由赖文光和任柱继续在中原打游击,此路人马不用虑,只需嘱咐李鸿章的淮军紧盯,抓住机会围困于黄河南岸、运河东岸、胶莱河西岸和六塘河北岸一带,就可乘机全歼;西路由张宗禹和张琢率领,已进入陕西,要严防此路人联络地方扩大声势……"

慈禧心里其实早就有了这样的想法,所以听到这里,直接插话问道:"谁可督守陕甘?"

"两广总督吴棠漕督治行最著,当年办团剿匪亦多勋绩,微臣以为督守陕甘非他莫属。"

慈禧冷眼打量着宝鋆,一时摸不清对方的真实用意。是真觉得吴棠可担剿捻重任,还是想把吴棠推向风口浪尖置于险境?或是想让吴棠远离政治中心,从而失去自己这顶保护伞?斟酌一番后,慈禧决定不让吴棠冒这个风险,于是开口说道:"吴棠已多年不领兵,哀家不放心。"

奕䜣心里"呸"了一下,嘴上说得好听,谁不明白这是护着吴棠而已。唉,想这吴棠也真是天意护佑,明明当初这个清河县令那三百两白银的祭礼是要送上湖南道台的丧船,却因衙役粗心,错上了恰巧也停泊在此处的安徽徽宁池太广道道台的丧船上,把三百两白银送到了扶柩还乡正为川资不够发愁的慈禧姐妹手上,以至于慈禧常念旧恩,处处护着吴棠。前几年,不少人弹劾状告吴棠"拆堰制灾,圈城卖地",谁知吴棠不但没有被告倒,反而官越做越大。同治二年实授漕运总督,去年署江苏巡抚,今年初再升两广总督,可谓是一年一升。奕䜣无奈地试探:"太后说得在理。臣保举闽浙总督左宗棠可当此任。"

桂良怕慈禧再有变故,赶紧应和:"微臣也保举左宗棠。"

慈禧也斜着眼暗笑一声,用得着这样猴急吗?看来今后还得找机会把奕䜣这棵大树稍砍几刀,免得这些猢狲趴在上面不听话。就在她准备开口之际,慈安发话了:"妹妹,左宗棠刚好打完福建胜仗,有忠有勇,确可当此任。"

"姐姐说的是。"慈禧笑迎慈安的眼神作答后,马上扭过头下旨,"就按东太后懿旨,令左宗棠调任陕甘总督,令吴棠调任闽浙总督,即赴新任。"

"嗻!"

八月十六日,左宗棠提前收到安插在北京的探子传来的自己将调任陕甘总督的消息。

"唉——天不留老夫在福建搞船政啊。"左宗棠把手中的信纸递给了张师爷,情绪有点低落。

张师爷接过后,侧身与崔师爷并头匆匆览了一遍。崔师爷收回身子先劝道:"制帅不必伤感,行非常之事,乃有非常之功,此番调任说不定是件幸事。"

"喔?"左宗棠应了一声,抬眼看着崔师爷等下文。

"东南海防,西北塞防,其实两者都是当今英雄可以施展拳脚的地方。古时备边就在西北,而且就目前形势而论,夷人尚无在沿海再寻衅的迹象。可西北却不同,表象是一群乌合之众在作笼中困兽之乱,但实际上边疆危机时时存在。"

"地方族人归附不至于如此。"左宗棠知道新疆等地偶有叛乱,但相信中国自身一强,这些必归附之,危机之谈真有点危言耸听。

崔师爷使劲摇了几下头:"非也。大人,先前地方叛乱只是内人暴乱,的确闹腾不了多久。但现在形势大变,有他国参与并干涉,所以早已不可同日而语。"

左宗棠心一怔,追问:"你指俄国?"

"中俄虽在康熙二十八年签订了《尼布楚条约》,但其实根本没有约束作用,甚至可以说是一纸空文。俄国自彼得大帝执政后,遂成了中国陆上的军事强邻。其国地广兵强,垂涎我中国牧场已久,若制帅让俄人不能得逞西北,

则各国必定不敢构衅东南,这就是立世之功啊。"

张师爷对崔师爷的说法不以为然,但他知道在无力让朝廷改变对东家的调任时,只能在劝慰中协助东家寻找新的突破口,于是也开口劝道:"其实朝廷调任制帅用意就在于此。俄国现为中国之强敌,西北必须设人防以为藩篱。环顾中国,此重任非制帅莫属。"

左宗棠叉开手指托着下巴深思了片刻,说:"现西北乏饷,长年指望沿海各省协济为大宗,一旦沿海各省因筹办海防急于自顾,停缓协济,大局岂不犹如画饼也?"

崔师爷似乎早有对策:"当今列强逼于东南,俄环于西北,需均衡抵御。但朝廷历来重北轻南、重陆轻海,所以一旦西北有事,届时制帅只要坐镇酒泉,各路人马必定云集归您节制。"

"船政未必出绩,边塞则大可作为。先除捻,后御夷。"

张师爷的话一下子击中左宗棠内心最为脆弱的部分。他手捏短须思忖,目前船政的确受制很多,朝廷虽同意开建,但财政根本没有着落,况且洋匠能否成功聘请也无法确定,米和巧妇犹如镜中花、水中月。同时,一些言官虎视眈眈,随时都有参一本的可能。而且由曾国藩和李鸿章办起的江南制造局已抢得先机,其所建地不但洋人云集,而且地理上也离京城近,即使朝廷要扶持,那肯定也是首选江南制造局。唉,倒不如破釜沉舟,放弃东南,进西北开创另一番天地,就像汉时与匈奴七战七捷的卫青,生时内秉国政,外则仗钺专征,死为传世民族英雄。想到这里,左宗棠望着案头上的信纸,感觉尽抒胸臆,说:"那就依两位先生之言,进军西北!"

崔师爷刚吁了一口气,那边张师爷灼灼闪亮的眸子一闪,莫名其妙地问:"大人,吴棠可熟?"

"从未谋面。"左宗棠明白张师爷用意,随即反问对方,"此人不适合船政?"

张师爷皮笑肉不笑:"小人只是担心此公改变制帅大人的合约,毕竟他是太后的红人,毕竟他是李鸿章的乡人。"

张师爷的两个"毕竟"宛如两把尖刀,划得左宗棠忍不住跳了一下双眉,心里开始嘀咕起来:是呀,自己不熟悉吴棠,由此人接任闽浙总督兼管船政,极有可能改变船政方案。那有什么办法应对?换人肯定不行,既然朝廷已定此人接任自己,如无意外,肯定不会更改。就在左宗棠越想越急之时,只听崔师爷直截了当地建议:"大人,断不能让一手开创的事业中途受挫,更不能停顿放弃。当务之急,应速拟一份奏折,说船政事多风险大,请求朝廷另派员直接管理船政事务。"

事多风险大?妙,让太后知道昔日恩公有风险,就可抢在新任总督尚未接任前把船政权力夺出,另委他人担当此事。左宗棠紧锁的眉头终于舒展开来,乐呵呵地问:"谁可担此重任?"

崔师爷想也没想,立刻报出一名:"沈葆桢。"

左宗棠哑然失笑,自己真是糊涂之极,怎么把眼皮底下的师弟给忘了。若是沈葆桢接办,必能久于其事,然后一气贯注,成功可期。可转眼一想,沈葆桢的母亲去年春去世,他尚在丁忧守制中,能说服朝廷起用吗?即使说服了朝廷,那进士出身曾为御史言官的沈葆桢肯定把守制看得比生命还要重,会肯破守制之规出山吗?左宗棠低声自语:"上能允诺吗?"

崔师爷呵呵一笑,自信言之:"船政事巨,非资深能功之臣难以驾驭,就凭沈大人同治三年俘获伪幼天王盖世巨功,朝廷必定夺情,用之且信之。"说到这里,崔师爷顿了顿,眯缝着眼睛缓缓说道,"更何况沈大人与湘、淮不合,定会憋着一股气而争之。"

左宗棠眼前一亮,沈葆桢也曾在曾国藩的湘军中任参赞,同样对主帅曾国藩没有好感。当年,沈葆桢任江西巡抚时,两人就因军饷发生过争论。而曾国荃攻克天京谎奏幼天王死于乱军后不久,沈葆桢却俘获了幼天王,并立即奏报朝廷,让曾氏兄弟脸面扫地,两人关系几乎坠至冰点。让他来主持船政工作,绝对是最理想的人选。

看左宗棠点了头,张师爷觉得此事已定,就顺水推舟说道:"虽然沈大人还在丁忧守制中,但只要制帅与英桂将军和徐宗幹大人说定,再屈尊上府相请,并以国事为重规劝,料想沈大人必答应就任。"

"唔。"

张师爷看商议基本已定,况且这一课自己也准备不实,担心再继续下去会在崔师爷的招数前丢尽面子,于是起身说道:"大人,我这就去拟折。"

左宗棠心情极爽,不但眼前事有了可靠托付,而且即将要另开创一番伟业,世上能有几人得朝廷如此的眷顾与信任?想到这里,他手一挥:"今天不见任何人,让敏修备好船只,本督要再看看大海。"

崔师爷赶紧吩咐亲兵去安排,他想好好陪同东家此行,也许眷恋大海的东家今后再也没有机会看到大海,也许他余生注定在西北为中国守疆。

次日午后,圣旨就到了总督府,左宗棠沐浴焚香跪接完圣旨后,就开始按部就班地应对变动。

可万万没想到,左宗棠在沈府刚和沈葆桢谈及这个想法,沈葆桢就当即予以回绝:"季高兄的美意,小弟全领了,可小弟重孝在身,不能担以重任。"

左宗棠赔着笑脸解释:"贤弟,如有合适人选,为兄定不忍心让朝廷夺情,还望贤弟以国为重,担以此任。"

沈葆桢脑袋晃得像个拨浪鼓:"季高兄,恪遵儒家礼制乃士大夫首要义务。小弟若应允兄之请,那天下读书人必定笑话小弟,从此成为读书人异端。"

"晓苫枕砖只为家,夺情起复则为国,君子不应拘泥于繁文缛节,该懂变,要经世致用。"

自左宗棠说明来意后,沈葆桢就料到对方会引用自己曾说过的这几句话。记得咸丰七年,时任兵部右侍郎衔的曾国藩正在襄办湘军,突接家父曾麟书卒的消息。依例他不得回籍奔丧,理应请示朝旨再行定夺。可曾国藩上报忧折后,不待批准,就离营回湘。当时左宗棠就写信骂他重纲常、维名教而警偷薄之俗。自己也是站在左宗棠这边,呼吁曾国藩回营挂帅,万万没想到,早先搬起的石头如今会砸在自己脚上。可沈葆桢转念又一想,曾国藩可以以"金革之事无避"之由来夺情,而自己早已不是朝廷命官,有何由可以夺情?一旦夺情,天下人必认为我沈葆桢是个贪爵禄的小人。想到这里,沈葆桢说道:"季高兄此话差矣,南朝齐人庾黔娄尝父粪忧心,辞尚不满十天的孱陵县令任期,安心守制三年,难道今朝臣工不如千年前臣子?况且今福建全境已被季高兄扫定,小弟又丁忧两年矣,素身何以有'金革之事无避'之说?"

"幼丹此话差矣,一省之安又非一国之安。"左宗棠轻呷了一口茶水,忧心忡忡地放下盖碗说道,"如今捻军作乱猖獗,有西进迹象,若不及时剿灭,'长毛'之痛必将重演。"

沈葆桢心一紧,但抬眼撞见门上飘动的蓝灯花纸挂签后,又迅速恢复了原状,拉着脸冷冷说道:"季高兄,小弟心已定,守制不满,绝不出门!"说到这里,沈葆桢朝着门外大声催问,"豆腐饭做好了没有?"

管家疾步跑了进来:"大人,马上准备齐全,随时可以用餐。"

"知道了。"沈葆桢转过脸,"季高兄,小弟丁忧在身,恕家中只能素食淡饭招待,还望兄台见谅。"

左宗棠知道再说不但毫无意义,且极有可能陷入僵局,倒不如今日不说死,待回去商议对策后再定。想到这里,左宗棠略带歉意地说道:"幼丹,为兄今日尚有他事,容改天再叙旧。"

沈葆桢自然明白对方想找台阶下,于是缓下脸笑道:"季高兄,恕小弟丁忧在身,暂不上贵府回拜了。"说完,推椅起身,手一伸:"请!"

晚上与两位师爷商议后,左宗棠决定采用逼迫手段让沈葆桢"乖乖就范"。没过几天,圣谕传到总督府。左宗棠拆开一看,一切如两幕僚的预测,为了安抚即将启程的平乱大臣,朝廷同意成立船政衙门,并让左宗棠举荐船政大臣人选。福建船政大臣的设立,可以说在气势上把江南制造总局压了下去。船政大臣与督抚相等,而江南制造总局则只是督抚督办的机构,节制于督抚。

在左宗棠的授意下,张师爷立即拟好了《派重臣总理船政折》:"……惟丁忧在籍前江西抚臣沈葆桢,在官在籍,久负清望,为中外所仰,其虑事详审精密,早在圣明洞鉴之中。现在里居侍养,爱日方长,非若宦辙靡常,时有量移更替之事,又乡评素重,更可坚乐事赴功之心,若令主持此事,必能就绪。商之英桂、徐宗干,亦以为然。臣曾造庐商请,沈葆桢始终逊谢不遑。可否仰恳皇上天恩,俯念事关至要,局在垂成,温谕沈葆桢勉以大义,特命总理船政,由部颁发关防,凡事涉船政,由其专奏请旨,以防牵制……"

左宗棠阅后很满意,当即命人封签,快马送递宫中,请朝廷夺情起复沈葆桢。并明确二十天后交接完毕,率军剿捻。

安排妥当后,左宗棠派心腹在沈葆桢的住宅附近放出风声,说是朝廷即将夺情起复沈葆桢,命其为福建船政大臣。

消息很快传到沈葆桢耳中,他不以为意。可夫人林普晴闻听这个消息后,却坐不住了,径直来到题有"夜识斋"室名的书房。

"夫人有事?"看夫人疾步而入,沈葆桢停下手中正在作画的笔,抬头问道。

林普晴轻挥了一下手,贴身婢女和侍候沈葆桢的仆人立即退出并掩上门。看夫人似有要事相商,沈葆桢干脆放下笔招呼:"夫人,坐。"

刚坐定,林普晴直言相问:"大人,现外面传言朝廷要夺情起复大人,不知大人知晓否?"

"哼哼。"沈葆桢知道这是左宗棠的把戏,不置可否地冷笑了一声。

林普晴不动声色地继续追问:"如真有此事,不知大人如何打算?"

"辞绝!"沈葆桢不假思索,立马吐出两个硬邦邦的字。

林普晴轻轻摇了摇头:"若母亲在天有灵,她老人家必不容许大人如此草率。"

被顶撞的沈葆桢没有丝毫不快,他一向敬重贤淑端庄有见识的夫人。记得咸丰六年,当沈葆桢还只是署理广信知府时,因筹饷河口,郡城空虚,面对蜂拥而至的太平军,城中官员皆收拾细软携家眷仓皇出逃。作为女子的林普晴非但拒绝下人提出的逃跑建议,反而从容飞书驻玉山的饶廷选乞援,并靠平时父亲林则徐和丈夫用兵的熏陶,率人打开府库犒军,浴血奋战多日,替沈葆桢保全了广信。所以,沈葆桢每遇棘手之事,常与夫人商议。今天见夫人如此肃穆,不由自主地盯着夫人问道:"夫人为何这样认为?"

林普晴迎过丈夫的眼神,不卑不亢地解释:"大人,女子与小人都懂'若值国家有事,孝子不得遵恒礼,故从权事'之说,如今正是朝廷急需用人之际,可大人却以家之情盖国之急。若传扬出去,岂不让天下人笑话?"

"那依夫人之见,当何为上策?"沈葆桢此时的语气就像他的个子,明显要比常人矮了一截。

"家能孝,国能忠,方为大丈夫。大人一生大节昭昭,曾挽狂澜于既倒。奴为名臣女,更祈成名臣妻。父亲当年看中的就是大人的正气与才气。若今日大人上不能匡主,下亡以益民,如何再有顺乎天理之气正?"

夫人这一问让沈葆桢清醒了不少,他眼皮一合,回转身陷入沉思中。虽夫人说得句句在理,可百善孝为先,若守制未满为官,日后岂不成为他人笑柄?可若是为了孝而落得一个不忠之名,那也太冤枉了。就在万般纠结之际,突然传来"笃笃"的敲门声,沈葆桢抬头冲着大门喝问:"什么事?"

"大人,闽浙总督左宗棠求见。"

沈葆桢心烦意乱地隔着房门挥了一下手:"就说我不在,请他改日再来。"

"且慢!"林普晴起身阻止,旋即打开房门吩咐下人,"请左大人到客厅稍坐片刻,大人马上过来。"等下人应声离去后,林普晴转身回到沈葆桢面前,好言劝道,"大人,家父曾言,孝子之于亲也,不以病不起而废药石;忠臣之于君也,不以事不可为而奉身以退,其任事也,不以已之不能而他诿之。所以,当天降大任于大人,大人理应担之。"

"哎——"沈葆桢长叹了一口气,起身虚望大门,"还是见机行事吧。"

林普晴知道丈夫已在妥协中答应,于是边替沈葆桢扯平长衫,边催促:

"请大人快去客厅,不要让左大人等久了。"

"好,夫人留步。"沈葆桢说完匆匆向客厅赶去。

穿过廊沿,沈葆桢远远地就看到左宗棠正在客厅转圈踱步,看得出有几分躁意。想此时左宗棠该有多少急事需办,可为说服自己担船政大事,这已两次登门,沈葆桢不由得心生几丝愧意。

虽年近花甲,可戎马一生的左宗棠耳聪目明,听到声响后,立即迎上来招呼:"幼丹,愚兄又不请自来了。"

"没能远迎季高兄,失礼,失礼了,还请季高兄海涵。"沈葆桢边拱手回话,边加快了脚步。

分宾主落座后,沈葆桢明知故问:"季高兄来寒舍有何指教?"

左宗棠也不拐弯抹角,堆起暖暖笑意言明来意:"不为别的,请贤弟主持福建船政。"

"小弟早已言明,重孝在身不便接任。"

沈葆桢说完闪过眼神向门外望去,善于察言观色的左宗棠顿时有了几分底气,心中一阵窃喜。他从袖袋中取出上谕,一边递给沈葆桢,一边说:"这是刚收到的上谕,请贤弟先看一下。"

沈葆桢双手捧过。两年多,这是头次接上谕,心里忍不住泛起一丝莫名的酸意。打开一读,顿时感到有股精气从心头冒出,并向全身贯通,让人为之一震。

"贤弟意下如何?"左宗棠接还上谕时,眼直盯着沈葆桢。

望着左宗棠急切的眼神,沈葆桢心里暗想,上谕又没定船政大臣人选,虽然朝廷极有可能答应左宗棠让他自己夺情,但这仅是可能,万一朝廷不恩准,岂不是让天下人笑话?还是以不变应万变,顺其自然吧。

看沈葆桢不吭声,左宗棠急了,好不容易让船政从福建督抚中分出权限,可不能眼睁睁看着寄予厚望的船政大权落入旁人手中,不然这些日子白辛苦了。想到这里,左宗棠小腿外移,踮起脚跟,倾过身子对沈葆桢推心置腹地说道："其实愚兄也懂贤弟之苦，但夺情绝非希荣忘哀之意。现朝廷干戈之际，事机急迫，顺乎天理之正，即乎人心之安，世俗夺情岂非圣贤的遵礼？"

表面平静的沈葆桢内心感慨万千，今后中国战舰的需求量必逐年增加，船政绝对是个展示才能的大舞台，若非丁忧在身，恐怕早就美滋滋地接受左宗棠的邀请了。唉，为什么这事儿不能再晚几个月呢？若能拖延受命，那就好了。沈葆桢于是试探着建议："季高兄，小弟明年六月守制才满，若定要小弟主持船政，那就等那时再让小弟受命吧。"

左宗棠又喜又急，喜的是沈葆桢终于松了口，急的是要拖至明年六月才同意受命，可船政刚启动，万事千头万绪等待去办，怎么能空缺着主持船政的大臣？左宗棠刚准备再劝说，但看到对方紧抿的双唇后，立即改变了主意，也就眼珠一转之际，左宗棠蓦然想出一个折中方案："那就在籍监造，在籍监造不需夺情，久司船政又可以侍养严亲。"

沈葆桢终于咧嘴露出一丝笑意："多谢季高兄宽解。但此事只是小弟之意，上意如何还不知。"

左宗棠一副志在必得的模样："只要贤弟愿在籍监造，余下之事就由愚兄来办。"

果不出所料，朝廷很快恩准沈葆桢在籍监造船政。当重眉方脸的左宗棠带着几分憔悴的神情再次来到沈葆桢府上时，迫不及待地把手中的上谕递给了对方："朝廷已特命贤弟署理船政，并颁发关防。今后凡事涉船政之事，由贤弟专奏请旨，无需督抚代奏。其经费则会商将军、督抚，随时调遣，不得稍有延误。"

沈葆桢阅后把手一拱："谢季高兄鼎力举荐。"

"贤弟此话差矣，共为朝廷做事，不分彼此。"

沈葆桢端起茶碗虚敬一下后，就手拈碗盖埋头推浮沫，不再有接话意思。左宗棠觉得今天要把话讲透，确保原先对船政的设想不被推翻，于是端着茶碗坦言："愚兄三请贤弟，只因贤弟是最为合适之人。想船政

刚起步,唯贤弟这样有资历声望之人方能独立行事,方能掌控大局,方能治人。"

沈葆桢听出连续三个方能的弦外之音,重点在第一个,但见效却是最后一个,他决定从最后一个谈起。于是轻呷一口茶,放下盖碗,申明自己主张:"季高兄,小弟与兄看法一致,制器乃办防之计,其要却在练兵、筹饷和用人上。盖有治人然后有治法,苟不得其人,虽炮利船坚,终也归无用。"

左宗棠暗喜三块砖连砸起到的效果,此时他就像刚才的沈葆桢,漫不经心地端着盖碗推着浮沫不接话茬。沈葆桢见对方不接话,就继续说道:"想即将接任闽浙总督的吴棠,其与李鸿章同乡,且仕途顺达,愿今后不会刁难小弟。"

难道沈葆桢还担心难独立行事?左宗棠赶紧给对方打气:"贤弟过虑了。想那吴棠受累朝知遇之恩,非恃恩益纵、伪言荧惑之辈……"

沈葆桢连连摇手打断了对方:"季高兄误解了。想那吴棠也是实心任事,且政绩卓著,舆论翕然,朝野闻晓。小弟只是担忧淮系众人插手干预船政,尤其是江南制造总局。"说到这里,沈葆桢偏着头,眸子中露出桀骜不驯的神态,"当然,小弟也非畏葸无能小人,必在三思其难其慎中,率船政众士同德同心,以筹自强。"

左宗棠又喜又忧,喜的是原来沈葆桢早把细节考虑清楚,且有办好船政决心,忧的是吴棠等会干预甚至阻滞船政。并非自己杞人忧天,沈葆桢也有这样的担心。如果真有人使绊,那对本就举步维艰的船政来说必定是雪上加霜,说不定将一事无成。想到这里,左宗棠不由得轻叹了口气,把目光投向门外,似乎要看得很远很远。

沈葆桢心里清楚,信而见疑,忠而被谤,自古而然。当年岳父林则徐自恨不能去邪,以至于遭疑谤被发配新疆。现听对方叹气不言,沈葆桢判断左宗棠想必已有所察觉,且有难言之隐。唉!还是独自担起船政事务,别让左宗棠担忧分心,好让他安心赴西北领兵平叛。于是,沈葆桢马上把话题引到平定叛乱上:"季高兄,西北陆疆漫长,无天然屏障,就算是最笨拙的兵器,亦可长驱南下,你这陕甘总督可不好当呀。"

左宗棠像是被戳了心尖一样疼,回过眼神望了望沈葆桢,心里暗想,当今朝廷上下大都急着考虑平定捻军,没几人远虑要防御洋夷的入侵,而恰恰后者对大清王朝才更具致命危害。记得二十多年前,自己就西域防御撰过文,今天的形势让他仍持这个观点。左宗棠如遇知音般感叹道:"知吾者幼丹也。平叛事小,防御方乃军国大务!"说到这里,左宗棠面朝沈葆桢,推心置腹地谈起对时局的看法:"早在同治三年四月,回人就趁西北官兵主力平定陕西及甘肃捻军叛乱时,杀死新疆办事大臣,与阿奇木伯克发起叛乱。去年起,浩罕国军官阿古柏更是乘机进入新疆,伺机毒杀族人头领并侵占了新疆。英夷为了抵制俄国势力的南侵,与阿古柏沆瀣一气,努力从印度向我新疆扩张势力。而阿古柏为了换取英俄两国对他的支持,一直妄图把新疆从中国分裂出去!"

沈葆桢竖起拇指赞道:"季高兄果有先明之见,怪不得岳父大人曾断言:日后西定新疆真舍左君莫属。"

左宗棠立马回忆起十七年前林公从新疆途径湖南长沙时,特把在新疆协助办理垦务期间整理的资料和绘制的地图全交给了自己,并慎重叮咛:"吾老矣,空有御俄之志却无成就之日。数年来留心人才,现欲将此重任托付!"如林公预测,自己果真即将领兵戍南疆。唯一让林公没有想到的是,当年只是要警惕俄夷的威胁,可现在又多了虎视眈眈、视利为上的英夷。万般感慨下,左宗棠乘势激励:"林文忠公一生留心选人,吾辈当以全力而为。"

聪明的沈葆桢自然听出左宗棠的弦外之音,想丁忧不宜过多谈国事,于是点头"唔"了一声,说:"季高兄,今日稍留小弟舍下吃杯薄酒,权作为兄饯行。"

巴不得逗留的左宗棠终于找准交代人事安排的好机会,他皱起眉佯装为难的样子吞吞吐吐说道:"好是好,只是……"

沈葆桢误以为左宗棠另有要事安排，赶紧劝慰："季高兄若有要事请便，容小弟改日再为兄饯行。"

没想到左宗棠却呵呵一乐："今日与幼丹商议之事乃事关中国今后命运大事，何来其他要事？"

沈葆桢愕然，不明白刚才托词想走的左宗棠怎么瞬间变了样，只好赔着笑问道："那兄之意……"

"今日不是愚兄一人拜访，我还给贤弟带来七将，现就在前厅等候拜见船政大臣。"

"哦？"沈葆桢虽有点意外，但反应很快，马上接口，"那就以茶代酒，一并留下。"

一直担心人事交代会让沈葆桢误以为自己欲暗中操控船政，现看来这都是多虑了，左宗棠难得笑了几声："嘿嘿，那就有劳贤弟了。"

等仆人将七人迎入客厅后，左宗棠为沈葆桢一一介绍。有总监督法人日意格，有负责物品采办的胡光墉，有负责军事的吴大廷，有懂日常管理的叶文澜，有熟悉洋务的黄维煊，有精通轮船驾驶的贝锦泉，还有熟练掌握西洋火炮的徐文渊。

左宗棠最后特意指着贝锦泉又补充道："敏修曾在江浙一带驾轮捕盗缉私，熟悉直隶、山东、江苏、闽浙沿海各洋面情形，日后可堪充战舰之主。"

沈葆桢细细打量了一番贝锦泉，问："闽省新向洋商购买一艘'华福宝'轮船，是不是你管驾？"

贝锦泉拱手答道："回禀沈大人，'华福宝'是由小人管驾，前日刚从上海展轮来闽，现归船政衙门调用。"

左宗棠故作夸张地问："喔？贤弟早知此事？"

沈葆桢也故意一本正经地指着外面反问："季高兄办着天大的事，闽省还有何人不知晓？"

就在所有人都乐出声时，左宗棠踌躇满志地和贝锦泉打起了招呼："此番远征,如需水师,敏修当速来前线助战。"

贝锦泉懵了,按常理他自然立马表态愿随总督前行,鞍前马后地效劳。可问题是现在自己属于船政衙门,新船政大臣就在眼前,万一他不同意,那岂不是麻烦?就在他左右为难之际,沈葆桢爽朗应允:"别说是一个人,季高兄如有需要,尽管点将,小弟从命就是。"

"那愚兄在此先谢了。"

沈葆桢伸手抬住左宗棠准备抱拳致谢的手腕,一对深邃明亮的眼眸直盯对方,不依不饶地提醒:"但小弟丑话说在前,有借有还。等米要下锅时,季高兄可不能耍赖不还呀。"

左宗棠心花怒放,看来沈葆桢的意向也是国人自行驾驶轮船、自造战舰,贝锦泉自然是首屈一指的最佳人选。他发自内心地拍着胸脯保证:"再贫也不能失信于贤弟,到时候一定完人归沈。"

贝锦泉也跟着众人的欢快笑声腼腆地笑了。

回衙门后,恰有京城探子来信。左宗棠看完信大为恼火,把信往桌上一拍,愤然骂道:"如此辜恩误国,实属丧尽天良!"

张师爷赶紧取过信,与崔师爷头碰头凑在一起看了起来。信中说,自船政合同内容传入京城后,主张购船的言官又联手向朝廷建议:"船政徒縻巨款,终无成功。倘或事已成局,万难中止,拟请只造四条船只,以免徒縻巨款。"赫德也是急如热锅上的蚂蚁,抓住朝廷并不乐意花钱的心理,四处游说,大造舆论,希望能阻挠成议。据说,他还给船政自画了一条底线,那就是若阻挠不成,设法让船政只造廉价、简易的捕盗船,而非造价更高、装备先进的战舰。

张师爷看完后,边折好来信边愤愤不平地说:"大人终日劳心尽力,积毁销骨,可朝中还是有人妄议朝政,妄加揣测,怨谤沸腾!"

崔师爷也附和着挖苦言官:"那种沉浸于蝇头小楷、不合时宜的微言大义,迟早是站不住脚跟的。大人还是全力整饬军备,无需分神理会。那帮沽

名钓誉之徒，虽笔下有千言，可胸中实无一策，说到底只是群无能的酸腐文人。"

"崔师爷所言极是。曲则全，枉则直，大人不必理会攻讦。"

左宗棠感觉心里舒坦了许多，可嘴上仍斗气埋怨："前朝言官多争意气，没想到我大清言官多因贿赂，真可耻之甚。老夫当向太后、皇上参上一本。"

"不，不，大人，此乃下下策也。"张师爷连连摇头阻止，看左宗棠扭头注视自己，就直接道出了其中原因，"言官以清流自诩，相互攻击，矜高浮诞只为盗虚名。若大人上折申辩，那只会引来更多的攻讦。"

崔师爷也劝道："大人，虚谈废务，浮文妨要。当今太后与皇上何等聪慧，还有恭王爷，能不知这帮党同伐异，朋比为奸，沆瀣一气，置国家命运于不顾的小人吗？至少时至今日，上谕从未批驳过大人。"

"大人，如真想上奏，且等圣意下来再定论。"

左宗棠想想有道理，就不再理会京城的言论。

果然两宫太后和恭亲王不为妄言所动，不但同意左宗棠的合同，并及时批复了沈葆桢新递的《船政创始需才》，任周开锡、胡光墉为船政提调，叶文澜、贝锦泉等人也一并得旨允行。

第十四章
DISHISIZHANG

同治五年十一月初十,左宗棠留七千余人分扎福建各郡县,继续协助地方治安,亲率三千人前往汉口,与之前招募的三千湖南旧部会师后,率军出征。

左宗棠离开福州第七天,福州马尾正式设立"总理船政事务衙门"。船政内务由周开锡和叶文澜署理,胡光墉负责对外联络。沈葆桢虽暂不接船政大臣关防,但也开始在家接待来客,处理各类事务。

在沈葆桢的授意下,日意格和德克碑终于取道香港,乘船前往法国招募人员、采办物资。始料未及的是,因法国外交部害怕承担责任,强烈反对政府与船政局发生任何官方关系。势单力薄、举步维艰的日意格和德克碑只能依靠自己的力量,一边为建厂和建造第一艘战舰采办所需的机器,一边在阿弗尔市马泽利娜商行的协助下,终于雇到了工程技术人员,并逐个与他们签订合同。看事情已办得差不多,日意格与德克碑商议后,决定分三批前往中国。

就在载着首批十二名洋员、四名女眷和设备的大帆船从法国扬帆启航的次日,沈葆桢二十七个月的守制终于告满。第二天,沈葆桢接连拜会了福

州将军英桂、闽浙总督吴棠和福建巡抚李福泰等地方官员。傍晚,又马不停蹄地赶往马尾的临时船政衙门,沐浴焚香后,在船政主要官员的陪同下,跪接船政大臣关防,正式驻厂视事。

天明后,在周开锡、叶文澜和贝锦泉等人的陪同下,沈葆桢实地视察了正在如火如荼建设中的船政基础工程。看着脚下平整的地面,沈葆桢背着手问:"这就是船政用地?"

周开锡贴近两步回禀:"沈大人,此处原为田地,现已征用为船政用地。"

"地面垫高了多少?"

"夯实后整整超了一尺。"

"唔。"沈葆桢低头用力踩了几下,感觉地硬如铁。

贝锦泉看沈葆桢不放心,补充道:"沈大人,用地四周已打木桩加固,地基用八千斤石碾反复滚压,非常结实。考虑台风及潮汛的威胁,船政用地三面开挖了河渠,不但可用于消除台风、潮汛造成的水涝,还方便了船只驶入。"

"唔。"沈葆桢听完仍只是淡淡地应了一声。就在贝锦泉失落之际,远处传来吵闹声。沈葆桢转头望去,只见十几个村民被官兵拦在船政用地外,振臂朝这边大喊大叫。沈葆桢努了一下嘴角,问:"这些是何人?"

周开锡只好硬着头皮解释:"沈大人,这帮刁民乃当地村民,因不满征地赔偿,所以常常来此聚众闹事。"

沈葆桢猛然想起前月已闻报有人闹事,甚至把打桩的架子也砸了,不由得脸一沉,责问周开锡:"为何时至今日还没解决?"

周开锡暗暗叫苦,这两个月他们想尽了办法安抚,可这些村民就认定要原地,不肯接受赔款及换地。一旦得知有官员过来,就会赶庙会似的集体来闹事,导致打桩与平地的工期拖延了近一个月。周开锡不敢抬眼看沈葆桢,弓腰忐忑不安地自责:"下官办事不力,这就让兵丁去驱散。"

"等等。"沈葆桢虽出身官宦之家,但对底层民众有着怜悯之心,尤其是咸丰年间在江西广信任上,在连续击退太平军后,更觉得要智用民力。现一听周开锡用这种粗暴方式,一脸怒气地呵斥:"驱散有何用?今日驱散明日再来,若是耽误了船政,你们就是有十颗脑袋,那也不够砍!"

看众人垂头连连称"喏",吓得连口大气也不敢喘,沈葆桢放缓了口吻训示:"如今朝廷力办船政,我等当同心勠力,奋激千秋,以报皇恩浩荡也。若因循不办,或旋作旋辍,则后患殆不忍言云。"

贝锦泉心里一震,虽然沈葆桢的话说得有点重,但大丈夫是理当奋激千秋,名垂竹帛,不然岂不枉为一生?

"沈大人,那……"既然不让赶,周开锡还真想不出如何处置闹事村民,结结巴巴地等沈葆桢指示。

"这些人迁至何处?有无田地?"

"回禀大人,经李抚台出面,已全部安置在海星村,每户按原地大小均领到了上好良田。"

沈葆桢眉头一皱,压着嗓子问:"那为何还要来此闹事?"

"两个头人固执地认为他们原先的土地风水好,不肯让我们平地,常带村民来此闹事。"

沈葆桢顿时火冒三丈,但这次不是冲他的下属,而是远处这些正在闹事的村民。沈葆桢觉得这些村民就像当年的"长毛",是故意向朝廷挑衅。风水再好,若不能护国,那还不是任由洋夷践踏?如果此事压不住,今后船政各项事务必定会受干扰。想到这里,他眼一瞪,一字一句地警告身边人:"无理闹事者不必多释,今日即使驱散,明日必定再来侵扰,庸怯何以御之?!"

周开锡听出了弦外之音,小心请示:"大人意思是抓了这批人?"

沈葆桢摇头纠正:"不是全部,是带头闹事者,要严惩不贷。"

"嗻!"周开锡应声后转身准备吩咐人去落实。

"等一下。"沈葆桢又叫回了周开锡。

"大人还有何吩咐?"

沈葆桢阴沉着脸下令："挑些精兵带上枪,若有违抗者,格杀勿论!"

贝锦泉吓了一跳,对付这些村民难道还要用枪?违抗就杀?周开锡也怀疑自己误听,追问："大人指刁民若违抗可射杀?"

目露杀气的沈葆桢疾言厉色地强调："心无君无国之刁民留之何用?杀!违抗一人杀一人,违抗二人杀一双。此事决不允许重现!"

吩咐完后,沈葆桢若无其事地指着远处一正在建盖的房子问道："这是何处?"

叶文澜向后招了下手,随从趋步上前,配合叶文澜在沈葆桢面前打开一张人工绘制的图纸。叶文澜手指着图纸介绍："大人请看,这是制造间,就是您刚才指问之处。南面就是船政衙门,靠北是学堂。"每说一个点,叶文澜都会指向图上对应的实地地标。

"学员们现安排在何处?"

"回禀大人,临时校舍共分三处。分别为城南定光寺外空房、仙塔街和亚伯尔顺洋房。"

沈葆桢点了点头："唔。今察船政,甚是欣慰。尔等同德同心,广咨博采,通盘筹划,悉心计议,方得今日之效。尔等今后需仍为众人表率,勿负圣恩,勿违圣心。"

"嗻!"众人躬身应道。

就在众人的紧张心情刚缓下来时,远处传来连续枪声。贝锦泉灵机一动,上前邀请："卑职拟请大人坐'华福宝'视察港口。"

沈葆桢知道贝锦泉的善意,想让自己避开正在处理的骚乱事件。其实他并不在意,更不会惧怕杀人。领兵打仗多年,沈葆桢早已见惯了冲杀,这种易如反掌的平乱更不在话下。但转眼一想,沈葆桢决定还是离开此地为上,以免那些士大夫闻之又要大做文章,分散自己的精力。于是问道："船在何处?"

"回禀大人,就泊在前面的码头。"

沈葆桢旋即边走边问："绕行一周需多少时辰？"

贝锦泉紧跟几步："大人，约三个时辰。"

担心沈葆桢会觉得太耗时，周开锡抢前几步劝说："沈大人，轮船快且可实地察看港口外围情况。今日之事全系下官往日处置不力所致，允请下官整改。"

沈葆桢快人快语："好，你留下妥善处理。"说完，手一挥，"走！老夫虽早些年就见过轮船，但至今没上船坐过，今日就开个洋荤吧。"

众人的心情顿时轻松下来，虽然身后还是有稀稀拉拉的枪声传来，但谁也没在意，反而觉得这枪声终于能够平息多日的烦吵。贝锦泉赶紧令人通知船员点火生炉。

等众人簇拥着沈葆桢登上"华福宝"后，沈葆桢没有往甲板上的太师椅走去，而是驻足吩咐贝锦泉："你带路，老夫上驾驶舱，看看你是怎么开船的。"

"嚓！"贝锦泉走在前面侧身引路。

一切准备就绪后，"华福宝"平稳地离开码头，然后加速向江口驶去。

站在逼仄的驾驶舱内，沈葆桢不停地询问驾驶的每个动作与机器的作用，见贝锦泉力所能及地解说各种专业操作，沈葆桢边听边感慨不已，无论是大清还是汉唐或宋明，千百年来，我们始终以子曰诗云为纲，对格致之学根本不了解。而现在，仅仅驾驶所需的知识已远远超过昔日的想象。沈葆桢暗自下定决心，不但要办好求是堂艺局现有的驾驶、制造和绘制三个班，还要办起艺圃专业班等，用五年时间，让中国也能拥有造船、监工和驾驶等各类人员，拥有一批像贝锦泉这样经世致用的人才。

"大人，前面就是南龟岛和北龟岛。"

贝锦泉的提醒打断了沈葆桢的沉思，沈葆桢抬眼向外望去，正午太阳明亮地照在两岸群山之中，一簇簇、一团团的绿色，在山坡上翻滚着，随山势推开，青翠秀丽。回望温柔缱绻的江水，平静的水面被轮船划过后，荡起层层波浪,携着涟漪向两边泛漾开去,宛如一幅舒展的山水画卷。

在衙役的搀扶下,沈葆桢走到船头,只见开阔长门水道口出现一左一右的小岛,就像是两名忠诚的守将,不知疲倦地守护着江口。沈葆桢手扶栏杆情不自禁地赞道:"真乃天赐。"

一直跟在身后的叶文澜也由衷叹道:"是啊。天赐宝地加人造利器,大清江山必定永固万年!"

"唔。"沈葆桢沉吟了一声,扭头叫道,"清渠。"

叶文澜上前一步:"大人,有何吩咐?"

"学堂开学反响如何?"

"回禀大人,才开学,尚无消息。"叶文澜说完又加了一句,"明日卑职前去打探后再禀大人。"

"关注一下广东学子,对有天赋的学子要加强培养。"

"大人所言极是,广东学子非常优秀,日后必为大清栋梁之材。"

"唔。"沈葆桢心里清楚,目前船政能有这些生源确实不易。像本地人林泰曾、刘步蟾和方伯谦等,都是上过私塾的学员,基础不错。但原设想全额招本地资质聪颖、粗通文字的子弟,可许多家境好的根本看不上每月四两纹银的补贴,更不在乎船政学堂全供的衣食住,他们还是想让孩子走科举入仕之路。由于本地招额不足,无奈之下,船政只好到广东招了十多名学员。没想到这些人学过英语,进了学堂就能听懂洋人的课。据说,像家境富裕、聪颖好学的邓世昌,少时随父移居上海后,甚至还在西方人那里学过算术。沈葆桢突然打定主意,今天去学堂视察,看看这些学员。

贝锦泉这时插了上来:"大人,时辰不早了,请进舱用餐。"

"在轮船上用餐?好。"沈葆桢兴致很高,转身在贝锦泉的侧引下进舱用餐。

沿江到出海口后,"华福宝"顺利返航。在快到码头时,沈葆桢突然发话:"不要停,去定光寺。"

定光寺？贝锦泉马上明白过来，沈大人想坐船去视察驾驶学堂。于是赶紧下令锅炉继续添煤，轮船劈波斩浪向城南快速驶去。

靠岸后，众人簇拥着沈葆桢向临时校舍走去。刚进古刹大门，里面就传来学员用英语诵读的琅琅书声。

"这里就是驾驶专业？"沈葆桢边走边问。

叶文澜赶紧回道："回禀大人，是驾驶专业。"

"严宗光可是此专业学员。"

"正是。"

叶文澜等人很诧异，不清楚沈葆桢与严宗光有什么关联，只知道这批学员中，那个叫林泰曾的与沈葆桢沾点亲。因为林泰曾的祖父林霈霖就是林则徐的胞弟，而沈葆桢乃林则徐的女婿。可现在沈大人不问林泰曾，只关注严宗光，难道严宗光尚有他们所不知的关系？细想一下，似乎有这个可能，两人同为侯官县人，且当初招生阅卷后，沈大人就是点此人为第一名。众人缓步跟在沈葆桢身后，暗自胡乱猜测。

正给学生上课的嘉乐尔听到嘈杂的脚步声后，扭头一看，一眼认出走在人群最前面的就是昨天接船政大臣关防的沈葆桢，连忙放下书本，学着衙门声调喊道："船政大臣沈大人驾到，全体起立。"

正在石板上边写英语字母边朗读的学生立即放下石笔，起身规规矩矩地恭迎来人。

沈葆桢面带微笑地背手进门后，示意大家坐下，手指学员问嘉乐尔："这些学员如何？"

"报告沈大人，这些学员非常聪明。广东籍学员已会基础英语，现本地学员也学会了字母。"怕沈葆桢听不懂，嘉乐尔又形象地比喻，"会英语字母就等于会汉字的笔画，接下来学英语就快了。"

沈葆桢走到一个粗眉细眼、宽鼻阔嘴、面色黢黑的方脸学员前，低头问道："叫什么名字？"

那孩子起身彬彬有礼地答道:"回禀沈大人,我叫邓世昌,原籍广东广州府。"

"哦,你就是邓世昌?在这里习惯吗?"

不等邓世昌答话,边上的一个学员起身抢过了话:"沈大人,广东来的同窗压力不大,反而我们这些本土人跟着学有点吃力。"

沈葆桢转过头,只见说话的孩子一脸机灵,一对招风耳让人越看越喜爱。沈葆桢问:"为何?"

"沈大人,他们已学过英语,我们刚开始学,若想超过他们,只能加倍努力。"

"唔,有志气!"沈葆桢听了很满意,低头看了看招风耳孩子的石板,上面密密麻麻地写了许多看不懂的符号,心想,估计这就是英语字母吧?不是扭来扭去的曲线,就是一个个圆圈,根本不像汉字方方正正,看上去就让人觉得舒坦。唉,字如人,怪不得洋夷生性刁猾,伪言荧惑,今朝才乞抚,明朝又挑战。

"沈大人,您看这些字母我写得还行吗?"招风耳孩子特别乖巧,见沈葆桢看他的字没点评,就直接讨问。沈葆桢笑了笑,反问:"你叫什么?"

"回禀沈大人,我叫方伯谦,侯官县人,与林泰曾是同乡。"

"唔,好。"沈葆桢点头说完就往下走去,方伯谦张着那双大眼睛失望地看着沈葆桢背影。

林泰曾以为姑丈会和自己说几句,可沈葆桢却视若无睹地从他身边走过。此时谁也不知道这个言语不多的沈大人想干什么,都默默垂着双手望着沈葆桢。

其实从进门的那刻起,沈葆桢一直在找严宗光。那个早年丧父、家道急剧中落的严宗光,可谓是这批学员中最迫切想进船政学堂的孩子。因当时身为举人的亲叔叔回绝作保,严宗光就私自填写保结。事发后,和母亲痛哭着跪求亲叔才算了事。更让沈葆桢印象深刻的是,严宗光对试题"大孝终身慕父母论"的论答，文章写得情文并茂，让在守制中的沈葆桢大为感动与赞赏，批列为众考生第一。

走着走着，沈葆桢发现有张桌上刻了一个"孝"字，忍不住停下了脚步。桌后那个厚嘴唇的学员似乎有点紧张，起身十指交叉握在身前，拘谨地望着沈葆桢。沈葆桢指了指桌上的字，和蔼地问："为何要刻这字？"

厚唇学员朗声说道："回禀大人，百善孝为先，孝乃立身之道，立人之本。"

"唔。"沈葆桢收紧下巴点了点头，"你就是严宗光？"

"不是。"

就在沈葆桢失落之时，只听厚唇学员又开口说道："大人，船政学堂没有严宗光这个人。"

沈葆桢一怔，严宗光不在了？怎么没人报告有学员流失？刚准备转视叶文澜询问原因，厚唇学员停顿片刻后，终于又说出了后半句："大人，现学堂只有严复，严宗光从进船政学堂那天起就不存在了。"

沈葆桢忍不住好奇，追问："为何改'复'？"

"'复'乃回报之意，我要回报苦命寡母，我要回报船政，我要回报大清。"

沈葆桢感觉严复说话时眼睛异常明亮，好像要时时把自己的情绪传递到对方心里。沈葆桢拍了拍严复那剃得光光的脑门，夸道："好，有志向。"

严复却说："大人，我等这批学员中数刘步蟾志向最大。"

"唔？"

严复指着身边那个圆脸大眼少年："他就是刘步蟾，学习最刻苦，且提前立下'苟丧舰，必自裁'的誓言。"

沈葆桢的心怦然一动，他没想到这么小的学员就有如此志向，情不自禁地提高了嗓门赞道："唔，有如此志向，定能干成大事！"

跟在身后的贝锦泉一直暗暗打量着这些学员，刘步蟾的誓言让他想起当年攻打宁波太平军时，曾在"宝顺轮"上喊出的壮言——此轮为我家也！想将来洋面上有和自己一样无所畏惧、视死如归的管驾，贝锦泉暗自欣喜，

忍不住多看了刘步蟾几眼,越看越喜欢。

出门前,沈葆桢问嘉乐尔:"除了洋课,其他还有什么?"

嘉乐尔本想提议让学员练习打球、踢球,强健孩子们的身心。可眼珠一转,担心中国官员不会接受,既然说了无用,还不如不说,于是就脱口而出:"暂时没有安排,望沈大人训示。"

沈葆桢一脸严肃地告诫:"中国学员系以本国之心通外国之技巧,决不可以外国之习气变本国之性情。"

嘉乐尔暗自庆幸没有提课外的洋式运动,口是心非地应道:"是,是。"

已摸透沈葆桢心思的叶文澜上前插话交代:"今后课间休息就让学员们诵读《孝经》和《圣谕广训》。"

嘉乐尔暗暗为孩子们叫苦不迭,这样不光没了打球和踢球的机会,甚至其他的娱乐也没了,这不是把人逼成一台读书的机器吗?可在中国官员面前,他知道不能说不,只能是在他们不在场时灵活变通,于是违心地连声称是。同样和嘉乐尔一起叫苦的还有贝锦泉,他觉得诵读《孝经》和《圣谕广训》,不如读兵书,毕竟这些学员以后驾驶的是战舰,而非渡船。面对一个个朝廷命官,只有军功的贝锦泉落在队伍最后,把所有想法都窝在了心里。

回到临时衙门已是傍晚,刚进大堂,衙役来报:"沈大人,提调周开锡大人求见,另有左大人来信。"

"让他进来,信放案几上。"沈葆桢擦完脸,把布巾递给仆人并吩咐,"准备沐浴。"

"嘛!"

落座拆开信,刚抽出信纸还没来得及看,周开锡已小跑着进了大堂:"卑职给沈大人请安。"

"起来,坐。"

"谢沈大人。"

周开锡屁股才落稳,沈葆桢就催问:"绥珊,事已处置妥当?"

"回禀大人,已处置完。击毙带头闹事最凶的两名恶徒后,其余刁民果真被吓退,不敢再来闹事。"

"唔。安抚好这些人,除了原地外,其余要求尽力满足。"

"嗻!"

周开锡起身告辞,管家进来告知沐浴器皿已备好。沈葆桢没有接话,抽出左宗棠的来信读了起来。读完信,沈葆桢一边把信重新塞入信封,一边吩咐人让贝锦泉速来衙门,这才推椅起身到后堂洗浴。

当贝锦泉风风火火地赶到船政衙门大堂时,沐浴后的沈葆桢散着发,正伏在案上写字,门人轻声禀报:"大人,'华福宝'管驾贝大人来了。"

"唔。"沈葆桢没有停笔,仍然笔走龙蛇。片刻,只见他用力一收,直起身,招手让贝锦泉走到身边,指着刚写的字问:"怎样?"

贝锦泉低头一瞧,脸顿时就红了。那些字写得非常漂亮,可问题是他不懂其意,而且还有好几个字根本不认识。他搜肠刮肚、结结巴巴地说道:"大人,卑职觉得这些字气势奔放,笔力劲健,风骨坚韧,嗯,就像是艘大轮船。嗯,但……"

难道有缺陷或笔误?看着脸红口吃、吞吞吐吐的贝锦泉,沈葆桢心里暗自一惊,放下笔再次细细读了一遍刚写的对联,还是没有发现问题。只好盯着贝锦泉催问:"唔,说,但说无妨。"

贝锦泉的脸更红了,憋了半天才说出了原因:"大人,卑职没上过私塾,识字有限,有几个字卑职还不认识。"

"扑哧——"沈葆桢心一松,乐出了声。

贝锦泉更拘谨了,搓着手支吾:"大人……"

沈葆桢抬手打断了他:"唔,没啥,老夫还以为有笔误。"说完,他指着对联念道:"以一篑为始基,自古天下无难事;致九译之新法,于今中国有圣人。"

"大人,卑职仍是似懂非懂。"

面对贝锦泉的坦言,沈葆桢心里反而高兴。许多人缺的就是这种坦率

的求知精神，自己何尝不是这样，放不下面子向他人求知，宁可一知半解，甚至不懂装懂。现在自己主持船政事务，关联到大清江山，可不能对船政事务一知半解，不然只会要了自己的面子，害了大清社稷。沈葆桢收起了笑容，细心解读："敏修，老夫今日视察船政后的感受很深，我们中国不仅要办造船，更要办好船政学堂，学习并掌握西方的先进技术，努力为大清王朝培养各种栋梁之材。"

沈葆桢的一声"敏修"就已让贝锦泉很是感动，等听完对联的意思后，更对这个进士出身的大臣敬佩不已，拱手表态："卑职定牢记大人的教诲，当奋力而为。"

"唔，坐。"沈葆桢引着贝锦泉各自在椅上坐了下来，等仆人敬上茶退下后，沈葆桢这才说道："现有一事要你去办。"

贝锦泉这才想起，沈大人匆匆召自己来定有要事，刚才赏对联只是意外撞上，若是他想探讨对联，那肯定另找他人，不然自己这面破鼓，人家敲半天都蹦不出一个声响有啥劲？想到这里，他赶紧起身拱手："请大人吩咐，卑职当全力以赴。"

"坐，你先看一下。"沈葆桢说完，把一个信封推到贝锦泉面前。

贝锦泉重新落座取过信一看，是左宗棠写给沈葆桢的。他有些犹豫，抬眼只见沈葆桢微眯眼睛冲自己颔首，就大胆抽出信纸读了起来。

左宗棠的来信大意是说平乱进展很顺，可自浩罕汗国阿古柏入侵中国新疆后，西北局势变得微妙起来。他决定彻底平定捻军后，将出兵西域，大伸挞伐，张我国威。因此想借调贝锦泉至前线，将来一旦有可通轮船之处，便借轮船迅速运兵运粮。

乘把信重新装入信封之机，贝锦泉暗自盘算。左大人的意思很明确，点名要自己去西北。按上次左、沈两位大人的约定，自己当赴西北参战，想必沈大人今晚要我表态。放回信封后，贝锦泉故意问道："大人，有些话，卑职不知当说不当说？"

沈葆桢端起盖碗，很干脆地吐出一个字："说！"

"大人，现船政刚开局，正是用人之际，此时卑职理应追随大人左右，效犬马之劳。但大人曾应允左大人借调卑职，恰战舰建造尚需时日，'华福宝'又可命沈仁发等人打理，卑职以为可以先去左大人行营效力，在船政需时，卑职再速回听命。"

贝锦泉的这番言辞让沈葆桢感觉就像刚咽下茶水，心旷神怡，似乎也明白了左宗棠为何如此器重这个识字不多的管驾。选人就当选这样的人，忠勇智兼备。沈葆桢从容自若地放下盖碗，说："老夫就怕周边人身在曹营心在汉。好，你尽快交接手续，速去西北大营效力，助左钦差一臂之力。"

贝锦泉心一紧，误以为沈葆桢反感自己的一心两用，忙接口坦诚解释："大人，卑职虽不才，却曾誓与大海为伴。恰国事日蹙，洋务实行，卑职一心想在船政衙门有所建树……"

沈葆桢摆摆手打断他的话，推心置腹地说："老夫今日也全凭战功所致，若无当年广信七战七捷，击退'长毛'杨辅清，就无后来升迁机会；若无俘获伪幼王和伪玕王之功，何来世袭一等轻车都尉并赏头品顶戴？老夫细察了你，你智勇双全，必能在战场上再立勋功。你断不可辜负左大人与老夫的好意。"

"大人！"百感交集的贝锦泉顿时说不出话来。

"唔。快回去收拾，军情不可怠慢，明日无需向老夫辞别，速速赶赴西北。当然，一旦第一艘战舰有了眉目，老夫自会向左大人要回你。"

向来坚强的贝锦泉心头猛然涌起一阵酸意，并直冲眼眶。他万万没想到，相处不久的沈葆桢竟然如此器重并厚爱自己，暗示自己将驾驶中国制造的第一艘战舰。士为知己者死，贝锦泉决心将来一定要把战舰开稳、开好，的报答沈大人今日此番苦心与用意。

第十五章
DISHIWUZHANG

寒风像技艺高超的魔术师,轻轻一拂袖,让原本绚丽多彩的世界转眼变得一片枯黄。河道边茂密苍黄的芦苇啜着水珠,穗状花序迎风摇曳,掀起一层层黄白色的涟漪。

这天早上,周开锡来到船政衙门,想请沈葆桢为即将完工的天后宫写一对楹联。进会客厅请安后,周开锡旋即从袖袋中掏出两张纸,双手呈上:"沈大人,天后娘娘已入主天后宫,这是工匠绘制的'千里眼'和'顺风耳'两神的图样,请大人过目。"

"唔。"沈葆桢取过图纸一并摊在案几上。

周开锡站在旁边解释:"大人,左红脸合嘴的为'千里眼',右青脸开嘴的为'顺风耳'。"

沈葆桢只扫了一眼,说:"天后娘娘眉慈目祥,两随侍修行神当为青面獠牙、凶神恶煞之状,这样方显其有辅佐天后娘娘驱邪镇恶、默佑众生之能。"

看沈葆桢对图纸上两神的模样不甚满意,周开锡马上应道:"嗻。大人,卑职回去后就让工匠按大人的指示重新绘制。"

"莫拘泥于过去的样式。"沈葆桢直起身,取过案几上的玉扇,提醒道,

"文宗爷在位时,共褒封天后娘娘六次。十年前,追加'振武绥疆'四字后,已达六十二字。据说近日礼部核仪时,以为封号字号过多,不足以昭郑重,所以同治帝拟敕封两随侍修行之神,以示对天后娘娘的敬意。船政天后宫的'千里眼'和'顺风耳'要以这个高度来绘制。"

周开锡恍然大悟,原来船政要走在举国之前,让新打造出来的"千里眼"和"顺风耳"两神成为皇上敕封后的样本。

等周开锡收起图纸重新放入袖袋,沈葆桢点了点案上的邸报,说:"敏修果然有勇有谋,西北又立了新功。"

怅然若失的周开锡匆匆扫了一眼,说:"敏修有今日全仰仗左大人与沈大人的提携。"

听对方略带酸意的恭维,沈葆桢不置可否地一笑,把玩着手中的玉扇坠子,说:"机会其实人人有,就看自己能不能把持住。老夫当初也是如此,若胆怯或退缩,就无退反贼之功。"

"是,大人盖天之功天下人敬仰。敏修也需铭记大人提携之恩,他日大人有需之时,当自发结草衔环回报。"

沈葆桢马上听出周开锡的弦外之音。想贝锦泉本就欲在船政建功立业,当不会在西北贪图名利不思回。只是在向左宗棠要还贝锦泉时,切不能让季高兄误解自己肚量小,连个贝锦泉都舍不得放。沈葆桢挪了一下屁股,把胖乎乎的身子放松得更舒坦,随口应了一声:"唔。"

模糊的应答声让周开锡很难接口,他琢磨不透沈大人是真认可还是口是心非地敷衍,干脆避开话题道明了来意:"沈大人,卑职有一事相请。"

沈葆桢看也没看对方,问:"何事?"

"大人饱读诗书,出口成章,所撰之联天下传诵。卑职今日斗胆请大人赐天后宫楹联一对,以显船政正气。"

沈葆桢心想,自己本来就信奉妈祖,船政局新建祀护海神天后宫的楹联自然当由老夫来题,且要在两神请入庙前刻写完毕。想到这里,沈葆桢端起盖碗轻啜了一口茶水，自信满满地说："好，老夫这就拟一副让你带回去。"

"那太好了，卑职马上安排工匠拓刻。"周开锡嘴上这么说，心里却暗自嘀咕，当场所作能行吗？万一有纰漏，刻在天后宫楹上，那岂不成笑话？

只见沈葆桢放下盖碗推椅起身，喊了一声："书房笔墨伺候！"

"嗻！"衙役应声疾步往书房走去。

进了书房，沈葆桢独自背手握扇，踱着方步，周开锡垂手候在书桌边不敢出一声粗气，书房只传来衙役的研墨声和沈葆桢不慌不忙的踱步声。就在衙役刚停止研墨之时，沈葆桢突然抽回手，举玉扇往左掌轻拍一下，径直走到书桌前。稍稍调整貔貅镇纸，旋即从笔架选了一支毛笔，濡上墨汁后，凝神片刻，便一挥而就写下上联：地控制瓯吴，看大江东去滔滔，与诸公涤虑洗心，有如此水。

周开锡暗暗叫好，上联不仅点明船政地处要势，也暗示天后娘娘乃船舶护航水神，更嵌入了对船政人员的要求：清廉如水。想来也是，关联大清江山的船政各项事务花费颇巨，若手脚不干净，岂不祸国殃民？如何面对慈悲济世的天后娘娘？

就在周开锡胡思乱想之际，沈葆桢提笔濡墨又在另一张新纸上飞快写出了下联：神起家孝友，贯万古元精耿耿，望后世立身行道，无愧斯人。

虽觉下联不甚满意，但见沈大人如此短时间能撰写出如此楹联，足显其出众的才华，周开锡心悦诚服地赞叹："早闻沈大人有惊世之才，今日一见，卑职更是佩服得五体投地。"

搁下笔后，温文尔雅的沈葆桢深情诵道："双亲育子似春曦，散发慈光沐树枝，叶茂根深滋长大，厥恩大哉莫能比。"

周开锡心中一动，虽已过守制，但沈大人念亲之情丝毫不减。再低头细细品读下联，觉得字字珠玑且锥心，令人感慨万千，拱手由衷说道："天后娘娘的孝道之情定会勉励后人。"

"诸恶莫做，众善奉行。"

对于沈葆桢莫名冒出的这句话,周开锡一头雾水。细品之下,终于懂了沈葆桢的用意,这正是全联所言之精,鞭策船政所有人要做好人。

这时,只见沈葆桢朝衙役嘴一努:"唔,取过一旁。"

"嚓!"衙役上前把两张对联转至木架,另铺两张新纸在桌上,压上镇纸。

沈葆桢重新提笔,边弯腰濡墨边说:"老夫再为两尊随侍修行神也各写一联。"

"那太好了。"

沈葆桢提笔凝思片刻,俯身飞笔为"千里眼"题下一副对联:视远为明,知普度众生,全凭慧眼;思溺由己,愿永清四海,上慰婆心。

"换!"

看沈葆桢心会神凝的样子,周开锡赶紧配合衙役换上新纸。果然,纸刚铺平,沈葆桢立即濡墨走笔,"顺风耳"上下联顿时跃然纸上:恰当薄海同风,世人疒都入听;幸为苍生请命,个中消息总关心。

沈葆桢搁下笔,与周开锡移步木架前。望着渐渐干透的三联,周开锡惊叹得五体投地:"大人真乃当今撰联第一人。三联妙语双关,蕴藏哲理,寓意深刻。"

沈葆桢揉了揉光秃秃的脑门,淡笑一声重新回到座椅上,轻摇玉扇指示周开锡:"天后娘娘庇民施厚泽,护国高勋,今后所造轮船甲板前均设奉祀妈祖神像的神龛。"

"嚓!"

这时,衙役收好三副楹联递到沈葆桢面前:"大人,已收好。"

沈葆桢收起玉扇指了指周开锡,衙役会意,转身把楹联呈到周开锡面前:"提调大人,请。"

周开锡刚接过楹联,还没说话,一衙役匆匆跑进来禀报:"大人,第二批受雇的四名洋员马上到港。"

"唔。"沈葆桢掏出怀表看了一眼,自言自语,"早了两个时辰。"

周开锡问衙役:"洋员现在何处?叶大人可已知晓?"

"船马上靠岸,已报叶大人。"

沈葆桢扭头吩咐身边的衙役:"备轿。"随后边推椅起身,边问周开锡:"房间安排好了?"

"请大人放心,昨晚清渠已按大人之意全部安排妥当。"

"唔。等一下你随老夫探望新洋员。"

"嚱!"

沈葆桢刚甩开腿准备到后院换衣,衙役又来报:"沈大人,有个自称来自普鲁士国的左凯弟尼求见大人。"

沈葆桢一怔,停下了脚步转身问道:"普鲁士国?什么事?"

"说是想投奔大人。"

普鲁士国人也想来船政谋事?可目前船政请的全是法人和英人,多一个国家多一份麻烦,算了,还是让周开锡去打发他走吧。想到这里,沈葆桢吩咐周开锡:"绥珊,你去处理一下。"

不但没有接客之意,也无具体安排,周开锡自然明白沈大人这是要自己去挡来客,于是拱手应道:"大人,卑职这就过去。"

"唔。"沈葆桢转身进了后院。

周开锡先出门让随身衙役把楹联送至木匠头领处,然后折身跟着报信衙役来到听候房。刚进门,周开锡就被面前高大威猛、满脸络腮胡子的洋人吓了一跳。

"沈大人好!我是普鲁士国的左凯弟尼。"左凯弟尼摘下礼帽,边鞠躬边自我介绍。

对方的礼节与满口较标准的汉语让周开锡颇为满意,他摇了摇手:"我不是沈大人。"

"嗯?"左凯弟尼一脸狐疑地把头扭向报信的衙役。

你以为沈大人想见就能见吗?朝廷大臣有亲自到门口接求见的陌生人

的吗？尽管你是个洋人，那也没有这个特权！周开锡刚积攒的好感全没了，不满地扫了一眼对方，说："沈大人事务缠身，若有事和本提调说吧。"

左凯弟尼心一寒，从对方的语气，不难听出有驱赶之意。看来沈葆桢不想见自己，来人虽为提调，说到底还是奉命来打发自己的。怅然若失的左凯弟尼怪异地一笑，望着门外自言自语："看来中国虽大，却容不得我。日本虽小，但能助我实现抱负。"

周开锡一声不吭，发愁如何打发眼前这个举止怪异的普鲁士国人。毕竟洋人不同国人，驱不能驱，打更不能打，当用什么办法在沈大人出门前让他离开呢？

就在周开锡百般无奈之际，左凯弟尼从口袋中掏出一封信，神情沮丧地说："唉，我来晚了，没能碰到贝锦泉先生。见到他时，请你把这封信交给他。"

等周开锡接过信，左凯弟尼转身就向外走去。望着对方魁梧的背影，周开锡的心顿时轻松下来，终于客套地喊道："送客，先生走好！"随后把信塞进袖袋，转身返回客厅恭候沈葆桢。

当沈葆桢在众人的簇拥下来到新来洋员的住地时，所有洋员已站在门口迎接。叶文澜抢先几步打千儿在地："给沈大人请安。"

"免，起来吧。"

"谢大人。"

叶文澜起身朝后招了一下手，四名新来的洋人并肩上前招呼："沈大人好！"

沈葆桢眼尖，发现其中三人向自己鞠了躬，左边第二人仅点了一下头，一脸傲气，根本没有弯腰，甚至连欠身都有点勉强。沈葆桢佯装没看见，因与第一批洋员打交道已有时日，沈葆桢已听得懂一些简单问候语，所以不等译员翻译，就微笑着回应："唔，好，各位先生好！欢迎你们来中国。"

叶文澜指着一名瘦高个的中年男子介绍："大人，这位就是达士博，原法国罗什福尔船厂的工程师。"

沈葆桢一看，就是刚才那个不肯弯腰的洋人。介绍后，此人还是没有弯

腰鞠躬,更没有像日意格那样打千儿请安。沈葆桢虽心里不痛快,但想到日意格曾来信说此人是所聘请洋员中最为重要的人,将对船政设厂、造船起到巨大作用,只好屈尊微笑着用早已打好腹稿的外交辞令说道:"达进士,感谢你远渡重洋为中国建造船只,祝你在中国工作和生活愉快。"

谁也没有想到沈葆桢把洋工程师称为进士,随同官员听了心里直乐。译员解说了半天,达士博终于明白过来,大大咧咧地答复:"感谢沈大人的接见,祝我们合作愉快。"

看着对方伸来的毛茸茸的手背,沈葆桢佯装不知,背着双手点头称好。沈葆桢当然知道这是西人礼仪,但他反感这种拉扯动作,更厌恶抱吻之举,对那些不分贵贱、无别长幼的行为向来嗤之以鼻。沈葆桢心想,老夫乃堂堂大清王朝二品官员,你们不过是老夫花钱雇的洋员,好比是地主家的长工,怎可与老夫平起平坐?达士博,老夫称你为进士只是尊重而已,可别真当自己与老夫同门同年了。所以点头称好后,沈葆桢旋即转身面向另一位洋员。达士博愣了片刻,尴尬地收回了手。

与达士博不同,其他三名洋人对沈葆桢毕恭毕敬。送上见面礼后,沈葆桢就打道回了府。

虽然达士博给沈葆桢留下的第一印象不理想,但这个真正的造船专家在进入工作角色后,就像变了个人似的,好像他干的不是地主家的活,而是自己家分内之事,整天不知疲倦地泡在现场指挥众人搭建板棚。

十一月初八,船政衙门外的石狮刚把影子压在身下,一条快船向船政码头急驶而来。有人眼尖,发现站在船头的正是日意格的跟班,只听他拢着双手在船头大喊:"快报沈大人,日意格先生回来了!"

一个时辰后,装载着船政订购机械的法国大帆船安全靠上马尾港。看到站在码头迎接的沈葆桢,日意格迫不及待地跳上甲板,箭一般冲到沈葆桢面前,一个千打倒在地:"沈大人,标下回来了。"

沈葆桢非常满意,虚扶了一下:"起来吧,老夫一直盼着你。"

"多谢沈大人牵挂。"日意格直起身,打量了一眼沈葆桢,说,"大人比先前瘦了。"

望着日意格被海风吹得黑红的脸,沈葆桢乐了:"老夫似乎没怎么变,倒是你消瘦了不少。不到半年,两渡大海,实为不易。此番招人采购,当记功一件!"

"多谢大人!"日意格谢过后指着帆船对沈葆桢说,"大人,标下已在法国采购了火锯、钻铁机及劈铁机等造船所需的器械。"

沈葆桢兴致顿起:"陪同老夫上船察看。"

"嗻!"

在船员的搀扶下,沈葆桢上了帆船。日意格叫达士博紧跟身后,一一解说火锯、钻铁机和劈铁机等的用处与原理。摸着从未见过的古怪家什,听着从未听过的器具作用,沈葆桢暗自着急,就这些器具,中国就得模仿制造,就得学习使用技巧,那何时才能造成战舰?等直起身,沈葆桢拍着手上尘土,看似漫不经心地问:"东西齐全后,造舰需多少时日?"

日意格问达士博,达士博边说边伸出两根手指。

沈葆桢不等日意格翻译就问:"两年?"

"不,达士博先生说不用两年。"

沈葆桢暗暗盘算,若要管驾了解整船功能,明年初必须向左宗棠要回贝锦泉。打定主意后,望着满船的铁片和铁条,沈葆桢又追问:"何时开工?"

日意格知道达士博早在来中国前就基本完成了战舰图样的绘制,于是问达士博:"先生,图样绘制好了吗?"

"前天刚完成,造船板棚也已开始搭建。"

日意格赶紧汇报沈葆桢:"达士博先生已把战舰图样绘制完毕,造船所需的板棚现已开始搭建。"

沈葆桢朝达士博乜斜了一眼,心情十分复杂。按理说,这个洋进士的确能干,不动声色就铺开了造船大事。可问题是此人事事不向自己汇报,今后如何驱使？沈葆桢决定今天要给这些洋人做做规矩，于是一边扭头向甲板走去，一边下令："回府商议。"

"嘛！"日意格赶紧让达士博回住地取战舰图样。

一班人坐轿鱼贯回到船政衙门。等衙役上完茶水退下后，沈葆桢开口说道："日意格先生说，不消两年，我们就能造出第一艘战舰。"

日意格一愣，这话明明是达士博说的，怎么成自己说了？难道沈大人记错了？可他马上从沈葆桢的眼神中读懂了对方的用意。是的，和船政衙门签订合同的可不是达士博，而是自己，别人承诺不算数，从自己嘴里说出的话那就有约束力了。向来善言的日意格此时不知如何接话，担心表意不清会让达士博误解。

看着日意格诧异的表情，沈葆桢暗自一笑，老夫要的就是这个效果。不光你日意格要明白，他达士博更要清楚，在船政衙门，尽管有"洋进士"身份，也没有话语权，其角色不过是日意格的幕僚，就像老夫府上的师爷或主簿，难听点就是不入流的驿丞也比你强！

看有点冷场，胡雪岩想舰成之日无好水手配备，等于好马无骑手，到头来还不是竹篮打水一场空？于是搭话建议："沈大人，新舰如生马，非衔辔均调不相习。首舰下海不足两年，是否现就招募水手？"

"今日正要与尔等商议此事。"沈葆桢故意停顿了一下，好让日意格翻译给达士博，"首舰管带老夫拟定贝锦泉。"

说是商议，可沈葆桢开口就是不容置疑的拟定，且把胡雪岩现招募水手的建议答成管带人选，粗听起来有点牛头不对马嘴。只有胡雪岩心领神会。目前，李鸿章也在折腾造船和购船，据说还拟成立一支新式水师。有船就得配水手，李鸿章虽手长，但福建还是鞭长莫及，所以地处两省间的浙江自然成为日后双方争夺的焦点。现把管带定为浙江籍的贝锦泉，等于为日后抢夺这一地带的好水手奠定了基础。胡雪岩就顺着沈葆桢的话说道："敏修曾驾'宝顺'轮驰骋洋面多时，定不负大人的厚望。想宁波沿海多渔户和商船水手,稍加调教就是个好水手。"

意外的是沈葆桢没顺着话题,而是扭头问达士博:"新舰图样带来了吗?"

"回禀沈大人,带来了。"日意格代答后,当即和达士博打开图纸,平挂在图板上。

洋人绘的图和中国工匠画的图完全不同。中国工匠画的图一目了然,任何人看了都能明白想要建造的战舰是什么样的,可洋人画的图上尽是线条和数字,沈葆桢看了半天也只能想象出战舰的大概模样。

看中国官员一脸迷茫,个个呆若木鸡不吭声,日意格提醒达士博:"先生,给大家介绍一下。"

达士博不满地瞥了众人一眼,心想,连个图样都看不懂,真不知中国是怎么选船政官员的。他站到图板前,比画着图纸开始热情地解说:"这艘蒸汽战舰外形酷似飞剪快速船,舰体修长,线条流畅……"

还没来得及等日意格翻译,只见有衙役进来禀报:"沈大人,贝锦泉贝大人回来了,现衙门外求见。"

众人惊讶地看着报信的衙役,沈葆桢复问:"谁?"

"原'华福宝'管驾贝锦泉贝大人。"

"唔?让他进来。"

"嘛。"

沈葆桢心里暗暗叫怪,还没向左宗棠要人,贝锦泉怎么就回来了?左宗棠也没来信说归还贝锦泉,难道他冒犯左宗棠被赶出大营了?或临阵逃脱?不过这两个可能性不大,毕竟刚收到的邸报还说他作战勇猛,晋升为游击将军衔。难不成为船政擅自回来?若是这样,那就成事不足败事有余,万一左宗棠误以为是自己从中作梗,那要如何收场?就在沈葆桢胡乱猜测之际,贝锦泉已大步踏进大堂,虽风尘仆仆,但精神抖擞。只见他抢前几步,单膝下跪伏身朗声请安:"卑职参见沈大人,给沈大人请安了!"

看贝锦泉的神态与架势,沈葆桢觉得刚才的猜测完全可以抛掉:"唔,

起来吧。"

伏身的贝锦泉看不到沈葆桢的表情,只听到不冷不热的言语,有些失落地谢过起身,旋即从身上摸出一封书信,双手一呈:"大人,左大人有信让卑职带给您。"

"唔。"沈葆桢接过书信拆开一看,上面只有短短几行话:贤弟送愚兄一管驾,愚兄回赠贤弟一游击。闻有人急筹建北洋水师,若再不归还,唯恐他日无法践诺完人归沈的约定。

看罢信,沈葆桢心里直乐,季高兄呀,季高兄,你虽身在西北军营,可双耳还是那么灵敏。罢罢,好人让你做尽,那小弟就照单全收了。沈葆桢把信往边上人一传,乐呵呵地调侃:"估计左钦差帐前有顺风耳,老夫刚还在商议要你回船政,没想到左钦差就把你送了回来,还是个游击将军。"

贝锦泉赧然一笑,胡雪岩等赶紧上前祝贺:"敏修,祝贺呀,又立了新功。"

等贝锦泉与众人招呼坐定后,沈葆桢让达士博继续介绍图纸。

听完日意格的翻译后,沈葆桢扭头盯着贝锦泉,示意其提看法。贝锦泉心想,刚才说的这些没多少作用,许多人又看不懂图纸,于是问道:"此战舰图样可有母本?"

达士博听了日意格的翻译后,马上答道:"有,是按我国1858年建造的'拉莫特·毕盖'级战舰为母本绘制的。"

日意格了解船政官员们的心态,所以在翻译这句话时,巧妙地把法舰的建造年份给模糊了:"此舰相当于法国在咸丰末年建造的'拉莫特·毕盖'级战舰。"

可尽管如此,胡雪岩还是当即提出异议:"现已是同治六年,当应按最新的战舰绘制建造。"

"来中国前我已考察,这种战舰适合中国水域,新型舰都偏大。"

对于达士博的解释,不但胡雪岩腹诽,沈葆桢也暗自思忖:记得左宗棠曾说过,新造战舰要考虑今后能改漕运及商运,薄取其值以补船政修造之费。战舰若是太小，何以胜任漕运或商运？若首舰不起眼，船政必定在朝议中无话语权，那自己这个船政大臣也将在朝政中无一席之地。一定要建大战舰，即使后期资金紧张，届时也可以设法逼迫朝廷筹集。坐在左上首的周开锡似乎揣摩到了沈葆桢心思，对达士博要求道："按你刚才所言，这舰二十丈都不到，可我中国民间都有长四十四丈四尺、阔十八丈的大商船，船政所造战舰起码比商船要大。"

达士博听后连连摇手："不一样，不一样。中国能停泊大商船的地方不超过五处，但战舰日后必须能随时停泊一地。"

贝锦泉这才明白达士博为什么说绘制的战舰适合中国水域，于是细问："战舰吃水多深？"

咨询达士博后，日意格立即把深度换算成中国人习惯的计量单位："一丈一尺。"

贝锦泉立即纠正："虽中国港口没有疏浚淤泥，水深较浅，但再深三四尺定无问题。"

达士博颇为惊讶地细细打量了一番眼前这个新来的清朝官员，似乎这人懂技术，且这些人中，也只有他懂。达士博干脆盯着贝锦泉强调："这种战舰大了毫无意义。"

贝锦泉偷眼瞄了瞄沈葆桢的表情，心里有了底，于是不容置疑地说："船政的战舰必须加大。"

一句话惊醒了日意格，他猛然想起当年左宗棠请自己和德克碑在总督府商议时的情景，记得张师爷曾说，新造轮日后以雇沙船之价参加运漕，漕务毕则听受商雇。所以他也不翻译贝锦泉的话，而是直接问达士博："先生，战舰还能加宽加长多少？"

达士博直晃脑袋："不行，排水量一大，会影响到航速。"

"那再加一个锅炉。"这回日意格直接给出建议。

怎么日意格也和中国官员一样固执与愚钝？达士博瞪起眼睛，愤然质

问对方:"为什么一定要改最佳方案?"

日意格只好简单地告知了原因。达士博听了很是吃惊,叹口气后,默默掏出自来水笔,拧开笔头,直接在手上演算起来。不一会儿,达士博就给出了答案:"当初在法国时,购的铁条就是以'拉莫特·毕盖'级战舰为标准,板棚也是按这个在建的,所以舰宽最多只能加半米。舰长可以再增十余米。"

日意格赶紧夸张地比画着手回禀沈葆桢:"大人,舰宽不能再增,但舰长可以增至二十五丈。"

沈葆桢心想,不但宽没加多少,长度也不过就增了区区五丈,翻着眼皮问道:"不能再大了?"

达士博虽然听不懂,但从对方不屈不饶的表情来推测,沈大人还是有把战舰再造大的想法。他觉得又好气又好笑,就中国这个模样还想蛇吞象?简直是笑话。

日意格刚想把制造战舰极限的原因转禀沈葆桢,贝锦泉就先插话问道:"监督大人,请问一下达士博先生,增大后的战舰排水量有多大?"

日意格只好又转问达士博,达士博回复约一千五百吨。

贝锦泉听后对沈葆桢悄声说道:"大人,排水量表示战舰尺度大小,战舰增大后,其排水量已超过法国'拉莫特·毕盖'级战舰。"

"唔?"沈葆桢还是有点听不明白。

"再大可能无法进港。"

沈葆桢脸色缓和了不少:"建舰尚缺什么?"

由于在法国就商议过,所以日意格脱口答道:"大人,其余物件已配齐,只缺舰材的木料。本拟选用台湾樟木,但台湾高山驮运困难,达士博将择日赴暹罗购买柚木,以备建船所需。"

"还需什么?"

"船厂尚需熟练工匠五十人,其余均已到位。"

沈葆桢沉吟了片刻,吩咐日意格:"你先休整几天。唔,五天后动身,达士博往南选柚木,你向北。胡提调刚才已说,新舰如生马,非衔辔均调不相习。所以水手招募得提前操办起来,宁波多水手和能工巧匠,届时你们两人共赴宁波招募水勇和木匠。"

贝锦泉没想到沈大人考虑得如此周到,同乡熟知脾性,有利日后同舰共事,感激之心油然而生。达士博不知内因,听了翻译后,马上要日意格转达其建议:"告诉沈大人,广东民风剽悍,向来多弄潮儿,水勇当从广东招募。"

会看脸色的日意格早就领会了沈葆桢用意,于是悄悄顶了一下达士博的胳膊,附耳提醒:"沈大人已定,他是船厂主,所有人必须服从他的决定,包括我们!"

达士博像吞了一只苍蝇,想吐吐不出来,想咽又咽不下去,本就发红的脸因憋屈而有些发紫。

沈葆桢虽不清楚这狂妄的洋进士有什么意见被日意格挡了回去,反正没人冒犯或冲撞,就权当不知,他故意转向另一边对贝锦泉叮嘱:"御敌之法莫先于募兵与练兵,练兵在于将者,将不可无德,无德则无力,无力则三军之利不得。将若能心澄如水,则德盛而威自张,万众必仰之帷谨,敌人则闻风而威服。"

"卑职当记大人教诲,诚信必孚,赏罚必明,情伪必察,劳苦必均。"

"唔。"沈葆桢志得意满地扫了一圈众人,转问衙役,"菜备好了?"

"回禀大人,'仙客来'酒家的酒菜已送到,待大人们入座即可开宴。"

沈葆桢还没开口,这边达士博急着嚷道:"沈大人,我还有一事禀报。"

"何事?"沈葆桢侧目瞥了一眼达士博,不咸不淡地问道。

"江岸得用石块予以加固,泥堤易坍塌。"

沈葆桢暗笑了两声,心想,江堤长年无事,难道我船政造船就有事了?所以瞅也不瞅对方一眼,淡淡地应道:"老夫知道了。"说完就推椅起身,招呼道:"一同入席吧,为日意格和敏修接风洗尘。"

众人起身按品衔高低尾随矮个子的沈葆桢鱼贯而出。走在前面的周开

锡刚出大堂，突然想起一事，转身等贝锦泉上来后，边走边说："敏修，上次有个洋人求见沈大人，离开时留了一封书信给你，散席后我让衙役送来。"

"多谢提调大人。"谢过后，贝锦泉想不出哪个洋人会在求见沈大人后找自己？于是脱口问道，"大人，何人留书信于卑职？"

周开锡记忆虽好，但对只有一面之交的洋人，一时也回想不起名字来，于是停下脚步边拍脑门回忆，边哼哼唧唧说道："叫左……嗯，叫左什么尼……"

贝锦泉瞪大眼睛失声叫道："左凯弟尼！"

周开锡用怪异的眼光打量着情绪失控的贝锦泉。贝锦泉顾不得失态，躬身拱手追问："提调大人，是左凯弟尼吗？敢问这是什么时候的事？他今在何处？"

"是左凯弟尼。此事已近半年，离开衙门时他说是去日本。"

果真是左先生，贝锦泉心急如焚，一把拉住周开锡衣袖："他说什么时候回来？"

难道那个洋人是贝锦泉推荐来船政的？若真如此，那就有必要言明此事乃沈大人处置，想到这里，周开锡直截了当地说道："这他没说。不过沈大人当时没同意他的求见。"

"啊！"贝锦泉痛苦地捶了一下胸口，"我来晚了，没能碰到左先生。"

周开锡听了觉得很耳熟，细一想，对了，那天左凯弟尼最后一句话也是：我来晚了，没能碰到贝锦泉。周开锡觉得很好笑，但看到贝锦泉的痛苦模样，只好一脸严肃地催了一声："走，沈大人快落座了。"说完就独自先疾步赶去。

望着船政衙门的大旗，贝锦泉突然想起左先生当年在"加达"轮上说的话：若是日本有了现代装备的军队，真不敢想象你们中国及周边国家将会落到怎样的境地。"天意！天意！"贝锦泉仰头轻叹了两声，转身朝妈祖方向暗暗祈祷：但愿左先生没去日本，但愿左先生再来船政，让他留此助水师一臂之力，而不是远赴日本。

第十六章
DISHILIUZHANG

同治六年十二月十二日,船政到处旌旗猎猎,雄风浩浩。阳光从云间空隙处洒落,远处高山晨雾在疏松与缥缈中渐次隐去。一大早,一连串官轿在妈祖庙前停了下来。一身朝服冠带的沈葆桢矮身从轿中走出后,直起腰板,精神矍铄地偕同船政衙门要员、福建布政司夏献纶和日意格、达士博等人缓步向庙门走去。

"砰砰——"爆竹声响起后,鼓乐齐鸣,妈祖庙外围观的人群顿时骚动起来,欲争相往前看热闹,在官兵们的一阵叱骂中,还是被红缨枪远远地挡在了路口。

沈葆桢走到正门门槛前,驻足向内望去。只见妈祖庙内松柏葳蕤,大树摇曳着枝条,抖落着明亮的阳光,甬道在一层朦胧的金黄中,与迎风招展的幡幔经旗相互衬托,越发显得高贵与神秘。众人被这气氛所感染,一脸虔诚地准备进殿叩拜。人群中只有一人显得很特别,拉着脸默然地看着眼前的场景,似乎置身于外。沈葆桢自然没发现达士博的异常,扭身朝日意格和达士博招手,待两人近前后谆谆告诫:"唔,你们虽为洋人,但到中国,尤其是造船下海,就要懂如何求天后娘娘护佑。"

经这些日子的磨合,达士博多少适应了中国官员的处事方式,但对造船前的这种宗教仪式,他还是很反感。一大帮人或吹拉敲打,或点烛烧香,或磕头跪拜,这哪像是造船,简直是折腾人的巫术!与达士博不同,日意格被眼前热闹又神秘的气氛所感染,兴致极高地应道:"是,沈大人。"随后把沈葆桢的话翻译给了达士博,闷闷不乐的达士博有口无心地应了一声。

日意格察觉到达士博的情绪异常,猜测对方可能反感这样的仪式。他偷眼看沈葆桢,庆幸对方已转身,并在妈祖庙主持的引导下,跨过高高的门槛向里走去。日意格暗吁了一口气,心里骂道:达士博,你这个书呆子,能不能乖巧机灵不讨人嫌呀?!可嘴上只能善意提醒:"达士博先生,中国人膜拜妈祖……"

郁郁寡欢的达士博毫不客气地打断了日意格:"你不信基督了?"

"信。"

"那你怎么还信妈祖?"

"我们要入乡随俗。"

"哼。"达士博从鼻腔中喷出一股气,偏着脑袋直视远处才终于把"无耻"这个词强咽回了肚中。

"达士博先生,你是造船专家,中国船政需要你,也得依靠你。但你也要学会与他们打交道,只有这样,我和德克碑先生若有一人离开此地,你才可以升任副监督。"

日意格的前半句话达士博早已听腻,可后半句却让他怦然心动。目前自己只是个无权无势的总工程师,薪水更无法与副监督这个职位相比,若能有机会谋得这一职位,那也算不枉此行。想到这里,达士博盯着对方求证:"此话当真?"

"当然,雇员中还有谁比你有能耐?"信誓旦旦的日意格底气十足地反问。举目望去,聘请的洋人中还有谁比达士博更有资格?一旦副监督空缺,他接替完全顺理成章。

在倍增的信心中,达士博似乎看到了美好的前景。也许心里亮堂了,达士博觉得眼前人与事便不那么扎眼,变得顺眼、顺心许多。

祭告妈祖后,沈葆桢一行人捧着祭拜后的一截龙骨赶往新搭建的船台。在隆盛威仪中,沈葆桢居中,周开锡和夏献纶站两侧,三人缓步登上了船台,在达士博的引导下,三人把第一截龙骨放入船台,四周顿时响起震天的鼓乐声和呼喊声。沈葆桢移步至船台前端,听着山呼海啸般的掌声和呼声感慨万千。他抬手虚压了几下,待四周静下来后,沈葆桢轻咳了一声,朗声说道:"自创议以来,历经四年,今天船政终于迎来正式造中国战舰的日子。艰难之秋,万目睽睽,望诸位精诚团结,志如磐石,扬我大清威名!"

话音刚落,底下一片山呼:"谨遵沈大人之命!"

沈葆桢环视一圈后,转身走下船台。刚落地,一眼看到了贝锦泉,于是招手叫道:"敏修。"

贝锦泉赶紧出列拱手:"卑职在!"

"今天是造舰之日,明年就是驾舰之时。老夫早就说过,新舰如生马,非衔辔均调不相习。现水勇已招募齐,尔等一定要加倍用心操练。"

"遵命!"贝锦泉觉得此时正是向沈大人举荐左凯弟尼的良机,看沈葆桢转身准备离开,顾不得失礼,抢前几步跪在沈葆桢面前,挡住了他的去路:"大人,卑职举荐一名管驾战舰的洋人。"

"唔?何人?"

沈葆桢虽很平静地问,可身后的日意格却警觉地竖起了耳朵,他不清楚贝锦泉向沈葆桢推荐洋人是何居心。若沈葆桢同意,那人会认同并服从自己的监管吗?若不服,日后又当如何处置?就在日意格屏气敛息中,只听贝锦泉答道:"回禀沈大人,卑职举荐之人乃普鲁士国的左凯弟尼。"

日意格搜肠刮肚也对这个名字没印象,正准备插话打听,沈葆桢就已发话拒绝:"唔,船政已延聘法、英两国能士,普鲁士国能士就暂不考虑了。"

贝锦泉暗暗叫苦,没想到会是这样的结果,不甘心的他壮起胆子直接介

绍起左凯弟尼："大人，卑职曾与左先生相处数年，其管驾……"

不等贝锦泉说完，沈葆桢粗鲁地打断了他的话："不必再提，老夫主意已定。"说完迈腿向外走去。

日意格暗呼了口长气，赶紧与众人簇拥着沈葆桢出门坐轿。惘然若失的贝锦泉一把推开上前搀扶的屠才友，朝着沈葆桢的背影长跪不起，无法理解一向器重自己的沈大人为何今天如此固执，更为中国错过留用左凯弟尼而痛心。

坐上轿的沈葆桢在途中也陷入了沉思。刚才贝锦泉跪挡自己出门时，就感觉贝锦泉今天有点意气用事。虽相信贝锦泉推荐的左凯弟尼确有管驾战舰的技能，但当时只能一口回绝。洋员的招聘必须由日意格来定，你贝锦泉不能安排自己的人在日意格手下，船政决不能允许各部门要员插手干涉其他部门，就像船员不用达士博招广东籍的建议，坚持用宁波籍船员，还不是为了你贝锦泉考虑。船政若进来一个不合适的能人，不但无助于船政，反而会影响造船或战舰下海。今天日意格也很敏感，所以抢在他发话前断然拒绝了贝锦泉的请求，切不可让日意格等人心存芥蒂或敌意，船政现要靠他们做好、做大、做强。

到衙门出轿，沈葆桢抬眼看到门两侧自己撰写的对联：见小利则不成，去苟且自便之私，乃臻神妙；取诸人以为善，体宵旰勤求之意，敢惮艰难。是啊，身为船政大臣，自己只能取诸人以为善。

本就认真负责的达士博自从有了新盼头后，更加卖力。当天就带领工匠进了临时板棚，把已设计好的第一号战舰的图纸绘制到地板上，在译员的翻译下，不厌其烦地给中国工匠讲解，直至所有人能够辨识图上标有洋字的曲直及尺寸，并按图仿造。不久，德克碑也带着最后一批聘请的洋员和造船机器成功抵达马尾。从此，造船工棚和船台的巨锤敲打声、火锯摩擦声、劈铁机锤击声和工匠的喊号声混合着响彻马江之滨。

这天，奉沈葆桢之命，贝锦泉、日意格和德克碑三人来到造船处，与达士博共商新设计后的舰体方案。穿过机器轰鸣、人声鼎沸的现场，众人来到会客厅。达士博提前挂起了大幅图纸，等几个人围拢后，他耸肩坦言："这样的设计我是头一次做，恕我直言，真不像战舰。"

日意格看了一眼贝锦泉，只见他正专注地听译员的翻译，于是就直接对达士博解释："不奇怪，中国就是想让战舰'兵商两用'。"

"兵商两用"？达士博听得莫名其妙，战舰就是战舰，商船就是商船，好比男人和女人，哪有男女同体的说法？于是不怀好意地自嘲："中国怪事可真多，估计在这里待上一年，我也要留辫子了。"

虽然译员没有把达士博的话翻译给贝锦泉，但从达士博的表情与语气，贝锦泉能揣摩出对方在说什么。他在故意吹捧达士博的同时，再次强调以解决问题为原则："如果按原样制造，既体现不出达士博先生的高超水平，又无法与中国的实际情况吻合。"

等译员翻译完后，日意格咧嘴一笑，别出心裁地补充："我在此已多年，中国人讲究实用，更重中庸之道。此次达士博先生的设计也算是中庸之道的最好表现。"

中庸之道？新鲜词语让达士博越听越糊涂。看对方一脸的困惑与迷茫，日意格只能一知半解地边用手比画边解释："就是说中国人不会更改自己的目标和主张，但会在过程中讲究合一。"

这回达士博听明白了，日意格这是在提醒自己，中国人为了达到目的会很顽固地让你认同及配合。唉，反正这船又不是自己的，怎么搞是他们的事，自己只管配合做事，不然日后当副监督的机会也没了。想到这里，达士博旋即进入工作状态，指着图纸开始解说："战舰的建造将采用'铁钉连接捻缝'工艺，考虑战舰的宽度太窄，无法左右舷布置，两座锅炉只能背靠背安装。"

虽听不懂"铁钉连接捻缝"工艺，但贝锦泉对锅炉有着丰富的实践经验，于是开口问道："两座锅炉多大？炉门有几个？煤舱在何处？"

贝锦泉的接连三问让达士博颇为吃惊，他没想到留着"长辫子"的中国

人竟然能提出这样细致的问题。因对自己的设计极度满意,所以达士博像炫耀宝物似地比画着图纸中的前后两座锅炉:"两座锅炉共用一个大燃膛,高三点三九米,纵深三点一六米。战舰前方锅炉宽五米,共五个炉门。后方锅炉宽为四米,四个炉门。锅炉炉门前方各设一煤舱,方便燃煤补给。"

看贝锦泉满意地点了一下头,德克碑扭头问达士博:"战舰最大航速为多少?"

"十节。"

"哦?"

不光德克碑显得有些意外,日意格也吃了一惊,这个航速要比"拉莫特·毕盖"级战舰高出两节多。日意格盯着达士博不放心地追问:"能确定有十节?"

"十节还是指逆风逆潮时的航速。"达士博不以为然地睥了一眼日意格,神情有点傲慢,"两座锅炉可使螺旋桨每小时转动四千五百转以上,如果乘风乘潮,主甲板三根主桅可挂风帆,航速可增至十节。"

贝锦泉欣喜地追问:"风平浪静时航速可达多少?"

"十二节。"

"如此看来,按中国人的要求改动后的大怪舰还真有可取之处。"德克碑轻声嘀咕了一句。

达士博越发得意于自己的设计,继续解说船体的内部设计。当说到蒸汽机时,贝锦泉手指着图纸上的蒸汽机转了半圈,提出修改意见:"达先生,蒸汽机当改为立式。"

没想到达士博身板一挺,不容置疑地否定:"这艘战舰的蒸汽机绝不允许采用立式。"

"为什么?"贝锦泉也挺直了身子,口气毫不示弱。

"这艘战舰小,立式蒸汽机势必造成战舰的干舷加高,日后一旦舷侧作战,中弹概率就会大增。"

听完翻译后,贝锦泉觉得达士博的设计确有道理,自己光想着立式可节省许多空间,却没有考虑交战的安全性。但想到自己刚提一个修改意见,对方的态度就如此强硬,若不坚持,只会让他更加肆无忌惮,难不成听凭其做主?必须让他改变设计!至于舷侧作战会增加中弹概率,那是怕死鬼找的借口,战场上只有勇者胜,一怯必百败。想到这里,贝锦泉暗自盘算如何让达士博屈服,他灵机一动,手指朝四人画了一圈,一脸肃穆地强调:"立式蒸汽机可以节省许多空间,这等于变相加大了舰体,我们当按沈大人的意图去制造。"

贝锦泉刻意对"我们"一词加重了语气,虽然达士博和德克碑听不懂,译员也没有按语气来翻译,可一旁通晓中国文字且熟谙礼数的日意格自然明白其用意。就在日意格准备劝说达士博时,德克碑抢先一步劝起了达士博:"先生,中国人既然抱'兵商两用'的思想,那就无法按我们原先的设计来思考,不如干脆让他们来拿主意。"

"将来战舰因设计缺陷被炸沉,那岂不是我的责任?"

对达士博不屈不挠的争辩,德克碑示意译员不要翻译,接着面向达士博悄悄朝贝锦泉的方向努了一下嘴,说:"先生,你我早已尽责,可权在中国人手中,将来一切后果当由他们负责。还是别争辩,反正他们又不会少我们的钱。"

"唉,真是无知指挥的悲哀。"达士博表情极为痛苦,就像自己的孩子受到了践踏。

对德克碑的配合,日意格非常满意,他换种方式劝道:"达士博先生,你我都是中国雇员,只能按船主的要求来设计与制造,就换立式吧。"

"嗯。"达士博的嘴终于软了下来,可眼睛仍倔强地盯着图纸,似乎要把最满意的设计深深地印在脑海中。

看蒸汽机争议已结束,日意格主动问贝锦泉:"达士博先生将重新设计为立式蒸汽机,还有其他意……建议吗?"

日意格及时把"意见"改为"建议",努力让设计者有更多的主动性和话

语权。贝锦泉虽听不懂三人刚才在说什么,但通过他们的语气和表情,基本上能猜到劝说的艰难。既然舰体已吻合沈大人"兵商两用"中"商"的要求,现在就从"兵"上再提些看法,毕竟这是艘自己日后要驾驭出征的战舰,决不能徒有其表,中看不中用。于是贝锦泉挑重点问道:"战舰炮位如何配置?"

"每舷开有五个炮门和一个登舰口。"达士博分别在图纸上点出各自的位置。

望着标注,贝锦泉似懂非懂地连连点头,心里暗忖,当年"宝顺轮"才一门炮就打得海盗抱头鼠窜,今后驾驶十倍火力的战舰,真不知在海面上是何等的威风。

由于对新战舰的设计再无异议,达士博也渐渐松开一直紧锁的眉头,细细解说战舰各个部位的设计与原理。

当沈葆桢得知战舰的货舱容量得以再次扩大后,非常满意,并命周开锡和胡光墉着手购买大炮等事宜。

新招募船员在贝锦泉的带领下,每天辰时出操跑步,巳时进行专业训练。这天,结束灭火水带训练,回营途中,屠才友突然指着面前的小山大声叫道:"贝驾,你看,这家伙箭法好准。"

顺着屠才友手指的方向,众人看到对面山腰上走下一猎人,肩上挂满了用绳子串起的各种飞禽,这些或大或小的各种鸟雀,因倒挂张开了缤纷的羽翼,就像给猎人披上了一件五彩外衣。孙晓云歪着脑袋调侃屠才友:"怎么,你想吃天鹅肉了?"

屠才友捶了孙晓云一拳:"去你的,你才是蛤蟆呢。"

众人都乐了,只有贝锦泉没一丝笑意。早年他就喜欢观天象,后又在"加达轮"上得到左凯弟尼指点,学会了如何预测台风。刚才训练时他没注意天象,现抬眼感觉有丝异样,于是就手搭凉棚仔细眺望,发现对岸平时朦胧的山树此时清晰可见,仰望天空,一只海鸟正从马尾状卷云下掠过。不好!有大台风要来。还没等贝锦泉回神,只听空中海鸟一声惨叫后急剧下坠。伴随叫好声,许多人跟着屠才友去捡被打下的海鸟。

"集合!"随着贝锦泉一声令下,船员们停止了嬉闹,并迅速按队列站好。

"回营休息,即刻起不许离开营房一步,违令者罚俸金一月。"

面对这道突如其来的命令,有人乐,有人愁。乐的是不用再到海边训练,愁的是关在营房内巴掌大的地方,怎么打发无聊的时间,况且贝驾又没有说多久,万一十天半个月的,那还不把人憋出病来?沈仁发边走边靠近贝锦泉悄声探问:"大人,是不是有台风要来?"

"三天内必有台风。"

屠才友耳尖,一脸焦虑地追问:"那造船处的新战舰怎么办?"

"轻点!"贝锦泉警告后脸露犹豫,叮嘱两人,"我去找沈大人,提前做准备。此事不可外传,万一不准……"

沈仁发和屠才友明白这种预测的压力,赶紧应声答道:"嘛!"

随衙役走进沈葆桢书房后,贝锦泉抢前几步请安在地:"叩见沈大人!"

"免礼,起来坐。"

"谢大人!"

贝锦泉起身后侧坐在沈葆桢书案前,刚落座,就发现沈葆桢手上捧的竟然是《远西奇器图说》,心里不免暗暗称奇。格物乃西洋的自然科学,满腹经纶、科举出身的沈葆桢怎么也会看这类书?

"怎么?此书老夫不能看吗?"沈葆桢似乎看出贝锦泉的想法,掩卷问道。

贝锦泉挠着头皮一脸憨笑地坦言:"大人,卑职确觉奇怪。"

沈葆桢抬眼直盯贝锦泉,再次逼问:"你觉得老夫这样透着迂腐穷酸气的进士不会看此书?"

贝锦泉顿时惶恐不已,赶紧埋头拱手:"卑职乃一介武夫,断不敢狂言妄语。"

"呵呵,此时别无他人,你当与老夫直言。"

贝锦泉心中暗喜,沈大人这句话似乎有意信任自己,抬头与其善意和期

待的眼神相遇，不等开口，沈葆桢已继续说道："所谓'百无一用是书生'自然是对文人的不公。但文人往往软弱无能，思想迂腐，手无缚鸡之力，只能在吟诗作赋中，为后人留下一篇篇千古传诵的诗文歌赋，仅有极少数文人能大展宏图，达到修身齐家治国平天下的目标。"

沈葆桢说得很平稳，可在贝锦泉听来，这些话如同一颗颗炮弹，振聋发聩。贝锦泉暗自提醒自己，既然话已说到这一步，必须知无不言，这不但是对沈大人的忠诚，更是博得沈大人亲近的好机会。想到这里，贝锦泉斟酌着说道："大人所言极是，历朝文人受儒家或道家思想影响太深，不谙世事，不通人情，虽书读得不少，然而往往具实干才能的寥寥无几。他们有节操、懂礼仪，但是，这仅仅只能称作'贤'，非'能'也。而治理国家，操办时务，靠'贤人'只会误国。"

沈葆桢知道贝锦泉还没说透，于是把问题引得更深、点得更明："我大清文官何尝不是清高、刻薄、固执，往往在恃才傲物中瞎子摸象，致使王朝屡受洋夷之辱。"

"大人，这都系武将贪生怕死之故！"想到当年水师官兵被海盗打得不敢出海的窘状，贝锦泉语气甚为愤慨。

沈葆桢摇了摇圆圆的脑袋："武将当然有责，有功，你争我夺；遇战，皆作鸟兽散。往往内争逞英雄，外战像狗熊。但这并不全是武将之过。文官狡诈奸佞、贪婪成癖，致使武将无心恋战。何时我大清文官不敢贪赃敛财，武将不敢贪生怕死，则我大清王朝可兴也。"

贝锦泉终于明白沈葆桢的用意，赶紧起身打千儿儿在地："卑职铭记大人教诲，当以'马革裹尸当自誓，蛾眉伐性休重说'！"

沈葆桢眼睛一亮，倒不是贝锦泉的表态打动了他，而是对方竟然引用的是辛弃疾《满江红》中的词句，不由得探身问道："你学过词赋？"

贝锦泉脸一红，喃喃地说："回禀大人，卑职没学多少，仅学过辛弃疾、文天祥、岳飞和屈原这四人的诗词。"

"唔。起来，坐。"沈葆桢失望中有些欣喜。虽然贝锦泉诗书读得少，但这四人的诗作大都有爱国情怀，武将时时选读这样的诗词，必能提振精气神。等对方坐稳，沈葆桢饶有兴致地继续追问，"最喜欢屈原的哪句？"

贝锦泉脱口而出："长太息以掩涕兮，哀民生之多艰。"

"唔！"听着再熟悉不过的诗赋，沈葆桢猛然一怔，贝锦泉怎么喜欢起诗词来了？若沉浸其中不可拔，那中国只不过又多了一个一无是处的学究，少了一位驾驭战舰卫国的勇士。在考取功名前，沈葆桢也信奉"半部《论语》治天下"的说法。但自从领兵打仗，尤其成为封疆大吏后，他深刻认识到，要想治理好一方来成就伟业，必须要时时获得不断更新的知识，如果奉《论语》为宝典，妄想凭此来解决一切问题，那只能在迂腐中一事无成。想到这里，沈葆桢决定纠正贝锦泉的做法，于是把书案上的《远西奇器图说》往贝锦泉面前一推，"这本书你拿去先学。学文以长才气，习武以长英气，栋梁之材应该文武俱备，这样方能治世或治兵"。

"卑职铭记大人教诲。"

沈葆桢继续暗示："听说京师同文馆教习丁韪良正在编印《格物入门》一书，据称较之前人所辑奇器图说、近人所刊重学数等书，尤切实晓畅。老夫拟准备请朝廷给船政也拨几套，以备船政要员研读。"

"丁韪良？"贝锦泉微皱眉头，喃喃念着名字苦思。

"你认识？"

贝锦泉眉头一松，拍着前额，似茅塞顿开状反问："大人，是不是道光三十年来宁波传教的丁韪良？"

"唔。"沈葆桢这才想起丁韪良曾在宁波传教过十年，想自己正设法联系此洋人，看来今日真是要踏破铁鞋无觅处，得来全不费功夫。沈葆桢圆润的双颊现出两片红晕，盯着贝锦泉追问，"你当真认识丁韪良？"

"回禀大人，卑职当年在宁波江边撑渡时，他曾坐过我的船，但并不相识。"

"唔。"沈葆桢的身子又矮了下去,转回头,边揉太阳穴边问,"今天找老夫有何事?"

"卑职有事禀报。"

"唔?"

"三日内似有台风来袭。"在来船政衙门的路上,贝锦泉觉得这不是打仗,须为自己留条后路。所以斟酌后,他决定给判断留一点回旋余地,不把话说死。

沈葆桢掏出鼻烟壶,心里默算,今天已是六月十七,往年这个时候是有台风。拔开鼻烟壶塞子,他往左手拇指甲盖上倒了少许烟面儿,凑到鼻孔前嗅了嗅。"阿嚏——"一个响亮的喷嚏后,沈葆桢努了努嘴,问:"肯定?"

逼问之下,贝锦泉只得加重语气:"应该不会出错。"

"何以见得?"沈葆桢似乎并不满意,放下鼻烟壶后气定神闲地问。

"回禀大人,卑职曾学过观天象,今日有台风天象的征兆。"

"有何异样?"

"天色奇明,高空有马尾状卷云。"

沈葆桢第一次听说"马尾状卷云",觉得在马尾看马尾状卷云很有情趣,就情不自禁抬眼向外望去,可高墙严严实实地挡住了他投去的目光。沈葆桢暗自盘算:如果三天内真有台风,那现在就得停止建造新船,立即采取保护措施,如若有所损毁,朝廷定会责罚。可问题是目前马尾风平浪静,如果贝锦泉推测有误,不但耽搁工期,更会引得那帮言官以办事拖沓、徒糜巨款为由进行诽谤攻击。沈葆桢一时左右为难,难以决断。

看着沈葆桢目视远方若有所思,贝锦泉判断对方已相信自己的预测,但如何处置预防台风有难度,于是就把想好的建议搬了出来:"大人,船政可折中防台风。"

"唔?"沈葆桢的目光锁在贝锦泉那张黝黑刚毅的脸上,似乎上面写了答案。

"不放任何消息,只悄悄做准备。明造船不停,暗加固船台。并急备木桩石料等,令所有船政人员候命,以备应急所需人力。"

"唔。"沈葆桢欣慰地点了一下头,随后朝门外喊了一声,"来人!"

"在!"衙役闻声闪入书房。

"速令周开锡、胡光墉、叶文澜、日意格和德克碑来船政大堂。"

"嗻!"

悄无声息地安排妥当后,沈葆桢开始留意起天象的变化,也搞清楚了马尾状卷云的样子。随着时间的推移,卷云越发增多,并开始汇聚变色。到了第三天午后,云层密实低沉,像一床巨大的灰棉絮铺在半空,虽然感觉不再炎热,可空气黏糊糊的让人感到憋闷。

当贝锦泉再次驱马来到海边,只见海面一波波长浪滚滚而来,不知疲倦地持续撞击着海堤和山崖,并发出阵阵巨吼声。终于嗅到并确认台风气息的贝锦泉又喜又忧,喜的是自己的判断没有失误,忧的是如此大的台风会不会给船政造成巨大损失。他拨转马头打马往船政衙门奔去,半路一阵骤雨,贝锦泉顾不得避雨,继续挥鞭前行。刚到船政衙门,还没下马鞍,雨却莫名停了。一衙役出大门看到贝锦泉,一脸庆幸地迎了上来:"贝大人,在下正奉沈大人之命请您来衙门。"

"好,快引我见沈大人。"贝锦泉把缰绳扔给守门兵勇,摘下笠帽,顾不得脱下蓑衣,伸掌抹了一把脸,边掸身上的水珠,边疾步跟着衙役向大堂走去。

看到浑身湿漉漉的贝锦泉,不等对方请安,沈葆桢当即放下手中的笔夸道:"敏修,果有台风如期而至,老夫已传令各营处加强防备,你当立首功。"

贝锦泉心中为自己得功而暗自高兴,嘴上却拱手自谦:"这全仗大人的信任与调度有方。"

"速换干衣,随老夫去船政各处视察。"

"大人,时间紧,容卑职即刻跟随大人前往。"

"唔。"

沈葆桢推椅起身走到堂中，等衙役利索地替他穿戴好笠帽和蓑衣，沈葆桢边朝外走，边说："轿不能抬行，尔等随老夫走行！"

贝锦泉和几名衙役护卫沈葆桢向外走去。此时，雨水不再忽飘忽停，伴随骤起的西南风，如同一支支水箭密集斜射而来，溅得地面水花四起。雨水迅速汇聚到一道道弯弯曲曲像蛛网似的沟渠，向江面流去。

沈葆桢领着众人一一查看船政各处情况，庆幸事先准备充分，不但在建战舰已被妥善保护起来，而且制造处与各营房的排涝也非常成功。不到一个时辰，阴沉的天空像被撕开了一道口子，雨势如狂，仿佛瓢泼盆倾。沟渠内的水漫过一道道坎，迅急朝低洼处淌去。沈葆桢一行人顶着风雨正准备去江边视察情况，突然前面传来一声长音："报——"

众人停住了脚步，沈葆桢手搭雨棚向前望去，只见送信兵勇打马向这边直冲而来。快到跟前，兵勇一个漂亮的鹞子翻身，从鞍鞯上腾跃而下，甩掉手中缰绳，疾跑几步，倒挂马鞭，抱拳下跪："禀报沈大人，一号船台右侧江岸有坍塌迹象。"

贝锦泉脑袋"嗡"的一声，若江岸坍塌，暴涨的海水就会涌进来，那必将会给船政带来灭顶之灾。沈葆桢闻讯后，依然一脸的淡定，不紧不缓地问："唔。现谁在江岸？"

"周大人和叶大人都在。"

沈葆桢胸有成竹把手一挥："唔。退下吧。"

"嗻！"兵勇起身，接过衙役递来的缰绳，翻身上马，扬鞭踏水向前奔去。

风越刮越猛，吹得人几乎难以直立。沈葆桢手按笠帽，在衙役的搀扶下，躬身艰难地向前行进。赶到江岸时，只见巨浪如同猛兽，以排山之势，一路咆哮着，翻腾着，你追我赶地向堤坝冲去。随着一声声巨响，岸边激起一道道冲天水柱。

浑身湿淋淋的周开锡和叶文澜匆匆迎上前，还来不及请安，后面传来一片惊叫声。沈葆桢等人寻声望去，只见船台右侧前方江岸开始坍塌，瞬间出现一丈宽的缺口,江水乘势涌入船台。周开锡和叶文澜顾不得礼节,转身冲向人群,指挥众人迅速向江岸填倒石块。

"敏修,你识水性,速带本部人马在江岸钉木桩加以保护。"

"嗻!"

贝锦泉应声准备退下,沈葆桢却叫住了他,努了努嘴:"你的人老夫早已调来。"

顺着沈葆桢努嘴的方向望去,贝锦泉看到一个个熟悉的身影站在木棚下,两边堆起了一根根木桩。贝锦泉恍然大悟,原来沈大人早已想到钉桩护堤之计,怪不得处变不惊,稳如泰山。贝锦泉当即领命表态:"请大人放心,只要卑职一气尚存,决不后退一步!"

沈葆桢挥了挥手:"唔,老夫等你再立新功。"

衙役领班看沈葆桢望着雨帘中渐渐跑远的贝锦泉的身影没动身,悄声上前请示:"大人,是否回府?"

"不,扎下大旗!"沈葆桢食指向下用力戳了一下,"险情不除,老夫就坐镇在此。"

"嗻。"衙役领班应声下令准备安排大旗和大伞。沈葆桢却扭头制止:"风大雨急,旗伞均免,把椅子给老夫搬来!"

当贝锦泉带人扛着木桩赶到坍塌的江岸口时,缺口又被扯宽了一丈。滚滚江水在浪涛的推动下,一波波争先恐后地涌入船台。贝锦泉箭步冲到缺了口的堤上,顶着狂风骤雨挥手喊道:"弟兄们,快跳下去!"

只听屠才友"嗷"的一声吼叫,率先扛着木桩跳进了江中。周开锡见状赶紧下令停止填倒石块。可下水后的屠才友还没走上两步,一个浪打来,踉跄两步,手一松,木桩立马被浪卷出一丈外。孙晓云等人急着也要跳下去,沈仁发张开双臂阻拦:"危险!不能这样下去!"

屠才友想逞水性去扑抢木桩,可还没等他行动,又一个浪迎头扑来,打得他在水中无法站稳,木桩则顺着涌动的江水迅速向外漂去,几个沉浮后,

就不见了踪影。

贝锦泉急了，若不及时把缺口堵上，这道口子将越撕越宽，届时就会淹没整个马尾。可现在别说是水中打桩，连从小泡在水中长大的屠才友都难以站立，还有谁能在水中打桩？身后的沈仁发仓促喊了一声："贝大人，我去拿绳索。"说完，立即叫上十名身强力壮的船员，急吼吼地向工棚跑去。

当沈仁发再次出现在眼前时，贝锦泉火冒三丈。几个人喘着粗气合力拖来的绳索竟然粗如手腕，这种拴大船的缆绳怎么能绑到身上？就算是绑上了，估计连行走都困难，更别说是打桩了。贝锦泉向来看不起贪生怕死之人，可没想到平日最看重的兄弟在关键时刻也是这等货色。真是丢脸丢到家了！听着江涛不断传来的怒吼声，看着逐渐被撕宽的豁口，贝锦泉知道身边这些人只要有一丝的退缩或胆怯，就会造成巨大的灾难。大丈夫就是死也要死得轰轰烈烈，死得有气节，而不是窝囊退缩。陆上将士不是以马革裹尸为荣吗？那水上将士就当有以江海为穴之志！贝锦泉一把夺过身边船员手中的木桩，疾步冲到沈仁发面前，把木桩往地上一掷，指着江水吼道："马上给我跳下去！"

看着怒不可遏的贝锦泉，沈仁发懵了，刚才屠才友下去不是没效果吗？他抽手抹了一把脸上的雨水，说："大人，现在缆绳还……"

不等对方说完，只见贝锦泉拔出匕首狠狠扎在沈仁发手上，还没等大伙回过神，只听和沈仁发一起全神贯注拉缆绳的船员大声叫道："沈大人，动了。"

这下孙晓云看出了门道，靠近贝锦泉提示："大人，阿发想在缺口处拉起一道围栏。"

看着悬在缺口堤上的粗大缆绳开始下坠江中，贝锦泉猛然醒悟过来，沈仁发上堤后一直没有把绳子拴在腰上的动作。沈仁发此时顾不得疼痛，大声招呼："大人，快让兄弟们沿绳索下去。"

"阿发，我错怪你了。"看着仍死死拉着绳索的沈仁发，后悔莫及的贝锦泉有些动容,拍了拍对方肩,吩咐孙晓云赶紧陪他去营地治疗。随后扯下身上的蓑衣,抛掉笠帽,把辫子往脖上一缠,扛起地上的木桩,大手一挥,"弟兄们,下江!"

奉命上堤察看情况的周开锡见状,迅速指派四十名兵勇分两头拉紧绳索。

看贝锦泉身先士卒地下了水,众人也纷纷扛上木桩和巨形榔头,拉着粗绳向江中走去。

伴随着惊叫声,缺口被再次扯宽,站在堤上等候抛石块的几名兵勇来不及反应,全部坠入江中。听到险情后,日意格、德克碑和达士博也从造船处赶到了江边。见到沈葆桢,达士博马上抱怨起来:"当初若听我加固石岸的建言,哪会有今日灾难?"

日意格吓了一跳,心里暗骂,达士博呀达士博,这时候你竟然还说这样的话,这不是给沈大人火上浇油、胸口添堵吗?难道你真以为在中国可以恃才傲物吗?告诉你,在船政衙门,沈葆桢可是一言九鼎,稍有不满就可以让你滚蛋。如果你是中国人,他还有权把你投入大牢,甚至让你脑袋搬家!日意格转眼看了一下四周,庆幸今天没有译员,唯一听得懂的德克碑佯装啥也没听到,手搭雨棚向堤岸张望。日意格正琢磨如何把话题转开,沈葆桢已绷着圆脸问道:"日意格,达士博说什么?"

"噢,回禀沈大人,达士博说台风过后请沈大人把江岸全部改为石岸加固。"日意格灵机一动,把抱怨转成了请求。

沈葆桢早从达士博的表情与举止中猜测到对方的意思,但他不想撕破日意格糊的面具。况且此事达士博是有预见,只是当初没有采纳才酿今日之祸。沈葆桢微皱眉头应了声:"唔,老夫已有考虑。"

日意格赶紧用法语安抚达士博:"沈大人说谢谢你的建议,台风过后就组织人将石岸加固。"

达士博听了并不满意,觉得造成这一后果的行政长官当自责自罚,哪能

若无其事,一句事后补正就完事?可一想这是在中国,一个大臣能对提建议者表示感谢,那已是破天荒的事,更何况他还决定采纳意见。于是就释然地朝沈葆桢点了一下头。德克碑本想揭日意格左右逢源的丑,但考虑到这丑与沈葆桢有关,万一打狗不成,反讨狗主人吃苦头,岂不成了搬石头砸自己脚的糗事?盘算再三,德克碑只得叹气作罢。

对于德克碑的心思,沈葆桢全已猜透,对日意格的小把戏不但没有反感或不满,更无责怪之意,反而觉得这个洋总监当得很用心,很到位,很称职,始终在维护自己的威信。就在沈葆桢准备询问船台情况时,堤岸又传来一阵惊呼声,沈葆桢再也按捺不住,侧身弓腰顶着强风暴雨艰难地向堤岸走去,众衙役赶紧搀扶着沈葆桢一起向前。日意格和德克碑、达士博打量一眼,也跟在了后面。

江堤缺口经几次扯裂,已近三十丈宽,江水翻滚着涌入堤内,堤外那些打桩者因水流湍急,难以站稳,形势岌岌可危。达士博看到那些向江中抛石块的兵勇后,顿时又好气又好笑,不顾一切地冲到周开锡面前,情绪激动地大声嚷嚷。日意格赶紧上前,原来达士博说抛下去的石块不但填不了缺口,反而会被江水冲走积于江底,将严重影响日后战舰的安全。

看到洋进士如同撒泼妇人对着周开锡大喊大叫时,沈葆桢本想找人叫回达士博借机呵斥一番。可转念一想,此人虽无理,但他不会无理取闹,或许有办法排除险情。果不出所料,不一会儿有兵勇来报,说周开锡大人采纳达士博用渔网装石块的建议。

随着一张张包裹着石块的渔网被抛到缺口处,越叠越高的石块网渐渐挡住了翻滚的江水。贝锦泉等人抓住水流趋缓的机会,一边呐喊,一边拼命抡锤,将一根根木桩打入江中。风声、雨声、江涛声、号子声在空中混成一片,惊天动地,震撼了在场每个人的心。

随着三层木桩的打入及大量石块的填充,江堤的缺口终于成功合拢,彻底排除了险情,重生般的兴奋与喜悦顿时溢满在场所有人的心间。疲惫不堪的贝锦泉爬上堤岸后,顾不得休息,拨开欢呼的人群在寻找什么。眼尖的孙晓云知道贝锦泉焦灼的原因,赶紧挤了过来,主动告知:"大人,阿发刚才一直在,江堤合拢后才肯独自去营地敷药。"

虽然孙晓云说得很轻松,但贝锦泉清楚刚才那一刀就算没伤及筋骨,也得治疗半个月。想现在还不是回营探望沈仁发的时候,他无奈转目向船台望去。如注的暴雨、肆虐的狂风及阴沉的天空让他难辨方向,贝锦泉心里蓦然一惊,一种不祥的预感涌上心头,船政刚起步就遭遇此难,不知今后命运会是怎样的艰难。

第十七章
DISHIQIZHANG

同治八年三月初五,肆意纷飞的雪花让多彩的京城顿成一片素色,绵长得望不到边的红色围墙在洁白的雪景中尤其醒目,宛如红绫当空挥舞。枯树也因盖上雪,平添了几分灵动,就像豆蔻少女着一袭白纱伫立尘世间。雪不但覆盖了万物本色,更让四周显得格外静谧,以至于戴着护耳的恭亲王奕訢仍能清晰地听到抬舆的太监踩雪发出的"吱吱"声响。虽早已习惯宫廷的沉寂与肃穆,但奕訢还是觉得今天有点异样。一股风贴着脸刮过,寒意顿时由外及内,奕訢情不自禁地缩了一下肩,吸了一口冰一般的清新空气,闭上眼睛,任由肩舆将身子轻颠。

"王爷,到了。"

奕訢睁开眼睛,只见肩舆已稳稳落在地上。在领班太监的扶持下,奕訢起身下肩舆,疾步向养心殿走去。身后的文祥、宝鋆、沈桂芬和李鸿藻等军机大臣也鱼贯拾阶而上。

养心殿的东暖阁如同另一世界,盆内炭火很旺,四处飘散的御香令人提神醒脑。端坐在龙椅上的同治问已坐在小瓷圆凳上的奕訢:"六叔,今有何要奏?"

奕䜣欠身奏禀:"禀太后、皇上,船政大臣沈葆桢上奏,中国第一号战舰的舰身已完工。"

年轻的同治闻声一震:"快让他们绘图过来,朕要看看中国第一号战舰的模样。"

"咳。"不等奕䜣接话,黄幔后面传来慈禧的轻咳声。奕䜣赶紧竖起耳朵,生怕漏下一字。果然,慈禧轻启朱唇,连发两问:"想沈葆桢上任也三年了,整船何时能完工?还需做什么?"

奕䜣一怔,听慈禧的语气好像并不满足舰身已完成,似有责沈葆桢怠慢之意。奕䜣赶紧按奏折内容答复:"禀太后,沈葆桢说三个月后就能大功告成。目前,舰体已开始安装蒸汽机、锅炉,通风筒、螺旋桨、桅杆及舵叶等也在制造和安装中。"

慈禧慵懒的目光带着一丝冷厉,霸气地疾扫了奕䜣一眼,当场拍板:"战舰若成,可令入天津,当由大臣检阅。"

"嗻。"奕䜣应声后抬眉窥视,只见黄幔前白净面皮的安德海正眯缝着眼一脸得意地瞧着自己,不由得怒火中烧,估计这死太监又在背后耍弄不可告人的伎俩。四年前的今天,就是在安德海的密谋煽动下,慈禧借编修蔡寿祺弹劾自己"揽权纳贿,徇私骄盈"的机会,以"虽无实据,事出有因"的罪名,革去自己"议政王"的封号和一切差使,不准干预一切公事。虽一个月后,在诸大臣的求情下,慈禧又以自己"深自引咎,颇知愧悔"为由,下令"仍在军机大臣上行走,毋庸复议政名目",轻而易举地革去了自己"议政王"的名位和权力。而在辛酉年劳苦功高的"小安子",却借慈禧之力破格提拔为总管大太监。如今,安德海以功名利禄为钓饵,培植党羽,广交朝臣,权倾朝野,世人皆称安德海为前朝宦官魏忠贤再世。奕䜣暗叹,真是造化弄人,自己虽为皇家一员,也具才干,可如今却连一个出自直隶青县农家且不过六品蓝翎的太监也奈何不了。

"沈葆桢请太后、皇上为中国第一号战舰宠赐嘉名。"

宝鋆的话打断了奕䜣的思绪,暗怪自己差点忘了奏折上请求之事。同治自知这事当由两宫太后来取名,于是扭头说道:"请太后宠赐。"

慈安谦让道:"妹妹读书多,就赏赐一名吧。"

慈禧却不软不硬地顶了回去:"姐姐,依妹妹拙见,还是等战舰入天津后再赐也不迟。"

慈安暗忖,慈禧说的不无道理,谁知这帮人造的战舰的结局会怎样,若是下不了海,那名字岂不白取了?说不定还成了文人墨客的笑柄。于是和悦一笑:"妹妹考虑周密,就等大臣检阅后再定吧。"

"嗻。"奕䜣和宝鋆同声应道。

"还有何事要奏?"

奕䜣低垂着脑袋:"与俄改订的《俄人陆路通商章程》已定,共二十二条,主要是原规定运往天津的俄国货物在张家口'酌留十分之二'改为'酌留若干'。"

同治虽小,却也听出俄人文字代替数字背后的问题,于是立马问道:"那中国岂不没了税金?"

不等奕䜣回禀,慈禧却抢先开口:"罢了,也就伊犁与蒙古偏远之地,若是能换得外敌示好,不再兵戎相见、生灵涂炭,就任他们去吧。"

慈安一听能不打仗,赶紧也难得插上一句:"妹妹说的是,但愿这些洋人能知好歹,不枉费妹妹一片好心。"

奕䜣等人大吃一惊,要知道这个章程是俄国蓄谋已久的阴谋,它打破了边境贸易的地域限制。如若此,俄商今后则不用再向中国交税,而中国商人却需在本国的上述地区交厘金,这势必让中国商人失去竞争力,使俄国彻底控制这两地的经济。如此祸根怎能埋下而不剪除?

"两宫太后就是当今活菩萨,救黎民百姓之苦,功德无量啊。"

大殿竟然出现安德海的声音。太监怎能插话?顺治帝进驻北京仿明制设立太监时,为防止太监干预朝政以致亡国的教训,特在交泰殿立一铁牌。

规定太监若有犯法干政、窃权纳贿、嘱托内外衙门、交结满汉官员、越分擅奏外事、上言官吏贤否者,即行凌迟处死,定不姑贷。同治帝刚准备呵斥,蓦然发现跪在地上的李鸿藻正急着给自己递眼色,马上想起师父前些日子的告诫:处身立世,在羽毛未丰、身嫩力薄时,要做条潜伏的龙,暗聚能量。秦始皇登基九年,才一举全歼吕不韦等后党,重揽大权。只有沉得住气、忍得住静,才能在把握时局中善始善终,无咎无殆。于是,已张嘴的同治帝夸张地打了个无声呵欠,随后合上嘴,把满腹怨气吞入肚中,不再言语。

安德海的声音在奕䜣听来更是刺耳,他真想上去掰开那张嘴,看看那条如簧的巧舌究竟与常人有何不同。奕䜣暗下决心,一定要找机会除掉这个阉贼。

大殿一时没了声息,甚至能听清炭烧着的轻裂声,让奕䜣等人觉得沉闷不堪。慈安挪了一下身子,说:"六爷,天天都是听了让人头大的事,下边上奏有没有什么新鲜趣事?先说说这些吧。"

"奴才领命。"奕䜣拱手欠了一下身子,待坐正后说,"上海道上奏,说大街上出现了一辆自行车。"

慈禧本皱着眉头,听到这里拉着脸问:"就是三年前随斌椿出访后,张德彝所说的自行车?"

"正是。"奕䜣不得不叹服慈禧惊人的记忆力,三年前的人和事还记得这么清楚。奕䜣顿了一下继续说道,"奏折上说,该车可一人坐于车上,一轮在前,一轮在后,双脚踏动天平,转动如飞。"

同治帝无法想象常人骑车的样子,好奇地问道:"只有两个轮子,那人如何在上面,又怎么能前行?"

"回禀皇上,奴才也没见过,但据张德彝回国后描述,欧美国家是有这样的车。"

慈禧马上指示:"命同文馆把张德彝的《欧美游记》呈给皇上。"

奕䜣垂首领命:"嗻。船政沈葆桢刚好也要五套同文馆新印的《格物入

门》，以便船政官员学习。奴才下去就派人去办。"

"有无其他要奏？"

"回禀太后、皇上，日本明治天皇本月迁都江户。"

慈安大为不解地问："此事与我大清何关？"

"日本副相大纳言岩仓具视在谋臣木户孝允的建议下，确定了海外扩张的目标，他们正准备把朝鲜作为兴师问罪的首个目标。"

慈安没懂奕䜣的用意，以为奕䜣是为朝鲜担心，所以轻描淡写地说道："朝鲜乃我大清藩属，两百余年，岁修职贡，为藩属楷模。如弹丸之国窥觑，无故派倭兵，当以代拒之。"

奕䜣只好挑明了细说："太后，日本窥觑的不只是朝鲜，还有中国。"

慈安窃笑了一声，用丝绢擦了一下嘴角，说："此等小国敢窥觑我大清？"

奕䜣暗暗着急，国力怎能以国之大小来论？想当初我八旗也不过中国三省之地，铁骑不是照样打下了如今的江山。不说远的，就说现英法等国，那也不过中国的小块疆土那么大，可中国哪有反击之力？奕䜣正想着如何纠正东太后的谬误，慈禧倒是替他解起了围："姐姐，隔洋这个弹丸小国恃我大清仁厚，一意拊循，反益肆嚣张，鸱张鼠伏，专行得陇望蜀诡计。自前朝就屡犯我海疆，不得不防呀。"

慈安自知才智不如慈禧，转过脸笑盈盈地说道："妹妹，你来拿个主意吧。"

"嗯。"慈禧会心一笑，没有一丝谦让，回转脸，语气坚决，"盛京乃大清龙兴之地，也是宗庙之地，朝鲜屏障决不容他国践踏。如倭人兵犯朝鲜，当以驱兵迎头痛击。如有退缩，即刻严诛，决无宽贷。"

"嗻。遵太后圣谕。"奕䜣心悦诚服地领完命后，踌躇片刻，吞吞吐吐说道，"太后……"

慈禧不冷不热地催问："六爷还有事？"

"常言道'工欲善其事，必先利其器'。想那日本窥觑的是中国，当务之急应加紧武备,尤其是海防战舰的添置……"

不等奕䜣说完,慈禧就粗暴地打断了他的话,厉声呵斥:"行了,天天不是叫兵单饷匮,就是船器窳劣。中国今日之败绩全系前线贪生畏死、牟利营私的将帅所致,若能拼力一战,何来此等逞洋夷无厌野心之羞辱事?!尔等只知伸手要银子,可往往徒费国帑,挟洋自重,到头来一无是处!"

无端被辱的奕䜣只好垂首自责:"太后训斥,奴才铭记在心,等下去后,奴才立即派员查一下各地,如有圣违,必严惩,杜绝任意开销、中饱私囊的现象。"

见奕䜣等人不安地将头埋得更低,慈安赶紧打圆场:"让大清子民遭洋夷的欺凌,那确为将帅耻辱。不过现如今内匪已剿尽,外敌渐亲善,看来中兴之势指日可待。这些年,六爷当居首功。"

对于慈安的评价,奕䜣很是感动,还没来得及言谢,慈禧也接口说道:"六爷之功朝中皆知。方今各省军务未平,百姓疮痍满目,库帑支绌,国用不充。可许多地方牟利营私,致使私囊日充,公款日亏,不得不防呀。"

"奴才办事不力,让太后、皇上操心了。"

慈禧冷颜安抚奕䜣:"六爷也不必理会攻讦,日后再操心些,刷新吏治,惩治贪污,整饬军备,大清朝终究还得靠六爷和你们这班大臣。"

"谢太后。"

见目的已达到,慈禧见好就收:"着沿江沿海各将军督抚及统兵大臣,整饬戎行,以备日本挑衅。"

"遵太后圣谕。"几个军机大臣跟着奕䜣一起领命。

同治帝看事议得差不多,扭身看了一下身后的两宫太后,见两人颔首,就回转身说道:"如无他事,跪安吧。"

奕䜣赶紧起身,跪地领其他四名军机大臣叩首:"臣且告退,恭请太后、皇上圣安!"

奕䜣等人刚退下,安德海就钻进黄幔内,躬身说道:"奴才给两宫太后

报喜了。"

慈禧佯怒:"你这奴才又要胡说什么?"

安德海一脸媚笑:"太后,这日本不出兵还好,若出兵冒犯中国,必定死路一条。"

慈安吃了一惊,问:"何以见得?"

慈禧也颇感意外:"你一个奴才还有法子不成?"

"太后,我大清现国号'同治',他日本号'明治',虽仅一字之差,却有天壤之别。"说到这里,安德海故意顿了顿,待两位太后兴起欲催下文,才比画着说道,"'明'同'冥',冥乃夏朝时商部落的首领,死于水中,人死后才进冥界,那日本不是自己给自己挖墓穴钻吗?"

"胡扯。"

听到慈禧软绵绵的呵斥声,安德海更是得意。贴身伺候慈禧多年,别说是说话语气,就是眉间一个微小变化,他安德海也能辨得出西太后的真心感受。刚才这话听起来像是呵斥,实际却相当地受用。于是,安德海假装一副可怜委屈的样子狡辩:"太后,奴才就是长一百颗脑袋也不敢在太后面前有半点儿的胡说。这是上天赐予我朝的洪福,更是两宫太后治国有方,用人有术。想我大清一直是'明'的克星,明朝不正是被我大清所灭吗?再说,那日本四周都是水,水淹太阳,这注定大清要灭日本。还有这'日'前加水为'汩',意就是沉没。相反,我大清同治,'同'通'铜',那就是铜墙铁壁。'同'也通'统',那就是一统四海。'同'乃古诸侯朝见天子的六礼之一,每隔十二年,诸侯一齐来朝见天子叫'同'。"

慈安乐出了声,慈禧也没想到安德海不知从哪儿偷学了这些东西,不过心里虽乐,但表面上却仍故意绷着脸呵斥:"行了,就你这狗奴才能说。"

安德海知道自己的这次奉承已见效,再说反而不利,于是故作惊恐:"太后莫怪,奴才这就打住这张烂嘴。"说完,伸手扇了自己两个耳光。其实安德海并没有给自己下重手,只是平时练就了这个本事,只有在惩罚看不惯的太监或宫女时,他才会下重手。有时外人听着虽无多少声响,其实他却暗下狠手,不像刚才只是雷声大雨点小。

同治帝听着身后的对话,望着殿外肩舆上渐渐远去的奕䜣的伶仃身影,一股莫名的伤感突然像潮水般汹涌地漫上心头。唉,都说做帝王好,可又有谁能理解做帝王的苦?如果能选择,朕才不要投胎皇室,朕不是大器之人,为什么让朕来承受这江山之重?

这时,两宫在太监的扶持下移步出了东暖阁,慈安突然拉过慈禧的手:"妹妹呀,皇上大婚典礼用物咱姐妹还得多操心,龙袍须让人盯紧些。"

"姐姐放心,这事妹妹已安排妥当,就让安德海多操些心。"

安德海也踮着脚尖躬身紧跟在两宫身后说道:"东太后宽心,奴才一定会尽力办妥这些事。"

"这就好,切莫误了皇上的大喜事。"

同治帝发现安德海的眼中闪过一丝狡黠与得意,刚消下去的火苗又从心底蹿了上来。安德海抬眼时,刚好撞到同治的眼神,处世圆滑的他立马警觉地换上长年阿谀的眼神,冲着同治贺起了喜:"奴才给皇上道喜了,有两位太后的操办,这大婚典礼肯定风光。"

同治帝看不惯见风使舵、恃宠而骄的安德海,朝两宫太后躬身谢道:"多谢皇额娘。"

慈禧觉察到同治帝有不满情绪,于是扶着慈安的手边走边说:"姐姐,妹妹这边一盆君子兰今早开了,姐姐若不乏,妹妹想请姐姐去看看。"

"好啊。"慈安满口应允,随后扭头对同治帝说,"皇上你去忙吧。"

"皇儿遵命。"同治帝如释重负。

一群太监与宫女紧跟其后,向慈禧的寝宫走去。

在洋员的指导下,船政制造处开始把蒸汽机、锅炉装入一号船台舰体,工匠们或给桅杆搭建桅盘,或在船头安装起锚绞盘,或到船底包裹铜皮。

转眼到了六月初九。这天早上,贝锦泉正和已伤愈的沈仁发商量新舰

下水的细节,有差役来报,说沈大人令他速到船政衙门。贝锦泉不敢耽搁,向沈仁发匆匆交代几句后,立即打马飞奔衙门。

"参见沈大人、周大人。"衙役引入客厅后,贝锦泉屈膝向坐在里面的沈葆桢和周开锡请安。

"免礼。坐。"

"谢大人。"

贝锦泉刚落座,沈葆桢摸着剃得发青的脑门,喜眉笑眼地问:"敏修,知道老夫为何叫你吗?"

"不知。望大人训示。"贝锦泉知道肯定是喜事,且与自己有关。

沈葆桢举起桌上的一本折子,说:"吏部批文已到,从今天起,你就是中国自造第一艘战舰的管带。"

"恭喜敏修了,沈大人已命人找地建府第,好让你尽快接家眷过来。"周开锡也笑眯眯地恭贺。

虽然此事早在意料之中,但毕竟以副将衔补用游击题补澎湖右营都司快整整一年了,却始终没有补缺机会。如今,终于成了大清实授五品官员,可以开衙建府接家人过来团聚。兴奋不已的贝锦泉赶紧离座打千儿道:"多谢沈大人、周大人栽培。"

"起来,坐下说话。"

"遵令。"看沈葆桢放下手中的折子,贝锦泉估计其有话嘱咐自己,马上回到座位上。

"敏修,明天战舰就要自陆入水,你有把握吗?"

嗯?难道沈大人对我管驾不放心?难道他有意向让洋员来管驾新战舰?贝锦泉欲正面表态有把握,可话到嘴边,转念一想,沈大人或许真有为难之处或其他原因而要作出调整,于是临时改口说道:"请大人放心,卑职定不辱使命。"

沈葆桢微皱眉头追问:"你能否肯定?"

贝锦泉瞬间读懂了沈葆桢眼神中的期望，重重地点了一下头："大人，卑职有把握，肯定能行！"

"唔，老夫要的就是这句话。"沈葆桢收回眼神，端起盖碗抿了一口茶水，然后叹了一口气继续说道，"唉！泱泱中国建造第一艘战舰还要请洋员监督与指导，如果能在管驾上独立完成，那多少也算让老夫少些遗憾。"

贝锦泉感觉血脉偾张，抱拳朗声说道："卑职定铭记大人教诲，带好水勇，如有闪失，就让人提着卑职的脑袋来见大人。"

"好！"沈葆桢重重地放下盖碗。

"大人，卑职尚有一事要请。"

"唔？何事？"

"战舰即将下水，可尚无其名，恳请大人赐其一名。"

沈葆桢摇头取过桌上的玉扇，慢条斯理地说："太后已允老夫之请，拟大臣检阅战舰后宠赐舰名，吾等不可造次。"

周开锡插话挑明："敏修，接下来就全看你的了。"

贝锦泉这才明白，原来战舰是在等太后宠赐嘉名，而赏赐能否如愿就看自己表现了。沈葆桢手中的玉扇指了指两人，直言不讳："战舰入水不可逆返陆地，能否成功关系着船政今后的命运，尔等务必慎之又慎，断不能有丝毫的纰漏。"

看沈葆桢还是有点不放心，周开锡坐不住了，主动请缨："卑职这就和敏修再去船台看看。"

"唔。"沈葆桢也不客气，点头同意。

出了船政衙门，周开锡和贝锦泉挥鞭赶往一号船台。正在现场的日意格和德克碑闻报后迎了上来。

"参见周大人。"

"免礼。"周开锡旋即问道，"战舰下水准备得如何？"

"请大人放心，昨晚达士博先生又细查了一遍，确认舰体全部完工，具备

入水条件。"

听日意格这么一说,周开锡细细地打量起眼前的两人,只见日意格和德克碑本就下凹的眼睛似乎又陷下一层,眼圈发黑,双目全是血丝,蓝色的瞳仁似乎也少了往日的光泽。周开锡深为这些洋员的办事态度折服,尤其是达士博,其认真与执着就像是在营造自家宅院,容不得一丝马虎。而中国工匠或官吏,往往消极怠工甚至玩忽职守,比洋员逊色许多。周开锡心里虽这样想,但嘴上却说:"我与敏修刚领沈大人口谕,嘱咐我等万事务必慎之又慎,决不能出丝毫的纰漏。"

日意格细细一嚼,终于听懂来者之意,还没开口答复,德克碑听了译员翻译后,已不卑不亢地抢先说道:"请周大人放心,我们一定会履行合同。"

贝锦泉觉得德克碑的答复很有水平,说他们会履行合同,其实另一层意思也是在提醒船政也要履行义务,保障合同中确定的利益与报酬。周开锡估计也懂其意,扭头招呼贝锦泉:"走,上去看看。"

"嗻!"

日意格和德克碑也跟着向船台走去。

达士博已指挥工匠们撤完舰身下的枕木,整个舰体低俯在木楔胎架上,十余根撑柱牢牢抵住船的左右舷。现场几个工匠拎着小桶,俯身正在给铜皮船底涂抹东西。

现在怎么还有人在干活?难道战舰还没完工?腆着肚子的周开锡指着干活的工匠问:"这些人在干吗?"

"噢,在给船底抹猪油及牛油。"说到这里,日意格边做搓手的动作,边补充道,"肥皂,还有肥皂。"

船底抹猪油和牛油是为了明天入水下滑顺利,可抹肥皂干吗?难道还要洗净船底吗?简直是胡来!一旁的贝锦泉看到周开锡眉头一紧,抢在他开口前解释:"周大人,肥皂触水后润滑船底的效果非常好。"

"哦。"周开锡第一次听说肥皂还有这样的作用,只是看到如此紧缺的好东西拿来当猪油用,难免有点心痛。对贝锦泉的及时说明,周开锡非常满意,避免了出糗与尴尬。心里暗忖,一个武将有如此伺探之心和缜密心思,想必今后定有一番作为,怪不得左大人和沈大人均如此赏识他。

在日意格和达士博的陪引下,周开锡和贝锦泉登上战舰,从舰头至舰尾,细细查看了一番。两人离开船台,复打马回船政衙门向沈葆桢禀报。

次日一早,周开锡率全体船政官员早早来到妈祖庙前恭候沈葆桢。此时,妈祖庙中门大开,四周幡旗猎猎,迎风招展,高翘的琉璃瓦在阳光下反射出和煦的光芒,一阵潮湿的海风掠过,檐上的铜铃立即回应起清脆的悦耳声。

临近巳时,由几名衙役护送的一顶软轿在庙门前稳稳落下,沐浴焚香后的沈葆桢一脸红光地走下软轿,面前立马黑压压地跪了一地的大大小小官员:"给沈大人请安!"

沈葆桢抬手一挥:"免礼!"

周开锡起身后禀报:"一切准备就绪,请沈大人入庙祭祀。"

"唔。"沈葆桢应声穿过众官员闪让出的通道,精神抖擞地向庙门走去。跨进庙门拾级而上,只见甬道两边依次站满了手持旌旗、昂首挺胸的兵勇,大殿位于甬道尽头的高台上,显得庄重肃穆。

沈葆桢刚上完台阶,只听领班执事拖着长音轻喝:"起乐——"两边顿时响起激扬雄浑的乐鼓声。沈葆桢目不斜视地率众官员缓缓向大殿走去。远远可见大殿的藻井顶雕有莲花,四角刻有福寿图案,殿堂正面沿墙塑有天后娘娘及其父母的塑像,祭台前的供桌上摆满了苹果、香瓜和鲜花等祭品。身披彩锦的天后娘娘安座在祭台中间,面颐丰满,手持笏,神态肃穆雅静,慈祥地俯视着众苍生。

虽早已熟悉这样的排场,但想到自己即将指挥中国自造的第一艘战舰下水,贝锦泉难抑兴奋情绪。突然,长长的队伍停止了前进,贝锦泉抬眼一瞧,只见沈葆桢站在大殿门口似乎在吩咐周开锡什么事。随后,周开锡疾步

向自己走来。

"敏修,沈大人让你上去陪祭。"

贝锦泉生怕自己听错,转着脑袋看了看两边,指着鼻子问:"我?"

"对,快随我来。"

"嘁!"贝锦泉心头一热,连忙出列紧跟周开锡向前走去。

在周开锡的示意下,贝锦泉在其右侧站定。贝锦泉转目偷偷扫了一圈,陪祭仅三人,周开锡居中,左为日意格。贝锦泉不胜唏嘘,连胡光墉、叶文澜等官员都没列为陪祭,自己不过受授五品管带,却得享此等荣耀,足见朝廷和沈大人的器重。就在贝锦泉百感交集之际,只听周开锡伸着脖子轻声禀报:"沈大人,贝锦泉已在陪祭之列。"

沈葆桢轻点了一下头,随后开始扶冠整衣,所有人也跟着抬臂整理衣冠。现场手影晃动,却没有一丝说话声,只有随风飘逸的乐声。

这时,几名执事躬身垂眉,端盘举匦,鱼贯迎上。沈葆桢和陪祭人员盥手后,用布巾擦干手,捧上点燃的高香,率众官员拈香叩拜。

见达士博没有接香,更没有叩拜之意。德克碑轻轻推了一把达士博的胳膊,示意他随大流。可达士博不但不领情,反而故意捏着脖上的"十字架",斜睨着德克碑问:"你不记得谁是主?"

德克碑一直试图拉拢达士博与日意格抗衡,看对方执意如此,干脆使了个眼色,于是两人一前一后悄悄退出了祭祀队伍。

这时,祭祀队伍已行完三跪九叩礼,司礼官开始拖着长音喊道:"主祭敬香——"

沈葆桢把香举过额头,上前恭恭敬敬把高香插在香炉中,退两步行拜礼后,缓缓回到原位站定。

司礼官接着喊道:"副祭共敬香——"

周开锡等三人同步上前插香入炉,同样,共行拜礼后回到原位。

上香献帛完毕后,司礼官高喊:"乐止——"话音刚落,两侧鼓乐声戛然而止。

"主祭颂文——"

有执事上来把放有祭文的托盘呈敬在沈葆桢面前。沈葆桢取过祭文，高揖齐眉，行三拜礼后，解开红绫，展开祭文，在缕缕馨香飘溢的香火中，用雄浑悠长的嗓音把拜祖大典推向了高潮："维同治八年六月十日，皇帝特遣船政大臣致祭与护国庇民广济福慧明著天妃。国以海疆为重事，海滨以神力为司命。帝钦嘉，谨遣使者奉香，仰答灵贶，咸藉匡扶，江海无风涛之虞，战舰有平庋之功，惟亿万年，神永保之。久稽首以拜谒兮，天后不朽；且伫立以祷告兮，船政永昌！"

达士博与德克碑早已绕过甬道移至廊下。达士博抱胸倚柱，语言与信仰的不同，让他很反感中国的祭祀方式。蓦然心中一惊，若是中国也拥有先进的科学，尤其是先进的军事能力，那岂不是让一头疯牛长上尖锐利齿？不行，得设法控制中国战舰的制造进程与驾驶水平。就在达士博胡思乱想之际，德克碑靠近他悄声讥讽祭祀人员："装神弄鬼，真是一帮愚昧无知的宗教可怜虫。"

达士博冷冷一笑，纠正道："宗教其实不是迷信，而是一种创造科学的危机动力。只是中国遍地都是神，什么东西一滥就贱，也就什么都不是了。"

"就是，除了妈祖，还有什么江神、土神和船神等。对面山下道观里的神更多，什么玉皇大帝、太上老君、二郎神等。"德克碑迎合对方的抱怨后，突然叹了口气，话锋一转，"唉，信仰，凌驾于道德之上，道德凌驾于法律之上，如果没了信仰，也就没了道德与法律。"

达士博一时不解其意，觉得德克碑后半句话中有话，扭头看到对方出神地望着大殿，神情充满了无奈与愤怒。当达士博疑惑地顺着德克碑的眼神望去，日意格闯入眼帘，很是扎眼，这下便明白了德克碑的用意，显然后半句话的矛头直指日意格。达士博暗自琢磨，日意格与德克碑的矛盾早已公开化，自己只要不介入争斗，必能在坐观虎斗中静享其成。想到这里，达士博

故意指着大殿的方向问道:"那妈祖手上拿的是什么?"

德克碑复杂的眼神一泄而尽,失望写满了整张脸,本就起皱的脸显得更加沧桑。他无奈地弯了弯嘴角,顺着对方搭的梯子往下滑:"我也不知,让译员给我们解答一下吧。"

还没等德克碑叫人,四周蓦然静了下来。两人抬眼一瞧,原是沈葆桢诵读完了祭文。在众人的注视下,沈葆桢朝妈祖拜礼后,把祭文放回盘中。等沈葆桢站定后,司礼官又拖着长音喊道:"敬拜妈祖,恩泽天下——"

除了德克碑和达士博,在场的所有人一起跟颂:敬拜妈祖,恩泽天下!

等祭祀完妈祖、江神、土神和船神后,沈葆桢这才率众来到制造处的船台前。

此时,船台四周人头攒动,热闹非凡。着装齐整的水勇们精神抖擞地排列在船台下。在周开锡的陪同下,沈葆桢径直走到太师椅前。一身戎装的贝锦泉等沈葆桢落座后,上前屈膝打千儿:"禀报沈大人,战舰准备就绪,静候大人指令。"

沈葆桢取过兵勇递来的红底金龙三角牙旗:"奉旗上船!"

"嘛!"贝锦泉起身接过牙旗,躬身后退几步,转身捧着牙旗昂首向熟悉的队伍走去。

"参见管带!"贝锦泉刚走到队伍前,沈仁发率船员打千儿并齐声请安。

"起!"

"谢管带!"

贝锦泉从头至尾扫了队伍一眼。战舰共配员九十八人,除三名乐手是江苏籍外,其余九十五名包括自己全是来自宁波府的精干水勇。举目望去,沈仁发、贝珊泉、孙晓云、屠才友等,这些曾着破衣烂衫的贫家子弟今天都穿上了崭新的官弁水勇服。这全系朝廷和左大人、沈大人的信任与抬爱。今日正是显示本领报恩之时,断不可给宁波府丢脸,更不能给左大人和沈大人的脸上抹黑。想到这里,贝锦泉的精神为之一振,喝令:"屠才友听令!"

屠才友出列抱拳:"在!"

"悬挂牙旗。"

"嘡!"屠才友上前捧过牙旗,转身向登舰口跑去。

"跪升牙旗——"

随着贝锦泉的一声令下,船员们转身面向战舰齐刷刷地跪倒在地。

屠才友转到战舰后桅斜桁处,把牙旗插入背带,开始沿着后桅攀爬木档。不消一杯茶的工夫,屠才友已爬至桁端,把牙旗牢牢地系在了桁端上。

阳光下,红底金龙的三角牙旗非常醒目,一阵风将它吹展后,那条腾跃金龙似在空中逐日。坐在太师椅上的沈葆桢手搭凉棚探头看了看,对这面新制作的牙旗颇为满意。突然,船台传来吵闹声,沈葆桢扭头一瞧,好像白尔思拔正情绪激动地与日意格争议。周开锡悄悄吩咐译员过去打探。

原来生性急躁又向来无约束的白尔思拔厌烦长时间的入水仪式,骂骂咧咧地准备去抽船底的木楔,把日意格吓得够呛。

"拖拖拉拉,到底要不要下水?我可不愿把时间白白耗在这帮'猴子'的无聊游戏上。"

"这是战舰入水前的仪式,我们只能等。"

白尔思拔越说越激动:"狗屁,我在法国干了多年,从没有这等好笑之事。从早上等到现在,快四个小时了!"

日意格暗忖,反正白尔思拔在与不在一个样,倒不如让他离开此地,免得节外生枝。想到这里,日意格主动提议:"要不你累了先回去?"

白尔思拔倒是脸不红、心不跳地坦言:"我可不愿在这里等着,我喜欢在床上与女人做爱,那才有意思。"

日意格这才想起,听说这家伙近来一有空就往城内的"怡春楼"跑,估计他与相好约好了时间,现在熬不住那股劲,又想往那里钻。让一个无用的刺头待在这里,不如放他走,起码耳根也清净些。于是日意格尴尬地一笑,像是驱赶一只恼人的苍蝇连连挥手:"反正这里也没你什么事,快去见你心爱

的人吧。"

"噢——总监先生,你太善解人意了。"白尔思拔上去一把搂住日意格,飞速在他脸上亲了两下,转身撒腿就跑。

当译员把两人的对话汇报给沈葆桢后,沈葆桢怒火顿生,如此重要的仪程,白尔思拔竟然斗胆去干龌龊勾当,实在是可恨。沈葆桢本想命人把白尔思拔抓回来,可一想,这反而破坏了庄严肃穆的战舰入水仪式。于是决定暂把此事挂上账,待日后再收拾这个不懂节欲的禽兽。

这边,屠才友下舰归队后,贝锦泉指着刚升起的牙旗厉声喝问:"牙旗已升,吾等从今日起皆为此舰朝廷水勇,旗在舰在,舰在人在,尔等能做到吗?"

"能!"

贝锦泉再次强调:"牙旗金龙在上,战舰就是水勇的阵地,今后无论是谁,遇战胆怯者杀无赦!"

"嘛!"

"上舰!"

队伍有序地向战舰登去,在甲板神龛前拜过妈祖神像后,各自奔向指定位置。日意格收到贝锦泉可以入水的信号后,转身来到沈葆桢面前请示:"禀报沈大人,万事准备就绪,战舰随时可以入水。"

"离陆下水!"

"嘛!"

日意格回到船台指挥工匠们依序撤除舰舷外的木撑,当敲出船底剩余的木楔后,天蓝色战舰乘势向江面滑落。"啪"的一声巨响,在一片欢呼中,战舰划开江面,瞬间就离岸数十丈。

"下碇!"

贝锦泉没想到自己刚准备下达这道命令,却让达士博抢了先,他狠狠盯了盯站在露天罗经舰桥上的达士博,压抑暴涨的不满情绪,这是中国第一艘战舰,若不是中国人自己驾驶,怎对得起朝廷。不等船员反应,贝锦泉立即强调:"此舰只听我管带一人之令!"随后冷冷地对译员说道,"告诉达士博先生,吾为此舰管带,任何人不准代为下令。"说完,吁了一口气,冷静命令孙晓云,"下碇!战舰抛泊江心!"

听了译员带有警告口吻的翻译后,达士博非常恼火,他想不到一个撑小船的渔民竟然如此傲慢无礼,权力欲如此膨胀。达士博打定主意,日后一定要排挤贝锦泉,不然自己在舰上会无所事事,成了摆设。

望着稳稳当当浮在江上的战舰,沈葆桢悬着的心终于放了下来。自上任船政大臣那天起,天天如履薄冰,担心稍有闪失,就会引来虚耗国帑、揽权纳贿、徇私骄盈等各种非议。届时,就算有一百张嘴,也难敌巧舌如簧的言官们的轮番攻击。庆幸现在开局良好,更没想到如此巨大的战舰自陆入水竟然江安无声,难道真有妈祖在保佑?想到这里,沈葆桢情不自禁地抬眼向妈祖庙望去,暗暗祈祷接下来的战舰舾装、试航及远航也能顺顺利利。

第十八章
DISHIBAZHANG

次日一早,仍有几分醉意的白尔思拔和几名洋员随日意格坐驳船登上了战舰,对战舰进行舾装和调试。

临近中午,贝锦泉、日意格和达士博刚到蒸汽机舱外,就听到里面传来的吵闹声。没等三人反应过来,只见一名译员慌慌张张地跑出舱门,看到贝锦泉和日意格后,语无伦次地禀报:"大人,打起来了。"

认出是白尔思拔的译员后,贝锦泉和日意格不约而同地心一紧。贝锦泉心想,难不成屠才友控制不住暴脾气与白尔思拔发生冲突了?船政衙门至今尚未发生与洋员的冲突事件,若是在刚入水的战舰上就发生斗殴,那自己必将处于骑虎难下的尴尬境地?若处置不当,不光刚戴上的乌纱要摘掉,甚至还会影响沈大人。唉!早知如此,今天就不让屠才友带人配合白尔思拔安装蒸汽机接管了。懊恼不已的贝锦泉暗暗提醒自己不能因私包庇屠才友,该打罚则打罚,该除名则除名,千万别牵连沈大人。日意格也暗忖,该不会是桀骜不驯的白尔思拔酒后发疯吧?首舰刚建起来,但愿这浑小子别把事弄糟。两人怀揣着不同的心思向舱内望去,只见白尔思拔正乱舞着扳手砸人。幸而屠才友等人机灵,边躲闪,边后退。贝锦泉放下了心,屠才友等人不但手上没有家伙,更没有还手,这根本不是打架,而是挨打。

一水勇后退时没发现舱外有人,趔趄后倒在贝锦泉身上,待转身看是管带后,慌忙跪地:"给各位大人请安!"

贝锦泉觉得水勇说话声不对,侧头一看,果然嘴边挂有血水。没等贝锦泉抬头,日意格已进舱喝道:"住手!"

歇斯底里的白尔思拔这才停止了挥舞,屠才友和水勇们赶紧上前给日意格等人请安。

"怎么回事?"日意格不问双方,而是问躲闪在一边的译员。

译员指着贝锦泉边上的水勇说:"禀大人,他抬管时压了白先生的手,白先生和他们争了起来。"

虽然译员只说起因和结果,但三人心里已清楚整个过程。白尔思拔因手被压了一下,就用扳手砸人,而且把水勇的门牙也敲落了。屠才友等人只是劝解,根本没有帮手或还手。明白事因后,贝锦泉暗生怒气,屠才友呀屠才友,你怎么这样窝囊?虽说不能和洋员争吵,更不能斗殴,但对方如此挑衅,你还像个男人吗?还像个水勇头吗?现在不是在战斗,不然我非先砍了你不可。

"先生,你为什么无理取闹,不但谩骂工匠头,而且还殴打水勇?"

对于日意格开门见山的责问,白尔思拔根本不在意,只见他大大咧咧地走到蹲柱边,一屁股墩实地坐了下去,晃着二郎腿一副吊儿郎当的样子狡辩:"总监先生,我得纠正你的错误说法。我这是在批评他们,让他们日后不再犯错。"

虽不认同白尔思拔的强盗理论,但考虑到是水勇不慎在先,日意格还是朝受伤的水勇努了一下嘴角,水勇犹豫了一下,还是老老实实向白尔思拔道起了歉:"洋大人,刚才小的多有冒犯,请您老多多包涵。"

"死猴!死猴!"还没等译员翻译,白尔思拔突然先用汉语骂了两声,接着又用法语骂阵,"有种跟我决斗,没胆量就跪下来给我舔脚底!"

虽然贝锦泉等人听不懂白尔思拔叽里咕噜的法语,但前面的辱骂声是听得一清二楚。在船政,大伙都知道,洋夷暗称中国人是猴子,所以骂人也叫死猴。没想到白尔思拔汉语不会几句,这骂人的话却学得像模像样,发音还挺准。看屠才友气得脸上青筋暴凸,紧握拳头,闷声不吭,贝锦泉发话了:"光道歉不够,还得赔偿白先生的医药费。"

日意格和达士博觉得有点意外,不明白向来硬气的贝锦泉今天怎么如此软弱。就在译员翻译给白尔思拔时,屠才友怨气冲天地叫道:"大人,今天是……"话还没说完,看见锦泉狠狠瞪着自己,屠才友顿时像泄了气的皮球,赶紧住嘴,耷拉着眼皮不再吭声。听完翻译后,白尔思拔乐不可支地竖起拇指说道:"这才像个好舰长。"

"白先生要不要让郎中先看一下,估算一下治疗费用?"

不知羞耻的白尔思拔觉得是个敲诈的好机会,于是信口雌黄地说:"我不信中国怪草,我另找医生治疗,你让他给我二十枚银圆。"

连达士博也觉得白尔思拔有点过分,手都没有红肿,用得着医药费吗?但他抿着嘴唇不吭声,想看日意格如何收场。日意格很是恼火,若是开了这样的先例,不光白尔思拔,估计将来会有更多的洋员制造麻烦要求赔偿。他实在不明白贝锦泉为什么这样做,正欲靠近劝阻,可贝锦泉已爽快地应道:"行,就二十枚银圆。"

"贝管带,我冤枉呀。"受伤的水勇忍不住向贝锦泉叫起了屈。

贝锦泉没理会,取过钱袋,数了二十枚银圆,笑眯眯地递给白尔思拔:"我平日管教不严,这钱得由我来赔。"

白尔思拔赶紧接过,看对方钱袋中剩下的几枚银圆,后悔刚才没有多要些。气得龇牙咧嘴的屠才友恨不得上前夺回这笔冤枉钱。就在众人的惊讶与气愤中,贝锦泉蓦然收起笑意,板起脸指着受伤的水勇问白尔思拔:"你的治疗费已结清,他的治疗费用你怎么付?"

日意格和达士博这才明白贝锦泉用的是先礼后兵之术,现要出招治理无理取闹的白尔思拔,两人干脆抱胸静观下文。一直碍于管带面子不敢吱声的屠才友和水勇们顿时乐不可支,不自觉把背直了起来。听完译员的翻译后,白尔思拔大怒:"你什么意思?"

贝锦泉厉声喝道:"杀人抵命,伤人赔钱,这是大清律令!"

桀骜不驯的白尔思拔哪会把贝锦泉放在眼里,把银圆一收,恶狠狠地说道:"谁也甭想要走我一个铜板!"

"不赔钱可以,你要答应他们一件事。"

看贝锦泉口风松了,白尔思拔更为得意,傲慢地问:"什么事?"

"把刚才的仗打到底。"

身高马大的白尔思拔向来没把瘦小的中国人放在眼里,对这样的条件,他求之不得,如果能给他们再留些"记忆",那日后在船上岂不更加威风?想到这里,他提出要求:"决斗可以。他们刚才手上没东西,现在仍然不能拿东西。"

"行!"看鱼儿咬钩,贝锦泉的嘴角露出一丝狡黠的笑容,满口应允后又说:"四对一不公,他们只能留一个与你打到底。"

白尔思拔这下更乐了,原还担心腹背受敌,现在一对一,自己手上又有扳手,那还不把这个猴子打得满地找牙?他几近欢呼雀跃地应下了这个条件:"好,哪个来?"

屠才友迫不及待地走到贝锦泉身边小声请命:"大人,让我教训这狗东西吧,不能让他看扁了中国人。"

"嗯。"贝锦泉轻声答应后,令译员陪同两人先订下契约,自负输赢,自负伤亡。他知道洋人很重契约,只要写明义务与责任,就一定会按规定履行。

看一切准备就绪,贝锦泉贴耳叮嘱屠才友:"打断他门牙。记住,要暗着狠!"

"嘛!"

等众人退开后,屠才友双手暗藏石子,歪着脖子朝白尔思拔勾了勾食

指。见从来服服帖帖的中国人居然如此挑衅,白尔思拔顿时像被点燃了炸药桶,吼叫着举起扳手朝屠才友冲来。屠才友不躲不闪,手一扬,只听白尔思拔一声惨叫,捂住嘴蹲了下去。脱手的扳手飞落江面,溅起一朵浪花就不见了踪影。白尔思拔松手一看,掌心那半颗牙齿沾着血与唾液,像是藕断丝连不愿离开嘴巴。恼羞成怒的他把断牙往地上一扔,起身抄起边上一根铁棍又扑了上来。屠才友不急不缓,待只有三步之遥时,又是手一扬,白尔思拔双手一麻,一阵剧痛让他松开了手。屠才友眼疾手快,上前一把接过铁棍,脚用力一扫,白尔思拔顿时仰翻在地。

面对水勇们的叫好声,气急败坏的白尔思拔知道自己不是屠才友的对手,于是发疯似的冲向日意格,想拔掉对方腰上的枪。日意格慌得双手紧捂枪套不敢松手。屠才友乘机对准白尔思拔的膝弯又飞出两块石子。白尔思拔双膝一软,"扑通"一声跪倒在地,刚欲起身,屠才友一个飞扑,把他紧紧压在了身下。白尔思拔顾不得疼痛,张开豁了牙的嘴,咬住屠才友的手腕,并狠命晃头,想把咬在嘴上的皮肉撕扯下来。屠才友本想用管子砸他的脸,想到管带要自己暗着狠,于是扔了手中的管子,用力朝白尔思拔下身挥了一拳,只听到白尔思拔一声惨叫,几乎昏了过去……

当沈葆桢听清事情原委后,不但没有责骂跪在面前请罪的贝锦泉,反而有种快感。沈葆桢本想对不知羞耻的白尔思拔两笔账一并算了,但想对方只是普通洋雇员,杀鸡焉用牛刀,由自己来处置,有点"抬举"他,于是对日意格和德克碑说道:"洋员归你俩节制,要以儆效尤,决不允许再有此类事件发生!"

日意格暗暗叫苦,虽然沈葆桢说是去留由自己来定,但弦外之音是要除对方名。但愿白尔思拔能转变态度,央求沈葆桢宽恕,以保其职。奉命后的日意格硬着头皮让人把白尔思拔请到总监办公室。

看着刚治疗后的白尔思拔,日意格推心置腹地劝道:"先生,你我都来自他国,在中国我们还得学会与不同的人相处,若老是闹矛盾,怎么在此……工作?"

日意格本想说怎么在此生存，话快出口时，觉得有点不妥，容易刺激对方，所以改说成工作。可白尔思拔并不领情，立即抬眉睁眼，反驳道："嗨，听你口气似乎是我不对，难道为了避免矛盾可以不顾工作？我觉得为了做好工作，就要不怕得罪人。现在我要你给我做主，把那个教唆的贝锦泉与挑衅的屠才友一并除名！"

岂有此理！按白尔思拔的辩解，好像他是为了工作，他是无辜的，一切理都在他身上。日意格看看边上的德克碑正毫无表情地轻揉太阳穴，估计没有接话的意思，只好暗自提醒自己说话周全些，不给对方狡辩的机会。于是双臂抱在胸前说："你说得对。工作自然要做好，尤其是像我们在异国做事，不能出纰漏。也许因为一个小差错，就有可能发生船沉人亡的惨剧，就有可能损己祸国……"

"别，别，总监大人，您说大了，就算我们有问题，也不可能祸国。您也清楚，我们所有人都是以个人名义与中国签的合同，没资格代表法国，也代表不了法国。"白尔思拔毫不客气地打断了日意格的话，说完双手一摊，皮笑肉不笑地歪脖耸肩，目光充满了挑衅。

日意格强咽了一口口水，似乎想把胸口莫名涌上的怒火强压下去，他认真强调："国王可是同意我们与中国签订合同的。"

白尔思拔瞪大眼睛故作惊讶地问："哦，那总监大人是海军驻中国代表了，你是什么军衔？"

日意格发现德克碑听到这里咧嘴笑了一下，但没有说话。日意格恼羞成怒，是的，在海军部门，自己仅仅只是个上尉，德克碑却是个少校。现在白尔思拔当着德克碑的面提军衔，那就是刻意揭自己短，故意让自己难堪！日意格觉得没必要再忍受或克制，本来今天就是白尔思拔的错，若他态度好，自己还可以在沈大人面前帮着求情并美言几句，若是再无礼，那就别怪自己不念同胞之情，该怎么处罚就怎么处罚。想到这里，日意格绷起脸警告："如果你想继续在这里干，就得老老实实，若再有……"

不等日意格说完,白尔思拔"嚯"的一声从椅子上跳了起来,左掌压在右手食指上:"停,停,你这是在威胁我吗?"

不等日意格开口回应,一直没有开口的德克碑终于抢先说道:"总监先生,他们可是签了合同的。"

德克碑这一不冷不热的提醒,用意很明显,果然白尔思拔更加嚣张了,拍着桌子吼道:"告诉你,我可是受合同保护的,你不能侵犯我的任何权利!"

说完,似乎还不解气,转身一脚踢翻了椅子。

"先生,你过分了!"

"去,你也快成猴子了。"

日意格彻底被激怒了,变声吼道:"你被辞退了,马上滚!"

一脸痞气的白尔思拔盯了日意格一眼,轻蔑地冷笑一声:"哼,你有这个权力吗?船政有这个权力吗?把我打成这样还说我错,还有无天理?!我找领事去!"说完转身扬长而去。

等白尔思拔走后,坐在边上的德克碑先开起了口:"白尔思拔是机械工匠头领,船政制造处离不开他。"

日意格知道这只是德克碑的一个借口,是向自己发难。日意格暗暗给自己打气,辞退白尔思拔不但能给沈大人一个交代,同时也可借机在洋员中树立绝对的威望。对,中国不是说"射人先射马,擒贼先擒王"吗?我今天就要射了这匹马,让德克碑等人日后不敢再小瞧我,尽管在法国你是少校我是上尉,但现在你们必须听我的,服从我的指挥!打定主意后,日意格不容置疑地表达了自己的强硬态度:"白尔思拔决不能再留在此地,制造处自有人能替代他。"

"他和我们订有合同,现在合同还没到期!"德克碑并不示弱,口气也越发地强硬。

日意格从柜中取出一份合同,走到德克碑面前,摊开合同指着上面的文字说道:"你看第十款,无理取闹者当辞退。"

德克碑自然清楚上面的条款,所以连瞄都懒得瞄一眼,诡辩道:"白尔思拔只能算是有理争论。"

日意格琢磨不透对方目的,只好探问道:"那你的意思是……"

德克碑睨了一眼日意格:"每位洋员都是我们从法国请来的,我们必须保障同胞的利益。当然你若觉得太麻烦或不乐意做,我愿意代替你去做这些事。"

原来德克碑企图取代自己,日意格终于听明白了,提醒自己决不能心慈手软,断不能让德克碑得逞。日意格灵机一动,何必与德克碑在此多费口舌,不如找沈葆桢沈大人讨主意,封住德克碑的嘴。按中国谋略,这好像叫借刀杀人,不但能达到目的,而且自己不会受到损伤。日意格于是佯装无奈地对德克碑说:"我何尝不想如此?但你也知道,沈大人要我俩督办此事,不吓唬吓唬白尔思拔怎么能交差?当然,最终如何处置还得由沈大人来定夺。"

对日意格的踢球招数,德克碑自然没什么好反驳的,只好起身说道:"那我等结果。"说完,转身就走了。

"哼。"等结果?难道还有其他结果吗?你这要挟有个屁用!望着德克碑的背影,日意格从鼻腔中喷出一声轻蔑的闷音。

不出日意格所料,听完汇报后,沈葆桢当即责令制造处革退白尔思拔。有了沈葆桢这把尚方宝剑,日意格底气大增,马上派人通知白尔思拔,让他即刻办理相关手续。接到通知后,狂妄的白尔思拔顿时慌了神,万万没想到沈葆桢真会下如此重手。在他看来,法国人就是杀个中国人也没啥大事,怎么打了水勇就要被革退了?革退不但断了目前的财源,没了满合同期的高额奖励,更因声誉扫地难再被雇用。心里虽慌,可嘴上仍不饶人,恶狠狠地对前来通知的人说:"回去告诉日意格,我想走时,谁也拦不住我;但我不想走时,谁也赶不走我!"

第二天下午,船政衙门接到法国驻福州领事馆的公文,要求白尔思拔继续留任原职。看完气焰嚣张的公文后,沈葆桢把纸往案几上一拍,眉毛上挑,

眼里闪着一股无法遏制的怒火。哼！法国领事馆难不成还想插手我船政衙门？老夫绝不允许尔等放肆！沈葆桢决定快刀斩乱麻，当即以福建船政是朝廷衙门，虽雇用法员，但不是商业行为，领事馆无权干涉等理由回复了福州领事馆。同时，下令限白尔思拔三天内离开船政。

一直企图停办或插足船厂的福州税务司美理登闻讯后大喜，也跑到领事馆，与副领事巴世栋沆瀣一气，并以领事馆的名义发文至船政衙门，要求日意格、德克碑、达士博、白尔思拔及工匠和水勇到领事法庭接受会审。

向来当机立断的沈葆桢面对新来的公文有些迟疑。若同意参加庭审，似乎与原先自己的声明大相径庭；若不去，法领事馆必会向外散布自己挑衅惹事的谣言，万一朝廷怪罪，如何收场？就在沈葆桢犹豫不定之际，门人来报，说是贝锦泉求见。沈葆桢正准备挥手回绝，猛然想起贝锦泉第一次晚上求见，估计有大事，于是话到嘴边改口道："让他进来。"

当门外传来贝锦泉的匆匆脚步声后，沈葆桢心里暗自一惊，难道战舰出问题了？若是那样，那真的是屋漏偏逢连夜雨，船迟又遇打头风了。沈葆桢干脆放下公文，轻摇玉扇准备应对变故。

等贝锦泉请完安，沈葆桢就催问："起来说话。深夜何事急着要见老夫？"

贝锦泉并没有起身，反而把头埋得更低："大人，卑职带伍无方，特来请罪。"

原来不是战舰有事，沈葆桢顿时放下心来，想必是贝锦泉闻知法领事馆干涉后，特深夜来请罪，于是收起玉扇问道："敏修，你真认为白尔思拔有理？"

贝锦泉犹豫片刻，把埋着的头摇了摇。

"那你也认为船政少不了白尔思拔？"

这回贝锦泉没有丝毫犹豫，直接摇头否定。

"那就罢了。起来说话吧。"

话音刚落，门人引着一亲兵闯了进来，说是福州将军署闽浙总督英桂大人遣人有信要面呈沈大人。

刚起身的贝锦泉心一惊,周围的空气似乎都凝结了,呼吸也变得困难,心脏像节奏越来越快的鼓点要蹦出来一样。难道洋员还闹到英桂大人那里去了?若是状告自己无端在战舰上组织斗殴,并致洋员受伤,必受将军怪罪。

沈葆桢稳坐太师椅,圆圆的脸上看不出有一丝慌乱迹象,心笃神定地接过信看了起来。贝锦泉发现沈葆桢才看一眼,就惊得瞪起了眼睛,并移身把信凑到烛台前。贝锦泉越发忐忑,以往出再大的事情也没见沈大人变色过,估计今天这事极为棘手,他不由得暗暗为自己叫苦。

看完信后,沈葆桢脸色终于恢复正常,吩咐衙役:"赏送信人。"

"谢沈大人。"

看亲兵跟着门人向外走去,贝锦泉感觉手心已湿了一片,他惶恐不安地看着沉默不语的沈葆桢拿起信又看了起来。过了片刻,沈葆桢突然拍着脑门笑赞:"妙!高!"

贝锦泉暗想,来信究竟写什么了?为什么沈大人方才吃惊瞪眼,现在又如此开心?这时,沈葆桢把信往贝锦泉这边一抖,示意贝锦泉拿去看。

贝锦泉双手接过,刚读前两句也是大吃一惊。信上说山东巡抚丁宝桢已将权阉安德海正法。令人寻味的是,信上还附说丁宝桢之举震惊朝野,许多人赞叹丁宝桢为"豪杰士""丁青天"。信最后还加了句感叹:此桢不愧是坚硬木头,乃当朝支柱也!

英桂大人连夜遣人送这封信干什么?是暗示沈大人上表赞丁宝桢?贝锦泉迷迷糊糊地叠好信复递还案上,无意间看到信封上"船政大臣沈葆桢台启"这几个字时,突然灵光一闪。对呀,沈大人名上不也有"桢"字吗?原来英桂大人知道法领事干涉船政之事,于是巧借山东巡抚诛杀安德海一事,表明自己支持船政的决断。

只听沈葆桢如释重负地说道:"安德海培植党羽,广交朝臣,权倾朝野,借备皇上大婚典礼之机擅出宫禁，招纳权贿，一路无人敢触，稚璜真可谓一斩成名。"

贝锦泉脑子一转，直接点明英桂大人来信的寓意："大人，山东巡抚诛杀骄纵不法的安德海，可以肃宫禁以儆效尤，同样，船政大臣革退恃强凌弱的白尔思拔，可以肃船规以儆效尤。实为朝廷支柱！"

沈葆桢虽心里很受用，但脸上的表情依然一如往日般肃穆，令书识依理回复领事馆，言明决不允许工匠和水勇到领事法庭接受会审。因洋员属领事国人，沈葆桢决定不予支持，但也不制止，一副避而不谈的态度。

开庭当天，德克碑、达士博和白尔思拔都去了领事法庭，日意格不仅没有出庭，并致信公开声明："巴世栋把船政内部事件变为外交问题，这已超出领事的权限。"

庭审自然是一边倒的结果，坐庭陪审的美理登更是借机攻讦日意格。巴世栋决定处罚日意格三千五百元，同时对于积极配合并表现良好的德克碑，帮着推卸掉了所有的责任。

随着日意格与德克碑矛盾的公开，沈葆桢不但没有想调和的意愿，反而态度鲜明地完全支持日意格。其实祭祀妈祖时德克碑与达士博的对话早有人向沈葆桢作了密报。沈葆桢觉得德克碑看似刮了鬓胡学清人，但实质狡狯异常，办事刁诈，实难姑息，本就有欲去之而不能之难，今趁其与日意格矛盾之机，也就有了将其革退之由。

眼看在船政衙门的处境越发艰难，德克碑只好孤身前往西北，投靠已任陕甘总督的左宗棠。

德克碑的离职乐坏了达士博，觉得自己终于熬出了头，满心企盼升任副监督。这不光是对自己技术的自信，更因为去年第一截龙骨安放前，日意格曾给予的承诺。可不知为什么，十天过去了，日意格并没有提及此事，更没有兑现承诺。达士博决定主动找日意格，提醒他该兑现承诺了。这天，趁日意格办公室无他人之际，达士博溜进了门。

"达士博先生,有事?"领事庭审后,日意格对达士博一直不冷不热。

"没什么大事,想和总监先生谈谈。"

日意格有点意外,从对方闪烁不定的眼神中感觉到其有沉甸甸的心事。日意格决定以不变应万变,手一伸:"好,请坐。"等达士博在办公桌前坐下,又客气地问道:"喝点什么?"

"咖啡。"达士博话音刚落,衙役进门来报,说是贝锦泉来了。

"让他进来吧。"

达士博没想到还没开始谈又有人来,而且日意格竟然还同意让人进来,明显是不想给自己深谈的机会。不过他马上有了新的主意,也许借人说话更好,至少不会让自己过于尴尬,也不会让人觉得自己过于重名利。

不一会儿,贝锦泉推门而入,请安后刚坐下,日意格分指了两人一下,吩咐衙役:"咖啡,茶。"旋即脸朝达士博,一副公事公办的样子,"说吧。"

达士博自然听得懂其弦外之音,日意格这是催自己说完后马上走人。他决定今天厚着脸皮,不达目的不罢休。想到这里,为了放松自己,更为了刻意营造一个良好的交谈氛围,他斜倚身子,跷起二郎腿,一手搭在扶手上,另一手按在腿上,打着哈哈绕着圈子开起了场:"时间过得真快,来中国都两年了,第一截龙骨的安放仪式似乎还在眼前,可现在战舰都已建成了。"

日意格听得一头雾水,趁衙役上茶水之际,暗自琢磨达士博这些话的用意。难道达士博觉得建造速度过快了?是邀功催着要奖励?这些想法全都不靠谱,合同要求我们五年内必须建造出十六艘轮船,现在只有越快越好,谁能担保日后无天灾人祸,万一耽误了,那可不光丢脸,钱财也将大受损失。因琢磨不透对方的动机,等衙役退出后,日意格只是简单地应和了一句:"就是,时间过得真是太快了。"

达士博有些发急,都说到了第一截龙骨安放仪式,日意格怎么还是不明白?他只好继续围着这个话题做起了文章:"对了,当初在妈祖庙祭拜时,我有一事至今不明。"

日意格暗暗称怪,船政的人都知道达士博信基督,对祭拜妈祖等一直很反感,难道他为以后不参加这些仪式而来求自己?若如此,答应他也罢,反正沈大人不会强他所难。于是日意格轻描淡写地问:"什么事?"

达士博急得想跺脚,心里暗骂,都这样提醒了,你日意格怎么还没想起当初的承诺?难道是装聋作哑想糊弄我?可嘴上只能顺着话问道:"妈祖手上拿的是什么东西?"

日意格被问倒了,他甚至都不曾留意妈祖手上有没有东西,于是转身朝向贝锦泉,把达士博的咨询翻译给了对方。

"噢,那叫笏。古时文武大臣朝见皇帝时,双手执笏可以随时记录帝命或旨意,亦可以把需上奏的话记在笏板上,以防遗漏。但我朝已不用此物,现在笏已成为道教的一种重要法器。"

日意格把贝锦泉的解释简要翻译给了达士博,发现达士博虽然频频点头,但眼珠乱转,一副心不在焉的样子。看来达士博还没道明今天的来意,且这样吞吞吐吐必有大事。日意格暗自提醒自己要谨慎,毕竟两人有着不小的隔阂。

达士博终于熬不住了,干脆打开天窗说亮话:"总监先生,你该不会忘记当初在妈祖庙给我的承诺了吧?"

日意格恍然大悟,原来这家伙是为此事。不错,当初是承诺德克碑若离开就让达士博升任副监督,但时过境迁,自己早打消了让达士博成为副手的想法。自与巴世栋交手吃亏后,日意格学得精明起来。当德克碑离职时,他早已悄悄物色起了副手,经过一番考察与比较,他准备向沈葆桢推荐与法国远东舰队韦尔隆舰长私交甚密的海军军官斯恭赛格作为副监督。日意格坚信沈大人会满意自己的思路和选择,对于已建成的战舰,当急需引入懂军事的军官。今天自己找贝锦泉,就是先和他谈谈这个想法,为今后的合作打基础。对于达士博提及的承诺,日意格决定予以承认,但不告知目前真实的打算,并乘机埋下伏笔,让他日后接受既定现实。想到这里,日意格诡秘一笑:

"记得,怎么会忘?"

就在达士博刚放下心来时,日意格又补充道:"此事最后当由沈大人拍板,我只有建议权。"

"那是,那是。"

看达士博频频点头的欢欣样,日意格皱起眉头又当头泼了对方一盆冷水:"但愿领事法庭一事不会牵累你。"

看达士博紧张又懊悔的表情,日意格心里乐开了花,感觉自己就像打了胜仗的将军,正庄严审判听凭发落的俘虏。达士博也顾不得面子,结结巴巴地解释:"总监先生,那……那是……是德克碑的事……"

日意格心满意足地挥了挥手,口是心非地安慰:"行,回去吧,我会尽我所能。"

"好,太好了,谢谢总监先生。"达士博起身千恩万谢后,狼狈离开。

等达士博出门后,日意格就把欲聘请斯恭赛格副监督的想法合盘托出。贝锦泉自然高兴,有实践经验的军官来指导战舰下海和训练水勇,那岂不是如虎添翼,两人一拍即合。

日意格关于副监督的提议马上得到沈葆桢批准。随着斯恭赛格的就任,达士博在失望中与日意格的关系开始坠入低谷。

第十九章
DISHIJIUZHANG

同治八年九月,战舰终于完成了舾装,日意格等人马不停蹄地对蒸汽机进行反复的试机和调校,确保各机械正常待用。

这天下午,日意格、斯恭赛格、达士博、贝锦泉和黄维煊等人赶赴船政衙门,行礼按序坐定后,沈葆桢开门见山地问道:"试航日期定了吗?"

"回禀大人,拟请定本月十八日试航。"

贝锦泉话音刚落,沈葆桢当即追问:"只有三天,诸事可办妥?"

贝锦泉没接话,转视日意格。日意格会意,拱手对沈葆桢说道:"尚有一事请沈大人定夺。"

"唔?"

"按国外海军惯例,旗舰中桅顶端须挂长旒旗,不知新舰试航时是否悬挂?"

"长旒旗?"沈葆桢明白了贝锦泉为什么没接话,因头一次听说长旒旗,于是想弄清这是什么东西。

日意格招呼斯恭赛格打开早已准备的旗帜,呈到沈葆桢面前。沈葆桢细细查看了这面由红、黄、蓝三色构成的长旒旗,一时不敢拍板。毕竟黄色乃皇家专用之色，万一朝廷怪罪下来如何是好？犹豫之间，沈葆桢突然想起已悬挂在舰上的牙旗，上面不是也有金龙吗？这面长旒旗虽有黄色，但介于红与蓝之间，居中为大，即使有人诽谤，也有理可申辩。想到这里，沈葆桢点头应允："第一舰就是旗舰，理应挂长旒旗。"

"谢大人。"

贝锦泉刚谢过后直腰起，日意格就咧嘴冲着他笑道："我说沈大人肯定同意，这不是你要面子，而是我们船政的气势所需。"

我们船政？沈葆桢觉得从日意格口中说出来特别顺耳，不由得转视日意格，日意格乘机接着禀报："大人，达士博先生说领航英人后天就可到船政报到。"

不曾想沈葆桢猛地把脸一沉："为何要用英人？"

日意格误以为沈葆桢想找法国人领航，赶紧解释："大人，英人较法人更熟习沿海舆图，并长年在此领航……"

不等日意格说完，沈葆桢抬手指了指五人，粗暴地打断："不，老夫说你们自己来。"

看着急躁中透着霸气的沈葆桢，日意格有点窃喜。他明白沈葆桢这是借机历练中国航海人才，虽不能说没有一点风险，但应该没什么问题。请英人领航，那是达士博的建议，且为此还费了不少周折。现自己干脆不吭声，让达士博直接回禀沈大人。想到这里，日意格故意端起盖碗磨蹭时间，暗中却观察着达士博的反应。

果然，达士博在听完译员翻译后连连摇手："不行，必须请英人来领航。水下到处是杂乱无章的暗礁、旋涡与险滩，只有有经验的领航员才能保证战舰不会出事。"

一个洋员有什么资格敢在老夫面前说不？有什么能耐敢在老夫面前口口声声说必须？沈葆桢微皱眉头手指黄维煊："当年船政刚起步，左中堂就已檄候补同知黄维煊赴沿海各口察形胜之险要，测沙水之深浅。现他就是最好的领航员。"

达士博自然知道黄维煊曾多次委赴香港、厦门、上海和宁波等地测量沙水,现已将其所见、所测列成图,拟以《皇朝沿海图说》拓印成册,但至今没有领过航。达士博故意扭头朝向黄维煊,向对方软肋刺去:"黄大人可为轮船领航过?"

"尚无。"黄维煊很坦诚地摇了摇头。

"上帝!这不是开玩笑吗?"达士博瞪大了眼睛惊呼了一声,随后回过头提高了嗓门劝说沈葆桢,"大人,这可开不得玩笑,领航就是人眼,看清路才能行走,不然再好的船也无法出江。要是缺钱聘请英人,我宁愿来代付这笔钱。"

日意格和斯恭赛格没料到达士博以此来逼沈大人就范,两人都为这一臭招替达士博暗自着急。译员很机灵,偷偷把开不得玩笑译成不要大意。可尽管这样,沈葆桢听了仍感觉刺耳。他摸着收紧的下巴暗想:看来此洋夷妄自尊大,把我大清子民当成劣等民族了。是的,中国现在是不如外夷,甚至让尔等制之,但我们善师四夷者,且深知欲学习外国利器,则莫如觅制器之器,师其法却不必尽用其人之真理。今日,尔等断不能把中国的小屈看成是窝囊、怯懦。小屈是为了日后大伸,将来中国不但不再仰赖尔等,而且将大展雄威,让尔等夷狄丑类匍匐在我王师脚下!当听到达士博说愿意自己出钱代请英人时,沈葆桢倒是有几分意外与感动,看来这个洋进士良知尚存,并不是见利就贪的小人。想到这里,他暗吁了一口气,一脸平静地告知对方:"这不是钱的问题。中国不盲,有自己明亮的眼睛。战舰不仅能出江,还将渡海。"

达士博心里暗自发笑,才那么点小资本就想着要飞天?简直是无知、狂妄!他扫了一圈这些拖着长辫子的中国人,问:"出了问题谁来担责?"

"当由下官担责。"黄维煊听完译员的翻译后,立即抢过了话头,他需要自信,也要给沈大人信心。

贝锦泉也适时接了一句："还有我。"

达士博斜乜两人一眼，歪着嘴角讥诮："你们有这个资格？"

沈葆桢听后不由得怒火中烧，达士博表面上看是在鄙视黄维煊，可实质是在向自己的权威挑衅！呸！老夫看得起你，你才是洋进士，看不起你，你不过是个谋求生计的洋工匠，有何资格向我朝廷命官叫板？！沈葆桢决定灭对方的威风，不然日后这个猢狲怕是要闹翻天。于是强调："船政所有的事当由老夫来定，也当由老夫来负责。"

一脸倔强的达士博转向沈葆桢，毫无怯意地说："既然如此，我有一事相请。"

对于这种软中带刺的语气，沈葆桢眉头一挑，双目宛如利剑，咄咄逼人地催问："说！"

"出于安全考虑，请大人准我不参加新舰试航。"

日意格和斯恭赛格急了，两人同时抬起屁股准备上前劝说达士博，可没想到沈葆桢抬手制止了他们，听完译员的翻译后，想也不想便从嘴里蹦出一字："准！"

"谢大人。"

沈葆桢根本没理会达士博的无奈道谢，泰然自若地宣布："老夫将登舰检阅试航全程。"

对于沈大人的信任与支持，贝锦泉和黄维煊心头犹如压上一块巨石，三天后的试航不仅关联自己的命运，更关联着船政大臣的前程。

一场会谈不欢而散。

可人算不如天算。因安庆府院文武考生不满洋教士低价强购民房建教堂，在武举王奎甲的率领下，捣毁了英法教士住所。法驻华公使罗淑亚借机调遣六艘兵船赶往上海，对清廷进行恫吓与威胁，朝廷立即下旨敦促沿海做好防御准备。所以第三天一早，英桂将军遣人急召沈葆桢赶赴福州将军衙门商议军情大事。

当沈葆桢的官轿急匆匆离开船政衙门时，恰逢新战舰升火起锚。随后，在黄维煊的领航下，贝锦泉亲自掌舵，沿闽安、馆头、壶江一线，绕着琅岐岛在马江完成了首次试航。

等沈葆桢回府听完日意格和贝锦泉的航试汇报后，自然提及最为关心的问题："唔，太后、皇上曾有旨意，战舰若成当入天津，由朝廷派大臣检阅。尔等觉得何时可北上受阅？"

担心中国人盲目求快，日意格赶紧说明："大人，试航只是在江中，锅炉没有全负荷运行，且各炮也没试发。当另择时间入海检验，再北上受阅。"

"何日入海？"沈葆桢似乎急于让战舰北上。

"燃煤已备，只要无大风浪，战舰随时可入海。"

沈葆桢掐指算了一下近期行程，说："那就定二十五日，老夫也将登舰同行。"

贝锦泉脱口而出："大人，那太危险了……"

沈葆桢刚平缓的脸立马紧绷起来，毫不客气地打断了对方："为何无自信？"

"不，不。"因误解和被呵斥，贝锦泉的脸顿时涨得通红，忙不迭地摇手解释，"海面波浪起伏大，卑职担心大人会晕船。"

原来担心自己要晕船，沈葆桢忍不住打趣道，"没坐过怎么知道？老夫乃海边人，龙王当不会欺侮邻人。"

众人一笑，气氛顿时变得轻松起来，贝锦泉乘势表态："卑职当全力保大人安危。"

"错！"沈葆桢摆了一下手，收起笑意叮嘱，"管带应以保战舰安危为责，当无视老夫在舰。"

脸色刚恢复正常的贝锦泉这下臊得耳根也发热了，垂首拱手应道："卑职当铭记大人今日之教诲。"

看达士博一脸沮丧地默默盯着边上的盖碗发愣，想此人有才又不重利，沈葆桢决定给他一个下台阶的机会,就点名问道:"洋进士,你意如何?"

听译员翻译后,达士博一个激灵,抬眼发现沈葆桢正盯着自己,心一慌,眼神一闪,赌气的话脱口而出:"回禀大人,我还是不想下海。"

沈葆桢很爽快地应允:"唔,这次也准你。"

随后,沈葆桢又问了一些具体事务。就在结束商议时,沈葆桢盯着旁边的地图意味深长地感叹:"中国地广,台湾等地隔海相望,此岛乃中国大殿的门神,是艘永不沉没的巨舰,说不定老夫日后还得常坐战舰。"

众人听得一头雾水,懵懂中的贝锦泉猛然回想起左凯弟尼曾给予的忠告,难道台湾及诸岛屿将来真会遭到洋人攻击?庆幸左大人和沈大人有先见之明,有了先进战舰,中国必能拒敌于洋外。就在贝锦泉胡思乱想之际,沈葆桢挥了挥手:"都退下吧。"

"嗻!"众人起身告退。

二十五日,船政码头旌旗招展,金鼓喧天。沈葆桢刚跨过轿杆,贝锦泉趋前几步打千儿在地:"卑职恭迎沈大人!"

掠过贝锦泉的身躯,眼前是清一色身穿浅蓝斜纹布装、精神抖擞的水勇。往左扫视,只见船政学堂邓世昌、刘步蟾、严宗光、林泰曾和方伯谦等首批随舰实习的学员正目光炯炯地注视着自己。望着一张张稚气中充满朝气与自信的脸庞,沈葆桢觉得有股豪情在胸中激荡,他抖了抖马蹄袖,抬手虚扶:"起来。"

"谢大人。"贝锦泉谢过起身后吞吞吐吐地说,"大人,战舰准备完毕,只是……"

"唔?"盘旋在沈葆桢胸中的豪情似乎变成了一根绳子,并在心头拧成一个大结。贝锦泉什么意思?难不成要临阵变卦?

"海面今天有点风浪,不知大人……"

看贝锦泉全然没有平日里的勇猛样,沈葆桢压着火气沉脸问道:"会不会影响战舰出航?"

不承想贝锦泉立马脱口自信地回禀:"不会!"

沈葆桢心一松,原来贝锦泉又是担心自己吃不消。回想前些天日意格曾说法国前国王曾有句名言,说一只狮子带领的一群绵羊能够打败一只绵羊带领的一群狮子。是的,我们中国也有"兵熊熊一个,将熊熊一窝"的说法。决不能让将士们小瞧自己,更不能让洋人认为自己也是一只任人宰割的绵羊。想到这里,沈葆桢背起双手,叉开双腿,抬眼看了看天,说:"唔,没有风浪怎可称海?看来今天龙王很给老夫面子,是欢迎老夫出海。"

贝锦泉闻之心一震,拱手请示:"大人,现可出发?"

"唔。"

贝锦泉转身挥了一下手,站在队列首位的沈仁发立即向水勇们发令:"全体登舰!"

当水勇登上战舰并升起船政大臣的帅旗后,贝锦泉这才躬身邀请沈葆桢:"请大人登舰。"

在日意格等人的陪同下,贝锦泉搀扶着沈葆桢向登舰口走去。沈仁发率水勇屈膝齐声喊道:"恭迎沈大人!"

"唔,都起来吧。"

"谢沈大人!"

贝锦泉亲自点燃三炷香递到沈葆桢手上,沈葆桢接过后双手合拢,缓步向舱前的妈祖像走去,躬身三拜后,将三炷香插入香炉中。

贝锦泉也效仿沈葆桢肃穆三拜,随后下令:"全体就位,添火升炉。"

"嗻。"

等船员们有序散去后,贝锦泉侧身伸手引导:"大人,舱位已安排好,这边请。"

沈葆桢摆摆手,饶有兴致地对贝锦泉说:"敏修,老夫先不去船舱,你去忙,让两位总监陪老夫在船上看看。"

"嗻!"

在日意格和斯恭赛格的陪同下,沈葆桢绕着甲板查看了机舱棚、烟囱和风筒。一行人正准备下梯,只见烟囱开始冒起了股股浓烟。

"大人,炉子已升大火,马上要开蒸汽机了。"

日意格的话音落下不久,甲板下传来了隆隆的轰鸣声。

"走,前面引路。"沈葆桢被这声音勾起了兴致,催促日意格下梯。

几人来到锚链舱,只见水勇们正在合力起锚,看船政大臣向这边走来,所有人慌了神,手压转盘,犹豫着是接着提升锚链还是卡住转盘迎候船政大臣。

日意格真想上去踢头目的屁股,若延迟起锚,不但蒸汽机白耗煤,甚至有可能使机械受损,他急吼吼地指着头目提醒:"继续升锚,不要停。"

水勇头目如梦初醒,吆喝手下水勇:"快,推盘升锚!"

考虑船政大臣在场会影响水勇,更担心锅炉房的煤尘及蒸汽机房的噪音会让锦衣玉食的沈大人受不了,日意格乘机询问:"大人,战舰就要开了,斯恭赛格得上去测航速,大人是否也上甲板或回船舱休息?"

"不,你继续陪老夫往前。"

日意格只好无奈地跟着沈葆桢继续向前。察看完锅炉房和蒸汽机房后,沈葆桢又来到舰体前端的炮舱,这里左右两侧各排列着三门大炮,守炮水勇见是船政大臣,慌忙齐刷刷下跪:"沈大人。"

"起来吧。"

沈葆桢走到一门大炮前,俯身看了看。水勇们纷纷打开炮门,顿时,光线涌入舱内,炮舱顿时亮堂了许多。沈葆桢边摸炮膛边问身边的水勇:"打过炮吗?"

"回禀大人,小的在陆上打过,舰上还没有。"

"为何不试?"沈葆桢松手转过头问日意格。

"大人,江岸多人,江中多船,一直无法试炮。这次入海将对六门大炮一一进行试射。"

"唔。"沈葆桢应了一声,若有所思地望着炮门。须臾,招手示意日意格到身边,指着炮门问:"前膛火炮炮门怎能如此狭窄,这不利于火炮射界的调整。"

日意格没想到沈大人会看得如此细致,更没想到他对大炮如此内行。既然船政大臣提出了曾让自己与达士博纠结多日的困惑,日意格干脆就借机抱怨道:"大人,这艘战舰原本不是这样设计的,当时有十八门炮,炮门也比这个要大。"

"为何要变?"沈葆桢刚问完,马上想到了原因,估计是当初自己"兵商两用"的想法所致。于是不等对方回答,旋即改问,"有无改进余地?且全改为后膛炮。"

日意格似乎早已测算好,胸有成竹地答道:"大人,可以改,后膛炮最多可增至十门。"

沈葆桢当即拍板:"北上受阅后马上改造!"

"嗻!"

这时,舰身一动,日意格上前搀住沈葆桢,提醒道:"大人,战舰已开。"

"唔。走。"

参观完各舱室后,沈葆桢上梯重新来到甲板上。此时,战舰在暮色中破浪缓缓行进。

"沈大人,此处风大,贝管带请大人回舱休息。"受贝锦泉指派,沈仁发前来劝引沈葆桢。

沈葆桢没移身子,问:"敏修现在何处?"

"回禀大人,贝管带在操舵室。"沈仁发说完向上指了指操舵室。

沈葆桢抬眼望去,此时刚好机舱棚两翼亮起了航行灯,给本就气势磅礴的战舰增添了几分灵气。沈葆桢欣喜地吩咐:"前面引路,老夫要上操舵室。"

"嗻!"

快到操舵室时,沈仁发闪在一边提前报信:"沈大人到!"

只听里面立即传来贝锦泉指令:"孙晓云操舵、黄维煊监视罗经,不得离手!"

"嗻!"

操舵室除了孙晓云和黄维煊,包括邓世昌在内的诸学员均随贝锦泉向沈葆桢打千儿请安。

"起来。"沈葆桢觉得此地不是自己待的地方,打算立刻离开不添乱。正准备转身,方伯谦起身后给学员们使了个眼色,并带头侧身往外挤:"沈大人里面请。"

贝锦泉立即喝令:"各司其职,战舰前行!"

"嗻!"所有人终于重新回到原位。

下操舵室后,沈葆桢不顾众人相劝,执意要站在甲板上,沈仁发只好从船舱搬来太师椅。披上大氅的沈葆桢刚落座,只见贝锦泉兴匆匆赶到面前屈膝抱拳:"刚才卑职怠慢无礼,望沈大人恕罪。"

"起来说话。敏修,你何罪之有?倒是老夫有扰军之嫌。"

"大人……"犹豫着起身的贝锦泉听了更加惶恐。

沈葆桢伸出食指轻点太阳穴:"敏修,知道刚才老夫想起了什么吗?"

"卑职不知,望大人明示。"

风中沈葆桢加大了嗓门:"知道吗?老夫想起了上次坐'华福宝'。"沈葆桢抬眼伸臂指了一下前方,"景虽依旧,但江上之舰已大不相同。"

贝锦泉顺着话说道:"大人说的是,当初只有标下会操舵,现却大有人在。学堂那些学生更是聪明,日后必为我大清王朝栋梁。"

"唔。"

"大人,战舰尚未出马江,标下拟请大人先回舱休息,待战舰入海时,标下再陪大人上甲板巡视。"

沈葆桢想想也是,现在空迎风浪,届时入海还真受不了,倒不如先回舱内休息。于是推椅起身调侃:"敏修,你是管带,在舰上老夫自然听你安排。"

在众人的笑声中,贝锦泉微红着脸谢道:"多谢大人厚爱,卑职永远听命大人调遣。"

刚迈步的沈葆桢闻言停下了脚步,本想说什么,可犹豫一下还是没吭声,继续向休息舱走去。

战舰驶出马江后,贝锦泉搀扶沈葆桢再次登上甲板。此时,无边的天际撒满了一把把碎金,滔滔浪潮在东北风的助威下,翻腾涌动,势如千军万马披着银甲在浩瀚的洋面上欢腾。沈葆桢第一次见到这样的景色,不由得诗兴大发,脱口诵道:"星月在天,一望无际。银涛万叠,起落如山。"

日意格竖起拇指赞道:"大人多才,述景如作画。"

沈葆桢没接口,扭头意气风发地问贝锦泉:"台湾在何方向?"

"大人,往前三百余里就是台湾府。"

沈葆桢抖开大氅,手一伸,接过单筒望远镜,顺着贝锦泉手指的方向望去,可茫茫大海中什么也看不到。放下望远镜,沈葆桢问:"战舰今日可抵达台湾?"

一旁的日意格急得连连摇手抢话:"不行,不行。大人,战舰首航不宜过远。"

"唔。"沈葆桢若有所思地应了一声,指了指贝锦泉,"敏修,你留下陪老夫。"

日意格知道沈葆桢有话要单独和贝锦泉说,知趣地和众人一起退下。

"大人请坐。"

落座后,沈葆桢瞟了贝锦泉一眼,说:"敏修,你与老夫不可能永在同一衙门。"

"大人要走?"贝锦泉惊讶中甚感惆怅。船政刚走上正轨,需要稳定,此时朝廷怎么能把沈大人调走?就算是升迁重用,那也得缓一缓呀。

只见沈葆桢晃了晃圆圆的脑袋:"不是。"

贝锦泉猛然惊醒,联想这几天船政正在选护解至陕西军饷的头领,贝锦泉觉得一切都明白了,肯定是左大人拜受陕甘总督后点将要自己过去。想自己没了率舰北上受阅的机会,贝锦泉多少有点失落,不安地瞄了沈葆桢一眼:"那卑职要离开船政衙门?"

沈葆桢依然晃了晃圆圆的脑袋:"不是。"

贝锦泉糊涂了,感觉丈二和尚摸不着头脑,就在他细细揣摩沈大人的话意时,只见沈葆桢抬手指着前方问道:"看到什么了吗?"

顺着沈葆桢手指的方向望去,茫茫大海上除了不停翻滚的浪花和空中闪烁的星星,什么也看不到。贝锦泉只好老实答道:"大人,卑职无能,没看到什么,望大人明训。"

"台湾!"

"台湾?"贝锦泉傻眼了,这怎么可能,现在战舰距台湾还有三百里,除非千里眼下凡,不然怎么可能看到如此遥远的地方。

"对,台湾!"沈葆桢语气明显加重,他挺直了身子,手捂心口,"现老夫虽然看不到台湾,但这个中国第一门户久久萦绕在老夫心中。"

贝锦泉这才听懂沈葆桢的意思,马上表态:"大人常训示卑职等注重这座有'七省藩篱''南北洋关键'之称的岛,卑职必铭记在心。"

沈葆桢虚望前方自言自语:"随着各路叛军的剿灭,朝廷必由防内变改为御外侵。台湾与琉球处于中国与日本国之间,而地小且资源匮乏的日本早就窥伺这一重要目标。老夫近日已上奏朝廷,建议台湾设立行省,为中国守好孤悬海外的台澎地区。"

贝锦泉一开始恍惚觉得自己正在"加达"船上聆听左凯弟尼的国事点评。记得以前还觉得左先生的见解是对日本有成见,感觉这种提防是多余的,有点杞人忧天。可现沈大人也这么说,看来对日本真的要有所提防。听沈葆桢说完这番话,贝锦泉幡然醒悟,沈大人刚才说与自己不能同在一处,原来他是想为朝廷去守台湾。想台湾鸟道羊肠,箐深林密,本已艰难,且日本崇尚武士道精神,即使是悬殊之局,亦必不惜死战。贝锦泉忍不住劝

道:"大人,台湾远离大陆,地理无要可扼,军器无利可恃,兵力不坚,民心不固……"

沈葆桢脸色一沉,打断并呵斥起贝锦泉:"食君之禄,当为忠君之事。为君分忧是臣子的本分,更何况我大清子民耐劳易使,只需训练有方,指日可转弱为强!"

贝锦泉的脸涨得通红,复又回到原话题掩饰自己的尴尬:"大人,日本真有这样的野心与能力?"

"敏修,老夫知你是好意。"安抚过贝锦泉后,沈葆桢的表情越发严肃,"十四年前,日本就有个改革派思想家吉田松阴曾妄言,一旦战舰大炮稍微充实,便可开拓虾夷,夺取堪察加、鄂霍次克海;晓谕琉球,使之会同朝觐;责难朝鲜,使之纳币进贡;割南满之地,收台湾、吕宋诸岛,甚至占领整个中国,君临印度。这些主张,在明治继位日本后,已正式成为最高国策。"

贝锦泉听了觉得有点耳熟,对,当初接收"宝顺轮"时,左凯弟尼在船上也对自己说过相同的话。记得左先生当时不但说琉球、朝鲜、俄国和中国都是日本侵食的对象,还断言不出五十年,日本与中国必有一场大战、恶战。屈指一算,距左先生推测已过去十五年,也就是说,三十五年内该死的日本就会侵犯中国,贝锦泉不由得愤然问之:"刁猾贪婪的日本小国难道不怕被撑死吗?"

"台湾物产丰饶,乃产米之乡。桀贪骛诈的日本觊觎已久,而觊觎必定开启衅端,这个结注定绕不开。"沈葆桢断言后,把自己设想的蓝图也说了出来,"中国断不能败于日本,不然后果不堪设想。老夫要尽快设法抚绥、驾驭生番,借以保卫台湾。"

贝锦泉皱起眉,忧心忡忡地说:"大人,可方今各省军务刚平,疮痍满目,库帑支绌,国用不充,难以再开战。"

"唔。"沈葆桢伸出食指摇了摇,"军务刚平不是坏事,可以把靖内寇作为强兵契机,兵有势如战有器,均乃御外侮基础。"

细细一想，贝锦泉感觉沈大人之言非常在理。两百多年前不足二十万的八旗军，面对尸相枕藉的惨状，不是依然突破了袁崇焕精心设计的宁锦防线，打下这庞大的江山。只是短暂的太平盛世让昔日剽悍的八旗子弟在祖荫给予的声色及大烟中迷失了方向，滋生出享乐和荒淫来，再没了威武雄壮的号角声和扣人心弦的马蹄声。想到这里，贝锦泉觉得作为中国自造的第一艘战舰的管带，更应有这样的豪情，于是拍着胸脯向沈葆桢表决心："泱泱中国岂容小日本窥伺，若其肆意妄为，胆敢兴兵侵犯，卑职定让其死无葬身之地！"

沈葆桢眼里闪过一丝光亮，他要的就是这个。纵观历代王朝，沈葆桢觉得若想成为民族英雄，只能在御外中求得。无论强汉时的卫青、霍去病，还是弱宋时的岳飞、文天祥，他们都在后人心中树起了丰碑。如今身处动荡不安的大清王朝，面对虎视眈眈的外强，处理得当，那就是民族英雄，从此受后人的膜拜。若沉湎于淫逸甚至贪生怕死，那就可能沦为民族的败类，让后人唾弃。所以沈葆桢决意要为朝廷去守台湾，而在受命守台湾前，他得攒足守岛的本钱，尤其是战舰，它们是守护台湾的必备利器。只要有了这新式战舰，日本就不敢觊觎，更不敢开启衅端。沈葆桢还想好了，一旦就任上岛，就立即设法对当地百姓顺其性而抚之，借以立社仓，广谋储积，必能守好台湾。望了望一脸英气的贝锦泉，沈葆桢叮咛："据周懋琦即将拓印的《全台图说》一书介绍，台湾山后大洋有屿名'钓鱼台'（即钓鱼岛），可泊巨舟十余艘。此乃上苍赐给中国战舰的停泊之地，以后你多关注此岛。"

"'钓鱼台'，嗯，卑职定铭记大人告诫。"

沈葆桢吁了一口气，挪了一下屁股，待身体调整舒坦后又问："船政学堂学员调教得如何？"

贝锦泉心想，自己刚才已说过这些学员聪明，日后必为大清王朝栋梁，估计沈大人担心言过其实。贝锦泉眼珠一转，干脆拿舰上的水勇对比："回禀大人，经洋教员教导，这些学员上舰后稍加指点就懂了，比起当初招募的

水勇强上十倍。"

"唔。那就好。"沈葆桢说完推椅起身,贝锦泉赶紧上前,顺着对方的脚步向船舷走去。沈葆桢边走边说,"敏修,国家诸费皆可省,唯养兵设防、练习枪炮、制造兵船之费万不可省。这台洋之险,可谓甲诸海疆,而兵船控驭四海,乃国家长安之策,所以船政诸事切不可停,尔等务必要加倍训练。老夫需一支强大的舰队和士气振作的水勇来护台及琉球。"

等沈葆桢靠着船栏站定后,贝锦泉这才开口:"卑职定不辜负大人厚望,募练好水勇,确保制造处新舰下海时都有优秀的管驾和水勇供大人挑选。"

"唔。"沈葆桢抿着嘴应了一声,望着茫茫洋面,思绪随战舰在浪涛中起伏不已。守台湾也许是自己仕途中最艰辛的事,但面对外敌的觊觎,作为臣子有责跨马提枪捍卫江山,况且只要船政不停,不出三年,就会有一支出色的舰队,虽不能与欧美强国相比,但对付同时起步的日本,自然是绰绰有余。

"贝管带,右前方就是无名荒岛,黄大人问何时试炮?"沈仁发不知什么时候悄然上来请示。

这么快就到了?贝锦泉抬眼望去,右前方一小岛已隐约可见。扭头转视沈葆桢,看对方轻点头,于是下令:"开始试炮!"

"嘛!"

沈仁发领命刚退下,沈葆桢感觉有点眩晕,于是转身边走边说:"陪老夫去炮舱。"

想大炮尚未在舰上试用,且开炮后舱内硝烟较浓,贝锦泉疾步跟沈葆桢脚步劝说:"大人,炮舱声大味呛,卑职还是请大人在此观摩。"

"唔。"沈葆桢摇了摇头,边走边招呼日意格等人,"随老夫下炮舱。"

日意格等人簇拥着沈葆桢向舱梯口走去。贝锦泉扶着沈葆桢来到炮舱,正好赶上水勇们领命填充完火药,一水勇正紧握牵索修正炮膛。见一班大员又来到舱内,头目正准备跪迎,沈葆桢挥手示意水勇们继续操作。贝锦泉也当即喝令:"继续操作,恭受沈大人检阅。"

"嗻!"头目应声后递来一团棉絮:"大人,炮声震耳,塞上它会好些。"

沈葆桢等人扯过棉絮塞入耳中。一水勇搬来椅子放置舱正中,贝锦泉扶沈葆桢坐定。看各炮准备就绪,头目挥旗下令:"目标右方小岛,一号炮射击!"

"目标右方小岛。"一号炮前的水勇重复口令后,迅速点燃了引火索。

炮舱传来引火索"呲呲"的燃烧声响,所有人张嘴捂耳紧盯着快速缩短的引火索。须臾,随着一声震天巨响,大炮猛地一震,炮身弹至挡道板上。顿时,炮舱内弥漫着一股浓浓的火药味。

远处传来爆炸声,不一会儿,舱外传来瞭望员的报告:"击中目标。"

一阵欢呼后,头目再次挥旗下令:"目标右方小岛,二号炮射击!"

三炮过后,战舰满舵掉了个头。等确认战舰进入射击角度后,头目从炮门处缩回脑袋,立即下达开炮射击令。最后一炮击发后,沈葆桢等人取出耳孔中的棉絮,头目转身上前,屈膝禀报:"大人,六门大炮试射完毕。"

这时,瞭望员传来最后一炮击中目标的报告,沈葆桢一算,六炮除第五炮落入大海,其余五炮均击中目标。虽说目标很大,且距离也近,但第一次能在如此风浪中有这等成绩,沈葆桢还是相当满意的。刚准备嘉勉几句,一阵难以忍受的恶心,让他急俯身大呕起来。

众人慌手慌脚替沈葆桢或抚背或递水,贝锦泉也招呼水勇:"沈大人晕船了,快扶回休息舱!"

等回到休息舱服过药丸躺下后,沈葆桢感觉人舒服了许多,看舱内挤得满满当当的,虚弱地问:"战舰现在何处?"

贝锦泉趋前回禀:"大人,战舰已完成试航和试炮,现正全速返航。"

"唔。"沈葆桢头脑很清醒,转头问日意格,"航速测出来了吗?"

"回禀大人,斯恭赛格刚测算完毕。刚才逆风逆潮,航速超过十一节。现在返航乘风乘潮,主甲板只挂一根主桅的风帆,航速已近十三节。入海试

航非常成功,战舰性能完全超过设计要求。"

"唔。"沈葆桢应了一声,露出一丝笑意后,疲倦地合上了眼。

日意格朝左右挥了挥手:"让沈大人安心休息,我等全退出去吧。"

没想到沈葆桢却睁开眼说道:"日意格,你留下陪老夫。"

"嗻!"

等众人走后,沈葆桢指了指床边:"坐下说话。"

待日意格搬椅坐定,沈葆桢舔了一下嘴唇,直截了当地叮嘱:"后学堂首届学习驾驶的三十三名学员已满三年,后年就可毕业上舰,今年第二届十三名学员也已开学。制造处需得抓紧时间。"

日意格先掰着手指纠正:"大人,刘步蟾、方伯谦、林泰曾、严复等学员后年应当能毕业,而邓世昌、叶富等十名系粤籍,编为外学堂学员,他们要迟两年时间。"看沈葆桢合上了眼,日意格接着郑重申明,"后年制造处必建成五艘战舰。"

话音刚落,日意格发现沈葆桢的眉角挑了一下,可语气没有丝毫的变化,依然沉稳妥帖:"有把握?"

"肯定。"日意格拖长了声音,并重重地点了点头。

"唔。"

想到日意格和斯恭赛格为朝廷如此勤勉,沈葆桢联想到福建晋江的丁拱辰和广东南海的邹伯奇。同是喜好格物研究,洋人能把研究用于日常中,成为国家的栋梁,可中国这两个名士,不但不参加科举,甚至连皇上下旨召京,两人也以身体不适为由推辞,实在是可恨、可恶、可气。想到这里,沈葆桢情不自禁地微皱了一下眉头。

没想到沈葆桢皱眉的小动作也被日意格看得一清二楚,他误以为沈葆桢不信,于是补充道:"大人,船政第二号舰估计年内就可以完工下水。有了前面的经验,以后每隔半年就能造出一艘战舰或运输船。"

沈葆桢知道日意格误解了自己,并在努力解释,不由得暗自苦笑。别说是洋人,就是大清子民,能有几人理解自己的谋划?就算在船政衙门,也没人真懂自己。沈葆桢最怕就是自己离开船政衙门后,船政就此夭折。就如当初岳父林则徐处处筹防,琦中堂接任后却处处撤防,以致英人长驱直入。沈葆桢翻转身子,吁了口长气:"那就好。此次洋匠功不可没,老夫当报朝廷予以嘉勉。至于教员,尔等也可以多加观察考核,以备日后报朝廷嘉勉。"

"谢沈大人,谨遵大人之命。"

"老夫难得一闲,今借机向你讨教一事。"

咦?向来自负的沈大人怎么如此客套?难道对自己有所不满?日意格眼神顿时有点散乱,惶恐道:"大人,敬请指教。"

"今年相继在遵义和安庆两地发生教案,作为洋人你怎么看?"

日意格暗吁口气,庆幸平日对此有所思考,就不假思索,淡定地答道:"回禀大人,由于宗教强调绝对一神,无论中国传统思想中的'天'、佛教中的'佛'、道教中的'道'、还是基督教的'神'、天主教的'天主'、伊斯兰教的'真主'或者'安拉'、印度教中的'梵',都有很强的排他性,难容异己并存。也正因为如此,两教相遇易产生冲突和纷争,一旦失控,就成了战争起因。"

沈葆桢圆圆的脸有点拉长:"用战争的方式解决还算是宗教吗?"

日意格刚松下的神经又绷紧起来,暗暗为自己叫苦,看来沈大人是和传教士较上了劲。唉,让东西不同的理念来探讨不可调和的宗教文化,这能有什么好结果?看来得设法跳出解脱自己,免得让沈大人误解。想到这里,日意格说:"在欧洲,宗教影响渗透到社会生活的各个领域,几乎每一个人都是基督教徒,并以服从神的意志为荣。所以那些传教士到了中国有点躁……"

"有点说到点子上了。"

对沈葆桢的插话认同,日意格没有得意,而是更加谨慎:"真正的宗教其实是祛除人类自我中心的原罪,提供解脱世间痛苦的途径,应该可以促使人平和、安静、谦卑、谨慎、克制。可现在总是有无耻的政治家或传教士,披着宗教这件漂亮的外衣,与利益纠葛不清,甚至以宗教为名,迫害、折磨、屠

杀和毁灭他人。"

"一个传教士要有斗志。"沈葆桢没理会日意格不解的眼神,继续自顾自地说道,"应当敢向邪恶和私欲开战。"

"对,大人,传教士当应如此。自净后再从封闭状态中走出来,开始与人接触,并努力说服他人信仰。"日意格理了理头绪继续分析,"其实中国底层的民众现也慢慢受到了基督教的影响,其中的原因卑职也思考过。做佛事需祭祀上供等费用,而基督教不光没有祷告费用,还给教徒食物。另外,佛教组织过于松散,除了到寺庙烧香拜佛,信众之间彼此联系很少。而基督教强调走家串户,在现实生活中相互帮助,从而吸引了底层人士的参与。不过中国文明从来没有中断过,所以佛教在中国传统文化中占有巨大的优势。"

沈葆桢怔了怔,没想到日意格竟然对这些也有研究,并有较为深刻的剖析。被逗起了兴致的他把盖在身上的薄被移至胸口,盯着日意格抛出了自己的想法:"老夫也是个信徒,很想进一步扩大妈祖的影响力。"

日意格这才明白沈葆桢的用意,他向沈葆桢靠近后,放低声音说:"大人,阿拉伯伊斯兰教从七世纪初创立起,就奠定了政教合一的体制。大人完全可以在您的管辖地尽力而为。"

沈葆桢暗笑了一下,中国自古就是皇权制,皇上就是龙的化身,乃中国至高无上的神,自己宣扬皇权国威没问题,但若没有紫禁城的授意,怎么可能在管辖地内为所欲为?看来洋人甚不了解中国,以中国权之统、地之广、民之智,你以为凭几个狂热又有私欲的传教士能打开中国国门?那些言必称"孔子""老子"和"庄子"的士大夫用唾沫就能把你淹死!沈葆桢委婉地否定了日意格的想法:"中国人的信仰早就定型,两千年的儒家思想延续至今从未断过。"

日意格却知难而进,继续游说沈葆桢:"大人,儒家思想不是宗教。而且当年利玛窦来中国传播天主教就曾提出权宜之计,可以在成为天主教徒时保持儒家传统,排除了信仰冲突的矛盾。"

沈葆桢一听利玛窦就皱起了眉头,此人非常狡猾,当年采用"驱佛补儒"的方法进行传教,他取的是孔孟时代甚至是孔孟以前较原始的"先儒"思想,阳辟佛而阴贬儒。通过合儒、补儒、超儒,达到贬佛毁道、援儒攻儒的目的。估计日意格并不懂这些,更没有深入钻研过,于是手按脑门借口说道:"老夫头晕,今日到此,你退下吧。"

日意格于是起身告退,就在关上舱门那一刻,他幡然醒悟,刚才沈大人肯定不是因头晕而皱眉,而是自己引用利玛窦之故。他懊恼地甩了一下手臂,怨自己怎么会用一个明朝时期的传教士来引证,这不让当朝官员反感才怪呢。在一帮守在舱门外官员的诧异眼神中,日意格一脸沮丧地向通往甲板的楼梯走去。

第二十章

DIERSHIZHANG

试航安全返港后,沈葆桢一边上报朝廷,一边着手准备北上接受朝廷检阅的事宜。奏折很快有了批复,圣谕战舰可即日启航北上天津,朝廷派三口通商大臣、直隶总督完颜崇厚登舰检验。沈葆桢大喜,想崇厚大人虽贵为满洲镶黄旗人,但与依靠血缘和家世进入官场的八旗子弟不同,此公也是个读书人,十年寒窗,并在道光二十九年中举。更为难得的是,崇厚大人也提倡洋务,并在天津成功创办了"军火机器总局"。让这样开明的大臣验收战舰,岂不是船政的福分?沈葆桢当即命人召集人员来衙门,商议北上接受检阅的大事。

当日意格等人会聚船政衙门后,一脸喜色的沈葆桢把奏折批复的大致内容说了一番,随后环视一圈问道:"此事不可耽搁,何时可以启程北上?"

日意格清楚,在中国若想有所作为及获得地位,必须获得皇帝的认可,他急欲清廷尽快检阅,于是沈葆桢话音一落,就马上接口:"大人,洋面气象千变万化,近日刚好风平浪静,依卑职之见,明日即可启程。"

贝锦泉何尝不是这样急迫?况且近日气象确有利战舰的行进,所以也点头认同。两位要员已表态,其余人自然跟着称是,只有达士博仍然目光呆滞地望着面前的花架,没吭一声。日意格看苗头不对,故意问沈葆桢:"大人,您看如何安排?"

沈葆桢将达士博的表情看得清清楚楚。沈葆桢暗自判断,达士博要么还在为引航一事耿耿于怀,要么还在自责或懊恼中萎靡不振,不管是哪种,都是他自找的麻烦,当自我调节。想到这里,沈葆桢当场拍板:"那就明日辰时由桐云督率战舰准时出发。"

船政提调吴大廷赶紧起身领命:"嗻!"

日意格补充道:"大人,无名不出师,战舰北上受阅当取以名。"

吴大廷、贝锦泉等人都笑出了声,沈葆桢也乐了。可再一想,日意格是个中国通,难道真把这个无名当作没有名字来理解?不对,按日意格的为人处事与智慧,此事绝非如此简单。沈葆桢悄悄打量了日意格一眼,果不出其然,只见他面对笑声淡定自若。沈葆桢拿捏不准日意格的本意,于是取过案几上的玉把玩,说:"此舰为中国第一轮,当由太后、皇上宠赐嘉名。"

日意格仍不甘心,说:"此番战舰行程四千里,要过东海、黄海和渤海,来往外轮也多,若无舰名,总感不妥。"

沈葆桢也暗自连连称是,但圣谕已定受阅后管带随大臣进京受赏,并领舰名,自己这边若提前定名,那岂不是违抗圣命?日意格猜出沈葆桢的顾虑,他灵机一动,提出一个折中方案:"大人,可以暂名,进天津港前再以空名入港。"

沈葆桢觉得此法可行,就点头同意:"唔,就按此法办。"

吴大廷赶紧恭请:"那就请大人赐战舰一名。"

沈葆桢脑海顿时闪现许多词语,可又觉得没有一个让自己称心的,毕竟是中国的第一艘战舰,当慎之又慎。就在他苦思抬眼时,突然大厅两侧花架上的万年青映入眼帘。万年,万万年,青,大清朝,大清江山万年永固。对,就叫万年清!或许为灵感突现而来的简朴又有寓意的舰名而兴奋,沈葆桢一拍大腿指着前面的万年青:"万年清,就叫万年清,大清的清,祝大清江山万年永青,世代永固。"

话音刚落,大腿一阵疼痛,沈葆桢这才想起自己还握着玉把玩,赶紧放下玉把玩,揉了揉大腿。众人纷纷为这一舰名叫好,贝锦泉暗自盘算着如何让太后、皇上认可沈大人拟的舰名,他知道对文人来说,此乃莫大的荣耀。

看贝锦泉不作声,沈葆桢以为有不妥之处,于是问道:"敏修,你意如何?"

听到沈葆桢点名,贝锦泉拱手直言:"大人,舰名寓言深且朗朗上口,卑职在想最好太后、皇上能同意定此舰名。"

"太后、皇上定有更好的嘉名宠赐,届时尔等就跪听圣谕吧。"沈葆桢说完转脸扫了众人一眼,"若无他事,尔等就退下准备。"

"嗻!"

众人刚应诺,只听达士博对身后译员叽里咕噜说了一通,随后译员翻译道:"沈大人,达士博先生问此次北上用不用英人引航?"

竟然还提这事?估计是教训不够!沈葆桢斜睨着达士博,冷冷地吩咐译员:"告诉他,船政有的是这样的人才,中国完全有能力自己引航,让他死了这条心!"

日意格暗暗为达士博着急,上次为引航一事已让沈大人不满,现在又旧事重提,而且沈大人语气越发的重,如果处置不当,那后果不堪设想。达士博呀,达士博,在中国,别说你是一个没有品阶的洋员,就算是相当法国市长级别的官员,在这些大清封疆官员的眼中,捏死你等于捏死只蚂蚁。再看达士博,居然一脸傲慢地听着译员翻译,日意格乘机插话,替达士博求情:"大人息怒,达士博先生也是为战舰的安全着想……"

看到沈葆桢抬手制止,日意格只好把余话硬生生地咽了下去,然后扭头偷偷示意达士博,希望他把语气软下来,以求沈大人的宽恕。

可事情并非如日意格所愿,听完翻译后,达士博脖子一梗:"如果这样,我决不上舰。"

"不行!"沈葆桢怒视达士博并断然否定。心想,你小小一个洋工匠,难不成还想在老夫面前嚣张跋扈？那门儿也没有。既然你敬酒不吃吃罚酒，那就让老夫给你做做规矩，让你明白在船政衙门，只能规规矩矩服从老夫的命令！沈葆桢毫不迟疑地指着达士博说，"你必须上舰，这是你的职责。"

达士博那张本就微红的脸此时涨得通红，只见他按着椅子把手，站起来大声质问："你没有资格让我必须上舰北上？合同里面没有这条规定！"

虽然译员很巧妙地没有直译达士博的原话，不但仍规规矩矩地称沈大人，而且词语也改用询问方式。可沈葆桢不傻，当达士博跳起来质问时，已是火冒三丈。一个洋夷竟敢当庭咆哮，这还了得，若是他人，早就拖下去棍棒伺候了。沈葆桢压着火气听译员翻译，但内心早打定了主意，虽无法用大清刑律处置如此妄为的达士博，但可以将其逐出船政衙门。洋人远洋而来还不是为了赚钱？老夫偏偏不给你这样的机会，彻底断了你的财路。所以听完翻译后，沈葆桢不再理会达士博，扭头指示日意格下驱逐令："告诉达士博，明天你们登舰北上，达士博明天这个时辰前必须滚出船政衙门！"

"大人，您要开除他？"

"唔！"沈葆桢从牙缝中挤出一个音来，在场的人都紧张得不敢大声喘气。

看沈葆桢没再怒视自己，达士博误以为自己的反抗起效了，于是更加气盛："就是整个中国也找不出一名合格引航轮机的人，何况一个小小的造船厂？不要太狂妄。"

日意格也失望了，为了自己免受牵连，他示意译员不要再翻译，然后面向达士博宣布："先生，我虽然很遗憾，但还是不得不告诉你，你已被解雇了。"

"什么？！"达士博先是一怔，随后就咆哮道，"我是你们聘请来的，我有合同保障！我有伟大的法兰西作后盾，决不允许中国的任何人来侵犯我的权益……"

不等达士博说完，沈葆桢拍着案几吼道："来人，把这个当庭咆哮的混蛋轰出去！"

"嘛！"上来几名衙役，容不得达士博挣扎，利索地抬起他的手脚就往外

走去。

等大堂重新安静下来后,贝锦泉赶紧起身劝道:"大人息怒。"

沈葆桢摆摆手,转脸问日意格:"开除达士博,合同有何规定?"

"提前解雇要赔银子。"日意格担心开除达士博又会引发新一轮的麻烦,于是特意强调了"赔银子"这三个字。

"其他呢?"

"好像没有了。"

"唔。赔!但越少越好。"沈葆桢快刀斩乱麻地决断后叮咛道,"稳定其他洋员的情绪,不能影响造船。告诉他们,只要好好干,中国肯定不会亏待他们。"

日意格叹服沈大人在盛怒之下还考虑得如此周全,拱手应道:"多谢大人!"

沈葆桢吁了口气,转视在座的大清官员,语重心长地说道:"中国目前缺人才,尤其是格物人才,但我们必须自立,只有自立才能自强,才能从此不再受他人的欺凌。今天开除达士博,我船政衙门赔得起,但他日若战舰在海上落败,就算是朝廷,那也会被掏空。尔等可明白?"

"铭记大人教诲。"

"此番北上行程远,抓紧准备,明天按时启航。都退下吧。"

"嗻!"众人一起退出了大堂。

十月一日辰时,在战船按时出发的同时,沈葆桢命快马向朝廷呈了一道奏折。在报告船政提调吴大廷已督率"第一号战舰"启航的同时,另附带了一套船政学员绘制的战舰舰体、蒸汽机及锅炉的图纸。

二十五日中午,在贝锦泉的指挥下,"万年清"划破层层波浪,拖着一条条优雅的弧线,驶入天津大沽口,并缓缓向紫竹林津海关码头靠去。

中国自造蒸汽战舰抵达天津的消息早已传遍大沽口,围观的人群从各个街口涌向码头,像江河溪渠川流不息地奔向大海。虽放眼望去黑压压一片，水泄不通，但贝锦泉觉得码头秩序井然，两排兵勇相向站立，围出一片空地与通道。战舰靠岸后，吴大廷率日意格和贝锦泉等刚下舰，一名守备上来请安，说天津镇总兵陈济清有请。旋即上来几顶官轿，一行人刚坐稳，轿夫就快步向总兵府赶去。

待一切妥当，陈济清立即派人快马赶赴保定请总督大人前来检阅。十天后，崇厚带着部分官员及直隶聘请的洋员浩浩荡荡地赶到了天津镇总兵府。次日一早，就与陈济清等人直奔津海关码头。长长的轿队到码头落稳后，崇厚率先在衙役的搀扶下跨过轿杆，率全体船员下舰列队迎接的吴大廷立马打千儿在地："船政提调吴大廷参见总督，给大人请安了。"

身材魁梧的崇厚抬眼瞄了一下江中的战舰，心里已满意七八成，捋着发灰的短须，声如洪钟："皇上已朱批沈大人奏折，谕令中国第一号轮为'万年清'，呈送战舰图纸已留中备览。"

"谢皇上宠赐。"众人齐声谢过，贝锦泉长吁了口气。

"恭请大人检阅战舰！"

"好！做事干脆利落，不愧是幼丹的兵。起来吧。"崇厚虚扶了一把。

"谢大人！"

吴大廷的话音刚落，崇厚当即下令："登舰出海，受本大臣检阅。"

不光是吴大廷，日意格和贝锦泉也傻眼了，暗暗叫苦不迭。原来受连日西北风影响，天津内河水水位偏低，加上退潮已有三个时辰，江水较浅，战舰出海风险较大。一旦搁浅，不光检阅受阻，还必导致本就举步维艰的船政遭到非议与攻击。贝锦泉躬身拱手，心急火燎地叫道："大人。"

崇厚斜睨了贝锦泉一眼，看对方犹豫迟缓，顿时拉下脸："何事？"

"咳——"

还没等贝锦泉回话，吴大廷故意轻咳了一声，贝锦泉只好硬着头皮把改日出海的建议咽回肚中："大人，甲板湿潮易滑，登舰小心。"

"哈哈。"崇厚脸一松，捏须一乐，满不在乎地说，"本督虽为捉笔之士，但身上流淌的是满人血统,从小善骑射,这点水算啥?"

乘众人轻松愉悦之际,贝锦泉转身下令:"登舰生火!"

"嘛!"各头目带水勇向登舱口跑去。

"大人这边请!"吴大廷侧身在前引导。

崇厚微提长袍下摆,在亲兵的搀扶下,缓步向登舱口走去。

贝锦泉正准备转身,余光发现崇厚的随从中有人一直盯着自己,定睛一看,差点叫出声来。没错,就是马突尔!虽然他体态有点臃肿,神采飞扬,可眼神与脸部的轮廓依然没有太大变化。

马突尔冲贝锦泉挤挤眼,等贝锦泉稍离人群后,箭步上前,悄悄打个了千,旋即起身招呼:"贝督,没想到在此碰到您。"

"果真是你,马突尔,你怎么在此?"

"说来话长,战舰就要出海,等上舰找机会向贝督细细禀报。"

"好。"

贝锦泉刚准备迈脚,马突尔又主动请命:"贝督,今内河水位低,战舰行驶困难,我熟悉这片河道,请允我随你行。"

贝锦泉一阵暗喜:"好!跟我来。"

战舰启航后,果然节节受阻,庆幸有马突尔引航,才没遇到险情。深夜,大潮涌起,战舰乘潮而行,终于在清晨平安驶出大沽口。进入大海后,战舰如鱼得水,乘风破浪。

看战舰已平安,马突尔给贝锦泉使了个眼色,贝锦泉会意,带马突尔来到舱外无人处。

"贝督……不,贝大人……"

贝锦泉笑了笑,抬手制止对方:"就你我两人,不必在意,我也习惯听着你叫贝督。"不等马突尔回复,立马直奔主题,"你在总督府供职多久?"

"快两年了。"

"干什么?"

"在天津军火机器总局做洋员。"

贝锦泉暗暗称怪,想象不出一个普通南洋水手凭什么能到天津军火机器任薪水不薄的洋员。机灵的马突尔瞅了贝锦泉一眼,坦然告知:"贝督,三年前我在香港入了英籍。制帅大人邀请英人密妥士总管天津军火机器局务后,我毛遂自荐,并成功谋得一职。"

"哦。"贝锦泉若有所思地应了一声,正准备再说些什么,只见沈仁发径直朝这边走了过来:"贝大人,是否在得演炮?"

贝锦泉扭头眺望,此时太阳斜挂西方,四周一片汪洋,是演炮的好地点。于是回头吩咐沈仁发:"请崇厚大人上甲板观摩,命炮手准备。"

"嘛!"

等沈仁发应声退去后,贝锦泉回头望着马突尔单刀直入:"很高兴能在这里看到你,希望你能为中国做点大事。"

马突尔似乎有点窘迫,咧嘴一笑后坦言:"贝督,我哪有做大事的本领?不过我会尽全力为中国做点事,毕竟他们给了我不少银子。"

贝锦泉没料到马突尔还是如此爽直,由衷地拍了一下对方的肩膀:"有这份心就好。"

看贝锦泉准备回驾驶舱,马突尔伸手拦住了去路:"贝督。"

"还有何事?"

本就红脸的马突尔瞬时脸憋得发紫,吞吞吐吐恳求:"贝督……他们……他们都以为我是英人,你……"

贝锦泉知道对方心存顾虑,担心因身份败露而失去优厚的薪水,想自己今后需人在他地照应,而马突尔这样甘心臣服的老手下自然是枚好棋子,于是郑重表态:"请英人马突尔先生放心,只要你是在为中国尽力,制帅肯定不会亏待你。你的往事,我当守口如瓶。"

"谢贝督!"马突尔像当年在"宝顺轮"上一样,朝贝锦泉深深打了个千。

此时,崇厚正披着大氅坐在太师椅上兴致勃勃地等着战舰演炮。

第一炮发射后,桅杆上的瞭望员突然报告:"左前方有船只向我驶来。"

贝锦泉目测了一下,再次下令右舷大炮发射。"轰轰——"两炮又相继成功发射。让贝锦泉等人意外的是,那艘来船依然保持着原航向,继续向本舰方向驶来。

"哪来的混蛋,不要命了?没看到在演练大炮?瞎了还是聋了?"屠才友手搭凉棚边看边骂。

"是日本船。"这时瞭望员已看清了来船上的国旗,大声向下面的人报告。

吴大廷望了望来船,开始有点犹豫:"会影响演炮吗?"

贝锦泉佯装没听到吴大廷的话,继续下令:"左舷各炮开始演射。"

"且慢!"看贝锦泉视若无睹,黄维煊也忍不住建议,"大人,来船若不改航向,极有可能与我舰相碰,卑职觉得还是先避让再演射。"

本就担心改航向会影响发炮演练效果,导致检阅效果大打折扣,现听说是日本船,贝锦泉的态度莫名强硬起来:"不能停,继续演射。"

"这太危险了。"

"战舰不是商船,实战演练就当处在海战中,当发炮时必须开炮!"

听贝锦泉丝毫不容置疑的语气,黄维煊心里很不乐意,只好提醒对方:"崇厚大人正在舰上,若有所闪失,我等如何担当?"

"崇厚大人若无令下达,战舰当由我等来定夺。若改航避船,说不定崇厚大人还会责怪。"

听着贝锦泉和黄维煊的争辩,吴大廷越发举棋难定,传令兵只能眨巴着眼睛干等。这时,上来几名船政学员,齐刷刷地跪在吴大廷面前,同声请求:"请吴大人下令继续发炮。"

见有学员上来添乱,踌躇的吴大廷刚想呵斥几句,可一看为首的是林泰曾和邓世昌,想两人都是沈大人的得意学员,林泰曾更是林文忠公的后人,不由得暗自提醒自己,为将者最忌犹豫不决,优柔寡断,当应有勇往直前的气概。必须善抚这些学员,不能抹灭他们的一腔热血,只有他们有壮志豪情,中国才能威震四邦。看着渐渐靠近的日本船只,日意格急了:"吴大人,战舰还是……"

吴大廷抬手制止日意格,从容下令:"继续演炮!"

"嘛!"

传令兵迅速下达命令:"左舷各炮发射。"

吴大廷看了一眼跪在地上的学员:"尔等退下吧。"

学员们谢过退下后,刘步蟾快步冲向战舰的左舷前端,叉开双腿,背手面向日本来船。其他学员见状后,默默上前,不约而同面向日本船挺胸站成一列。海风撩起学员的制服下摆,就像插在战舰上一面面舞动的彩旗。贝锦泉突然回想起上次陪同沈大人在学堂视察时的情景,记得当初刘步蟾就立下'苟丧舰,必自裁'誓言,虽然今天不太可能发生毁舰的惨况,但这种气势非常令人震撼,看来我中国后继有人,这些娃娃他日必为朝廷栋梁。

大炮依次发射,日本来船终于偏离了原航向,拖着长长的弧线波浪从战舰前面划过。

"上岸后派人查一下日本来船,究竟何人所为。"看着向大沽口方向驶去的船只,不光吴大廷,所有人对日本船的挑衅行为都非常忿恨,连日意格都想查一查日本来船。

受阅完毕后,战舰安全返航。上岸后,在众官员的簇拥下,崇厚来到已搭起的彩棚下居中而坐,陈济清陪坐在侧,等所有人依次分两侧站稳后,崇厚从容评议:"此番检验,船政所造战舰舰体牢固,轮机坚稳,舵工、炮手等人驾驶、演放操纵合宜,动作娴熟,实能与外国战舰相媲美。望以此舰为始,精益求精,续造大小各号轮船。"

吴大廷等人终于彻底放下心来,赶紧跪谢。

崇厚似乎对本次检阅非常满意,意犹未尽地说道:"演放大炮时,虽有外船来扰,可船政指挥有力,学员伫立舰舷直面来船,可谓是文武兼备。中国日后有此等利舰与尔等将士,洋夷怎敢觊觎与挑衅,大清江山必将不再受

侵扰。"

吴大廷赶紧叩首:"卑职等定铭记大人教诲,造舰练兵,保我中国海疆安宁。"

跟着叩首的贝锦泉更是暗吁了口气,庆幸当时自己的坚持,不然今天崇厚大人检阅受阻不说,更会丢尽了船政的脸。

"起来吧。"

"谢制帅大人!"

等众人起身后,崇厚手一挥:"来人。"

"嗻!"几名亲兵托着盘子从棚外鱼贯而入,径直走到吴大廷等人面前。

"这是一些小礼,尔等收下吧。"

众人满心欢喜,道谢后接过盘中的小刀、丝绸和鼻烟壶等物品。

"战舰何时返航?"

对崇厚大人的突然询问,吴大廷一时摸不透其用意,是催促自己尽早动身返航,还是留些时日另有安排?他干脆含糊其辞地答复:"若无台风,战舰补给完毕后即可返航。"

"嗯。本督有一要求。"

吴大廷竖起耳朵拱手听令:"恭请制帅大人训示。"

"返航时,尔等要将海上所见所闻记录下来,然后刊印成书发放南北洋各处,以资学习。"

原来如此,吴大廷忙不迭地应道:"卑职定按制帅训令照办。"

崇厚微翘着丰满的下巴,捋着短须说:"此番远航实属不易,给船员放假十天再返航,到天津城转转吧。"

等吴大廷等人跪谢后,崇厚推椅起身,在众人的簇拥下走出彩棚。轿夫把一顶顶官轿抬至各位官员面前。马突尔上轿前,特意扭头朝贝锦泉使了个友善的眼色。目送着排成行的官轿远去,贝锦泉觉得胸口堵得慌,可又不知是什么原因。恍惚中,贝锦泉觉得眼前一闪,心怦然乱跳不已,当瞪大眼睛向人群细瞧后,感觉全身的血液在沸腾,同时,不顾一切地呼唤着冲向人群。左凯弟尼听到声音后,也热情地伸出手臂,两双大手紧紧握在了一起。

"左先生,我……我终于……终于找到您了。"由于过度兴奋,贝锦泉不但眼眶湿润,说话更是结结巴巴。

左凯弟尼却一脸的淡定,微微一笑:"其实我们中午已见过了。"

中午?不可能呀,中午自己还在战舰上接受崇厚大人的检阅,怎么可能见到左先生。难道?贝锦泉突然心一沉,转眼打量左凯弟尼身边的人,只见那几个人个个身材矮壮,没留辫子,但都挽着发髻。

不知不觉中,两人的手松开了。左凯弟尼上前一步提醒:"中午我们的船和你的战舰在海上已遇过。"

我们,你的,难道左凯弟尼真的在为日本做事?他不是亲口说日本这个民族不好吗?他不是受英国雇用吗?一个个瞬间冒出的疑惑让贝锦泉难以招架,他理不出一个头绪来。艰难地咽了一口口水后,贝锦泉不无遗憾地说:"真没想到是以这种方式与左先生再遇。"

"上次见面时我就说过,希望我们不相见。"左凯弟尼好像感觉并无不妥,他耸了耸肩,双手一摊说,"也许这就是命,我曾到马尾找过你,可是上帝偏偏安排给我们这个结果。"

"不!上帝安排不了我们,所有的事应由我们自己决定与改变。"

"哦,管带大人,我们不谈这个。"

耳熟却别扭的称呼顿时拉开了两人心里的距离,虽然面对面,可贝锦泉的心里却蔓延出陌生情愫,就在他莫名伤感时,左凯弟尼又问:"可有老杨头的下落?"

一提师父,心烦意乱的贝锦泉更是沮丧,耷拉起脑袋:"师父已死。"

左凯弟尼吃了一惊:"哦?怎么死的?"

师父自刎的场景重闪于贝锦泉脑海中,虽然事隔多年,但那痛还是让他无法承受,他紧抿双唇闭上了眼睛。

"是不是参与'长毛'之故?"

贝锦泉心一惊,睁大眼惊讶地看着左凯弟尼。左凯弟尼似乎为自己的猜测得到验证而得意:"果然如此。唉,大清这是在自取灭亡啊!"

"你……"贝锦泉很恼火,可面对自己昔日的恩人,他一时说不出话来。

这时,不知情的邓世昌上来悄声说:"大人,轿子已等候,吴大人让您到驿站休息。"

"嗯。"贝锦泉只是应了一声,人没动,他不知道是邀请还是告别左先生。

看对方要走的意思,左凯弟尼抬手伸向身后脸刮得光光的胖子和另一个精瘦却满脸络腮胡子的男子:"我来介绍一下,这两位是日本海外巡视组的木户孝允和大久保利通。"

木户孝允鞠了一躬,大久保利通虽也鞠了一躬,但抬眼时,目光阴鸷,狠狠地剜了贝锦泉和邓世昌一眼,说:"看来阁下和手下都不怕死。"

虽第一次面对日本政客,但由于之前听了太多关于日本的负面评价,加上大久保利通不友善的眼神,等对方的翻译刚说完,贝锦泉瞪眼直视对方,硬生生地问道:"怕死为什么还上舰?"

双目交汇,一时无语,但从眼神中,贝锦泉窥到了对方的凶狠与残暴,他暗自提醒自己,不能示弱,就像中午在海面上两船相遇一样,要敢于拼撞。

"大清虽弱于兵器,但大清将士没有一个是孬种!"

邓世昌突然冒出的话让大久保利通惊了一下,扭头看了看怒目相视的邓世昌,问:"阁下是……"

贝锦泉指着邓世昌让译员答复:"未来中国战舰的管带!"

大久保利通听后轻蔑一笑:"哼,强汉,盛唐,富宋,刚明,软清。我等一生伏首拜阳明,中国也仅此一人而已。"

面对挑衅,邓世昌情绪激动地抢先厉声喝道:"大清仁恩浩荡,恭顺者,无难不援;跳梁者,虽强必戮!"

贝锦泉暗暗为邓世昌有气节的回敬感到高兴,并及时补充前两天刚学到的西汉名将陈汤上书中的一句话:"对,敢犯中国者,虽远必诛!"

左凯弟尼制止了译员翻译,直接切入正题问道:"得知中国自造了战舰,所以乘出访普鲁士国之机前来观摩。昨日一见,果真不凡。这艘战舰是不是配了六门炮?其最大射程是不是二里?马尾船政近十年打算造多少战舰?"

左凯弟尼的连问让贝锦泉警觉起来,也终于明白对方一行人的用意,怪不得他们昨天不顾一切地想靠近"万年清",原来是想窥视中国战舰的战斗力和船政今后的规划。既然如此,那就没有必要再谈,走为上。想到这里,他拱了拱手:"左先生,告辞。"旋即不等左凯弟尼答复,便招呼邓世昌,"走!"

"嘛!"邓世昌转身扬头,迈开大步紧跟贝锦泉往官轿走去。

颇为尴尬的左凯弟尼只好大声招呼:"敏修,我们今天就走了,再见!"

贝锦泉没有应答左凯弟尼,更没有停步,一头钻进轿厢,往后一仰,双目一闭,嘴唇微颤,滚烫的泪水涌出眼角,并顺着脸颊不停地滑落……

十二月二日,已在津海关码头停泊十天的"万年清"终于再次点火升炉。高高的烟囱在机器的轰鸣声中冒出股股浓烟,在两岸人山人海的围观中,"万年清"驶离码头,开始踏上返航之程。

按崇厚的要求,贝锦泉等人认真记录着每天海上的所见所闻。这天傍晚,他刚到甲板,隐约听到沈仁发、屠才友和孙晓云似乎正在议论自己,便在他们身后停下了脚步。

"不知你们发现没有,贝管带这几天情绪有点低落。"

沈仁发的话音刚落,孙晓云接口说:"我也看出来了,到底是什么原因?"

"嗨,光宗耀祖之日哪会不高兴?等一下我问贝管带。"屠才友还是那样直率。

"似乎上次见过那几个日本人后,贝管带的情绪就一直不高。"

屠才友对沈仁发的猜测不以为然,手一挥:"那就把洋人全挡在海外。"

"好!"贝锦泉情不自禁地赞了一声。

三人扭头一看是贝锦泉,赶紧转身参拜:"贝大人!"

"免礼！"等三人直起身后，贝锦泉问道，"还记得第一次驾'宝顺轮'回宁波府吗？"

三人不明白贝锦泉为什么要提多年前的往事，相互打量了一眼，异口同声答道："记得。"

"阿三，当年驾'宝顺轮'回宁波府你就觉得光宗耀祖，今日算光宗耀祖吗？"

想当年无意间说出口的话，贝锦泉仍记得那么清楚，屠才友羞涩中带有几分惊喜，挠着头皮憨笑道："今天当然算了。"

"今天还不算！"

"这还不算？"若穿朝服、驾战舰驰骋洋面还不算，那什么才算光宗耀祖？屠才友惊讶得眼珠子都要掉出来。

"这是朝廷的战舰，光宗耀祖是能驾舰把来犯的洋舰击沉，把洋人打败。"

一直揣摩贝锦泉用意的沈仁发终于听懂了，他忙不迭地连连点头："大人放心，我们不会让您丢脸的。"

孙晓云也明白了贝锦泉这几天内心的压力，接着说道："人可亡，志不可夺。"

"好！荣辱共、生死同，誓捍中国！"贝锦泉说完心头一热，伸手拉过沈仁发和孙晓云，屠才友见状赶紧拉上沈仁发的另一只手，四人面南叉开双腿，同声吼道："荣辱共、生死同，誓捍中国！"

"誓捍中国！誓捍中国！"蓦然身后传来阵阵穿云裂石般的声音。贝锦泉扭头，只见舰上所有人不约而同地站在各自的位置齐声呐喊。伴随着轰鸣的机器声，"万年清"拖着长长的黑烟，劈波斩浪地向着马尾船政开去……

图书在版编目（CIP）数据

水师管带 / 邹元辉著 . — 宁波：宁波出版社，2016.9

ISBN 978-7-5526-2591-2

Ⅰ.①水… Ⅱ.①邹… Ⅲ.①长篇历史小说—中国—当代 Ⅳ.① I247.5

中国版本图书馆 CIP 数据核字（2016）第 194008 号

水师管带
SHUI SHI GUAN DAI

邹元辉　著

责任编辑	晏　洋　徐　飞
责任校对	尤佳敏　王　丹
装帧设计	金字斋
出版发行	宁波出版社
	（宁波市甬江大道1号宁波书城8号楼6楼　315040）
网　　址	http://www.nbcbs.com
印　　刷	宁波白云印刷有限公司
开　　本	787毫米×1092毫米　1/16
印　　张	21.75
字　　数	317千
版　　次	2016年9月第1版
印　　次	2016年9月第1次印刷
标准书号	ISBN 978-7-5526-2591-2
定　　价	45.00元

如发现缺页或倒装，影响阅读，请与本社发行部联系调换。电话：0574-87286804